盗火者文丛

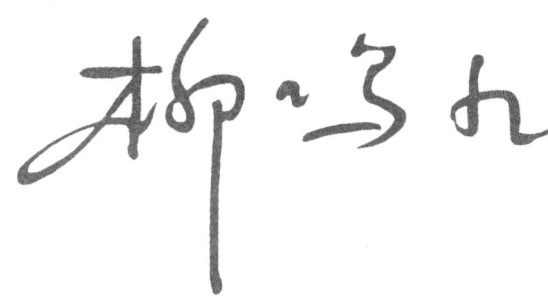

SCHOLARS AND SCHOLARSHIP

柳鸣九 ——
著

中央编译出版社
Central Compilation & Translation Press

二十世纪
中国两代西学名家群像

（增订本）

初版前言

这本书是《"翰林院"内外》与《这株大树有浓荫——"翰林院"内外二集》的合集。

"翰林院"何所指,我曾经做出如下的说明:原来属于中国科学院的哲学社会科学部与后来由它独立而成的中国社会科学院,都是我国天字第一号的意识形态机构,一直由中央直接领导,故借一古老的名号,简称为"翰林院"。

这里一直是我几十年以来安身立命的所在,是我观察着、感受着、见证着的所在,也是我自己发展着、变化着的所在,将近古稀之年后,我陆续把对过去周围长一辈的老师与同一辈的友人的认识、理解、感悟与怀念陆陆续续地记述了下来,就成为上述两个文集的主体部分,当然,"延伸"多少也有一点,不外是扩充到了我的母校北京大学的几位师长与同学。

如大家所看到的,我所记叙的这些对象基本上都是人文文化领域中的名士大儒,我深知,记述他们为文,不仅是个人感情的怀念,也不仅是机械的简单记录,更不是讲套话式的应景,而应该是"一椿精神文化的使命",正如我在《这株大树有浓

名士风流：二十世纪中国两代西学名家群像（增订本）

荫——"翰林院"内外二集》的自序中所说的那样。我应该作为他们的后辈或同辈，借助自己有就近直接观察与见证的条件，对这些人文知识分子代表人物在特定时代社会条件下的存在状况、文化作为、精神心态、言行方式有真切的观感、认真的思考，这需要有识人之智慧与表述之才情，虽然我智商水平、才商水平均甚有限，但尚有诚意朝言之有物的方向努力。如果我这些论述为中国一两代人文知识分子的部分代表人物、特别是西学名士，留下了若干真实的身影，多少反映了一点时代社会的面貌，我就感到很知足了。

此次的二书合并，内容上稍稍略有增补，标题我则仍力主沿用《"翰林院"内外》的书名，但出版社出于文化市场机制的多重实际考虑，建议改为《名士风流》这一标题。在目前文化领域市场机制至上的情势中，我无法坚持己见，我想，如果名士的"风流"不仅意味着他们才能的焕发与情智的闪亮，而且也蕴含着他们面对坎坷、困顿与尴尬时的状态与方式这一层含义，那么，《名士风流》这样一个书名也还是可取的。

柳鸣九

2010年10月

增订版前言

在我集束成本的散文随笔中,可分两种,一种是专题性的,即每个集子都集中在某一个专题上,如《巴黎对话录》(后改名为《巴黎名士印象记》),全书集中写的是巴黎20世纪文坛的名家大师;《巴黎散记》集中写巴黎的历史文物与名胜古迹;《父亲 儿子 孙女》写的全都是我的直系亲属;《"翰林院"内外》一、二集,集中写"翰林院"的名家大师;《且说这根芦苇》集中叙述我个人的学术历程;《回顾自省录》则集中剖析自我的方方面面。另一类集子则是选本性的,计有《山上山下》《子在川上》《后甲子余墨》。

目前这本《名士风流》,也可以说是专题性的,因为,它基本上是《"翰林院"内外》一集和二集的合并,关于此书的来龙去脉,且让我稍做追述。

《"翰林院"内外》一书,基本上是在2005年前后动笔写作的,最初只写了六个我国从事西方文化研究的权威学者:冯至、李健吾、朱光潜、卞之琳、钱钟书、杨绛。作为他们的学生与部下,写他们时我不可能不给我自己附带几笔。另外,还有一

名士风流：二十世纪中国两代西学名家群像（增订本）

两篇是写我自己的。前六位都是中国社会科学院的老学部委员，而我自己也于2006年获中国社科院荣誉学部委员的称号，因此，最初成集的时候，曾有意取名为《西学六"翰林"》或《西学"翰林"六个半》。前六位是"翰林"不在话下，我则忝为"半个"。成书的过程中，又补充了我在北大的几位老师。最后，就正式取名为《"翰林院"内外》，该书由长江文艺出版社出版。出版后颇引起文化学术界的关注，在这基础上，我又增写了若干篇，又集为《"翰林院"内外》二集《这株大树有浓荫》，由上海文艺出版社出版，这已经是2008年的事了。

一、二两集均颇有社会影响，还算是一种"小有名气"的书，故于2011年，应金城出版社之约，将两集合并为《名士风流》。

事情又过了五六年，《名士风流》得中央编译出版社的青睐，又得以再版，这便是眼前此增订版的来龙去脉。

这个增订版较原版多了后写的新作八篇，当然，仍然按《"翰林院"内外》的路子，写的也都是名流才俊，而且他们的专业都是与西方文化研究有关的，因此，此一版《名士风流》基本上可以说是我国西学名家画像的专题集，是对我国当代这一个领域中的才智之士生存状态、学术作为、精神风度、人格风致的历史记录，其奢望就在于：留存历史，哪怕只是碎片与点滴。

与本版补充内容相应，图片有所调整。

柳鸣九
2016年10月

目 录

辑一

3 "兄弟我……"
　　北大校庆纪念日怀念马寅初校长

8 梁宗岱的药酒

16 两点之间的伽利略
　　回忆与思考朱光潜

45 永远的老师
　　怀念郭麟阁教授

54 有师恩在也
　　纪念吴达元教授

61 译界先贤陈占元

76 杨周翰的矜持
　　纪念杨周翰先生

85 闻老夫子的"谁道人生无再少"

99 在"六长老"半世纪译著业绩回顾座谈
　　会上的致词

107　徐继曾与柏格森

114　我所知道的严怪愚
　　　一位难忘的中学老师

辑二

129　仁者李健吾在"翰林院"

171　记忆中的冯至先生

191　这位恩师是圣徒
　　　写于冯至先生诞辰一百一十周年

197　蓝调卞之琳

239　这株大树有浓荫
　　　回忆与思考何其芳

290　辞别伯乐而未归
　　　纪念与思考蔡仪

336　君子之泽，润物无声
　　　心目中的"钱、杨"

404　当代的一座人文的青铜塑像
　　　纪念钱钟书诞辰一百周年

辑三

413　悼忆叶秀山

432　西出阳关一故人
　　　记樊修章

441　一位英年早逝的绅士学者
　　　外国文学所研究员吕同六

454　关中汉子何西来

463　书生五十年祭

473　在一次涮羊肉聚会上想说的话
　　　向两个八十岁老同学致贺

481　杨武能的道路与贡献

辑四

491　围绕"博士"的若干回忆
　　　闻成为博士论文专题对象后有感

514　我劳作故我在
　　　自我存在生态评估

528　送　行

537　《送行》的附记
　　　未实现的第二次送行

540　在《柳鸣九文集》（十五卷）北京首发式及
　　　座谈会上的答辞

543　一次不平常的合作
　　　小淑女作画记

辑一

"兄弟我……"
北大校庆纪念日怀念马寅初校长

随着今年"五四"的临近,各界庆祝"北大一百周年"的气氛愈来愈浓,关于北大往事的书出了不止一本,有的刊物上开辟了"北大人专访"的栏目,老同学、老朋友之间通电话,少不了要互告母校将举行盛大规模的纪念会,凡北大毕业的,都收到了邀请函,等等。

我虽然未忘母校教养之恩,但并没有多大的"恋母情结",在这一片热闹的气氛中,我仍然按照已有的惯性,忙于自己"该干的活",一时还没有酝酿出缅怀情绪,险些把邀请信的事也给忘掉了。

前几天,从外地参加了一个会议回到北京,夜晚打开电视,偶然碰上一个比较"冷清"的频道正在放一个电视连续剧,初入我耳的一句台词:"马老,马老……"一下就把我吸引住了,使我没有立即把它关掉,电视剧演的是北大老校长马寅初先生的事。于是,我一口气看完了这晚的两集,然后,第二天又看完了最后两集，前四集放映时，我因为在外地，则没有看上。

说实话，我平时对传记电视连续剧没有兴趣，这一部电视剧又拍得有些简陋，但我破例地把它看了下来，原因很简单，仅仅因为它讲的是马老，我所看到的四集，正是讲他的《新人口论》遭到批判后他的晚年生活。这部电视剧不仅吸引住了我，还使我颇有些激动，产生了对马老、对母校深深的怀念之情，以至不得不放下手头的工作，想写几行文字。

其实，我与马老连一面之缘也没有，在北大当学生时，只是有那么几次远远地看见他在主席台上。记得在开学典礼上，我们学生们最大的愿望就是想看清楚这位中外闻名的经济学家、北大的第一号学术权威。要知道，青年学子的第一崇拜，从来都是学术权威崇拜。翘首遥望，但见他秃头发亮，矮矮墩墩的，非常结实，如果今天要做个比喻的话，可以说有点像枚炮弹，和我想象中儒雅而又洋派的学者形象大不一样。他一上来声如洪钟："今天，兄弟我向诸位表示欢迎……"那天他讲得很短，但讲了些什么，我现在已经记不清了，别的校领导的长篇报告讲了什么更记不清了，但马老那特别的自称——"兄弟我"从此深深印在我的脑海里。当时乍听，我就一愣，我辈刚在中学里饱受熏陶，满脑子里都是"毛选语言""解放腔"，难免觉得这个自称是典型的"旧时代语言"，与开学典礼上浓浓的政治气氛颇不一致，甚至有那么一点"江湖气"。但随着年龄的增长、脑袋的开窍，我倒愈来愈体味出"兄弟我"这个别具一格的自称，特别令人有清新之感，它不在乎语言时尚，不在乎环境场合，不在乎礼仪规范，它平易近人，给人以亲切感、亲和感，虽然只是这么一个自称，倒充分表现出了马老那种我行我素，不流俗附和的风度。

在北大期间，我们学生没有多少机会见到马老，校园里

马寅初

碰不到他，只知道他住在燕南园校领导住宅区，全校性的大会也很少见校长出来讲话，每次大会，党委书记长篇的报告时间还不够用呢！只有一两次有他出席讲话，他没讲半句政治大道理，也不谈学术问题，而是大谈他如何坚持爬山，风雨无阻，如何坚持冷水淋浴，冬天也不间断，语言仍然是典型马式的："今天，兄弟我向诸位介绍点健身经验……"另有一次，是陈毅元帅来向全校师生做外交报告，大会是由马老主持的，他只讲了两三句开场白，特别简单痛快。

回想起来，那时的马老之于我们学生，就像是云端里的神，如果来到你面前，一定是很慈祥、很随和的，但他没有多少机会走下云端来，学校里大大小小的事，都是党委书记、教务长出面，用今天比较通俗的话来说，他是"不管事的"，只是"名誉性的"。虽然我们很少听到他的讲话，他每次讲话又都很短，但在每次讲话中"兄弟我""诸位"两词出现的频率还是蛮高

的，我愈到后来，愈觉得它们出自马老之口，有一种独特的风格力量，形成了一种启迪，如果我这一辈子也曾有过一次两次"我行我素"的话，我得感谢"兄弟我"对我最早的潜移默化。

马寅初的《新人口论》

1957年从北大毕业之后，我忙于对付自己的"职业要求"，很少注意马老的消息，后来听说他的《新人口论》遭到了严厉批判，又听说他被免去了北大校长的职务，还搬出了北大，住在东总布胡同一个有扇红色单开门的宅院里，这个具体过程，当然是我辈不可能了解的。东总布胡同就在我工作单位的附近，每当我从那扇红门前走过时，总不免产生一缕思念：那矮墩结实的老人正在家里干什么？

前几天，从电视剧里我总算了解到，《新人口论》遭到泰山压顶式的批判后，他仍坚持自己的立论，拒不认错，即使有多年老友、政界名流、党政要人纷纷以"大局为重""权宜之计"等等的理由，劝他交一纸检讨了事……

在狂热迷乱的年代里，从北大燕南园里产生的《新人口论》

提出了中国人口过剩危机的问题，大声疾呼要控制人口的增长，这是 20 世纪下半叶中国思想史、经济史上的一道巨大的灵光，是北大近半个世纪历史上的光荣与骄傲。它关系到全中国的国民生计，如果当时虚心听取它的声音，今天中国人的日子要好过一些，中华民族的包袱远不会像今天这样深重，它作为科学真理，像神谕一样不可抗拒，对它的轻侮与践踏已经招致了严厉的惩罚。它象征着北大科学精神与人文精神的力量所在、作用所在，对它的"批判"，是横加给北大科学精神与人文精神的屈辱。

我感到可惜的是，《马寅初》这样一部电视剧，被放在《午夜剧场》里，几乎是无声无息就被放映了，也许安排节目的官员是以这部电视剧制作得比较简陋为由的，但是，在电视传记片成堆的今天，为什么这部电视剧偏偏是"少投入""小制作"呢？它讲的是一个关系到中华民族命运的大问题呀！可是它仅仅是浙江一个县张罗出来的，最后由一家省电视台出面。

在北大校庆之际，这是我感到的一个遗憾。

这篇感言收笔之时，从报上看到一则某出版社"推出北大校庆图书"的消息，消息列举一大堆书目，其中唯独没有一本有关马老的书。我不禁感到又一个遗憾！

1998 年 6 月

梁宗岱的药酒

今年是梁宗岱先生诞辰一百周年。

他是我的老前辈,比我长三十多岁。新中国成立后,他在广州当教授,而我上完北大后一直在北京工作,按说,我是无缘与他相见相识的,但由于一次特定的机遇,我却有幸与他有过一点交往。

1978年11月,全国外国文学工作会议在广州召开。那不仅是"四人帮"垮台后全国第一次这种性质这种主题的会议,而且,建国后就从无先例。那次会上有意识形态部门高层领导的大力支持,又有像"翰林院"这样的国家重点单位出面张罗,官费富足,经济基础坚实,会议的议题又是如此重大而激动人心:总结建国后三十年的外国文学工作,讨论今后的发展大计,并成立全国外国文学学会。硬件软件一一具备,岂能不开成一个空前的盛会?

作为盛会，它聚集了半个世纪以来中国学术文化界中从事外国文化工作的名家、"大儒"：冯至、朱光潜、季羡林、杨宪益、叶君健、卞之琳、李健吾、罗大冈、伍甫、赵萝蕤、金克木、戈宝权、杨周翰、李赋宁、草婴、辛未艾、赵瑞蕻、蒋路、楼适夷、绿原、王佐良，等等。还有一些文化出版界的权威人士，如吴岩、孙绳武；与人文学科研究有关的大学校长，如吴甫恒，以及一大批来自各研究机构、各大学院校、各文化单位的骨干精英与负责人。名流云集，济济一堂，高朋满座，竟有二百多人，就其名家聚集的密度而言，大概仅次于中国作家代表大会。而意识形态领域里的周扬、梅益、姜椿芳等人的参加，又增加了会议的官方色彩。

在这一片繁星闪烁之中，梁宗岱先生是格外引人注目的一个，尽管他从新中国成立后在学术文化上就没有什么"大动作""大声响"，甚至可以说是相当沉寂。但大家都知道早在20世纪30年代，他就已经留下了不可磨灭的业绩，他精湛的译诗技艺、他才华横溢的文学评论，他雅美而灵致的诗章早已享誉中国文化界。

那时，我四十多岁，在学术权威如云、延安鲁艺老革命战士成班成排的本单位，我们这种年纪的都被为"年轻人"，意指"在思想上、业务上尚不成熟"也。我是作为"壮劳力"来参加广州会的，一是要承当在全体大会上做一个重点发言的任务（这就是后来令一些"庙宇人士"侧目而视、怒目而视的那篇批评日丹诺夫论断的报告），二是在小组中当会议记录，会后再加以整理。因此，能自己支配的"业余"时间甚为有限，不可能较多地趋近与会的名流以讨教，但我把我"业余时间"的大部分都用来"走近梁宗岱"，毕竟在我本人这个学科专业中，他是资格最老，技艺最精湛的一位大师，是我敬仰已久的一位前辈。

梁宗岱（1903－1983）

梁宗岱很好接近。他不摆出文化名家的派头，他不端着学者名人的架子，更不像那种以"学界霸主"自命的人满脸威严逼人，不像那种自认才学盖世的人全身傲气，叫人感到骨子里发冷。他长得人高马大，嗓门粗，像个豪爽的东北佬，大大咧咧的，平易近人。按说，他跟我这样一个学界晚辈素不相识，差距甚大，广州会议期间两人又不在同一个小组，更无人向他引见我，是我自己主动"凑上去"的，他满可以只敷衍几句，但他非常亲切平和，非常热情，主动营造出一种"一见如故"甚至是"自来熟"的氛围，使你感到很是自在。他谈兴很高，说起话来似乎毫无遮拦，饮食、起居、健康之道、生活常识……无所不谈，特别是关于他的制药技艺与他的"药酒"更是谈个没完没了，有时会议间隙在过道碰见时，他还主动跟你说道说道。

他自称，他正在全身心致力于中医中药研究，致力于研制能治百病的药剂与药酒，并已经取得了相当大的成功……中药中医本来就是一个大领域、一门大学问，谈起来还有个完吗？何况他是个心智丰富的人，在实践中又有那么多的心得与体会，进展与经验，他的话匣子一打开，你就洗耳恭听吧，他讲起来那么热情、那么专注、那么天真，天真得像一个迷恋某种游戏的"老顽童"。别说需要你插话接茬，增加他的谈兴，即使你想把他的话匣子关掉，你也很难做到。

他如此善谈，可是，他偏偏不谈文化与学术，不谈会上讨论的那些外国文学问题：经验与现状，前景与道路，等等，总之，言不及义，言不及这个学界、这个行当的"义"。

说实话，像我这样的后学，之所以怀着景仰之情接近他，是想从他那里闻一点本专业治学之道，在评研与译介的真谛上获若干启迪，拾些牙慧，还想得知一些学界、文坛过去的珍贵逸事。然而他却绝口不谈这些。当你问及请教时，他也予以回避，似乎已经横下了这样一个决心："好汉不提当年勇。"因此，在广州会议期间，我虽然走近了梁宗岱，直面了梁宗岱，真可谓近在咫尺，但实际上他却隔我很远很远。他大讲特讲的药剂与药酒，我不大懂，实在也不感兴趣，只是出于礼貌，装出一副倾听受益的样子，而我想谈、想知道的，他又绝对没有兴趣去谈。于是，在学子后进的面前，那个在文化学术领域里实实在在的梁宗岱不见了，面前

名士风流：二十世纪中国两代西学名家群像（增订本）

只有一个乐呵呵、和蔼可亲的制药老汉，一个陌生的梁老头，从他身上，你看不见当年他游学欧洲的潇洒身影，看不见他与罗曼·罗兰、瓦莱里等法兰西文化大师"称兄道弟"、平等交往的痕迹，察觉不到他译象征主义名篇《水仙辞》的那种出神入化的功力，以及他把文学评论文章写得那样潇洒而富于文采的本领……

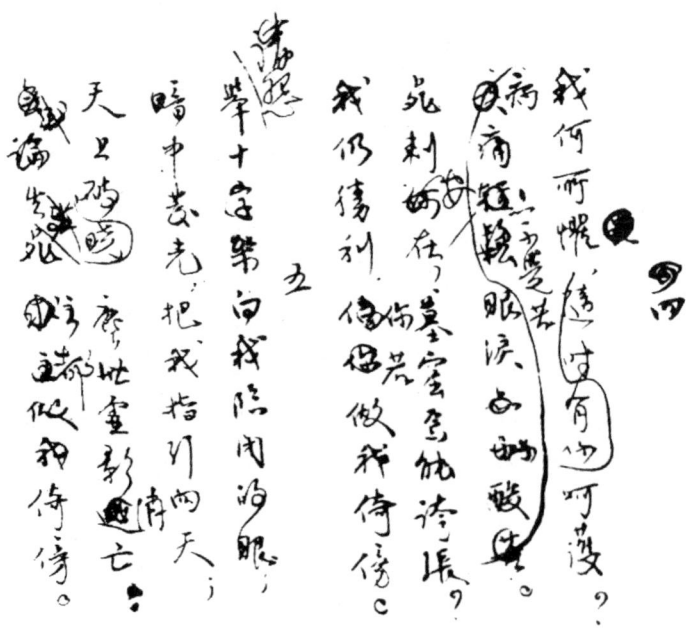

梁宗岱手迹

梁宗岱的药酒

> Exemplaire de
> monsieur Liang Tsong Tai
> dont j'aime
> l'esprit si ouvert et si littéraire
>
> Paul Valéry

送给梁宗岱先生的书，我喜欢他的开放而带有文采的思想。

保罗·梵乐希

梵乐希赠梁宗岱《太司提先生》题词，印章为梁宗岱所赠不过,他也偶尔有"老夫聊发少年狂"的时候,那就是在会议期间,他把自己的情诗出示给走近他的年轻人传阅。我记得是一些旧体诗,有一部分是填的词,誊写在红格稿纸上,纸已经相当旧了,显然是压在抽屉已经有好久。我当时正忙于俗务,诗稿又只能在我手上传阅几个小时,因此,只来得及粗读了一读,如今只记得内容缠绵婉约,颇有李商隐之风,而如梦似幻的意境则又使人感到有象征主义的韵味。

那次盛会,全体大会上的学术发言,只安排了三个,将近一周的会议都是以小组讨论的形式进行,我和梁先生不是同一个小组,一直未听到他的发言,但听其他组的说,梁先生在小组会上也几乎不发言,绝不对文学问题、文化问题发表意见。这一切使我当时就形成了很明确的印象:在这次会议上,梁先生大有超脱出世,看破红尘的味道。如果当时我还有些不理解的话,后来我就理解了,梁先生在"文化大革命"中不止一次遭到毒打,他辛辛苦苦译出的莎士比亚十四行诗与《浮士德》第一部的译稿,竟被毁于一旦。一个身心遭此沉重打击的七旬老人,伤痛哪能迅速痊愈?哪能在"四人帮"垮台后不久的那次盛会上就满腔热情地讨论外国文学工作的发展大计?及至我自己的经验有长,吃了一堑之后,就更感到梁先生真可谓是"老马识途"了,因为我自己不知深浅在全体大会上做了一个长篇发言,大批日丹诺夫论断,对西方 20 世纪文学进行重新评价。而事隔不久。麻烦就来了,在第二次全国外国文学工作的会上，我就被扣上了这样一顶小帽子："批判日丹诺夫就是要搞臭马列主义。"

在药酒问题上，虽然我在天真的梁老头面前应声附和与表示钦佩的话都是言不由衷的，但他却以一片赤诚待我，他见我有些"少白头"，就主动询问我的睡眠情况，着重介绍了他的药酒对神经衰弱有奇效，还曾邀我去他家中看他的"制药作坊"，但我没有想办法抽出时间去看。会议结束告别时，他又送了我一大瓶"药酒"，叮嘱我服完后还可以写信去要。那其实是一瓶咖啡色的汤药，但放了酒，据他说是为了保鲜防腐。我尝的时候，觉得其味甘苦，口感很好。

据说，梁宗岱的药剂药酒研究始于20世纪40年代中期，这似乎是他偶尔为之的"采菊东篱下"，他专心致力于斯，显然是他"文化大革命"后的晚年。他在广州会议五年后就去世了，因此，我见到的可说是"药酒时期"的梁宗岱。

最近，中央编译出版社出版了多卷本《梁宗岱文集》，收入的作品都是常绿常青的，具有持久文化价值与艺术生命。虽然梁宗岱在晚年绝口不谈论自己的文学作为，但世人还是要谈论他的，长久地、长久地谈论他的业绩，后人无法取代的业绩。

2003年9月5日于怀柔一庄

两点之间的伽利略

回忆与思考朱光潜

一

最近，在《文汇报》的"笔会"中，看到一篇回忆朱光潜的短文，是著名的摄影家邓伟写的，并附有他所拍摄的一张朱老先生的照片。由于父辈的关系，他曾有幸成为朱光潜的一个较为亲近的小字辈，因此，保存了若干对老先生的亲切回忆。这篇文章与这张照片，也激活了我自己对朱光潜先生的思念。

在上了年纪的人身上，怀旧倾向是一种天然的温床，外来的因子哪怕只像蒲公英飞絮那样轻忽，也可以萌生出一片繁茂葱郁的回忆之绿茵，就像普鲁斯特舌尖尝到的那块玛德莱娜小甜点，竟引发出如流水潺潺不绝，似江河浩渺流淌的陈年往事那样。一般说来，怀旧的心理惯性是以两个条件为基础的，一是往日积累下了丰富而生动的印象与感性知识，一旦记忆的闸门打开，往日的印象、感觉、对形象与氛围以至颜色、气息……的记忆即纷至沓来，如势不可挡的潮水，就像普鲁斯特那样，忆出了整整一个"似水年华"，并写成了一部长篇小说；另一个条件，则是往日在某件事上、在某个方面感触甚深、震动甚大，一旦再次引发，便感触陡生、思绪纷呈，鲁迅夜遇一个人力车夫的"一件小事"，后来却引发出一大篇的感言，大概就是这种情形的例子。

说实话，我与朱光潜先生并不熟稔，也不接近，具体的交往并不很多，因为，我和他不是在同一个单位任职，也没有严格意义上的师生关系、师徒关系，就像他与张隆基那样。几年前，学术文化界曾有人把我称为"朱光潜的学生"，基本上是一种牵强附会。原因不外有三：一是我是北大西语系毕业的，而朱先生就是西语系的名教授，但我在北大时，的确没有听过朱先生的课；二是我也做过一点西方文艺批评史的研究与翻译，而朱先生就是西方批评史、西方美学史的权威；三是朱虹的确是朱先生的受业弟子，在北大上过朱先生的翻译课，曾被朱先生称为他的"三个得意学生"之一，此事在学界广为人知，因为朱虹与我是一家人，难免有人会把我这一粒鱼目误认为是"珠子"了。

虽然我与光潜先生相隔不近，接触不多，交往甚少，但是，在学界长辈中，他却是我从年青时代一直到上了岁数，仰望得较多、关注得较多、思索得较多、揣摸得较多的一个，因此，在外界因素的作用下，很容易就引发出不少记忆与思念，何况有的事情给我的印象是那么深刻，足以使我终生难忘。

名士风流：二十世纪中国两代西学名家群像（增订本）

二

在前辈师长中，我最早知其名者，要算是朱光潜。那还是在中学时期，从初中起我就开始喜欢跑书店，在书店里就曾不止一次见过开明书店出版的《给青年的十二封信》，我也曾翻阅这本书，当时觉得书中所谈的好像都是比较深、比较严肃、比较"正经"的内容。什么美呀，艺术呀，审美呀，等等，隔我那尚未开窍的脑袋比较远。那时，我感到亲切、有吸引力的只是还珠楼主、《鹰爪王》，与侠盗亚森·罗平之类的书。即使后来到了高中快要毕业，已经准备投考西语系的时候，我仍然对朱光潜的那高深的美学未敢问津，真正对朱光潜这个名字肃然起敬，那是在进了北大西语系以后的事了。

在20世纪50年代的北京大学，每年新生入学时，各系都要举行大规模的迎新活动，在西语系，活动的一个主要内容，就是毕业班的老大哥带领这年的新生在校内整个燕园里走一遭，三三两两，边走边介绍，特别深入细致。在那次活动中，我记忆中最深刻的就是从他们那里知道了北大西语系的教授阵容很强，有一大批著名的学者：赵萝蕤、吴兴华、张谷若、闻家驷、陈占元、郭麟阁、吴达元、田德望，等等。而名人中之名人，则是两位超出于这些正教授之上的两个"一级教授"：冯至与朱光潜。对于这一大批名师，西语系的学子无不津津乐道，并都引以为骄傲。

显而易见，冯、朱二位当时之所以就是超越众大家的"一级教授",是因为他们的文化业绩更大,学术声望更高。冯至不仅是公认的德国文学权威,而且是鲁迅赞赏过的"中国最杰出的抒情诗人",他的杜甫研究也是蜚声学术界的。朱光潜则早已是资深的美学研究的大师,早年几部力作并没有因为时代历史的变迁而褪色,也没有因意识形态的原因而丧失其学术价值,而且,早在抗战期间,他就担任过大学里的文学院院长,蒋介石为了表示自己礼贤下士、尊重文化,还曾接见过他,蒋介石撤离大陆前,他也是国民党派专机要抢运到台湾去的名教授之一,但他拒绝登机离去……

学子的崇拜从来都是名师崇拜、大部头论著崇拜,从一开始,朱光潜就足以使我辈肃然起敬,甚至有点顶礼膜拜,虽然他在"政治上"入过国民党,得到过蒋介石的接见,但"政治上"的事我们不管,也不感兴趣,何况他不是最后拒绝站到台湾那边去吗……所有这一切,使我从没有对他有什么保留。

仅仅是以学术标准进行衡量,而不掺杂其他标准或其他因素,这与现而今比较起来,倒可说是单纯朴实一些。现今者,时代进步了,实际操作的标准显然复杂细腻多了,其中有了官本位制的成分,有了商品社会中大为时兴的公关学的成分,以至在赫赫有名的"翰林院"里,没有多少学术业绩,没有什么社会声望,却头戴"特级研究员""博导""一级教授"的冠冕堂皇者颇有人在。

在北大的几年中,西语系这两个"一级教授",做系主任的冯至,我们倒常能见到,另一位朱光潜,则是很难很难见到的。

全系师生会，一年难得有次把，即使有，他也不大出席。听说，他前两年教英文专业高年级的翻译课，高年级毕了业，他就没有课了，西语系教学中心的那幢楼也就几乎见不到他的踪影。只是有那么一次，一个小老头从附近穿过，有同学才告诉我："那就是朱光潜。"

他大名鼎鼎，但毫不起眼，身材矮小，穿一身深蓝色咔叽布中山装，踏一双布鞋，像图书馆的一个老员工，甚至有点像一个杂役工，他满头银发，高悬在上，露出一个大而凸的额头，几乎占了半个脑袋。他步履稳当，全身透出凝重肃穆之气。

三

我与朱光潜开始有具体的接触，是从北大毕业分配到《古典文艺理论译丛》工作之后的事。

《古典文艺理论译丛》是文学研究所办的刊物，1953年刚成立的文学研究所当时还隶属于北大，老老少少的研究人员基本上都是从北大的中文系、西语系、俄语系与东语系抽调过去的。其中的西方文学研究组，起初就在北大西语系办公，和朱光潜可算是同一个大单位的。到了1958年后，这个研究所才从北大独立出去，与社会科学、人文科学的一些其他研究所组成了哲学社会科学学部。至于这个学部又升格为中国社会科学院，那是"文化大革命"之后得胡乔木与邓力群之力而成的。

《古典文艺理论译丛》的编辑方针是："有计划地、有重点地介绍世界各国的美学及文艺理论著作，包括各时代、各流派

两点之间的伽利略

1927年朱光潜摄于巴黎

1981年朱光潜摄于北京

重要的理论批评家和作家有关基本原理以及创作技巧的专著与论文,以古典论著为主。"显而易见,刊物突出了一个"洋"字,一个"古"字,这在新中国成立初期革命文艺势头正健、"大""洋""古"的倾向不止一次受到责难与批判的时代条件下,倒是属于另外一格,颇带来一股典雅文化的清新气息。编委会的组成也一目了然,我国从事外国文学研究有成就的学者、教授、翻译家都一一在列,如钱钟书、朱光潜、李健吾、杨周翰、傅雷、陈占元、田德望、金克木、陈冰夷、辛未艾、蒋路、蔡仪,等等,一看就与文化界占主流地位的革命文艺家、理论批评家不属同一路人,颇有学院派的色彩,编委会并未明确署出主编,但召集者与整个编辑工作的主持者都是蔡仪,他实际上就是主编。

我 1957 年毕业后,就是分配到这个刊物的编辑部工作。在蔡仪手下,具体做编辑工作的有三个人,两个搞俄语的都比我年长,其中还有一个是从延安来的,他们都是我的上司、指挥者,我是年轻的西语系大学毕业生,于是到一个个编委那里、特别是到西语一片几个编委那里联系跑腿、接送稿件的任务就都由我承担。因为这是一个学术性、专业性非常强的刊物,一般联系与具体跑腿的工作也并不简单,主编先把未来几期的中心主旨拟定,如悲剧问题、喜剧问题、浪漫主义问题、现实主义问题,等等,之后,就要征求编委们的意见了,包括每一期的重要选目与每一篇的译者人选,以及请编委审定译稿,等等。

名士风流：二十世纪中国两代西学名家群像（增订本）

我对这种"跑腿"工作特别特别喜爱，每一趟都有学术内容、知识含量，实际上是对一位又一位权威学者的专访，是听一堂又一堂的"家教"，是吃一顿又一顿的"小灶"，何况，骑一辆自行车驰来驰往于中关村与燕南园之间及未名湖畔，沿途垂柳飘飘，湖波粼粼，绿荫掩映，小径成趣，出入学术界名人的府第、寓所，又肩负着一个学术刊物的使命，这对于一个刚大学毕业的青年来说，实在是一件潇洒愉悦、风光得意的乐事。那个时期是我一生之中最值得怀念的，也就是在那时，我与朱光潜有了具体的接触。

北大南校门外，一箭地之遥，燕南园，20世纪五六十年代中国最优美的住宅小区。郁郁葱葱的园林，整洁幽静的小径，巴黎风格的路灯，一幢幢精美雅致的小洋楼稀疏地散落着。北大的名教授很大一部分都居住在这个园林之中，冯至、朱光潜、罗大冈、杨业治、向达、林庚、陈岱荪、吴达元……每来这里走一趟，就是一种享受，一种熏陶，一种精神提升，这里的绿意与生活格调，是我青年时代的理想境界、愿为之奋斗的境界，没想到如今到了"古稀之年"，仍然只是可望而不可即的梦……不过，经过"文化大革命"之后，燕南园的树木大为凋零，绿茵大为荒芜，一幢幢小洋楼大为破旧，即使罗大冈在自己的论评文章尾部也常署上"写于湮园"的字样，他一直是燕南园的住户，当眼见过这个园林"湮泯"的过程……只是又事隔多年，不知"改革"之后，商品大潮席卷之下，燕南园又是什么样子了？

朱光潜的家是在燕南园腹地的深处，环境格外幽静。而他那幢楼房与他那个院落，至少如我所见的，更是阒寂无声，渺无人迹，像电影中一个无人的修道院或古刹。我头一次去时，按了好几次门铃之后，才有一个女孩走出来，她年龄看来不算太小，但身材矮小而瘦削，她有一个大得出奇的朱光潜式前额，显然是极为聪明的，样子不像一个真实的少年人，而像是一个传奇中高智商的精灵。我只见过她一次，但印象却十分深刻。

　　我见到朱光潜的时候，他已经六十多岁，虽然瘦小单薄，白发苍苍，但精干灵便，神情烁烁，他宽而高的前额下一对深陷的眼睛炯炯有神，老是专注地注视着、甚至是逼视着眼前的对象，手里则握着一支烟斗，不时吸上一口，那态式、那神情，似乎面前的你就是他观察分析的对象、研究揣摸的对象。别忘了，他专攻过心理学，有过心理学方面的专著，而且是"变态心理学"的论著！坐在他面前，你似乎感到自己大脑的每一个皱褶处都被他看透了，说实话，开始并不感到舒服自在。

　　作为学者，他对刊物选题与编译的意见都很明确、干脆，绝不含糊圆滑，绝不模棱两可，而对于刊物之外的任何学术理论问题，他又有严格的界限，绝不越雷池一步，绝不高谈阔论，枝叶蔓延，而这正是青年学子每遇名家大师都期望见识到的"胜景"。如果说我曾经感到他身上有一种肃穆之气的话，一接触之后，我就明确感到他更有一种由内而外、并非刻意求之、而是自然而然渗透出来的威严，他讲起话来一副非常认真的样子，一口安徽桐城的乡音，听起来相当费劲。他脸上一般是没

名士风流：二十世纪中国两代西学名家群像（增订本）

有笑容的，但有时笑起来却笑得那么开心，笑得咧着嘴，像是从心底里蹦出来的，这经常是他在讲了一个自认为得意的想法或意见时才有的，而绝不是听了对方的趣语或交谈甚欢的产物，而且，这时他会停止说下去，将那咧开了嘴的笑停驻在脸上，眼睛盯着你，似乎在等着你的回应。有了几次接触后，我就相当确切地感到，他是一个很自主的人，很有主见并力求影响别人的人。他绝不跟对方讲多余的话，但当我小心翼翼从业务工作范围里挪出去一小步，恭维他精神很好，身体很好时，他也很和气，很善意地告诫我："身体就是要锻炼，每天不必要长时间，但一定要坚持。"当我又得寸进尺奉承他的太极拳打得好，青年学子称为"出神入化"时，他以权威的口吻提示我："跑步，最好的运动是慢跑，每天慢跑半小时，它给我的身体带来的好处最大。"（他在校园里跑步的样子，我见过，步子不大，节奏不快，身体前倾，身姿有点可笑。）从此之后，我一直记住了他这一经验之谈，并断断续续效法他这一健身之道，多年之中，每当我身上的惰性占上风时，我就想起朱光潜年长笔健的经验，而强迫自己继承他这一"衣钵"，反反复复，终于养成了习惯，时至今日，我仍坚持不懈，而且有时在慢跑时，脑海里还偶尔浮现出朱光潜在燕南园迈着小步慢跑的瘦小身影。

《古典文艺理论译丛》于1957年创刊，因"文化大革命"的来到而收场，最后一期出版于1966年，前后十年，共出版了十七册，均由人民文学出版社出版，每册三十万字，总共约五百多万字，试想，以五百万公斤炸药投放在单一一块阵地，其动静与后果该有多大！无疑，这是新中国成立后，"文化大革命"前最大的一个"大洋古"项目，它的所作所为可称得上是丰富、厚重、扎实，它全面地、精到地译介了从古希腊罗马一直到20世纪整个西方文艺批评史中的名家、名著、名篇，几乎每一个课题都有一个专集或至少是作为一个专集的专题，有的更占有两个甚至两个以上的专集，如悲剧理论、喜剧理论、浪漫主义创作论、现实主义创作论著等。

那个时期这个刊物在学术文化界所引起的轰动，所产生的影响，今天怎么加以评价都是不过分的，它是新中国成立后少有的启蒙渠道，少有的一个西方橱窗，它为我国的西学文化，为后来几十年西方文艺批评史的研究打下了坚实的基础。其重要性与其成功，除了由于刊物有明确的主体意志、主体创意外，那就得归功于国内一批最出色的学者专家所组成的编委会的坚持努力了，当然还缺不了学界与译界同仁的一致支持。

在编委会中，朱光潜和钱钟书一样，也是一位特别重要的编委，在工作上也得到我的上司、主编蔡仪的格外尊重，虽然他们两人的美学观点针锋相对，早在新中国成立之前，蔡仪就发表过长篇论文，对朱光潜的美学思想进行过相当激烈的批判。如果光从蔡仪在工作上对朱光潜的尊重来看，你根本看不出他们在美学问题上是两个"死敌"。朱光潜与钱钟书在编委中之所以得到格外的尊崇，显而易见的原因就是，他们都是西方文艺批评史的真正权威，学养深厚，著作等身，在后一方面，朱似乎更胜一筹,因为钱的《管锥编》尚未问世。朱光潜也很重视来自文学研究所的这份尊崇,因此,他在《古典文艺理论译丛》上贡献甚多,出力不少。如建议选题选目、推荐译者、审定译文以及提供自己权威性的译稿,他所译的黑格尔的《美学》,就是提前在这刊物上问世的,他还特别为美学问题的专号赶译了德国19世纪后期著名的心理学家、美学家里普斯的长篇论文《论移情作用》。

四

其实,这时的朱光潜在学术上有体面风光、矜持尊严的一面,也有躬身弯腰、尴尬委屈的一面。他那时的学术身份就已经有点"特别"了,我不知道打这么一个比喻是否恰当:他似乎可说是学术界的傅作义。

1956年6月,他在《文艺报》上发表了一篇自我批判的长篇文章《我的文艺思想的反动性》,自我批判之彻底与激烈,实在令人惊奇。他对自己此前的学术工作进行了无情的否定,说自己"解放前的著作在青年读者中发生过广泛的有害影响",对此,自己"一直存在着罪孽感",认为自己的美学思想与艺术趣味"带着阶级的有色眼镜","有极浓厚的悲观厌世",有"鄙视群众,抬高自我,脱离现实,图个人享乐"的"颓废思想",等等。总而言之,"是从根本上错起的",是"主观唯心主义的",是"反现实主义的,反社会、反人民的"。所有可怕的大帽子都给自己扣上了,除了"反党"的帽子外,也许是他觉得"反党"

才是最大最可怕的帽子,"反党"那岂不就是"反革命了"嘛,他得给自己留一点点余地。至于他所继承的中国文化与克罗齐、康德、黑格尔的美学,当然都被他一一否定。一个如此重量级的权威刊物发表这么一篇文章,在当时无疑是文化界的一件大事,其影响与重要性似乎不小于"北平的和平解放"。那时,我正在西语系三年级,正忙于应付自己严重的神经衰弱与耽误的功课,没有注意到这件大事,对此事有所知晓,却是在参加工作、与朱光潜有所接触相当久之后的事了。而在接触的当时,我怎么也没有想到朱光潜身上也有"傅作义的性质"。

后来,我常想,朱光潜那么一个矜持、肃穆、有尊严的人,在美学理论王国里,好歹也是一个"王者",他是怎么写出那么一篇"罪己文"的?显而易见,这绝不是他个人兴趣所致的举动,更不至于是他自己乐于去干的一件事,而是有组织、有领导的社会潮流的一个组成部分,是国内从 20 世纪 50 年代中期至 60 年代中期愈来愈"左"的政策导向与调门愈来愈高的意识形态强音的直接产物,而这股"左"的导向不久就汇结成了一次为期十年的文化浩劫与政治动乱。朱光潜在后来 1980 年写的《自传》中就告诉了世人,那篇文章的写作是"胡乔木、邓拓、周扬和邵荃麟向我打招呼"的结果,他们说"这次美学讨论是为了澄清思想,不是要整人"。今天看来,这是领导上、组织上的"敬酒",如果"敬酒不吃",后面难免就要上"罚酒"了。

名士风流：二十世纪中国两代西学名家群像（增订本）

当然，这一次"敬酒"式的极为成功的思想工作是有一贯出色的统战工作垫底的，朱光潜在自己的文章中就曾经历举他两个重要的头衔：全国政协委员、全国文联理事。这是组织上、领导上的信任与尊重呀！士为知己者用，岂能辜负呢？不仅这篇"罪己文"而已，朱光潜还非常认真钻研马克思主义，力图掌握无产阶级的"理论武器"——辩证唯物主义和历史唯物主义，这在当时是非常难得的"在思想上向党靠拢"，此外，"我在年近六十时，还抽暇把俄文学到能勉强阅读和翻译的程度"，这在"向苏联老大哥一边倒"的五六十年代，对文化学术界有名望的学者而言，本身就是思想上求进步的突出表现，何况他还学得那么刻苦用功。总而言之，他接过来这一杯"敬酒"，一口而尽，痛快！豪爽！

至于"罚酒"，既然饮了敬酒，当然用不着上"罚酒"了。但"罚酒"的味道朱光潜是知道的，也不无体验，他在1981年的自述里说过："在建国初期思想改造阶段，我是重点对象。"那次运动进行时，我还在中学里懵里懵懂，说不清是什么情况，但杨绛的《洗澡》所写的就是那场运动，而且正是北大、清华、燕京等名校高级知识分子的际遇，的确是"洗澡"，是帮你把身上的封建阶级、资产阶级的脏东西洗涤干净呀，但是，用的可是滚烫滚烫的水！而朱光潜还曾是重点冲洗的对象，其滋味想必记忆犹新。

这就是我所理解的朱光潜在20世纪50年代初期做出抉择时两个方面的内心背景，而我所接触到的，则是他所做出抉择后所持有的学术地位、学术身份与学术尊严。他这种境况倒颇有点"退一步海阔天空"的意味,实际上,他退一步所换来的还不仅是"进一步",似乎还可以说是"进两步",在他发表了"罪己书"之后,他对他在美学问题上的每一个论敌,不论是什么倾向的美学家,从以马克思唯物主义、现实主义为旗帜的,到娓娓动听赢得了不少信众的,也不论是什么身份的美学家,从有资格的老革命老左翼理论家到哲学美学界的新秀,他都没有放过,几乎给每一人奉送了一长篇大文,或为批评或为商榷或为反驳,大有舌战群儒之概,甚至有点横扫千军的架势。好一个矮个子朱老头,他倒挺能缠挺能打的,真像一颗咬不碎、砸不烂的铜豌豆,你能说他有什么不对吗?不能,他是向马克思主义低头认错,他是向党、向组织上鞠躬致礼,可他并不是向他的论敌认输呀!

五

"文化大革命"前夕,《古典文艺理论译丛》停办后,我就再没有见到朱光潜,直到十年浩劫完全结束,我才再次见到。

在整个"无产阶级'文化大革命'"期间,仅仅关于搞西学的学者专家,我们就听到很多悲惨的消息,有的遭到刻毒的凌辱,如剃"阴阳头",有的被殴打致残,有的遣送到边远地区,有的丢了性命,有的坐了多年的监狱……对朱光潜在"文化大革命"中的情况,我们听说不多,当然,受到冲击是不在话下的,但比较起来,他似乎还不算是最悲惨、最倒霉的,有很多

名士风流：二十世纪中国两代西学名家群像（增订本）

人遭罪的程度大大超过了他，实际上他们身上的"旧包袱"并不如他大，他参加过国民党，他得到蒋介石的接见，在红卫兵眼里显然要算一条"大鱼"，他怎么躲过了丢命的劫难？是因为他"反动名号大"，在上面挂了号，红卫兵不敢随意处置？是因为他注意保存自己，坚持锻炼，没有让身体垮掉？是因为他采取了低姿态，顺着来的态度，总算没有在红卫兵抽人的皮带面前吃眼前亏？看来，这些因素也许都有一点，即使都不是决定性的……

　　劫后余生，他存活下来了，又活跃在学术舞台上。他的学术活动之一，是受聘于中国社会科学院的外国文学研究所，担任该所的学术委员，因为根据"翰林院"统一的规定，每个研究所的学术委员必须由所内与所外两个方面的著名学者联合组成。所外的除朱光潜外，还有季羡林、杨周翰、王佐良。所里的当然以冯至、卞之琳、李健吾、罗大冈、戈宝权、陈冰夷、叶水夫为主，也提携了几个在"文化大革命"前即已崭露头角的"青年人"，其实他们也不再年轻了，都已经过了"不惑之年"，敝人也是其中之一。所学术委员会每年总要开两三次会，讨论若干重大的学术问题，坐而论道，各抒己见，倒也真能起些"开会有益"的作用，正是在这个场合我有幸成为这些学长的"同会者""共事者"。

　　十年过去了，朱光潜基本上还是老样子，总是一身蓝布中山装、布鞋，头发白得闪光，两眼有神，目光炯炯，一身肃穆，不苟言笑,从不寒暄。他的安徽桐城乡音,很不容易听懂,加以,我参加这种会,都尽力摆正自己作为小字辈的位置,一般总坐在门口,离那些在一个长条桌周围就座的"长老"们远远的,因而,他们的高论与教诲,我听取得相当差,只是有一次,朱光潜发言时,我特别竖起了耳朵去听,唯恐漏掉一句话、一个字,那是他对编写文学史一事在发表意见。

在文学研究领域,编写文学史一直被视为高层次、高难度,也具有重要学术文化意义的项目。"文化大革命"前,当时意识形态部门主管文化艺术的总头头周扬,就曾向外国文学研究所提出编写20世纪欧洲文学史的任务,甚至说,对文学研究所而言,能否编写出文学史来,是一件"生死存亡的大事",此话他讲得有点危言耸听,不过确强调了这一学术研究工作的重要。他做了这个指示后,外国文学所即闻风而动,立即上马,组成了一个编写组,由卞之琳挂名主持,编写工作的"学术秘书"则由我担任。经过几个月卓有效率的努力,编写组初见成果,可惜"文化大革命"一来,整个事情就泡汤了。因为有此前缘,我在"文化大革命"后期,自己就办起了"地下工厂",邀了两位同道,编写《法国文学史》了。及至"文化大革命"告终,外文所恢复研究工作,所长冯至也官复原职,在他的支持下,《法国文学史》的编写也就公开并正式入列所科研计划,个体私营的活起先可以自行其是,一旦列入了公家的计划,而且又是大的项目,就不免要拿到学术委员会上去"说道说道",讨论讨论,正是在此情况下,我听到了朱光潜关于编写文学史的高论。

名士风流：二十世纪中国两代西学名家群像（增订本）

我当然非常重视朱光潜对编写文学史的意见，因为，这首先与我本人当时正在进行的工作直接有关，还有一个重要的原因：他于1962年出版了《西方美学史》一书，在我看来，这部美学史要算是20世纪中国最具开拓意义的史学著作，朱光潜当然也就是西学史著的绝对权威。他那次发言也的确权威性十足，大意是说，编写文学史是一件高难度的学术工作，必须在有充分积累的基础上才能动手，不是谁都可以写文学史的。他还说，写文学史是要引导读者遍游一个文学国度，首先要把文学史的客观事实介绍得比较全面，真实清楚，然后才做评价与议论，合格的文学史应该像一本好的地图指南，一本好的导游图，如果达不到这样的水平，那就不要去硬写。

他的这一席话充满了作为一个老资格学术委员的提醒与忠告，但我听来却不能不有所敏感，觉得虽然老先生不至于是认为当时外文所我们这一辈人不具备写文学史的基础与条件，却至少是抱着等着瞧、拭目以待的态度，说实话，在当时对我既是压力也是激励，使我决心要写出一部在规模、广度与深度上都像个样子的文学史。至于他讲的那些道理与忠告，我倒是深有同感的，重视文学发展与作家作品的客观实际，并尽可能加以贴切、准确的描述，正是我编写文学史的主导思想，我不喜欢并切诚自己脱离作家作品实际去高谈阔论，天马行空，后来写成并获得国家图书奖的《法国文学史》基本上做到了这一点，总算没有辜负朱老先生这一番苦心的忠告。显然，他这一番道理在今天并未过时，且看今天的学界，由于官本位标准的渗透，从不研究文学史与作家作品、只靠理论高腔起家的学术行政官员，居然也利用自己的权力主编起了一套又一套文学史，又由于近十多年来新潮派文论高潮席卷学界，在不少文学史著作中，不见文学发展的基本史实，不见作家作品的具体状况，而只见作家名单、书名目录，不见对作家作品的具体贴切的描述与分析，而只见贩运进来的二手的概念术语与难以理解的表述论说。所有这一切放在今日的背景之上，朱光潜的高论倒有了警世告诫的意义了！

我直接接触，直接耳闻目睹的，几乎都是朱光潜尊严肃穆、内敛凝练、充满权威性并且意气风发的一面，他委曲求全、躬身低态，甚至弯腰致礼的一面，我从来都没有见过，如果不是从报刊上看到，如果不是亲耳听朱光潜本单位的人确凿的转述，我是不会知道的，也不会相信的。"四人帮"垮台后，"思想批判""学术批判"之类的玩意愈来愈吃不开，因而也慢慢绝迹了，这是一个社会进步，也是精神文化领域里的幸事、喜事，但在"清污"前后，这种老玩意还是时兴过一阵子：一时间，不打棍子、不扣帽子似乎就没法活的人，如逢盛世，振奋而起，大唱高腔，纷纷出手，大概正是在这个时期，我听说朱光潜在自己的所在单位，不知什么范围的会上，又被他的学生辈、一位中年左派大大解析批判了一番。后来，此事的确得到了证实，我自己也听到那位中年左派还津津乐道朱光潜如何如何对他的批判表示心服口服，甚至称赞他剖析得"深刻精到""使人获益匪浅"。看来，那位左派所言非虚，因为，那位同志从来在历次政治运动与革命大批判中都是展翅高翔的，风头很健，凭借伶牙俐齿，犀利笔头，均能哗众取宠，颇有斩获。不过在革命大批判已见衰微的时代，朱光潜还有如此的"谦逊"，却使我颇有点意外，毕竟敝人多少也经历过一点风雨，觉得在左派高腔面前，用不着那么"谦逊""退让"。这时，我开始对朱光潜似乎有了点感悟与认知，形成了一个概念。在我看来，朱光潜在学术问题、学术异见面前，无疑是非常有自信、坚硬异常的，这就是他学术尊严之所在，是他身上肃穆之气的根由。而在政治思想运动中，在学术思想批判面前，甚至在带有政治背景的学术评析面前，在借政治风头而居高临下，而高腔高调的左派批评者面前，他是退让的、谦逊的、低姿态的。我想，原因很简单，因为他深知这种批判、这种人士所依托的是一种巨大的、不可抗拒的力量，他们的背后是像一座大山一样不可动摇的庞然大物。

六

在整个七八十年代，除了在上述学术委员会上见过朱光潜几次外，我还有一次与他"同会"的经历。那是1978年11月在广州举行的"全国外国文学工作会议"，那是"四人帮"垮台后全国第一次这种性质、这种主题的会，也是新中国成立后第一次规模巨大的"西学"会议，由中国"翰林院"中的外字号研究所出面张罗，上有意识形态部门高层领导的大力支持，场面宏大,开得甚有气派。半个世纪以来,中国学术文化界从事"西学"的名家大儒冯至、朱光潜、季羡林、杨宪益、叶君健、卞之琳、李健吾、伍蠡甫、赵萝蕤、金克木、戈宝权、杨周翰、李赋宁、草婴、辛未艾、赵瑞蕻、蒋路、楼适夷、绿原、罗大冈、王佐良,等等,还有与人文学科有关的高校领导以及文化出版界的权威人士吴甫恒、吴岩、孙绳武,等等,名流荟萃,济济一堂,竟有二百多人,意识形态领域里的高层人物周扬、梅益、姜椿芳等也出席了会议。就其名家聚集的密度而言,大概仅次于中国作家代表大会。

朱光潜在学术讨论会上
(前排右三为朱光潜,右二为李健吾,右五为季羡林)

名士风流：二十世纪中国两代西学名家群像（增订本）

在这次大会前几个月，我从"实践是检验真理的唯一标准"中得到启发，借了这股"东风"，提出了针对日丹诺夫论断、重新评价西方现当代文学的问题，并在我主持科研工作的研究室与刊物组织了学术讨论，曾引起冯至所长等人的注意与重视，他们为了使广州会议有充实的学术内容与新意，要我到大会上做一个主旨发言。那次大会除了开幕式、闭幕式上各级领导人的讲话外，全体会上的学术报告只有三个，一个高等院校的代表综述高校一些文科教材讨论会上对于"资产阶级人道主义"的不同评价，一是权威的出版单位人民文学出版社的代表介绍外国文学出版的情况与计划，再一个就是我那个重新评价西方现当代文学的发言。

冯至等大会的领导同志特别优待我那个长篇发言，给了我一个上午的整段时间，再加上大半个上午，实际上构成了一个长篇学术报告，这是新中国成立后学术会议上很罕见的。说实话，就这个报告充实的内容而言，没有这么大的时间"篇幅"，也是容纳不下的，会后整理成文发表在刊物上就有近五六万字之多。

整篇报告是对日丹诺夫论断的全面批驳。日丹诺夫是斯大林的意识形态总管，以敌视西方文化、打棍子、扣帽子、对国内作家进行粗暴打击与迫害著称，他把整个西方现当代文学艺术斥之为反动、颓废、腐朽的文艺，是为著名的"日丹诺夫论断"，它从20世纪40年代被引入中国后，一直是中国革命文艺界的理论经典、不可违抗的法规,至70年代末期为止,统治中国文艺界达四十年之久。在下的那个报告实际上就是对日丹诺夫论断的"揭竿而起",就是为西方现当代文学艺术彻底翻案,当然,要在一个社会主义国家里公然颠覆日丹诺夫论断这个一贯享有神圣庙堂地位的庞然大物,就得首先论证它是违反历史唯物主义与辩证唯物主义的,是不符合文学发展客观规律的,而在济济一堂的饱学之士面前做这件事,更必须比较充分而令人信服地说明西方现当代文艺各方面的客观状况,必须正面论述其主要文学流派、重要作家、作品在思想内容与艺术风格上的特点、意义与价值,而所有这一切,都必须做到言之有理、言之有据,最好还要有若干闪光的思想与出彩的分析评论,说实话,如果做不到这点,那么会场上的一大批长老岂会让一个小字辈在台上夸夸其谈四五个钟头?从会场上聚精会神的关注度而言,这个报告应该说是做到了这个份上。

会后的反应,实事求是说,是相当热烈的,至少有十几位德高望重的师长来当面向报告人表示热情的赞许与鼓励,更不用说是同辈学人了。今天看来,当时之所以有此热烈的盛况,与其说是由于报告的内容充实精彩,不如说是因为压在文化学术界头上的一块意识形态巨石在新中国成立后总算第一次受到了正面的冲击,是因为总算有了一只出头鸟,讲出了很多人想讲却一直没有讲出来、不敢讲出来的话。

至于朱光潜,他的反应更是格外热情,他走过来跟我握手,连连称道:"讲得好,讲得好。"如果我没有记错的话,那是他

名士风流：二十世纪中国两代西学名家群像（增订本）

第一次伸手给我握（我当时感到他的手真是瘦骨嶙峋），而且，第二天他还采取了一个我永远难以忘记的行动。那天，周扬特别前来会见大会的全体代表，他来到大会议厅时，大家都候在那里，实际上就是等"首长接见"，虽然，在"文化大革命"中他被关了好几年，复出之后威势已大不如过去，但他出狱后，曾到各种场合、各种会议做自我批评，就"文化大革命"前多年整过人伤过人的"政绩"，向文学艺术界人士表示他的歉意，给了文化界很好的印象，这时大家见到他，反倒多了一点亲切感，对他的来临表示热烈欢迎，虽然这时的周扬有些"礼贤下士"的味道了，但他每到一个场合，总还有一股"王者"的气派，这也很自然，他在这个领域居于"王者"地位已经好几十年了，何况，他的确有真才实学，的确是一位理论批评的权威，在这种场合，我作为一个"小字辈"，当然很知趣地缩在人群队列的后面。

这时，朱光潜却特意将我从后列拽了出来，拉到周扬的面前说："周扬同志，他就是柳鸣九，他在大会上做了一个很好的报告。"看来，他以为周扬一定是看过大会的简报，已经得知了有这么一个报告，或者是认定周扬也一定很乐于看到日丹诺夫论断遭到冲击。可是当时周扬却没有什么反应，甚至连正眼也没有瞧我，也许他"王者"的气派依旧，"礼贤下士"之德的存量不多，还普及不到学术低层的小字辈头上，也许是周扬对冲击日丹诺夫论断一事压根就不感兴趣，甚至不以为然⋯⋯但不论怎样，朱光潜引见的意图我自己是感受得很强烈的，他既有将我当作他自己的子弟辈加以亲切善意对待、甚至或多或少给点助力的意味，更有促使对日丹诺夫论断的冲击更加扩大声势的愿望，几十年来，他可没有少受日丹诺夫的罪，少吃日丹诺夫的苦！

广州会议之后，我与朱光潜再无工作联系，只有一些零星的交往，主要都是他作为师长辈对后生的关怀，如他托人转告我，说狄德罗有一篇短篇小说很有价值，建议我把它译出来；再如，他不止一次赠书给朱虹与我，题词很是客气，总用"赐教"二字，还称朱虹为"老学友"，他对后辈学生这种谦逊，使得我们很是惭愧，愈加感到他人格境界的高尚。

20世纪80年代末，有一次我们法国文学研究会在北大举行学术讨论会，我利用晚上休息时间去看他，向他问安，那时，他已经迁居燕南园，与我同去的还有王道乾与金志平，在座的有张隆溪。大家寒暄闲谈不太长，为了不影响他的休息，我们及早就告退了，这是我最后一次见到朱先生。

七

朱光潜先生辞世后，我不止一次想起他，不止一次思索他，推敲他，琢磨他，不论是从学术业绩方面，还是从精神人格方面以及人生轨迹方面。

他著作等身，译文浩繁，西方文艺批评史上、美学哲理上的几乎所有重大问题，几乎所有名家经典，他无不涉及。你要

名士风流：二十世纪中国两代西学名家群像（增订本）

进入这个领域的每一个地区，都能看到这个小老头思想者坐在那里，握着拳，支着下额在进行思考。在广阔的学术文化领地里无处不有自己的身影，这就是一代大学者的标志。在这方面，也许只有钱钟书可与他比肩而立，虽然在学问的广博精深上他较钱稍逊一等，但在论著译著业绩的厚重与卷帙繁大上，却较钱似无不及。

他的精神人格之所以值得景仰，并经得起推敲，就在于他是一个纯粹的学者。他只专注于学术，看来是心无旁骛的，他为什么没有乘上蒋介石派到北京来的专机飞到台湾去？他早就被那边视为上宾，甚至是"国宝"，我并不想将此归结为他的"爱国主义精神"与"进步思想"，而宁可认定是他对以"北平"为象征与称谓的民族古老深厚文化的眷恋所致。他作为学者的最突出的精神品质是"毅"与"勤"，像他那样做出了厚重的学术业绩，产生了那么多量的论著与译著，并且是以康德、黑格尔、克罗齐、维柯等这样一些高难度的人物与文本为其研译对象，如果不是每天从不懈怠、坚持长时间艰苦的脑力劳动，那是不可能达到的，这对于早年就已经功成名就、有条件"歇一口气"的学人更是不容易做到的。他必须排除纷繁的世俗干扰与世俗诱惑，而为了使他瘦小的身子能扛得住这样永无间歇、艰难枯涩的精神劳作，他就从不间断地坚持打太极拳、跑步，跑得那么手脚笨拙，姿态可笑……根据他的家人回忆，直到他逝世前几天，他还手脚并用，亲自爬上楼去为他译的维柯查对一个注释，他简直是一息尚存就劳作不息……在学界中，有谁

两点之间的伽利略

最常常使我想起加缪的西绪弗斯?他终生推石上山,周而复始,永不停歇,那就是朱光潜。

作为上个世纪的人文现象,他的人生轨迹与处世姿势也值得思索、值得琢磨。1949年他决定留在北京大学,他心里肯定存有一个学术宏图、一个学术目标,他要留下来做这些事,这重要的决断划定了他以后的人生轨迹。而1956年,他喝下一杯敬酒,发表了"罪己"的大文,显然是另一次重要的决断。由此,他得到了学术界里的既定身份与既定位置,可以在从燕东园到燕南园的平静书斋里,一直瞄着他内心里的目标,一点一点实现他的宏图。他最后获得了丰收。从论著《西方美学史》《美学拾穗集》《悲剧心理学》《艺术杂谈》到译著黑格尔的《美学》、莱辛的《拉奥孔》、维柯的《新科学》、歌德的《对话录》,一一出版成功,大有泉涌之势……如果说,他的精神品格使我想起了推石上山的西绪弗斯的话,那么他的人生轨迹则使我想起了伽利略。

1610年,伽利略继打破了地球中心说的哥白尼之后,证明了地球绕太阳运动的科学真理。不到十年前,同样证明了此说的布鲁诺被宗教法庭活活烧死在罗马,而1616年,宗教法庭正式将哥白尼的著作列为禁书。伽利略在沉重的压力下先沉默了八年,1633年宗教法庭召他前往罗马"受询",6月22日,他不得不在宗教法庭上悔罪,表示放弃他的地动说。1642年,他逝世,逝世前,终于写出了他的力学巨著《对话录》。

名士风流：二十世纪中国两代西学名家群像（增订本）

　　对此，布莱希特的《伽利略传》中有这样一场描写，他的一个朋友对他说："1633年，您欣然否定您学说中最为人们所称道的内容时，我早就应该明白，您只不过抽身退出一场毫无希望的政治斗争，以便继续从事真正的科学工作……您赢得了时间来写只有您才写得出来的科学著作。"①

　　从出发点到既定目标，两点之间最便捷的路往往并不是一条直线。

　　我之所以常想起这样一种生存轨迹，是因为它常见于20世纪中国知识分子的存在状态中。

---

① 《伽利略传》第14幕，见《布莱希特戏剧选》下册，高士彦等译，人民文学出版社1980年版，第126—127页。

永远的老师

怀念郭麟阁教授

每次在书店看到梅里美的选集时，我都特别要注意里面是否收入了郭麟阁先生所译的《雅克团》，但几乎每次都令我失望，我只在20世纪60年代见过人民文学出版社出版的《雅克团》单行本，此后既没有见过它再版，也没有见过它被收入梅里美的选集，而梅里美的中篇小说《卡门》，在各种选集中总是屡见不鲜，它在国内的各种译本，似乎已经有十几个之多了！

《雅克团》是梅里美写于1828年的一个剧本，就其题材与过去马列主义文艺学所特别重视的"人民性"而言，它在法国文学以至世界文学中都要算凤毛麟角了。它写的是法国中世纪的一次著名的农民起义，那时，封建领主与天主教会对农民的剥削极为残酷，再加上正值英法百年战争，还有入侵的英国军队与英国浪人对法国百姓进行野蛮的抢掠与残害，农民如同生活在地狱里一样，不得不揭竿而起，进行反抗。梅里美的剧本就是写这一历史事件，通篇充满了作者强烈的革命情绪与民主主义精神,因为写作年代正是复辟王朝后期,整个法国都在酝酿着、积蓄着对这个封建残余政治实体的爆炸情绪,只等1830年革命一声炮响,而这时,梅里美正血气方刚,仅二十五岁。

《雅克团》这个剧本的原文,我在大学三年级时读过,那一年级的法文精读课,用的是原苏联高等院校本科法文课的正式教科书,那里面就选了《雅克团》的一些篇章。说实话,那是我们在高年级所碰见的最麻烦的原文,虽然都是口语对白,即"大白话"也,但那是16世纪的"大白话"呀,如果没有古法语的知识基础,一句简单的话,一个简单的词,也许就成为你难以逾越的障碍,而且那还是法国北部省区地方方言的"大白话",其中还有一些"泥腿子"农民的粗话与俚语,是一般的法文字典中难以查找到的。总之,说不上有什么艰深,但要把这种原文对付下来,着实有些麻烦,就像进入了一个荆棘丛生、蚊虫密布的森林,每前进一步,都要费点劲。

因此,当我第一次见到郭麟阁的《雅克团》译本时,我不禁颇有所感,我没有想到这位老先生如此不怕麻烦,竟昂然走进这一片密林荆棘地带,确有一种"艺高人胆大"的气概。而他作为翻译家选中的《雅克团》,显然并不是一部"好看"的作品,不会给他带来好多好多的读者,他是为了什么呢?看来是为了忠实贯彻"人民性"这样一个选材标准,也许还受了农民战争是历史发展动力这种革命论断的思想影响与《湖南农民运动考察报告》的"泥腿子"造反精神的感染,而在翻译工作中"坚持政治第一"的结果。这在五六十年代中国知识分子的身上，是太自然、太必然的事了，后来，我每想到此事，总感到麟阁先生的确是一个很实沉、太实沉的人。

麟阁先生是我们在北大时的法文主课老师，头三年，他并没有教我们，是从第四年才开始的。法文主课是我们这个专业最基本、最重要的课程，是培养我们作为"法国语言文学专门人才"的主要"平台"，高年级的这一课程，一般都是安排法国语言与法国文学造诣都比较精深的老教授来担任，对于郭先生，我们在低年级时就"闻名已久了"。

上了他一年的课，果然受惠无穷。他的课不用现成的教材，而是他自己编的讲义，他的讲义编得很是认真、很是细致，一堂课往往就有好几大篇，把涉及的法语语言现象解释得清楚而透彻，并有丰富的例句帮学生理解得更深入、掌握得更能"举一反三"；在课堂上，他又操造句、措辞十分精当的并有文化品味的法语进行讲解，使学生又受益一层。麟阁先生在课堂上还有一绝，他能随口背诵大段大段、成篇成篇的法国文学名著，甚至是高乃依与拉辛那些令人生畏的长篇韵文。而且他背诵起来津津有味，如醉如痴，他那种背诵的"硬功夫"与执着投入的热情，都赢得了我辈的格外敬佩。

应该说，他是我们的恩师，他的精读课，再加上陈占元先生的翻译课以及陈定民先生的口语课，盛澄华、李锡祖先生的选读课，的确使西语系法文专业的学生在高年级受到了严格的科班训练，在阅读、理解、翻译、写作各方面都打下了扎实良好的基础，仅以我们这一班为例，就是一个有力的证明。我们这一班的同学毕业后广泛地分配到了外语教学、口译、笔译与文化交流、学术研究等各种工作岗位，后来都在各自的领域成为出类拔萃的人才，如丁世中在联合国的同声翻译，罗新璋中译法、法译中的文学翻译，吕永祯、刘君强的外语教学、李恒基的电影文化交流等。在我们后辈学子的成功中，凝聚了先师们培养的心血。

但麟阁先生这样学问精深、人品高雅的名师并没有"闪光的外表"（这似乎是"五四"以来北大名家的一个传统）。在见到他之前，他对我们来说，是"如雷贯耳"，但一见却多少令人有点失望，他与我们在低年级见过的那种戴金丝眼镜、西装穿得一丝不苟的教授很是不同，看起来显得很有些土气，全然没有他留学法国多年的痕迹。他的外观像一个憨厚的农民，一口河南乡音，常穿一身再普通不过的卡其布中山服，剪裁缝制得甚不讲究，看上去也不那么整洁，甚至胸前还有个把小污渍。他身材高大，满脸通红，精神充沛，声音洪亮，常以自己"身体好"而骄傲。有时，他不无得意地说："我满可以工作到九十岁，一百岁，没问题。"说到最后一个片语，头沉醉地摆动一下，用手轻轻地由上往下，再由下往上一扬，做了个动作，就像一个老师满意地在学生的作业上划上一个勾。据他说，他保持了强健的身体就是由于胃口好、能吃，而且，他很喜欢吃主粮、吃饭，就像我小时候听家乡的老一辈所说的"人是铁，饭是钢"那句"古训",他这些话是否在课堂上讲过,我记不得了,但记得有一次我有幸在他家共同进餐时,他是说过的。我至今并不清楚郭先生的籍贯与出身,但我一直深深地感到,他身上有浓浓的乡土味,他这乡土味显然是从他原生的环境里直接带来的,构成了他作为一个人的底色,没有被长期国外的镀金所磨损,没有被他大半生在知识分子堆里司空见惯的附庸风雅、矫情矫饰所掩盖,他是一个清澈见底的人,他是一个完完全全的本色人。

郭麟阁(左二)与其得意门生丁世中(左一)

他是如此本色，我没有看见他身上有任何附丽、炫耀、文饰、装点、增色、聚光、美化、借用等等的方式与杂质，我除了听见过他以自己的饭量与背诵法文诗的苦功夫自诩外，就没有见过他拿别的什么来增加自己的分量与光度。有这样一个例子我不知道引用出来是否恰当，反正它多少给了我些许震撼，那就是他与陈毅的关系。他与陈毅是在中法大学时期的同窗同学，而且同住一个宿舍，后来在法国也有交往，听说，陈毅造反时有一次曾遇"麻烦"，他还伸出过援手，而新中国成立之后，他们仍保持着同窗之谊。对于这样一层"红彤彤的"、在常人眼里足以给自己添光增彩的关系，我在学校时从未听他说过，也没有听到过同学中对此有任何传闻，我走上工作岗位，在与麟阁师多次个人交往，包括饭后畅谈、病中倾诉中，也均未听他提及，直到他去世后，我才偶然从外交界一个同志口里听说。

本色者，与算计、谋略、手段、机巧，等等，总是格格不入的，甚至往往本能地不屑于此。大凡以本色行世，莫不易受损折，此世之常情也。按我个人的俗见，以麟阁先生的学力与资格，他本该有更多的展现空间，有更大的活动天地，然而，他显然没有充分实现自己的人文学术抱负，对此，他在心底里是否感受过遗憾与苦涩？我想是的，他这种遗憾与苦涩如果有所表露的话，那也是按照他本色的方式，表露得很本色的，至少，我亲身感受过一次。那是在20世纪80年代，他的腿部受伤，长久未能愈合，为防止恶变之患，住进了北京医院，我去看过他一次。和以往一样，师徒二人促膝长谈，畅达尽兴，无话不叙，其中有一段话至今我想起来，仍深感其苦涩与凄清，那是他对于他未能当上法国文学研究会理事一事而发的。他那段话大致是说，自己对法国文学挚爱了一辈子，也做了不少法国文学的工作，为什么一个区区的理事头衔也不给自己呢？他没有表示愤慨，也没有埋怨，只是有点无奈，说了一句："未免太过分了吧？"此事在我看来，的确"过分"，而且"很不像话"，学界之中竟有这种排斥异己、践踏起码公正原则的事，竟有如此专横跋扈、唯我独尊、对他人学术生命任意打杀的"家长"，简直令人震惊。此事的过程我略知一二，本来是有人力主郭先生以及另外一位颇有学术业绩的先生应为研究会的当然理事，然而却被"掌门人"以"他们只是法语教师，而不研究法国文学"这样无视事实的借口随意否决掉了，要知道，郭麟阁译《雅克团》，郭麟阁用法文写作并出版了一部《法国文学史》，在本学界里有谁能做到？而区区一顶"理事小帽"又算个什么呢？当时，我在本学界还是一个"小媳妇"，头上还悬着一条"霸王鞭"（事实上，不久之后，这鞭子就狠狠地抽将下来了），因此，除了陈述自己的意见以外，对麟阁先生遭受如此不公正的待遇实在无能为力，莫可奈何，乃至后来我自己忝为"掌门人"，能够主事，想要进行"纠偏"时，麟阁师已乘仙鹤他去，把那种鼠肚鸡肠、鸡零狗碎的小动作弃之不屑，远远抛在身后世俗的尘埃里。

名士风流:二十世纪中国两代西学名家群像(增订本)

在校期间,我与郭先生并没有什么个人接触,1957年走上工作岗位后,由于作为编辑,需要与专家学者有各种联系,又因为工作单位就在中关村,离北大很近,才与郭先生有了较多的来往。我曾多次去过他家在北大朗润园那个僻静而略带荒芜气味的院子,也曾不止一次享用过他家的家常便饭,他对我一直充满了师长一般的关怀与爱护,却又绝无"师道尊严"的架势与居高临下的目光,倒是像平辈朋友一样亲切随和,我感到,这也正是他心善而纯朴的本色。他不仅使我获得了为学的教益,也使我获得了为人的感悟。后来,我的工作单位搬离西郊中关村,座落到东城边上,我与麟阁师的来往才日渐稀少。

1979年11月,我收到他寄赠给我一本他主编的《汉法成语词典》,该书的扉页上这样端端正正写着:"鸣九学长指正,郭麟阁于北京。"这题词使我震惊,使我汗颜,使我深感无地自容。从各方面来说,我都是他的学生,他都是我的老师,永远的老师,这样的题词我是承受不起的。然而,他却这样写了。这不只是"礼贤下士"的姿态,不是士林中故作谦虚的俗套,这是一种真正的精神境界,是一种高尚的人格力量。它以其绝对的大气,真正的虚怀若谷而愈加高远超脱。

永远的老师

郭师赠书笔迹

  我珍藏着他赠送的这本书,作为一份纪念,更作为一种昭示与楷模。因为,他所做到的,很多我都没有做到。

2004 年 1 月

有师恩在也

纪念吴达元教授

无独有偶。与我有直接或间接关系的前人中,今年,正好有两位都恰逢百年冥诞,一位是法国大文化人萨特,一位是北京大学的法文教授吴达元。而且,对他们我都同样面临着追思纪念的责任。

今年早些时候,北京图书馆的"文津讲座"就曾邀请我去做一次纪念萨特的学术讲座,后来,又有两家刊物约我写纪念文章,我因为忙不过来,都辞谢掉了。当然,纪念日一临近,《新京报》《新周刊》《中国新闻周刊》都来上门采访,因为我与中国20世纪80年代的"萨特热"牵扯实在太多,不得不接待他们。至于纪念文章,实在是因为过去话说得不少了,有点"话语疲劳",所以一辞再辞,说实话,有点对不起萨特。

几个月前,我就接到素不相识的吴庆宝女士的电话,她是吴达元先生的女公子,告诉我说,为纪念他父亲诞辰一百周年,她已经组织了一个纪念文集,参加写纪念文章的已有杨业治、杨绛、徐知免、桂裕芳等，她因为得知我在北大时听过吴先生的课，所以要我也参加。

萨特的文章，可以辞，吴达元的文章，不可辞，原因很简单：有师恩在也。

我于1953年进北大西语系法国语言文学专业学习，正好吴达元先生任一年级的老师，具体是讲授法语语法。别的语言是否一定要先学语法，我不敢说，但学法语，则必须从语法学起。如果不先搞清动词变位、名词的阳性阴性、单数复数以及形容词相应变化的规则等等，那就无异于一头掉进荆棘丛生的密林里，会不断碰上麻烦。因此，先学语法，就是打基础之基础，这个重中之重的课程由一个有名望、有经验的高水平的教授来执掌，实乃最合理、最有见地、也最能使学生受益无穷的教学安排。

吴达元先生的语法课可称得上是"教课艺术的精品"，条理清晰，讲述精当，特循序渐进，层层深入，枯燥烦琐的语法规则叫人听起来兴味盎然。每堂课的主要内容凝练鲜明，给人深刻而突出的印象，而一待讲授告一段落，又带领同学们进行练习，将所学的内容"趁热打铁"，还经常把一个个学生叫起来，进行强化训练，最后再简要做出总结。不用捋起袖子看手表，更不用一上讲堂就把表摘下来放在桌子上，语言一落，下课铃就响了，每堂课的时间，他都掌握得如此精确，几乎分秒不差，若无熟能生巧的功夫，岂能达到这么神的境界？

名士风流：二十世纪中国两代西学名家群像（增订本）

不仅讲得好，而且也写得好。一手黑板字甚为漂亮，工整利落，井然有序，对学生抄录做笔记大为方便，一堂课下来，一黑板的粉笔字就像正式印制好的那样排列整齐。他这种干净明晰、有条不紊的风格与严谨明确、一丝不苟的法兰西语法实在是太相得益彰了。至今，我还记得他那漂亮的法文书法，似仍历历在目，特别是他草书"R"这个字母时，笔法别致而优美，不是写成"几"形而是写成"r"形，像一叶小芽，如果跟其他字母联在一起，一笔呵成，真是潇洒之至。这一笔法太漂亮了，那时就成为我模仿的对象，我不敢说他的语法课我完全学到了家，不敢说所有的细则我至今都没有忘记，但他的"R"一字的写法，特别是与其他字母一笔呵成的写法，我倒是学到手了，而且数十年已经形成了习惯，例如：一写到 Tres 一字时，一笔呵成，再加上一撇，真像溜冰一般舒畅。

在学生中，吴先生除了以教课好而闻名外，还有洋派大教授的名声，他的生活方式，至少他的着装方式，基本上是洋派的。头发梳得整齐而光亮，偏左的一条发缝笔直而一丝不乱，戴一副金丝眼镜，平日总是穿西装，而且特别严整、配套，内有马甲，领带打得极有功力，皮鞋锃亮，整个衣着装束没有丝毫休闲随便的影子。"人如其文"，整齐、洁净、利索、规范，就像他爽净、利索的语法课一样，也像最为有规有矩的法文语法，与北大不少名教授的不修边幅，正形成一道截然不同的"风景线"。他的这种风格，看来是体现了他"纷吾既有此内美今，又重之以修能"的理念了，而在心羡西方文明的学生们看来，这是一种根深蒂固、已成习惯的名副其实的教养，甚至可以说是法兰西的儒雅与风度，在那个历史时期，所有的人都关在国门之内，外国的一切，对于青年学生来说是可望而不可企的，但他们从吴达元身上却似乎看到了巴黎，似乎闻到了法兰西的气息……我想，这大概可以说是"身教"，至少是带来了些许鲜明的色彩。

吴达元先生只教过我们这一班一年，进入二年级后一直到毕业，我们就几乎没有再见过吴先生，只知道，他又在为一届又一届新进来的一年级新生打语法基础。即使是在他教我们的那一年里，除了在课堂上目睹他的丰采外，课堂下跟他极少有接触的机会，说实话，他身上那种不同凡俗的"派"与由此而产生的"威"使人有点不敢跟他接近，

吴达元老年

至少我这个"土小子"是如此，有点发怵……但毕业之后，同学们聚会时，大家都会想起吴先生，都会赞美他的语法课，都感谢他为我们打下了坚实的语法基础。后来，商务印书馆出版了吴先生的《法语语法》一书，基本上就是他给我们教授的讲

义,而这本语法在全国似乎只这一本,可谓这一学科的最高水平,我们也的确曾因为自己是出自吴达元这样的名师的门下,自己的那些基础是他给打下的而有些感到自得……

吴先生原来是在清华大学任教,新中国成立之初,高校院系调整后,才到了北大,他在清华、北大除了教法语语法外,是否还教过文学课程,我不得而知,但我知道他对法国文学是很有研究、很有业绩的,大概是在20世纪三四十年代,他写过一部《法国文学史》上下两卷,在新中国成立前的同一类学术著作中,不论以规模还是以水平而言,都是首屈一指的,他是这个学科名副其实的先行者与开拓者,其业绩是不会磨灭的。

吴达元在西南联大时编著的《法国文学史》

在翻译方面，他主要的贡献是译介了18世纪的著名戏剧作家博马舍，博马舍的《费加罗的婚礼》曾被誉为"法国大革命的序曲"，达元先生正是译出费加罗的三部曲，要算是博马舍在中国最主要的、也是最好的译者，在20世纪七八十年代，吴译的博马舍戏剧被收入了外国文学所等单位所主编的具有权威性的"三套丛书"。从吴先生文学研究的业绩与水平

吴达元翻译的戏剧作品

来看，我至今也不明白学校里为什么五六十年代一直未安排他讲授文学课程，我想，如果他在讲台上讲授法国文学史的话，当另有一番风采。他完全服从组织上的安排，本本分分、尽心尽力地去教语法课，勤勤恳恳地为一年级的新生打基础。这种精神与品德实在令人钦佩，它正反映了20世纪五六十年代在工作岗位上值勤的那一代知识分子的精神风貌。

1957年毕业后，我见过吴先生一次。那时我刚分配到《古典文艺理论译丛》编辑部工作，我知道博马舍不仅写作了著名的《费加罗三部曲》，而且在戏剧理论方面也留下了一些精彩的

篇章，为了译介这些文字，我前往登门向吴先生约稿。因为那个刊物从来都是约请高层次的学者、专家承担译介的，吴达元于博马舍，当然是最佳人选。那是我第一次、也是唯一一次造访燕东园吴府，进入他那间明窗净几、雅致非凡的书房时，我如同进入圣殿一般怯生生。那次，我约稿没有成功，也许是吴先生对理论翻译不感兴趣，他婉言谢绝了。从那之后，我再也没有见过吴先生。

1976年，吴先生逝世，当时我听说他患的是喉癌，得知这个消息时，我想："也许是因为长年吸入粉笔灰而患上喉癌的？"这么想着的时候，我既有一份哀悼，也有一份感恩。

2005 年 6 月 16 日

译界先贤陈占元

陈占元先生原是北京大学西语系的资深老教授,从 1946 年起就一直在这个学府任教,桃李满天下,我是他 20 世纪 50 年代的授业弟子。陈先生早已于 2000 年去世,如今,学生辈的我等亦已古稀了。

我对他这位老师一直怀有很大的敬意,也保存了一些美好的回忆,曾于 1999 年仍在担任中国法国文学研究会会长的时候,组织了一次名为"'六长老'半世纪译著业绩回顾座谈会"的学术活动。"六长老"即为我们的师长辈人物也,其第一位就是占元先生,其他五位是许渊冲、郑永慧、管震湖、齐香与桂裕芳。在那次学术活动中,作为主持者,我当然要在致词中对六位长老一一表示敬意,并历举各位的译著成就与教学劳绩,但当时"颂词"的篇幅有限,平均分配(在中国,三人成行,就难免有平均主义、"大锅饭"),只能求其大略,远未言尽占元先生的业绩与人格。那次学术活动虽是在占元先生去世前一年举行的,但他已经九十一岁高龄,故未能出席,这些都是令人遗憾的。

前不久,人民文学出版社出版了《陈占元晚年文集》一书,占元先生的女公子陈莹教授特地寄赠了一本给我。这是她收集了占元先生晚年的全部遗稿后编汇而成的,包括未出版过、未发表过的译文、评论以及散文杂记,共三十余万字。这本书使我对占元先生有了更多的了解与认知,也引起了我对占元先生更多的回忆、更多的怀念。

在北大期间,我们这一班到三年级才见到占元先生。一、二年级都没有他的课,到三、四年级才有,先是三年级的翻译课,然后是四年级的巴尔扎克专题讲座。那时的占元先生将近五十岁,正是学者教授魅力最佳的年龄,他给人的第一印象是令人难以忘记的,高阔的前额、聪睿的面孔、彬彬有礼的举止、整洁合身的衣装,形成了他十分明显的

青年时期的陈占元

儒雅风度,而光润的头发、两鬓顺着耳根往后梳理的发式,似乎还残存着洋派学人早年的儒雅。当时他给人的印象实在是太深刻了,以至我看到《陈占元晚年文集》扉页上他晚年的照片

时，不禁大吃一惊，他衰老、头发如几根枯草、衣衫不整，光着胳膊正在聚精会神看书……在这张照片面前，我痛感岁月的无情与对人的侵蚀磨损。我想，在图像大为时兴的今天，这个文集如果还多刊载一张占元先生风华正茂时期的留影，岂不更能反映出他辛勤治学的一生？

当年，占元先生在北大西语系，也是一位名教授，但在我们的记忆里，他并不大善于讲课。他的思维丰富而细密，他要表述的内容实在太多，却未能层次分明、条理清晰，而经常丢失了讲述的主干，不自觉地陷于恣意蔓延的枝蔓细叶之中，因此使人大有进入了枝节横生、根茎密布、藤条缠绕的大林莽之感。可以说，这是个很有学问、很有感受的人，他的思绪、他的意念丰富得像海洋，以至他自己也沉浸淹没在其中了。另外，有碍他讲课效果的还有他的口音，他的广东腔很是浓重，而且，他这种"母语"在他身上异常根深蒂固，似乎在吐每一个词的时候，都要费劲地去找普通话中的相应发音，就像在进行"语音翻译"，于是，语速也就很不流畅。陈先生在他晚年的一篇文章里，回忆他有一次单独与卞之琳论学，他是广东腔，卞之琳是一口原汁原味的浙江话，两人对谈达半个下午之久，结果是，用占元先生的话来说，"我怀疑双方究竟互相听懂了多少"，可见，我辈当年听占元先生讲课，不全力以赴集中注意力是听不进去多少的。

占元先生给我们上的翻译课仅限于教笔译，口译课则另由陈定民教授担任。占元先生的笔译课好像有两个特点，一是翻译理论讲得不多，而是以翻译实践为主，二是法译中的练习较少，而中译法的练习较多。这种构设也许不是他的意思，而是课程目的性的需要，因为西语系的教学任务除了主要是培养外国语言文学翻译研究与教学的人才外，还要兼顾培养外事翻译工作者，我当时觉得陈先生一定长于法文写作，至少其法文写作优于国语写作，这种课程设置正发挥了他的所长。但我们这一班学生偏偏对将来从事对外宣传译事不感兴趣，而都想步黎烈文、傅雷的后尘，去从事法国文学的翻译介绍，颇有点好高骛远，在陈先生的中译外实践课程上不是特别用心，倒是在另一个方面下足了劲头，我自认"资质中等偏下"，尚且操起了一本法文作品译将起来，其他班的少年天才更是不在话下。罗新璋逐字逐句校对了傅译全本《约翰·克利斯朵夫》好几大卷，还做出了笔录笔记，大有要将傅译精华全都学到手之势，他今日已赢得"傅雷的传人"之美誉，实乃从当时就开始下了苦功也。但占元先生的中译法的教学劳绩，看来也是"润物细无声"的，我们班后来出了一位对外译事的罕见的才俊丁世中，不能不说与陈先生最初的培育有关。

大学四年级，占元先生给我们班讲授了巴尔扎克专论，每周两小时，共讲了两个学期，课程容量几乎与闻家驷教授的《法国文学史》相当，将一个作家讲述两个学期，必须言之有物，而讲授者要做到言之有物，自己所做的研究量至少要超出自己的讲授量几倍甚至十几倍。至今回想起来，占元先生的巴尔扎克专题课，的确内容扎实而丰富，他对巴尔扎克的总体评论虽没有、也不能超出恩格斯论述的水平，但却有很大的历史具体丰富性，他很注重引证具体材料说明问题，常引述巴尔扎克给自己的妹妹以及韩斯卡夫人的信件中的自述，来说明他的生活创作状况与思想见解。显然，在巴尔扎克学中，他研读甚广，认知颇深，是一位真正的专家，因此，他的专题课很具有知性的魅力，至少我觉得是我们大学课程中最有吸引力的一门课，尽管他的乡音将讲课的效果打了一些折扣，但他的讲稿基本上是成文的，我做听讲记录也特别认真努力，它是我最珍视的一份课堂笔记，一直保存了很久，可惜在下干校期间，书籍资料集中存放在单位时丢失了。

占元先生给人最为深刻的印象，还是他的平易谦和。他是名教授，但在待人接物上，绝没有半点架子架势，没有师道尊严，没有矜持作态，没有居高临下。当他发觉你上前去有跟他说话的意图时，他总是先和颜悦色，笑脸相迎。在交谈中，他没有长辈的态势，总是先倾听你，理解你，从不截话，他说起话时，谦让得简直就有点羞涩了，似乎两人交谈感到荣幸的不是你，而倒是他。在课堂上，他极少"点将"回答他提出的问题，不像有的教授那样习惯成自然，甚至形成了一种爱好。如果在讲课中不可避免地有了讲授者与听讲者之间的互动局面，听讲者习惯地站起来作答时，他总是显得有点不好意思，似乎觉得自己滥用了讲授者的权威，亏待了对方，而深感抱歉，遇到这种情况，他总是赶紧要对方坐下来回应。这哪里是师生之间的回答，简直就是平等的对话。说实话，我从没有见过有对晚生如此彬彬有礼、尊重有加的师长。凡此种种，占元先生在这样做的时候，显然都是出自内心的，是一种真诚感情的流露，并没有刻意追求某种风度的考虑，更不是沽名钓誉的作秀。可以说，占元先生算得上是一位真正的谦谦君子，因内而符外的自然而然的谦谦君子。

刚毕业后的那几年里，我多次遇见过占元先生，因为那时文学研究所先是设在北大，后迁至中关村，相距甚近，而我正是分配到了文研所，况且，我是在《古典文艺理论译丛》编辑部供职。这家著名的刊物有一个阵营辉煌的编委会，朱光潜、钱钟书、李健吾、卞之琳、金克木、蔡仪、杨周翰、傅雷等西学大家尽悉在其列，占元先生亦是这个熠熠生辉的团队中的一位，这足以使刚从大学毕业的我对占元先生的学养与学术地位有更清晰的认识。我遇到占元先生多是在燕园之内，我经常出入母校，占元先生也经常骑一辆自行车来往于未名湖畔。他很有活力，身手甚是矫健，对人则平易谦逊如故，一见到你，老远就下了车来跟你招呼、寒暄，比我们当学生时更为客气，大概是因为我们已经毕了业，算得上是一个"成年人"了，因此，他待我更像是平辈。因为他是编委，我这个小编辑免不了到他那里跑腿、联系工作，这就不止一次造访了他在朗润园的住所。他家独居一个院落、一所平房，宽敞而又幽静，他接待客人，总是在书房。书房是学者精神世界的窗口。占元先生的书房不是以气势轩然、精致高雅取胜，而是以其充实令人难忘。他的书很多、很丰富、很杂，法文旧书居多，可见其学养的厚实，书都置放得不甚整齐，颇为凌乱，留下了主人兴之所至，随意取阅又随意放下的痕迹。而在接触中，你也很容易感到占元先生对学术文化关注的广泛，与他交谈你会感到颇有收益，颇有启发，而绝不会感到轻松自如，因为他的谈话中只有学术文化的"干货"，而无寒暄闲聊的"水分"，一滴"水分"也没有，更是不涉及世事俗务半个字。加以他的视角多变、思绪蹦跳，要跟得上他实在不易，且不说他那口听起来费劲的广东乡音了。

随着"翰林院"各研究所集中迁进城里，我就很少再遇见占元先生了，整个20世纪80年代大概只见过两三次，都是在学术活动的场所。虽岁月流逝，世事沧桑，但占元先生对学术文化种种问题的高度关注与多思状态仍然如故，记得他有一次见到我没有讲几句后就主动大谈起对法国新小说派的看法，据我的经验，当时一般老一辈学者对这种特别新潮、特别先锋的文学流派是不大注意、不大跟踪的，就像今天我们这些年已古稀的人对超女之类的时髦很陌生、很隔膜一样，但占元先生对战后这个文学新时尚却所知甚多，很有见解，他这种对学术文化的新鲜感受着实使我很是惊讶。再者，他多年前对人对事的谦逊礼让的态度与精神亦依然如故，这里有两件事给我的印象十分深刻。一件是，20世纪80年代初，有一项国家级的大型文化工程，其中外国文学中的法国文学部分的编委会，由于人事关系问题与霸王当道，占元先生在编委会中只任副手，而以他的文化学术、老资格与对法国文学的广博学识，以及虚怀若谷、能团结学界同仁的人格精神，他足以担任主编之职而绰绰有余，或者至少也应该并列为主编，然而他却屈居人下，当时在我这个局外的"青年人"看来，这一安排实在失衡，陈先生之所以接受了并在这个岗位上承担了相当重的实务，显然是因为他太谦让、太好说话了。第二件事是在1978年，中国法国文学研究会改选，前辈学者均已上八十岁，决定全部退休，只担任名誉职务，由五十岁左右一辈的学人接班，为了大体上不失衡，李健吾、罗大冈、闻家驷并列为名誉会长，陈占元为顾问，虽然这并没有达到绝对的平衡，但在当时已经是令人煞费苦心了，占元先生以他惯有的谦逊与宽厚对此表示了理解与支持，并且当着我的面把新当选的会长、副会长称为"时贤"，这是我当时得到的第一份也是最有分量的祝贺。这与改选会上有目空一切的"新锐少年"为职位与名分而施展拳脚、大打擂台的壮举正形成对照，使人不能不感慨良多。

在外国文学翻译介绍领域，陈占元称得上是个元老级的人物，至少是老资格的先行者，当然，在中国，这个行业的"祖师爷"要算是林琴南，但他所做的并非严格意义上的文学翻译，而是外国文学作品的转述，何况在他那个时期，这个行业远没有出现集群、代族，真正成代成群地出现文学翻译家，并有了显著的译品实绩，最早是在 20 世纪的 30 年代，他们是一批留学欧美的学人，有冯至、李健吾、梁宗岱、卞之琳、黎烈文、戴望舒……稍后还有傅雷，陈占元也是其中的一员，而且在早期是最为活跃的一员。

1934 年鲁迅与茅盾创办中国第一家文学翻译杂志《译文》，陈占元就是积极的参与者、重要的合作者，因此他与鲁迅曾经有过直接的接触，在老一辈翻译家中，有此缘分幸会的，也许只有陈占元一人了。与《译文》合作的这个时期，陈占元的译作甚为不少，可谓丰收，而其作为译家的"路数"则有两个特点。一是他关注的并不是历史上的经典文学作品，而在那个时代，很多古典文学名著还不为中国读者所知，如果他当时译这些作品，他今天的翻译家名声一定大得多。他关注的是当代，他所译介的作家都是 20 世纪才登上法兰西文坛、但其作品正在或将要获得世界性经典地位的名家，如纪德、罗曼·罗兰、柏格森等，今天在我看来，占元先生当时对文学的关注与视角显然是"时尚的"，同时又是准确的、有见识的，用俗话来说，就是达到"慧眼识英雄"的水平，我以为对于一个翻译家来说，有没有这种慧眼事关重要，这实际上是加"谁"的盟，与"谁"合伙的问题，对翻译家的际遇与地位是大有影响的。陈占元作为译家的路数的另一个特点，则是他所感兴趣的更多是文学中的思想材料，而不是现实生活的形象图景，也不是人性展现的情景，具体来说，他译的几乎全是知性的文论与随笔，如纪德的《论歌德》、罗曼·罗兰的《向高尔基致敬》《论个人主义与人道主义》等，而没有小说、诗歌与戏剧作品，这种重思想、重知性的特点，我想是与他在巴黎大学攻读了好几年哲学专业有关。他一开始就保持着研究的、学术的兴趣，执着于"形而上学的领域"，这就是我所理解的早期陈占元的特质。

抗战时期以及整个 20 世纪 40 年代，陈占元在中国文化领域里也留下了不可磨灭的足迹，做了一些有益的文化工作。他译了一些文学名篇名著，如罗曼·罗兰的《贝多芬传》、纪德的《妇女学校》与圣埃克絮佩里的《夜航》、莫洛亚的《英国人》、茨威格的《马来亚的狂人》等，不难看出，较之以前，他从纯思辨的领域扩大到了形象描绘的领域，但仍追求那种知性表现得更浓厚的作品，他作为一个学者、一个哲人的兴趣仍未改变。这个时期，他还做了一些编辑出版工作。在香港，他办了明日社，先出版了卞之琳有抗战热情的诗集《慰劳信集》与报告文学作品《七七二团在太行山一带》，后又出版了冯至的《十四行诗集》、卞之琳的《十年诗草》以及梁宗岱所译的罗曼·罗兰《歌德与贝多芬》；在桂林期间，他还与李广田、冯至、卞之琳合作创办了文学刊物《明日文艺》。他所做的这一切工作，既有较高的文化品位，也有很鲜明的进步色彩。

新中国成立后，在社会生活中，历史资格是一项极其重要的价值标准，革命经历、进步历史是最能给人带来荣誉、地位、表彰、弘扬、"上报"的"硬通货"，但在陈占元身上，似乎有点例外。稍加考量，便不难发现，新中国成立后他在文化界所占有的地位、所获得的尊敬与礼遇，与新中国成立前他的进步学者的老资格实在不大相称，甚至有点被"边缘化"了，在上述国家重要项目中，他屈居于资格与学识都不如他的人物之下，便是明证。更使人惊讶的是，他作为老《译文》的开拓者与"功臣"，从新中国成立后一直到他逝世，却没有在《世界文学》（它从来都号称是《译文》的"后身"与继承者）上发表过任何一篇东西，只是在他逝世后，这家刊物才发表了他的两篇遗留下来的译作。何以他被边缘化？我想原因不外有三，一是长期在"向苏联老大哥一边倒"的政治思想大气候中，与西方文化有关的"欧美派"知识分子不"吃香"了；二是在文化领域中，在道上风光行走的，多为强买强卖的"强势人物"，而排他性正是这种人物得天独厚的禀能；三是实与陈占元自己低调、谦逊、退让、与世无争的思维方式与行事方式有关。别的不说，我仅从个人亲身的经验对此就有深切的体会。从我大学时代到陈占元先生去世的数十年间，我与他接触的次数不能说特少，但我从来没有一次听他说起或提及他对中国文学事业曾经做过的那些事。充实而无言，资深而低调，这正是占元先生的君子风度，是他的美德。

也许和他低调谦逊的性格有关，占元先生在学术上一贯的作风是厚积薄发。据我所知，他在法国文学方面研读很广，见识颇丰，但他生前几乎从来没有发表过研究评论文章，他遗作中有限的几篇，也说明他的确很少写这方面的文章。他将自己的业务活动，基本上局限在翻译领域，新中国成立后他继续在这方面扎扎实实地耕耘并收获了硕果。他仍保持了自己重知性、重思想材料的"路数"，20世纪50年代初，他发掘并译出了巴尔扎克极为重要的文论《〈人间喜剧〉序言》，发表在《古典文艺理论译丛》上，此文乃巴尔扎克整个文学创作的纲领与思想原则，对于研究巴尔扎克与现实主义问题有极为重要的作用，正是当时文艺界急需的一份"思想材料"，发表后也确实成为理论界人士经常引证的典籍，产生了深远的影响。他在50年代译出的巴尔扎克的两部作品《高利贷者》与《农民》，虽然完全是两部小说，但在巴尔扎克《人间喜剧》中也要算是最具有"思想材料"性质的作品，前者是对初期资产者的习性与敛财方式的形象展现，后者是对大革命后法国农村阶级关系的形象图解，两部作品中有很多鞭辟入里、精彩睿智的议论，都阐释出了深刻的政治经济学的真理，在中国，当时《巴尔扎克全集》的翻译工程尚未启动，能从《人间喜剧》近百部作品中挑出这两部来率先加以翻译介绍，这正表明陈占元先生选题选材的"慧眼"，说明了即使是选材，他也是以全面的研究为基础的。

作为翻译家，占元先生所做的特别的贡献，是译出了狄德罗的画论画评。狄德罗是启蒙时代伟大的思想家、哲学家、文学家，他的唯物主义哲学思想具有完整的体系与令人赞赏的深度，他的文学成就，不仅有出色的哲理小说与戏剧作品，而且他的画评画论与戏剧理论更成为文学理论批评上、美学

译界先贤陈占元

陈占元所译巴尔扎克的名著《农民》

陈占元所译《狄德罗画评选》

史上极为珍贵的瑰宝。18世纪是法国现实主义绘画大为昌盛的时期，狄德罗对当时的绘画作品有多次定时的评论与系统的理论总结，既有理论深度又有评析才华，在当时整个欧洲范围就已获得了好评与推崇，德国大文豪歌德与莱辛对他均有盛赞，称它为"光明的火炬"，"照亮了艺术创作的奥秘"。时至今日，狄德罗的画论画评仍然是美学研究中的经典文献，占元先生克服了文论翻译的困难，将这份珍贵的典籍比较完整地引进了中国，这是一件功德无量的事情，只不过该书出版的20世纪80年代，正是我国理论批评界一些人士对时髦的欧美新潮派文论

名士风流：二十世纪中国两代西学名家群像（增订本）

趋之若鹜的时期，狄德罗这一份典籍的光辉多少被时尚的云雾所遮掩。

陈占元在当代中国翻译领域里的地位与影响，早已为他的业绩所证实、所确认，但他自己在晚年所写的《生平小传》一文中，却这样说："我做过一些翻译，但我不是翻译家。称我为翻译家，只使我想到自己工作的粗糙拙劣，于心有愧。"陈先生如此谦虚的美德的确令人感动、令人钦佩，但对此，我不能不说，他的自谦过了头，几乎就失之于妄自菲薄了。虽然绝对十全十美的、毫无瑕疵的译品在世界上几乎是不存在的，翻译泰斗傅雷亦不例外，但陈占元的翻译绝不是"粗糙拙劣"的，就译事的最高境界"信、达、雅"而言，他的翻译至少在"信"与"达"上是高水平的、上乘的。而且，他比常见的一些"翻译家"大为优越的是，他对自己所译的作家作品都有比较全面而扎实的认知与研究，他晚年文集中，对狄德罗、纪德等作家的有深度的评论就证明了这一点。他是一个研究型、学者型的翻译家，在翻译界中能达到此种境界的唯有少数出类拔萃的佼佼者而已，如李健吾之于莫里哀、福楼拜，卞之琳之于莎士比亚，冯至之于里尔克、歌德……

学人、文化人的价值以其业绩为归依、为根据，当然不应该以他人的贬褒为转移，也不应该以自谦之词或自炫之词为定论。正因为占元先生过于自谦，后人更有必要为他讲公道话，更有必要凸显出他的业绩与贡献，特别是在炒作之风中，在自我吆喝与帮派力挺之下、"顶级翻译家"接踵而现的今天。

2007 年 2 月

杨周翰的矜持

纪念杨周翰先生

杨周翰先生去世已经有十来年之久，说来奇怪，我还经常想起他，他是我已故师辈人物中经常引起我怀念的一位，虽然我跟他接触甚少，甚至可以说只是点头之交。

杨周翰是北京大学西语系的教授，在西语系，以曾获牛津大学过硬的学历与讲得一口地道牛津腔英文而闻名。20世纪整个下半期，中国高等院校文科所有的学生，恐怕没有人不知道他，那个时期，以他为主所翻译的两本出自苏联学者之手的欧洲文学史论著，曾经是大学生们所能读到的唯有的两本此类史书；到了60年代，他所领衔主编的《欧洲文学史》上、下册更是新中国成立后第一部中国人自己写的此类论著，很快就成为高等学校文科的必读书与教材，一直到改革开放后仍然如此。与他并列主编的还有北大的两位著名教授吴达元与赵萝蕤，而参加其中个别章节编写的还有冯至、田德望、闻家驷、朱光潜、沈宝基、盛澄华以及戈宝权、杨耀民等学界名人,此书的编写实际上集中了北京大学西语系所有文学史教学的精华,作为领衔的主编,杨周翰的重要学术作用是不言而喻的。其中一个不可忽视的原因,是杨周翰当时一直担任西语系外国文学教研室的主任。据我所知,在北大西语系,语言教学与文学教学是严格分开的,有关文学教学的教学任务与人员编制都集中在文学教研室,朱光潜、闻家驷、赵萝蕤、李赋宁都属于这个单位,因此,在一定意义上,杨周翰曾经一时是一只"领头羊",用今天的话来说,就是"领军人物",至少是个组织者。

在"大军团"合作的项目里,往往很难看出参与者各自独特的学术个性,《欧洲文学史》甚至没有说明哪一章哪一节是由谁执笔的,何况,新中国成立初期阶段,在文化理论意识形态上一直就是向斯大林—日丹诺夫苏式论断"一边倒",即使像杨周翰这样有深厚西欧文学修养的学者亦不可避免"讲套话"的命运。学者的精神素质、兴趣选向往往只能从其个人的学术文化作为中看出若干端倪,而且还得看学者本人是否有此自觉,以及社会大气候是否提供了实施的可能。据我所知,杨周翰除了在北大教书育人、主编了《欧洲文学史》外,在译著方面,主要的业绩是翻译了罗马诗人维吉尔著名的史诗《伊尼德》与奥维德的《变形记》,在著书立说方面则留下一部关于英国17世纪文学的专著。

在当时译介与论述欧洲19世纪浪漫主义文学与批判现实主义文学几乎是时髦成风的时期里,他所潜心致力的这几个项目

名士风流：二十世纪中国两代西学名家群像（增订本）

杨周翰译的古典文学名著《变形记》　杨周翰主编的两卷本《欧洲文学史》

杨周翰译的英雄史诗《埃涅阿斯纪》

全是"冷板凳",而且,其难度也很显而易见,至少两部罗马史诗的翻译就要求译者精通拉丁文,而17世纪英国文学研究对中国人显然也较为远僻,但它们对于近代欧洲的文学艺术发展而言,却都是不可忽视的源头,在这里,杨周翰表现出了一种纯粹古典的文学趣味,一种长途跋涉、究本求源的学术热情与不畏艰辛的治学态度。特别值得注意的是,他的《英国十七世纪文学》绝非一部平凡之作,它的论述范围完全达到了文学史的广度与规模,而论述的深度却大大超过了即使是很具有分量的文学史著作,而达到专著专论的精深之度,以我之浅见,它是新中国成立后英国文学研究领域中最有分量的一部学术力作,甚至直到今天仍可以这样说。

在北大时期,我们是抬头仰望着杨周翰在隆起的学术舞台上的活动,大学毕业后,我自己也有幸蹭上了这个平台,得以比较近地接近杨周翰。先是因为杨周翰是"古典文艺理论译丛"的编委,而我正分配到这个刊物的编辑部当翻译、编辑,后来,中国社会科学院外国文学研究所作为全国外国文学研究的一个中心,经常举行一些会议与学术活动,杨周翰从来都是被邀请的重要来宾,而我这个研究所的"中青年业务骨干"总有机会忝列于这些会议与活动,这使我有了一些与杨周翰"同会"的荣幸,虽然从来没有"共事"的经历,甚至从来没有学术上的交往。但我在生活中经常喜欢当莫里哀所说的那种"静观者",特别是对我当时景仰的人物,这些"静观"成为我精神受益的

名士风流：二十世纪中国两代西学名家群像（增订本）

一个途径，也成为古稀之年感怀的源泉。

我所见到学术场合上的杨周翰是一个绅士风度十足的人，他这种风度不是表现在衣着上，而是表现在谈吐上、在行为举止上，特别是在由于教养、因内而外流露却难以言传的气度上，当然，他的衣着也很整洁、贴身、讲究，虽然他经常只穿布料的中山装，几乎从来不穿正式的西装；当然，他的行为举止中也有那么一个令"同会者"颇为头疼的习惯，那就是他有抽烟的习惯，而且烟瘾不小，但你不可否认，他抽烟的身姿与手势均甚为优雅，绝无瘾君子那种洋洋自得、摆谱作秀、旁若无人的狂态。应该说，他在场面上有一点著名学者似乎不可免的那种威严，如果说威严过重了一点，说矜持是蛮可以的。的确，他不苟言笑，谈吐虽然得体、平和，却并不那么使人感到亲切，风格显得古板，似乎颇得严谨的英国绅士之真传，至少是英国风习熏陶的结果。对他的同行同辈，他都很彬彬有礼，但显然很有距离，甚为严谨、矜持，甚至似乎有点"端着""挺着"的味道，在我这个"静观者"看来，他的神情神态中，仿佛总有一种沉郁的甚至低压的成分，也许是他某种内心状态的外化与流露，究竟是什么，我始终说不清，直到他去世后我听说他的某些"存在状态"，才比较有了若干理解。要知道，"学场"并不比"官场"简单、纯净，这里的一切，也往往是政治处境、权位等级、学养高低、成就大小的综合反映，一个人在这场合里的行为方式、处事风格往往有其深层的缘由。

杨周翰的矜持

也许在学场上我对他来说不是任何关系的体现者,只是较远处的一个后辈,因此,从我个人的极少的几次接触经验中,杨周翰先生倒是充满了善意与热情,特别使我感到平易亲和、坦诚率直,完全像一个宽厚、慈祥、热心、有亲和力的长者,虽然我跟他很不熟,也从不敢主动接近他。至今我念念不忘的还有这样两三件事:

大概是在20世纪80年代后期,一次在会议的间隙中,我在过道里遇见他时,他却突然主动问我,对比较文学感不感兴趣,还说,"我觉得你有条件做些比较文学方面的工作",然后,告诉我,次年有一次比较文学的国际会议将要在国外某地召开,如果我有兴趣的话,他可以介绍并推荐我赴会并参加有关的国际合作项目。众所周知,从80年代起,中国学术理论界就产生了一股强旺的比较文学热,高等学校里大有文科师生言必称比较文学之势,但真正有资格、有条件从事这种研究的人士并不多,杨周翰就是其中的佼佼者,并以其学识与活动蜚声国内外的这个学界。说实话,我当时非常受宠若惊,且不说被推荐去参加会议与项目,仅仅"有条件去做"一语就使我大受鼓舞,我感到他显然关注到了我从批日丹诺夫到对萨特做重新评价等等一系列学术活动,并明显地表示了赞赏的态度。也许,因为我在现实生活中,几乎很少得过什么"知遇之恩",所以,我对他当时这一主动热情的建议与引进,的确产生了几分感恩之情。但是,由于我"胸无大志",总觉得自己连一个国别的文学还没搞透搞到家,还是先不要扩充疆土、去跑到世界各大国文学之间的空旷地带里高谈阔论为好,更主要的是,我在80年代基本上都在忙于完成自己的三卷本《法国文学史》,实在无暇他顾,因此,一直没有响应周翰先生的召唤,此事便不了了之,实辜负了杨先生的一片厚望。

另一次则是更为短暂的相遇,短暂的三言两语,甚至只是一两句话而已。也是在大家同赴一次学术活动时,在大厅等电梯时不期而遇,杨先生像填充空隙时间地随便对我说一两句令我终生难忘的话,那显然是一个长者对一个后生表示赞许的话,至少有点居高临下,却使我当时就心头一热。他这样说:"你发表在报刊上的文章我看过一些,我没有想到你还能写得一手好散文。"我当时感到,他指的大概就是我那些观赏巴黎人文名胜与拜访巴黎名士的散文随笔,对那些文章的社会反应我虽然也略知一二,但是得到一位我所敬重的师长当面的首肯赞评却是第一次,拙文承他看得入眼,实在是不才的荣幸,我当时激动得只来得及语不成句地嗳嚅了两声表示自谦,就到了进电梯上楼的时候了。

还有一次,同在南京参加外国文学研究会的年会,南大的程曾厚先生盛情邀请杨周翰、郑克鲁与我去他家做客,以美味佳肴款待。杨先生比我们三人都年长许多,他应邀出席,在我看来颇有点"屈尊",但在整个活动中,他亲切平和、谈笑风生,与我们完全打成一片,实无平日尊严、矜持之态,就像我们一位年长的"哥儿们"。

在外国文学研究翻译界,因为杨周翰待人处世颇为矜持,平日不苟言笑，时有沉郁凝重之态，不止一个人便认为他"有架子""为人孤傲"。在这种冷调舆论背景上，我心目中却始终保持着他以上两三个热诚和善的人情人性关怀的亮点。

杨周翰先生于1989年离世，由于癌症医治无效，听说，确诊之后，他仍保持着对文化学术工作的热忱，还和人谈起自己种种有待完成的工作与项目，但他终于未能抗住病魔，没有多久就逝世了。

他去世后，我陆续听到若干对他的喟叹，对他的了解反倒比他生前时较为多了一点。在现实生活中，他显然活得并不顺心，不尽如人意，甚至不无伤痛，最明显的一点是，虽然他与夫人王还教授，可谓英美语言文学界的精英夫妇，可是他们的两个孩子却由于"文化大革命"、上山下乡而丧失了正常的学业，当时都没有能上大学，因此，就业与工作都曾受到了严重的影响。"君子之泽，五世而斩"，这在存在着世袭制的封建时代似乎颇有"沧海桑田"之概，但比起社会变化激烈迅速的20世纪中国已经够得上是"永世长存"了，在这里，"君子之泽"有时几乎是急速而"斩"，特别是知识文化的传统承继，在著名的"文化大革命"里，书香门第、文化知识家庭之"泽"瞬息"而斩"者尤多。杨周翰所遇到的显然就是这种残酷的社会现实，他作为知识界的精英眼见自家的文化知识之"泽"还没有到他自己身后即一斩而断，其内心的不平静与痛楚是可想而知的。如果他身上确有某种若隐若现的沉郁与凝重的话，我过去对此不甚理解,现在似乎有了理解了。

　　除了家庭际遇外,杨周翰个人的学术际遇也有明显的不顺心、不得志。据说,新中国成立后他在学术职称的级别上,一直居于人下,等直到他逝世前不久才有所上调,虽然他的学术业绩、学术作为一直都是显著卓越的,他在学术领域里突出的重要作用是有目共睹的。说实话,我听说这一不平时深感意外,没想到会有这种事。人生就怕碰见这种同类之中彼高此低的不平,此种人为的区分平添了人世的一些扭结。他所遇到的不平是何以发生的?原因在哪里?这已经是深埋在时间的尘土之下而难以发掘的了,今天做此种发掘已无任何必要与任何意义,但对这种不平所造成的心理后果有一种人文的理解,似乎还是必要的、有意义的。今天,我自己觉得对杨周翰的凝重、沉郁、矜持似乎又多了一点理解。既然要面对不平,而它又是被盖上了权威的图章,并且无时无刻不固化在现实的待遇里,刻印在周围人们的潜意识中,那么,采取一种凝重、沉郁、矜持的态度予以应对,就是再自然不过,再合理不过的了。这只不过是对现实的一种含蓄的摈拒,是一个强者为了不丢失自我所采取的自持自尊的姿势。倒是我等后辈从个人的接触中,却见到了一个脱却矜持、热诚率真的杨周翰。

2007 年 6 月

闻老夫子的"谁道人生无再少"

闻家驷先生是20世纪北京大学的资深教授。早在20年代赴法国留学,长达六年之久,30年代回国以后,曾历任北京大学、西南联大等名校教授。我在北大期间,他给我们班讲授法国文学史两个学年,指导过我写毕业论文,是完全意义上的授业老师。

我们1953年进北大西语系,闻家驷的名字就如雷贯耳,其名声之大虽比不上被视为西方美学大师的朱光潜与曾被鲁迅誉为"中国最杰出抒情诗人"的冯至,但也足以令人肃然起敬,不过,说实话,倒不是因为他有厚重的学术文化业绩,而首先是因为他有一个哥哥闻一多。"我们系里的闻家驷教授就是闻一多的弟弟",我们一入学,高班的同学都这么介绍说,言下颇有夸耀本系丰富的名人资源之意,因为,谁都知道闻一多既是中国现代历史中著名的诗人、学术名家,也是赫赫有名的民主人士、悲剧英雄。但按时下的观点，很难说这个血缘关系究竟是给家驷先生添光增彩了呢，还是像浓荫一样遮挡了他本人作为资深教授的光度。

我们入学后长达两年之久只闻闻一多的老弟之名却没有见过家驷先生其人，他的形貌如何？与闻一多的气质、风度相近吗？青年学子喜欢猜度，尤其是对心目中的学术偶像。我们之所以难见到他，是因为他深居简出，从来既不参加本系师生的集会活动，也不出席学校的庆典仪式。其原因，据说有这么几个：一是因为他长期身体不好，需要多休息，多静养；二是因为他乃我国最大的民主党派民盟的高级领导人，其地位与后来进入国家领导人行列的费孝通似乎不相上下。这个使他不同于一般教授的社会政治地位，对他所意味的内容可就多了，据说，其一，他要参加一些高级别的社会政治活动，学校里的基层活动自然不用参加；其二，他本人是高级统战工作的重要对象，属于学校里的重点保护对象，在劳逸结合上的照顾是不在话下的。总而言之，他不同寻常的政治地位使他与一般的师生之间存在着相当一段距离，在我们看来，他似乎离我们甚远，隐身在半空中的云端里，颇有一些神秘色彩。

到了大三，我们新增了一门主课"法国文学史"，授课教授为闻家驷，这是我们等待已久的一门课，也是我们等待已久的一位老师，我们总算见到久闻其名的这位老师了。不愧是同胞老弟，他的身姿与面貌都颇像常在照片上见到的闻一多，只不过,他没有闻一多那双英气逼人的眼睛,他的眼睛要平和一些,他的额头也很高阔,但头发不像闻一多那样给人一边倒的印象,而是呈"山"字形覆盖在额顶上,满是青丝,未见白发,至少在头发上不见老态,毕竟那时他并不很老,只有五十多岁。他平日穿着还算普通,一般都是整齐的布料中山装,有时也着半新不旧的毛料制服,不难想象,出席"党与国家"的活动时,他是会换上笔挺的正式礼服的,不过,即使是着平常的衣装,他也自有一种高层民主人士的气度。他的步态轻柔缓慢,举止儒雅端庄,脸上总是一片严肃凝重,表情则是郁气沉沉,一副压抑之态,总也见不着他开颜一笑。不过看得出来,他倒并不像是不苟言笑的人,似乎只是没有心情笑、笑不出来而已。本来,我们以为只要他一进入我们的教室,走上讲坛,他与我们的距离就消失了,我们对他的神秘感也不会再有了,没有想到他从云端里下来走近我们后,仍然是那样不可亲近,那样仍有一层神秘色彩。当时,我常纳闷,他自己是北大的名教授,又从乃兄那里接受了丰厚的政治遗产,拥有比一般教授高出许多的社会政治地位,他为什么老是笑不起来、郁郁寡欢、压抑沉重呢?后来才逐渐了解,这一切都是因为他身体不好,长期有病,以至外人第一眼就可以看出这位闻夫子活得很是无精打采、暮气沉沉,甚至生趣索然了。

看起来,他的确面有病容,脸上没有血色,眼光有一点滞呆,讲课时语速缓慢、中气不足,显然身体甚为虚弱,有时,天气并不热,可他都有点冒汗,那似乎是虚汗。他究竟有什么

名士风流：二十世纪中国两代西学名家群像（增订本）

健康问题，我们起初都不甚了然，后来，才逐渐听说，他并无恶疾顽症，但是有神经衰弱，而且是"严重的神经衰弱"，这一点，我们在课堂上亦可见其端倪。不时，他在讲坛上要停顿一小会，似乎是受到了什么干扰，甚至在停顿的时候好像是在聆听什么、专注地捕捉什么，其实，周围一切都很肃静，并无任何动静。每当他这样的时候，我总是很紧张地注视着他，唯恐他有进一步的异常反应，总算还好，他很快又恢复了正常的讲课，只是有一两次，他从停顿中缓不过神来，竟然问我们："你们听见楼上有什么声音？"我们摇头表示"没有"，这才使他摆脱了自己的幻觉与疑惑，我不敢说这是不是属于幻听病态的范畴，但至少是一种过度的敏感，表明他的确是"极度神经衰弱"。对此，大家看在眼里，心里对他这门两年的课程能否善始善终都没有把握，显然，他的健康的确令人担忧。

众所周知，神经衰弱远非绝疾顽疾，并不可怕，只要境况宽松、心情豁达，加上规律的生活与适当的调理，满可以很快转机，完全摆脱，以闻夫子的政治社会地位、医疗条件与物质生活而言，他本不难迅速康复，完全走出阴影，然而，我们都没有这份信心，不敢有此期待。因为，听说他生活的"小环境"很不好，对他的健康十分不利，具体说来，就是他的夫人也已经重病在身，朝不保夕，而且，家里还有一个和他一样健康情况十分糟糕、同样"极度衰弱"的儿子。不难想见，他整个的家庭是愁云密布的。事实也的确如此。我曾经去过他家一两次，那是在朗润园深处一个单门独户的院落，里面是一座建构精良的西式平房，房前有宽阔的平台，平台前是一块绿茵茵的草地，整个院落十分雅致清幽，只他一家。显然，他的寓所在环境与条件上比朱光潜、冯至、吴达元等名教授在燕东园两家合住的一幢幢小洋楼条件更好。可惜的是，他整个的寓所充满了阴郁、冷清、空寂的气氛，似乎是一个阒无人迹的空房子。屋内陈设也很简陋暗淡，一派疏于料理、懒于清扫的景气，即使是客厅亦复如此，显示出主人没有心情，也没有精力顾及。总之，暮气沉沉、凄清压抑，既是主人生活意趣索然的外化，也足以使得尚存的生机窒息。见此情景，谁都很难对闻老夫子的迅速康复持乐观态度，我甚至很害怕"法国文学史"这门课会因他的健康问题而中途停止，毕竟这是我们的一门专业主课，而且它的内容丰富多彩，是大家特别感兴趣、特别爱听的。

令人意想不到、也令人感到惊奇的是，闻老夫子带着病容，拖着病体终于把这门课讲授完了，真是善始善终，功德圆满！而且，在整整两年的授课过程中，每周四节课，他几乎没有请过病假，似乎只有一两次，因为有专车前来接他去参加"党和国家的活动"，他才"旷了课"，但不久又另外找时间把课给补上了。他这种尽心尽职的敬业精神是可敬可佩的，他不以高级民主人士自居而以普通劳动者要求自己的这种态度是难能可贵的。

更为重要的是，他的法国文学史讲得十分成功，是我在北大期间所听过的最高质量的课程之一，也是获益很多的课程之

名士风流：二十世纪中国两代西学名家群像（增订本）

一。不过，准确地说，他在讲坛上不是天马行空式地讲，更不是任兴之所至地大肆发挥，而是从不脱离讲稿地照本宣科，他这样做至少是表明自己特别认真负责，保证自己所宣讲的每一句话都是经过深思熟虑、字斟句酌的。当然这样做也比较节省授课时所支付的脑力与体能，适合他的健康状况，至少根据我自己后来的经验，在讲坛上高谈阔论、挥斥方遒，很需要讲者自己的激情投入，像赤热的煤块一样炽热地自我燃烧，为此经常要弄得血压上升、头发热。闻老夫子显然要避免这种情况。

他所照本宣科的讲稿，应该说是写得相当出色的。其历史叙述明确扼要，清晰流畅，颇有史家登高望远之势，在史实与例证上，虽无令人目不暇接的繁茂与使人惊奇的精辟，却都是选择精当、使用准确、很能说明历史的境况与发展的态势的。在观点方法上，他不愧是一位高级民主党派的代表人物，鲜明地高举马列主义、毛泽东思想旗帜，力求运用历史唯物主义、阶级分析方法，与那个时代学术主流中的学者教授并无二致，但他高于一般人的水平，显示出了难能可贵的成熟性与明智的分寸感，没有过分的"左倾"高调、没有生硬的思想批判、没有牵强的阶级分析，他尽可能做得通情达理、实事求是。看得出来，他有时在对一些作家作品板起面孔、一脸严肃作评的态度之下，实际上隐藏着、保留着他内心的一份赞赏与温爱，这使得他对某些作家评论与作品分析很有怜惜、很有余味，如像对多少有点颓废倾向的缪塞与对抗大革命的谢尼埃的分析评论就是如此，这在那个"兴无灭资"，文化大批判此起彼伏的时代里，就要算相当难能可贵的了。

家驷先生的文学史讲稿还有一大优点，那便是文字语言特别清澈、流畅，像一泓涓涓的清溪，且映照出周遭的蓝天白云、绿荫花草，总之，颇具文采与诗韵，这在外文系的教授名家中也是很少见的，真不愧是诗人闻一多的老弟。说实在的，听他如此这般的"照本宣科"真还是一种享受，至少我当时是有此感的。即使是对我后来撰写并主编三卷本的《法国文学史》，他几十年前的这门课也还是有深远的潜在影响的，实为有益的滋补养汁之一。可惜的是，闻老夫子后来一直没有进一步将他的这个讲稿整理成书付印出版。

闻老夫子不仅胜利完成了一门主课的讲授任务，而且还担负了指导学生写毕业论文的工作。我们毕业的那一个学年，每个人都必须完成一篇论文，几位主要的教授各自拟出论题，语言与文学两个方面的题目都有，学生则根据自己的兴趣与条件选择导师与论题。简直就有点像"招标"。我选了闻家驷先生做导师，题目则是《论雨果的〈艾那尼〉》。说实话，当时选闻家驷做导师的只有两个学生，可能是因为他地位高高在上，平时有那么一点凛然，不像其他教授那样随和，易于接近，而且他拟出来"招标"的题目也比较更有难度，有点令人却步。我选了他的题目，多少有些"攀高枝"的心理在起作用，因为他不仅是有名望的文学史教授，也是雨果研究的权威，他翻译出版过一本《雨果诗选》，虽然篇幅有限，规模不大，但在外国文学

名士风流：二十世纪中国两代西学名家群像（增订本）

研究与翻译成果出版得并不多的20世纪50年代，就足以奠定了他在雨果译介领域里令人瞩目的地位了，而且，他的文学史讲课中评述法国浪漫主义文学的那一部分的确相当精彩。至于雨果的《艾那尼》这个题目本身，更是非常有吸引力，简直就令人兴奋，毕竟这是欧洲文学史上一部异彩纷呈的作品，也是一个轰动一时、戏剧性十足并有划时代意义的文学事件，这样一个近乎"辉煌"的论文题目，正撩动了青年学子牛刀初试的挑战心态，也投合了自己不无浅薄凡俗的虚荣心理。不过，我干得倒是十分认真、十分努力，钻研得也相当踏实深入，除了啃完这部诗体剧本的原文外，还把雨果与此作品有关的文学批评论著、特别是他赫赫有名的批评名著《〈克伦威尔〉序》也找来啃了一啃，我后来翻译出《雨果文学论文选》一书，最早实源于斯也。至于论文写作本身，对于一部爱情题材的作品，一个大四的青年人是不会没有话说的，而且这是一出两个地位悬殊者之间的爱情悲剧，也投合我自己在"新社会"也是作为一个"平民"所具有的思想倾向以及某些潜在的感慨与思绪，当然，感怀抒情的灵感也是不缺的，于是乎，一篇论文之中，混杂着历史概述、思潮流派引证、文艺思想溯源、文本分析、思想见解、感触抒怀……一锅煮，竟也洋洋大观，篇幅达到了三万字的规模，这在当时的毕业生中尚属少见，也算得上是大学生中的"宏文巨制"了。从领受题目到完成交卷，在整个过程中，我总共只到闻先生家去过两次，因为他身体不好，我实在不敢多打扰他。每次见面的时间也不长，他话不多，他本来就

闻老夫子的"谁道人生无再少"

慎言笃行,似乎没有正确得体的把握就轻易不会有一言半语出口,跟我这样的晚生后辈,似乎也没有什么谈话的兴趣,我得赶紧告退。我宁愿拿出论文成果时给他一个"Surprise"("惊讶"),令他刮目相看。他在审读之后,就我的感觉来说,我觉得的确是产生了这个效果,他是有点意外,但并没有因此就对我多加称赞,他的评语很有分寸,态度不无保留,当时我多少有点失望。有了这番经历,我再次感到他是在云端里,而我是在地面上。

毕业后,我长期没有和闻先生有联系,后来只是因为法国文学研究会的工作关系,我去过闻先生家两次。从20世纪70年代末到80年代末,我相继被学界同道选举为法国文学研究会的副会长、会长。这种头衔我虽然也还在心上,但从来不想拿来给自己"添光增彩",窃以为,如果没有学术文化业绩作为自己的基石,头上这顶小帽只能是授人以柄的口实说辞,而对于真正有志于发展学科的学人而言,这种头衔与其说是一种荣耀,不如说是一种义不容辞的、团结同道、敬老尊贤、发展学科的责任。1978年与1987年法国文学会两次选举,在中国的现实条件下,不能免俗,都有一个给老一辈师长安排席位以求平衡的问题,我忝为少壮派接班人,多少还有一些敬老尊贤的自觉。面对着三位长老,一个是学术文化业绩丰厚的李健吾,一个是在外国待了数十年之久、在学林自有一种王者霸气的罗大冈,再一个就是社会政治地位高的资深教授闻家驷,三人各有优势,我当然要努力促成一种合理的、皆大欢喜的安排。在1978年，方案有三：方案一，三位长老同为会长；方案二，三位长老同为"名誉会长"；方案三，两位对实务不感兴趣的长老任名誉会长，一真掌实权的长老任会长。三个方案做何取舍，完全交罗大冈先生决定。最后，罗先生选择了第三个方案。于是，出现了李、闻二先生任名誉会长、罗先生任会长各得其所的局面。到了1987年改选时，李健吾已去世，罗大冈则退休与闻家驷同任名誉会长。虽然这种"多头格局"与国内天经地义的"一长制"颇不相符，并曾受到尊崇"一元化领导"绝对理念的人士讥讽，但仅仅改变一种理解方式就给一个矛盾重重的领域带来和谐共处，实不无可取也。对我来说，既尊崇了大学术名家，也推举了学林强人，还对老师长表示了敬意，也可算是尽了晚生后辈的一点心意，到了古稀之年的今天，尚可聊以一慰。

闻家驷先生生于1905年，逝世于1997年，享年九十三岁。在我的师辈中，他要算是个长寿者，比起五六十岁时都比他健康得多的同辈都要长寿，比精力充沛、声音洪亮的李健吾多活了十来年，甚至比古稀之年仍然骑着自行车、生龙活虎般往返于未名湖畔的陈占元也多活了两三年，在延年益寿的长跑途上，他"后来居上"，谁也没有想到，五六十年代还病病歪歪的他，竟然"笑到了最后"，我们当年听他讲授法国文学史时，还经常担心这门课会因他的健康问题而有停顿关闭的危险呢。闻老夫子的这种生命的韧性与耐力令人颇感意外，如果你了解这个韧性的过程与其中的根由，也许就更会感到惊奇了。

20世纪50年代后期，听说闻老夫子的夫人病逝，这既是对老夫子的打击，也可以说是他长期被病疾阴影笼罩的家庭一种必然发展的结果，说句不应该的话，也许在客观上不失为一条解脱的出路，避免了两个病人双双都沉入深渊，人们在为闻老夫子担心的同时，希望他的健康能出现否极泰来的转机。过了一段时候，听说他并没有被丧偶的苦痛所压垮，至少健康问题没有比过去更糟糕。真值得额手相庆，谢天谢地。又过了一段时候，听说他续弦了，娶了一个比他年轻二三十岁的少妇。这个消息当然使人们很感意外，虽然是他的喜事，但人们却并不完全为他的健康高兴，总对他久病虚弱的身体是否经得起如此强烈的冲喜而心存怀疑。但出人意料而又令人宽心的是，此后并没有听到他健康恶化的消息，显然他已经平稳度过了他的新婚燕尔期，真是有老天爷在降福给他，他老夫子真个是枯木逢春了，又过了不久，闻老夫子又有大大的新喜讯传来：他的新夫人给他生了一个儿子。听到这个消息的人，无不表示惊奇，我想起当年见他病病歪歪讲课的情景，面对着这个新喜讯，不由得惊呼起来："这简直就是奇迹！"心里对他在将近古稀之年，于人生之途，仍然有"而今迈步从头越"的气概、勇气与坚毅，由衷感到佩服。而从这一连串事件所构成的生活轨迹来看，大家都非常明确地意识到，这一切应该说是他续弦再婚后的幸福家庭生活所带给他的。

他再婚后，我曾有幸去过他家几次，见过年轻的"闻师母"。

名士风流：二十世纪中国两代西学名家群像（增订本）

那是一个面貌姣好、风姿绰约的少妇，衣着朴素又讲究，待人亲切而平和，谈吐得体而落落大方。闻老夫子家的氛围也似乎有了一些变化，不像以前那样阴暗沉郁、令人感到压抑，而多了几分明亮与生气。那位年轻的闻夫人，看来既有相当好的文化教养又颇精于家政料理，一切都井井有条，而且闻老夫子相当一部分外交事务都是由她承担的，显然，她替老先生把各方面的负担减低到了最低的程度，充分发挥了一个贤内助的作用。有这么一个赏心悦目的生活伴侣在身边，悉心照料，多方代劳、分忧解难，闻老夫子的那点"神经衰弱"何愁不云消烟散？生命力何愁不有一次再生与焕发？歌德老夫子不是也说过吗："永恒的女性领导我们走！"

令人惊奇的还不止这些，还有闻老夫子在文化业绩上的又一次容光焕发。

说实在的，闻先生在20世纪60年代以前，译述业绩与科研成果是很少的，我也许孤陋寡闻，只知道他50年代出版过一本《雨果诗选》，另外就只有从未出版的法国文学史讲稿了。这种状况与他的声望、地位不能说是很相称的，人们往往更多的只把他视为受尊崇的高级民主人士。显然他自己也并不甘于这种状况，但苦于健康不帮忙，难以再创出学术辉煌。学术业绩毕竟是要支付艰苦的智力劳动与大量的手工操作岁月后才能获取的，不能径直来自身份与地位。现在，好啦，他有了美满的家庭生活与能支持艰苦劳作的健康身体，既然能创出生活的奇迹，为什么不能创出学术文化的业绩呢？

闻老夫子的"谁道人生无再少"

于是,不久后,就传出消息说,闻家驷已经开始翻译世界文学名著《红与黑》,并且据说已与一家权威的出版社达成了正式协议。他何时动的笔?我不知道,但从传出消息到该书于1988年由人民文学出版社出版历时长达二三十年之久。世人常曰:十年磨一剑。闻老夫子打磨此剑何止用了十年?一个已过古稀之年的老人至少花了一二十年的时间为一部闻名遐迩的世界名著伏案爬格子,这就是闻老夫子的学术文化晚景。这里固有他"青春焕发"的生命力,更有不辞辛劳、持之以恒的坚毅力,毕竟这是一个难度不小的移译工程,一部五六十万字的文学巨著,闻老夫子终于把它完成了!我们从北大出来的这些同学,都为他高兴。他这个译本在注释与题解上都做得较为细致,所依据的也是一个比较权威的完善版本,自有明显的学术价值。其译笔虽守慎求实有余而灵动洒脱不足,但明达而流畅,正反映了他深厚的语言修养。它的完成与出版是一件大事,这是闻老夫子为中国的社会文化积累所做的一项很有分量的贡献,如果考虑它是完成于一个久病康复的老人之手,就更显出了其难能可贵……

"谁道人生无再少,门前流水尚能西!"

若干年前,我读过著名的美国作家、诺贝尔文学奖的获得者辛格的一篇十分有意思的小说《市场街上的斯宾诺莎》,其中主人公菲谢尔森博士是一个学识渊博的老学者,长期在阴沉的书斋里研读经典,过着孤寂、冷清、沉闷、压抑的单身生活,以致生趣索然、暮气沉沉、气血日衰、百病丛生。他终于有机会结束鳏居生活，与一个黑人妇女结了婚，虽然这位妇女奇丑无比，但新婚次日的黎明，老博士却第一次感受到年轻人才有的那种酣畅，甚至感到自己浑身是劲，"能够奔跑、能够摔跌、能够飞翔"，从此就像换了一个人似的，变得生气盎然。

1988年6月的一天，年已七十七岁高龄的法国著名作家、龚古尔文学奖的评选主席巴赞，亲自驾车将前来拜访的中国客人从鲁昂车站接到他的家里，同车来的有一个四五岁的小男孩，我以为是巴赞的小孙子。在他家门口出迎的是个像玫瑰花一样鲜艳的妙龄少妇，我以为是巴赞的小女儿。在巴赞的书房里，他向我介绍将要完成的一部长篇小说，写的是老年人重新结婚生子、重新生活的题材。他说："在当今社会，七十多岁的人也应该算是年轻的，我的小说就是要对老年人加以鼓励，使他们延长自己的生活，延长自己的寿命。"这时，我才获知刚才那位少妇原来是他年轻的夫人，那个小男孩是他最小的儿子，而在院子晒太阳的那一对比他年轻二三十岁的夫妇，则是他的"岳父母大人"。

……

"谁道人生无再少"，在世上有种种典范与事例，闻老夫子的，肯定是有硕大果实的一种。

2008年2月3日

在"六长老"半世纪译著业绩回顾座谈会上的致词

法国文学研究会囊中羞涩,在商品经济大潮中,无力搭高台,唱大戏。今天,在难逢的世纪交替之时,聊备茶水开这样一个座谈会,以述学界友情,略表敬老尊贤之意,具体内容就是,对本学界北京地区六长者半个世纪以来的译著业绩进行回顾与赞赏。

法国文学界在我国是一个有了一些岁数、成熟而充满活力的学界。在这里,时贤才俊辈出,精品译著、高论妙文不断问世,为中国读书界、学术文化界提供了高层次的精神产品,为全社会的文化积累做出了不可磨灭的贡献。而在整个学界所有这些贡献中,长者们的贡献显然占有很重要的地位。

这里所说的长者,是个相对的概念,我权且把20世纪50年代大学毕业的我们这一辈人的师长,都划入长者的范畴,也就是指在本学界都已经工作了半世纪之久的一批先行者。如今,

名士风流：二十世纪中国两代西学名家群像（增订本）

这一批师长、学长中仍然健在的，除了北京地区的这六位外，还有上海地区的郝运、林秀清，南京地区的徐知免，等等，他们都是卓有贡献、令人敬重的学者，由于我们条件有限，这次座谈会仅以北京地区的长者为对象，未能包括其他地区的，对此，我们深表歉意。

在六位老者中，占元先生要算是年龄最大、资格最老的一位，他那个高龄的前辈们，如今唯有他是硕果仅存了，我还在小学的三四年级的时候，占元先生就已经是翻译界、文化界的知名人士，做了不少有益的工作，颇有社会影响。我进北大的时候，他是燕园引以为自豪的名教授行列中的一位，他讲授的翻译课，使我们受益匪浅。占元先生作为翻译家，他的巴尔扎克译品以严谨著称，他所译的狄德罗美学理论则是高难度的活，非一般译者所能胜任。他还是一位学识丰富的法国文学史学者，他对巴尔扎克、狄德罗、纪德等一系列重要作家都有过系统而精辟的论述。特别令人感佩的是占元先生的人品，他忠厚宽宏，虚怀若谷，从不计较名位，永绝意气之争，颇有圣人提倡的温良恭俭让之美德，对我等后辈热情诚挚、平易近人，像李健吾先生那样是一位真正的宽厚的长者。

渊冲先生是本学界值得尊敬、令人佩服的前辈，他与我们在座的好些人相识都比较迟，但他对我而言，早就如雷贯耳了。相识之初，他的热情豪爽、坦诚率直就深深打动了人，我以为，

在"六长老"半世纪译著业绩回顾座谈会上的致词

这是一种明澈见底的性格,是一种不设防的作风,只有真正的好汉或者有好汉自信心的人才能具有。渊冲先生翻译方面的业绩与成就是全面而又突出的,他不仅是好些法国文学名著高水平的中译者,而且也是中国文学经典作家作品的英译者、法译者,在中译外这个高手才能入场的领域,他也是成就最高的一人。对于他的译作,他有两句著名的自评:"书售中外三十种,诗译英法惟一人。"这一自评与他把这两句话印在名片上的做法,似曾引起微词,但我以为这正是许先生率直性格的特色,何况他的自评并没有任何水分,没有任何浮夸,既当之无愧,何不当仁不让?渊冲先生有丰富的、成功的翻译实践,他的翻译理论当然也格外值得重视,如果我用自己的语言来表示支持与赞赏,那肯定会苍白无力,不如引用钟书先生对渊冲先生的专著《翻译的艺术》与《唐诗三百首》英译本的评语,钟书先生说:"二书如羽翼之相辅,星月之交辉。"这就足以标出了渊冲先生翻译理论的价值。

永慧先生是本学界和善可亲的长者,也是在座不少人的老朋友、忘年交。在中国的翻译家之中,永慧先生大概是拥有读者最多的一位了,他的译著等身,劳绩惊人,有广泛的、巨大的社会影响,而且,他虽已届高龄,却精力充沛、宝刀不老,可以预料仍会有新的译作源源问世,将来,劳绩的丰碑必大为可观,但我想,即使只以郑先生目前的成果而言,如果编辑出版《郑永慧译文集》,其规模也很可能与十五卷的《傅雷译文集》旗鼓相当。作为法国文学的翻译家,永慧先生再一次体现了傅雷先生曾经体现过的一条宝贵的经验:在翻译的选题上当有 Bon Sens 与 Bon Gout。永慧先生具有选题的"慧觉"与"慧眼",他选取了巴尔扎克、雨果、梅里美、左拉、莫泊桑、纪德、萨特这一系列高峰或高地来建树自己的劳绩,就有如一个将军选取了一些主要的制高点,如果翻译不是一个八仙过海各显神通的领域的话,那就几乎可以说后来者在法国文学翻译方面可插足的地方似乎不多了。

震湖先生是法国文学界的一位元老,是法国文学研究会的创建人之一,他不止一次以他的睿智对法国文学研究会的工作起了建设性的作用,是法国文学研究会真正意义上的、名副其实的顾问。震湖先生幽居东郊,与我们研究会中一大批来自西郊的学人相知不深,但去年的一次活动,使我们对震湖先生的学术见识、学术勇气与学术活力有了全面的认识,那就是研究会就震湖先生与时代文艺出版社合作推出三卷本《萨德文集》一事举行的座谈会。震湖先生在大陆第一次翻译出版了萨德这位骇世惊俗的哲人的文集,的确表现了为社会文化积累甘冒风险的大无畏的精神,他在短短一两年内完成萨德三部作品的翻译,显示出他高层次的翻译能力与娴熟的译述技艺,他为《萨德文集》所撰写的学术性的序言,老到练达,颇多创见,使人感到姜还是老的辣。震湖先生无疑具有多方面的才能,他能文能译,而在译事方面,他的法译汉有雨果、左拉等硕果累累,

在"六长老"半世纪译著业绩回顾座谈会上的致词

他的汉译法,则有哲学史专著,他还能操英译汉、汉译英的双向技艺,而在翻译的题材上,则从经典作品到爵士乐,从海关条例到巫术,真是好有一比,好比金庸小说中内功深厚而招数变幻无穷的奇侠。

齐香先生与桂裕芳先生长期在北京大学任教,辛勤育人,桃李满天下,法国文学界有很多人都是他们的学生,在座的罗新璋、金志平二位与我,我们的法文启蒙课就是齐桂二位先生给我们上的,就像阿尔萨斯小顽童对阿墨勒老师的最后一课永志难忘一样,我们对齐香先生、桂裕芳先生的最早一课一直记忆犹新,她们优美的语音、美丽的形象以及桂先生大姐般的温柔一直活在我们心里。她们二位在承当繁重的法语教学任务的同时,也从事了法国文学的翻译工作,并有诸多建树,齐香先生在乔治桑的翻译上有显著的成绩,并曾获得翻译成就奖。桂先生的年纪不老但辈分甚高,她的翻译业绩,可谓硕果累累,她主编并部分翻译的莫泊桑小说全集无疑是一项重大的文化积累工程,她编选并翻译的《洛蒂选集》即将问世,当会令人瞩目。特别应该指出的是,她在法国当代文学的翻译方面,也许要算本学界成绩最为突出的一位学者了,她是普鲁斯特巨作的主译者,也是纪德、莫里亚克、布托、萨洛特等作家的重要作品的首译者,她的译文准确、流畅、朴实、自然,无矫饰浮华之痕,给人以素面朝天的美感,她把布托的 *La Modification* 这个书名译为《变》,仅只一字而意蕴无尽,深得现代派文学

名士风流：二十世纪中国两代西学名家群像（增订本）

著名翻译家、北京大学教授许渊冲在讲堂上

法国文学两大译家郑永慧（右二）、郝运（右三）在 1987 年
北大勺园的学术会议上与本学界同人张英伦（左一）等人

在"六长老"半世纪译著业绩回顾座谈会上的致词

著名翻译家、北京第二外国语大学教授管震湖在雨果纪念会上

著名翻译家、北京大学教授桂裕芳

名士风流：二十世纪中国两代西学名家群像（增订本）

要素象征与抽象之神韵，令我赞叹不止！

　　虽然世上的事物都有如米拉波桥下的流水，但我相信人文价值将要长存，人文领域是一个积累的领域，而不是一个取代的领域，用雨果的话来说，莎士比亚不取代但丁。因此，我们今天有必要对六位长者半世纪的人文业绩进行回顾，加以赞颂、予以研究、加以发扬。

　　当然，人类的人文精神是一座广阔而高远的大山，高山仰止，人生渺小，每一个西绪弗斯推石上山的数量毕竟有限，推石上山有所进展，那就将是充实的人生，人生的价值也将附着于人类的人文价值之上而长存不灭。

　　不揣见识浅陋，语言笨拙，牙齿漏风，讲以上一些话，叙学界友情，向长者致敬，有失衡之处、失言之处，请长者们、请兄弟姐妹们多多包涵。

　　谢谢！

1999 年 12 月 24 日

徐继曾与柏格森

十月出版社出了一套很不错的书系——"大家小书",选入的是中国文化学术界的名家大手笔写成的"小作品",实际上就是"小名著""小经典",如上世纪著名的语言学家王力的《诗词格律》就是。据说,这套书颇受读者欢迎,这也很自然:文化含量凝练,开卷有益;部头不大,读起来花时间不多,正符合现代人急需补进各种文化营养、又苦于读书时间不多的忙碌生活的需要。

现在,这一套书又扩大到外国文化方面,该社主持这个工作的副总编韩敬群先生约我为其中的一种(《笑》)写一篇序或前言之类的东西,我当即就答应了,因为作者柏格森是我心仪已久的法国哲学家,而译者徐继曾则是我几十年前在北大念书时的授业老师。

相对而言,哲学是德国人的强项,正如小说是法国人的强

名士风流：二十世纪中国两代西学名家群像（增订本）

项。至少从18世纪一直到20世纪，德国人一直居于哲学思辨的顶峰，康德、黑格尔、费尔巴哈等人哲学体系之完整与逻辑思辨程度之高，实无其他民族人士出其右，相比较之下，法国18世纪那一批著名的启蒙哲学家，则只能说是社会时政方面的思想家，当然是造成了伟大结果的伟大思想家。法国人在19世纪末、20世纪上半叶，总算在纯粹哲学、思辨哲学领域里也证实了自己的高超才能。这不能不说是柏格森的功劳，他在纯粹哲学上的成就达到了时代的高峰，在整个欧洲的精神领域里，他所具有的巨大哲学声誉，也许只有德国的尼采可与之比美。

柏格森（1859—1941）在哲学上有何"标志"？其本土的论者简略答曰：他认为直觉是认识世界的唯一途径。对于不专门弄哲学的人来说，这个标志似乎就够了，正如说达尔文的标志就是进化论，牛顿的标志就是地心吸引力论，简单而明了。但在我们国家的一些哲学课本与辞书之中，柏格森却被戴上了不少帽子，其中最主要的就是"反动唯心主义哲学家"这一顶。这是苏式哲学教科书论断的影响痕迹。当然也与老祖宗、伟大导师总爱将一切思想家分成唯心与唯物两大阵营的教导一脉相承。

窃以为对于思想家而言，重要的不在于做"唯心""唯物"的终极划分，而在于对其学说、其哲理、其论断的涵盖性、深刻性与效应性的认定。有此三性的思想家，即可谓"杰出""伟大"也。而且，"唯心""唯物"，也绝不是有害或有益的绝对标准，前者不见得一定对人类有害无益，后者也不见得一定就有益无害。把唯心主义阵营否掉，再把唯物主义阵营中的"机械唯物主义"与"庸俗唯物主义"否掉，那就只剩下几个"辩证唯物主义""历史唯物主义"的天才了，这符合人类思想史、人类文明史的结构实际吗？这岂不会将人类精神文明的优秀遗产横扫掉一多半？

如果不去管柏格森是哪种终极体系，不去管"唯心""唯物"的标签，那么，应该说这位哲人的确有若干闪光的哲理学说，我们说它们是划时代的创见未免不可，说它们有明显的涵盖性与积极的效应性，更是应当。

我这里所指的涵盖性与效应性，至少是可以对文学艺术而言，而文学艺术则无可争辩地是人类精神文明领域中不可或缺，也占有巨大份额的部类。

兹简略列举如下：

其一，柏格森的直觉说。且不说他此说是否有重视感性认识、有唯物主义的影子，只看它对文学艺术创作的重要性就够了，最吸引你眼球的例子就是，在20世纪得到了千千万万欣赏者盛赞、如今大行于世的印象派绘画，它不过是将视赏上的直觉变成一种特定的绘画风格、美学理念而已，而法国印象派绘画与柏格森的直觉论哲理，正是产生于同一个历史时期。

其二，柏格森的生命力说。生命力不过是生物在体能上与智能上的综合力量的称谓，是生命现象的原动力，它在创造人类社会、人类文明的过程中所发挥的巨大作用，是怎么估计也不过分的。如果说关于生命力说在社会政治历史中的作用与性质上存在着质疑与争议的话，那么它在文学艺术创造中的必不可少的积极的作用却是无可置疑的，这已经被人类文学艺术历史的事实，从最古老的岩画到今天高度发展的文艺所凸显、所证实。

其三，柏格森的内心意识绵延说、关于区分实际时间与心理时间的哲理。它是现代心理学发展的一个重要标志，它明显地为欧美20世纪的现代心理小说，也就是意识流小说的创作，提供了坚实的理论基础，启示出可行的文学创作方法。法国的意识流小说巨著《追忆似水年华》就诞生于柏格森的同一时代，绝非偶然。

其四，就是这本书，这本关于笑的哲理著作，对笑作为一种个人心理表象的缘由与各种形式，对笑作为一种社会生活现象、作为一种社会姿态所具有的功能效应，都做了细致深入的分析。就其论述之全面，辨析之精微，堪称"空前绝后"，即使它可能会有值得商榷之处，但总的来说，应视为关于笑之研究的一部十分权威性的著作，它与弗洛伊德的潜意识研究一样，也是20世纪人文研究中的经典，不妨说，它倒是补充了辩证唯物主义与历史唯物主义所留下的一个理论空白。

正因为柏格森的哲学对文学艺术具有十分贴切的涵盖性、积极的效应性，他可以说是20世纪一个做出了卓越的人文贡献的思想家，因此，他于1927获得了诺贝尔文学奖。

徐继曾与柏格森

译者徐继曾先生是北京大学西语系的教授，20世纪50年代中期，我在北大时他教过我们那一班的课，法文系高年级的一门专业课：法国历史，为期一年。还有不长的一段时间，教法文精读课的一位教授因病请假，徐先生替他代过一阵子课。那时，在名家、老教授如林的西语系，他还只是一位中青年教师，才四十出头，但像他那样，既胜任高年级的语言课，又胜任高年级的史论专业课的人为数并不多。

他是一个很出色的教师，课讲得很好，内容丰富，条理清晰，一出口就是完整的语句，准确的措辞。难得有如此好的口才，加上他相貌堂堂，真使人觉得他本可以成为一个出色的外交官。他待同学们很亲切、很随和，就像是平辈的兄长，绝无师道尊严。他的课给人甚多启发，他也善于引导同学进行思考，常要求我们写读书报告给他审阅，记得有一次我看了些课外书，就法兰克人的封建化过程洋洋洒洒写了一篇"准论文"，得到了他的赞赏，他的批语中颇多鼓励，我对历史发展问题有分析评论的兴趣与爱好，实从这里开始。毕业后，我与他联系极少，仅有一两次简单的书信交往，记得他以"兄"相称，深使我感动，也深感他为人处世的洒脱与虚怀若谷的雅量。

继曾先生在北大分内的工作任务一直很重，不论是教学还是编辞书，他都是主要劳力。之余，他自己也弄些文学翻译，我所知道的除了眼前的这本书外，还有卢梭的散文名著《漫步遐想录》以及斯达尔夫人的理论名著《论文学》，等等。他的"业余"时间既不多，选题也就格外精当，他选译的都是经得起

名士风流：二十世纪中国两代西学名家群像（增订本）

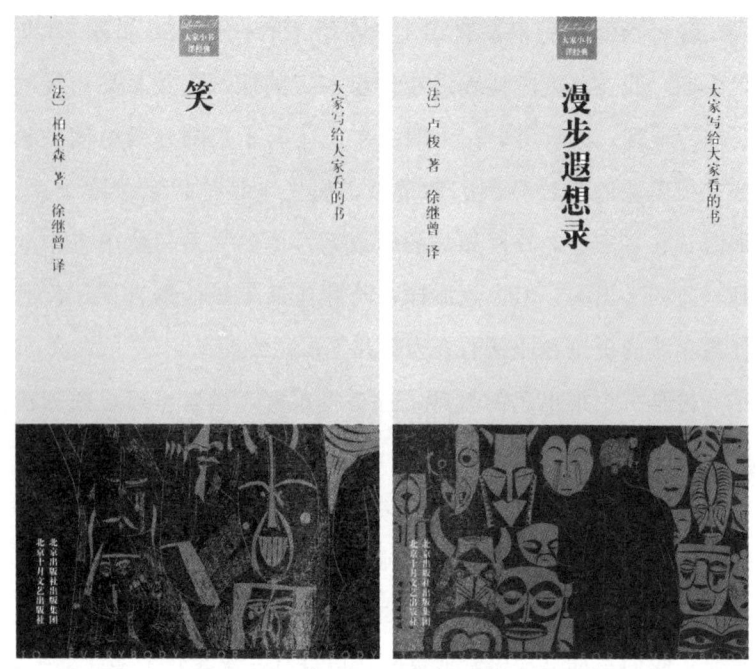

徐继曾译柏格森《笑》封面　　徐继曾译卢梭《漫步遐想录》封面

时间冲击的经典之作，这也反映了他作为译家的卓越见识与高雅品位。就他的学养水平与业绩而言，在中国法国研究会成立时，他本应该被选为理事会理事，但偏偏遭到了权威者的否决。受此不公平待遇的，还有另一位北大教授郭麟阁先生。"理事"大概是所有头衔"帽子"中最没有价值的一种，没想到也这么被用来作威作福。不授予有学养、有业绩者，并不是他们的损失，而倒是学界、研究会的损失。

1989年，人们听到徐继曾先生不幸去世的噩耗，他死于一次很偶然的医疗事故：青霉素过敏。这时，他还不到退休年龄。就他本来良好的健康状况与充沛的心智活力而言，他尚可以颇有所为，颇有建树，他未能充分施展其才，这是学术文化界的损失！

我所知道的严怪愚

一位难忘的中学老师

前两三个星期，在《文汇读书周报》上看到一篇文章《不畏强权的名记者严怪愚》。当时，标题与名字以及刊登的头像，几乎引起我的一声惊叫："我认识他！"就像阔别了多年，不意在他乡遇上了故旧。

这是一个被历史尘封多年的名字，编者按中就指出："年轻读者对严怪愚这个名字可能不太熟悉。"何止是"不太熟悉"！何止是"年轻读者"！早在半个世纪前，它在正常人名册中，就几乎完全被删去了，20世纪50年代中被打成"胡风分子"，1957年被打成"右派分子"，60年代初在潦倒的生活中苟延残喘，到了"文化大革命"，又在"弯腰挨斗"的日子里苦度时日，一个个严酷的历史事件将一层层厚重的尘土压在这个名字的上面，将它埋没，使其泯灭，似乎它根本就没有存在过。

我所知道的严怪愚

他曾经是一个具有全国影响的风云人物，20世纪30年代中期，从湖南大学经济系毕业后，就投身于新闻界，先后任长沙一家著名的报纸《力报》的采访部主任与主笔。此报冒天下之大不韪，在创刊时曾声称"拥护中共"，严怪愚遵循这一路线，颇有一番轰轰烈烈的作为。他拜会过鲁迅先生，从鲁迅那里得到过言传身教：傲气不可有，傲骨不可无。他30年代的这一经历就足以造成他作为左派文化人的"老资格"了。鲁迅逝世时，他的报纸开辟了专栏进行悼念，公开与右派报纸对着干。抗日战争爆发后，他为台儿庄战役写过大量报道，在全国鼓舞了抗日的斗志。他揭露了汪精卫卖国投降的丑闻与罪行，有力地打击了敌人，震动了整个国统区。他历任《力报》《中国晨报》《实践晚报》与《晚晚报》的社长或总编，在整个思想文化界颇有影响。

著名记者严怪愚

1946年，国共谈判破裂，中共代表团被迫离开上海，因遭国民党当局阻挠，各界人士不敢前往送行，当时《申报》做了如下的报道："昨日中共代表团成员全部离沪，只有《东南日报》的严怪愚先生一人在风雪中送行。"

关于严怪愚与《力报》的绘画作品

从这些经历不难看出,在 20 世纪三四十年代,严怪愚是一个全国性的"无冕之王",经常处于文化、政治斗争的漩涡中心,为此,他付出过代价,遭受过当局的迫害与惩处,坐过牢……与此同时,他显示出了自己勇敢坚定的个性、乐于在

"暴风雨"中飞翔的精神、作为一个进步人士的傲骨以至"铮铮铁骨"。虽然他从没有入过党，但可以毫不夸张地说，他的确要算是一个党外的布尔什维克。

新中国成立后，严怪愚担任过《大众报》与湖南省通俗出版社的副社长。这是他所任的最高官职，也是他最后的官职。《文汇读书周报》转载的那篇文章说："后来，他离开了报界，自请去湖南师范学院任教。"事实上，这一叙述存在着一段"空白"，一个"盲区"，据我亲身的认知，他"离开报界"后，先是去了湖南省立一中任语文教员，一两年之后才离去，而我正是在他来到省立一中时见到他的。

湖南省立一中是一所名校，不仅在中等教育很是发达的湖南省省内首屈一指，而且在全国也颇有名望。记得我在校的时候，校方就宣传过它是毛泽东的"母校"，此说从何而来？我没有去费力弄清楚，只听说，湖南省立一中的前身是湖南省立第一师范，而毛与湖南省立第一师范的关系，似乎已经写进了党史，至于省立一中宣传自己是朱镕基的母校，则是后来的事，而这倒是确凿无疑的。不管出过什么了不起的校友，湖南省立一中的确是以教学质量高、升学率高而著称。

好像是在我念高二下学期的时候，有一天，一直教我们班语文课的彭靖老师将一位中年人带进我们的课堂，那人年近四十岁，穿一身很普通的布衣，有点不修边幅，相貌略显得怪，环视课堂，一双眼睛炯炯有神，而定睛正视简直就有点英气逼人了。彭靖向我们宣布,这是新来的严怪愚老师,今后将由他接着教这一班的语文课。这就是严怪愚来到省立一中,第一次与学生见面的情形。

彭靖是严怪愚在湖南文化界的老朋友,甚至可以说是严的一个"追随者""崇拜者",他热情洋溢、充满尊敬之情地向我们介绍了严怪愚作为著名的记者、著名的文化人的历史与事迹,使我们从最初一刻起,就对这位新老师肃然起敬,在当时的中学生看来,严怪愚就是一个名副其实的文化名人,是文化界的一个大人物,能来给我们当语文教师,简直就是一件教人深感荣耀的事。

严怪愚在学校里的教课任务并不重,好像只教我们这一班的语文并兼班主任。看来,校方并没有把他当作一个劳动力来使用,比较讲客气,似乎是对一个刚从领导岗位上下来的人的某种礼遇,特别是让他给我们这一班当班主任,似乎更有这种意味。我们这一班当时堪称全校"一枝花",由于学习成绩优异、政治思想先进、党团员的比例高而在当时"抗美援朝"的时期被授予了一个特别光荣的称号:"金日成班"。这可不是学校几个领导人想授予就授予的,这是省市领导根据"抗美援朝"的政治需要而特设特批的,每逢省市有个什么相关的政治活动,这个班总要挂名露个脸。我记忆力不佳,那些光荣热烈的场面,我都不记得了,只记得有一次朝鲜人民军与中国人民志愿军的代表团到全国各地访问,来到长沙时,还曾光临过"金日成班",和全班同学合影过。因此,我有机会就近观赏了朝鲜人民军代表漂亮的军装,那不仅是高级呢料做的,而且色彩十分鲜丽,与志愿军代表一身绿色布衣军装形成对比,后来听说,这种漂亮的军装也是中国援去的。当然,这种活动与这种场面,都是高度有组织、有领导地进行的,出面的都是上级领导同志与班里极少数党团员的优秀青年代表,以至我对严怪愚在这类活动中的情况毫无半点印象,似乎这种活动中根本就没有他。

一开始,严怪愚的讲课是很吸引人的,很给同学们以新鲜感。他往讲台上一站,两眼一环扫课堂,一股气宇轩昂之态就毕显无遗了。与其说他是作为一个语文老师在讲课,不如说,他完全像一个文化名人、文化大家在演讲。他经常离开教材上的课文而高谈阔论、大恣发挥,显然是由于政治新闻记者的生涯在他身上留下的惯性,他比较好发议论,也比较善于发议论,一进入此种状态,他就气势十足,挥斥方遒,特别是碰上革命豪情的题目,他更是有声有色。记得他有一次讲解高尔基著名的散文诗《海燕》,充满了激情,其目光仿佛电掣,其声音近似雷鸣,似乎他自己就成了那只在暴风雨中飞翔的海燕。

不过,中学语文课堂,毕竟不是名家文化讲座,中学生在这里希望得到的,是丰富而扎实的语文知识与应付裕如的作文技巧。特别是在我们这班,同学们对数理化的兴趣占绝对的优势,班上一大半人皆算得上是数理化的尖子,大家一门心思就是考上一所名牌高校,没有那么多"人文关怀"与"艺文兴趣"。何况严怪愚的特长也不是讲解艺文学理、赏析艺文妙趣,在这方面,他的本领并不比那些长期执教语文课的"教书匠"更高,有时甚至反倒不如。于是,同学们对他感到新鲜一阵子之后,兴趣就不那么热烈了,即使对我这样比较倾向于文科的学生来说,久而久之,他那种激情演讲亦不免使人产生"审美疲劳"。加以,在省立一中深受学生持久崇拜的数理化名师的确很多,因此,到了后来,严怪愚在老师中也就不那么抢眼突出了,而他当时教学讲课的情景也逐渐淡出了我的记忆。

但是,有一件事却是我永世难忘的。

到了高三下学期,快临近毕业的前夕,班上的团组织找我进行了一次正式的谈话,郑重其事,出面的竟是班上团组织的几位"领导同志",谈话的目的,当然是进行思想教育与思想帮助,因为,我显然是"金日成班"里一个边缘化的"落后分子"。那时,全班同学都是清一色的团员了,唯独我仍然待在"自己的组织"之外。不过,应该说明,这小子也并非自甘落后,不求进步,他一直要算是班上的一个"党(团)外积极分子",长期担任黑板报与墙报的"主要劳动力",为了这个"先进集体金日成班"的建设,可没有少出力费劲,确可算得上"没有功劳有苦劳"。至于"组织问题"嘛,他当然一直渴望跻身于这个"光荣的行列",从高一开始,共申请了三次,但惨不忍睹,竟被否决了三次,原因很简单:家庭成分"太高",父亲是个"厨师",是"为剥削阶级服务的"。与剥削阶级多少有点瓜葛,这在工农子弟清一色的"金日成班"就是很扎眼的事了,而且，既然家庭与剥削阶级有牵连，自己就必然有"个人英雄主义"，甚至是"极端个人主义"了，这样"思想不纯"的人当然不能让他"加入组织"，于是，高中即将毕业，此人还被拒于共青团的门外。

在那次正式的谈话中，组织上对我上述不光荣的申请入团史不予追究，一笔带过，开门见山地指点我"不要消极气馁"，"要坚持自己的进步要求"，既然要参加组织的动机是纯洁的，那就"应该再接再厉"，尽最大的努力去争取，如果自己放弃，那不就表明原来要求参加组织的愿望是"没有什么的思想基础吗"。最后，他们还以权威的口气与明确的定论鼓励我说，据组织上的了解，"你最近一个时期思想上进步还是蛮大的嘛"。虽然中学生政治家的谈话艺术已历练得颇有功力，我从他们这一席话里也听出了两个基本的意思，一是要我再次申请入团，二是他们认可了我"最近有蛮大的进步"，因此我想，我这次很可能"有谱了"。

这次谈话使我大受鼓舞，当然，我要按组织上的指点去"再接再厉，"不过，我感到十分纳闷，组织上怎么会认为我最近的进步"蛮大呢"？事实上，我自从三次被否之后，特别是一回想团支部的讨论会上，一些贫下中农同学像对待阶级异己分子一样的质问、批判的声浪，自己就彻底打消了"加入组织"的念头，而安于"冷板凳坐到底""夹起尾巴做人"。说实话，根本谈不上是"更积极"了，而倒的的确确是消沉多了，只打定主意等毕业高考一完，就远走高飞，离开这个"伤心之所"。

不久以后，我总算得知了"真相"，听说此事正是语文老师严怪愚起了作用的结果，原来他在审阅我的作业时，从一篇作文发现此生"对社会主义日新月异的生活很有感受"，"很有爱国主义感情"，正式询问过团组织为什么临近毕业他还不能入团。严怪愚这一推荐式的评语显然起了关键的作用，加以组织上大概也是为了这个先进集体在毕业时能达到共青团员"满堂红"的指标，才对我做了以上的指点！并且以极高的效率解决了我那个老大难的"组织问题"。

至于严怪愚所看中的那篇作文，并不是讲大道理、表现了什么高度思想觉悟的大文，而只是一篇写"身边琐事"的小文。严老师出的题目是："观感一则"。一个中等城市里生活闭塞的中学生能有什么观感呢？不外是早晨上学，傍晚放学路上所见到的古旧城市嘈乱、灰色的街景，但"天助我也"，那时却正好有一个小小的亮点，引发出我一点点感受，玉成我的一篇作文，得到了严老师的佳评，最后带来了多年来都未争取到的"团籍"。

途经的路上，原有一个名为对外文化交流协会的外事机构，房子旧旧的，门面破破的，与"新中国"、与"外"字号很不相称。每次我经过时，自己似乎也跟着感到寒碜。终于开始修缮门面了，小修，而不是大修，只是把门墙粉刷粉刷，在门前的空地外筑一道图案形镂空的红砖墙，空地上则修一条整整齐齐的水泥短径。尽管谈不上是"大兴土木"，与后来改革开放后的高楼大厦工程相比，只称得上是"小打小闹"，但它毕竟在我每天的路途上是一个新鲜而有色彩的亮点，唯一的亮点。眼见着门墙变白变漂亮了，围墙一圈圈砌起来了，愈来愈有点气派，"对照产生美"，我每一次往返经过时，都觉得这景观很美很美，心里都感到很愉悦，甚至很兴奋、激动、心潮起伏，简直就有点像刘宝瑞相声中朱元璋在极度饥饿时喝上了"珍珠翡翠白玉汤"那般舒坦、滋润……一碰上严老师所出的那个作文题，我别无其他"观感"，便把所见的以上情景与个人微不足道的真情实感写了进去，没有任何大道理，没有豪言壮语，也许，严老师看中的正好就是小我的这一个人的视角与原生自发的愉悦感、欣喜感。

严怪愚在我们班任教的那一年中，我几乎没有跟他有过任何个人的接触。一方面因为我自知是"先进集体"中的一个边缘人物，凡事都往后缩，更不会主动到老师面前去"来事"，尽管当时我已经有"重文轻理"的倾向，另一方面则是因为严老师不大好接近，他面部的线条本来就比较僵硬，脸上又很少露出笑容，而那双眼睛还肃光毕露，甚至有点咄咄逼人。我一直以为他是一个很威严的人，但最后，我没有想到他对一个边缘化的小人物有着准确的理解、人文的关怀与善意的帮助。我因为他才没有带着伤疤离开那个先进集体，我一直记得他。

严怪愚的班主任工作以一个完满的句号而告终，我们这一班在高考中的成绩极为优异，数十人之众有将近一半人被北大、清华录取，其余的则由哈尔滨军工大、北航、北钢、北师大等名校悉数包圆，全部收罗。结果如此圆满，不说有严怪愚一份功劳，至少也有他一份苦劳。这一班毕业之后不久，严怪愚就离开了省立一中，调到湖南师范学院去了。但很快他就成了"胡风分子"。

后来，我在北京，从20世纪50年代初一直到六七十年代，就不断听到关于严怪愚的坏消息，每一次运动，从"反胡风"、"反右"到"文化大革命"，他都倒了霉，一次比一次惨，看来，新中国成立之后，他就没有风光过几天，按世俗标准来说，他之走下坡路，实际上是从到省立一中开始的，即从一个领导干部成为一名普通的教员，而后是每况愈下。每当我听到他的坏消息时，总是感到意外。但继而一想，不少创建了省立一中辉煌的领导干部、优秀党员都在历次运动中尚且纷纷落马，何况他这么一个落落寡合、有点桀骜不驯的人呢？只不过我常常感到奇怪，为什么我家乡的气候老是这么炽热。

据说，严怪愚倒了霉以后，倔傲本性依然难移，而他一生所奉做人要有傲骨的信条，实来自鲁迅跟他的一次谈话。这个信条造就了他在暴风雨中激流勇进、搏击翱翔的身姿，而一旦时代历史与社会诸条件都发生根本变化之后，却反倒成为他深受其累的沉重包袱。我对鲁迅缺少研究，但知道不止一个研究者、评论者曾提出这样一个问题：如果鲁迅活到了"反右"、活到了"文化大革命"，会怎么样？我还记得，据一家报刊所载的一个回忆录中所述，曾有位"权威人士"对这个历史假设做过一个很不含糊的回答,那回答令人深感悚然。当然,历史是不能假设的。但严怪愚这个历史长河中的一个浪花,却不失为历史逻辑的一个活生生的例证。

2005 年 5 月 5 日

辑二

仁者李健吾在"翰林院"

一

1982年11月下旬,李健吾先生在京去世,那时,我正在外地开会,回到北京时,他的葬礼已经举行。我当时悼念他几乎是怀着感恩的心情:是他认可通过了我的第一篇正式的翻译作品——莫泊桑的《论小说》;是他在我《法国文学史》上册问世时,发表了一篇热情洋溢的评论文章;是他对我所译的《〈克伦威尔〉序》,表示了赞赏;是他在"文化大革命"后期我与朱虹挨整时,给了我们亲切的同情与关照;是他仅仅因为我没有在运动中批判过他、对他表示了同情,后来就把我称为"孩子"……

他没有在大学里教过我的课,但对我有师恩,他长我二十八岁,与我非亲非故,但对我有长辈般的关怀。人非草木,我能不怀有感恩之情?

名士风流：二十世纪中国两代西学名家群像（增订本）

　　我这一辈子最不善于做的事情，就是讲应景的话，做应景的事。健吾先生去世时，我没有写悼念文章，但从那时开始，我一直感念他、谈论他，一直要写点什么、做点什么，以怀念他、纪念他，一直把这当作我今生今世必须完成的职责，必须偿还的"债务"……

　　时至2004年伊始，我总算有可能为健吾先生、为其他前辈师长做一件像样的事了，那就是开始筹办"盗火者文丛"。此书系以中国20世纪从事西学研究、有业绩、有影响的学者名家为展示对象，每人一集，内容为散文随笔、休闲文字，并附有学术代表文论一种、学术小传一篇，以期构成该学者学术成就、精神丰采、艺术品位、生活情趣、文化魅力的一个缩影，实际上，就是一套西学学者散文书系。首先入选的就有李健吾，当然还有其他与我在同一个单位共同工作多年的师长——冯至与卞之琳。与其说我是将他们收入书系，不妨说，这个书系最初的创意就是因他们而产生的，在一定程度上，是要为他们做的一件事，为他们"量身定做"的一套书。

　　这套书系中每一集的编选，尽最大的可能尊重已故作者的亲属的意愿，并发挥他们的作用，但健吾先生众多子女中，只有李维永一位是从事文艺方面工作的，而这一位偏偏又有非常沉重的工作负担，且身体不好，实在无能为力承担基本的编选任务，我责无旁贷，便把编选工作承担了下来，主要从健吾先生的《福楼拜传》《咀华集》《杂忆录》《切梦》《意大利游简》《希伯先生》《戏剧新天》等十来部作品中选出了二十多万字精彩篇章，组成了一本《李健吾散文随笔选集》，取名为《咀华与杂忆》，为了让李先生的子女有一个纪念，又特请李维永同志写了一篇后记。我自己则没有写任何纪念性、评论性的文字。如果出版条件顺利的话，此书可望于2005年第一季度由中央编译出版社出版。

我总算做了一件事，但我做得还不全，我还没有写出我对健吾先生的认知与感念，我还得把事情做完。

二

1957年，我从北大毕业后，被分配到当时属于北京大学的文学研究所，具体的工作岗位是在《古典文艺理论译丛》编辑部，健吾先生早在1954年就从上海戏剧学院调到北京，在文学研究所任研究员，同时担任《古典文艺理论译丛》的编委，因此，几乎可以说，我大学一毕业，就认识了健吾先生，并有了相当直接的工作关系。

《古典文艺理论译丛》以有系统地翻译介绍外国、特别是西方各国各时代文艺理论的经典名著名篇为宗旨，在新中国成立初期，是文艺理论与美学领域里唯一一扇向西学敞开的橱窗，是唯一一家公然以"大""洋""古"为标榜的刊物，在50年代中期后对"大""洋""古"倾向越来越否定的风气中，显得颇为另类别格。刊物的编委会由钱钟书、朱光潜、李健吾、田德望、金克木、蔡仪等一批名家、权威组成，刊物上的译者也都是译界的高层次人士，所有这些，使得这个刊物颇有点"贵族气派"。物以稀为贵，该刊物在那个历史时期很得学术文化界的重视与青睐，每一期的问世，均格外令人瞩目。刊物从1957年创刊，到1966年因"文化大革命"的来临而停刊，共出版了十七期，共五百多万字，为后来几十年我国西方文艺理论、美学理论的研究打下了坚实的基础。

在编委会中，健吾是一位主要的编委，而我则是执行主编蔡仪手下负责联系西语这一片的小编辑，与李先生接触较多，在那几年中，亲眼见证了他对于这个刊物的诸多贡献。就他的重要性与所发挥的实际作用而言，他仅次于刊物的实际主编蔡仪，在十七期刊物中，他做出了明显贡献的就有九期之多，如文艺复兴时期文论一期，17、18世纪文论一期、巴尔扎克与现实主义问题两期，悲剧问题一期、喜剧问题一期、莎士比亚专论一期等。有的是他全面提供该集的选题，有的是他承担了重要文论的翻译，有的则是他承担了校稿的"劳务"。

业内人士或对学术工作内情有所了解的人都知道，确定一期学术刊物选题，其实就是规定其基本内容，勾画出其基本轮廓，没有学问是做不出来的，尤其是《古典文艺理论译丛》这样高层次的期刊。举例来说，编委会或主编确定某一期的主旨是巴尔扎克与现实主义问题后，就必须选译巴尔扎克关于现实主义的主要文论与欧洲批评史上论巴尔扎克、论现实主义的经典文论,而要选得全、选得准、选得精当,就必须有广博的批评史知识,就必须对这两个问题有比较精深的研究与厚实的学养。其他如悲剧问题、喜剧问题、美学问题的选题,均莫不如此,说实话,在国内,能全面有此选题能力的,仅钱钟书、朱光潜、李健吾等少数几个人而已。我在进入文学研究所工作之前,只知道李健吾译《包法利夫人》《情感教育》与莫里哀喜剧译得生动传神,他的《福楼拜传》写得灵动精彩,只是通过《古典文艺理论译丛》,才大大增加了对学者李健吾的认识,看到了李健吾对西方批评史与法国文学史中名家名著名篇渊博的、精微的学识,那是学界里端着大驾子、自命天下第一的学霸式的人物望尘莫及的。正是从那时起,我开始认定李健吾先生要算是高手如云的法国文学界中真正执牛耳的学者,后来,当罗大冈先生筹建中国法国文学研究会之时,我就力主李健吾应与罗大冈并列为研究会的会长。

也是从《古典文艺理论译丛》的工作开始,我对李健吾先生的学术人格开始有所认知、开始景仰崇敬。仅以上述选题工作而言,从事这个行当的人都知道,每条学术材料,对于学者而言,都是辛劳阅读生活中的所获,有的甚至来之颇为不易,而《古典文艺理论译丛》的每一则选目,其实就是一条条学术材料。我曾经见过不少学人均视学术资料为个人珍贵的"私有财产",不仅自己"学术行囊"中的一条条学术材料、卡片箱里

名士风流：二十世纪中国两代西学名家群像（增订本）

一张张学术卡片，从不见示于他人，而且连自己看了什么书，找到了什么书，也向人"保密"，在学术工作尚采取小手工业方式、而不像当今有网站可查询的时代，这种闭关自守的精明与私心是很自然的，要知道，自己的每一条材料都可以变成一篇翻译，形成一篇文章，甚至扩张成一部论著，慷慨解囊，岂非"傻帽"？愈是学术行囊里货色不多，而又偏要在学界称王称霸的人物，这种小家子气愈是厉害。健吾先生与此截然不同，他围绕已确定的中心题旨，总是热情洋溢地提供选目选题，让编辑部组织人去翻译、去介绍，甚至把只有他才藏有的原文孤本主动出借供别人去翻译，这种情况在现实主义一期、悲剧一期、喜剧一期中特别突出，我自己所译出的费纳龙《致法兰西学院书》与菲力克斯·达尔的《〈哲学研究〉导言》，不论是选题选目，还是原文书籍，都是健吾先生主动提供的，他在学术上这种"慷慨解囊"，无私奉献，成全他人的大度气派，只有钱钟书、朱光潜才拥有，而我自己所以能在参加工作之初就能顺顺当当走上文学理论翻译的道路并多少有些成绩，首先就应该感谢健吾先生。

在《古典文艺理论译丛》，还有一项工作更见李健吾先生无私的学术热情与乐于助人的豪爽，那便是校改译稿。这个期刊所发表的译文基本上都是出自一些权威学者、教授之手，组稿的对象不仅是在外语翻译方面属第一流水平，而且还要在文艺理论方面具有相当的修养，道理很明显，能译外国小说的人不见得译得好外国理论家、批评家的论著。对这样一个刊物，这自然就形成译者不够用的问题，于是，主编就采取了一个变通的办法，也约请一部分科班出身、中外文均佳并有一定人文学科工作经验的中青年承担一些非主打文论的翻译，但同时又立下了一个死规定，即这些青年学人的译文必须经过编委的审校与认可才可刊用。即便如此，事情也并不好办，因为这些编委都是权威学者、顶尖教授，或者正身负教学授业的重担，或者正致力于构建皇皇巨著，以校对这种劳役相烦，实在难以启齿。幸亏有健吾先生，他总是格外豪爽，特别热情，痛痛快快地承担了不少校稿的事务，不仅校法文译稿，而且也校英文译稿，有不止一个青年学人的译稿经过他的审阅与校对而得到了发表，其中就有我译的莫泊桑《论小说》与费纳龙《致法兰西学院书》。对于李先生来说，这是"为他人作嫁衣裳"的"义务劳动"，只不过，实际的主编蔡仪先生为了尊重老一辈专家的劳动，也为了保持刊物译文的权威性，规定这类由青年学人的译文一概都必须署出校对者的名字，因此，至今，我们仍可从这个期刊上见到桂裕芳、文美惠等人的译文后署有"李健吾校"的字样，而当年这些青年学人如今早已是名声卓著的大译家了。《古典文艺理论译丛》的这条规矩、这个做法无疑是理所应当、公平合理的，有敬老尊贤的意味，但时至今天的"翰林院"，在后人使劲猛推前人的潮流与时尚中，却成了一个古老的童话，早已被人抛到了脑后，甚至被人不屑一顾。

《古典文艺理论译丛》是李健吾调来北京后一个重要的学术平台，在这个平台上，他展示了自己多年来作为一个西学学者积累下的深厚学养，为这一个学术文化项目做出了多方面的贡献，而且，也是从这里，他在学术上又开拓出自己的一个专深的领域，即西方戏剧理论批评史的领域。他系统地研究收集了西方戏剧史上的所有重要的文论，并着手组织翻译，进行整理，要出版一部大型的西方戏剧理论资料的书籍，足有好几百万的篇幅。这显然是一个巨型的文化积累工程，他正式投入这个工程的时候，已是20世纪60年代初《古典文艺理论译丛》的后期了，那时，我已经调离了《古典文艺理论译丛》编辑部，听说他在研究所里找了一个从德国留学回来，专攻莱辛《汉堡剧评》的青年学者当他的助手与合作者，到"文化大革命"前夕，据说整个大型资料已完成了相当一部分。但是，经过十年浩劫之后，当李先生到研究所的仓库里去找他那些被抄家的重要稿件、想重起炉灶时，却再也找不到他那份凝聚了自己心血的戏剧思想史资料了，杨绛比他还幸运一点，总算在本单位仓库的杂物堆里，把她在"文化大革命"前译出的《堂·吉诃德》的译稿抱了回去。

三

李健吾在北京大学文学研究所工作期间，住在北大中关村二公寓。那是北大教职工的宿舍，环境当然不及燕南园那么清雅幽静，1958年后，文学研究所从北大划归中国科学院哲学社会科学部，搬到了城里的建国门内，李健吾后来也就住进了哲学社会科学部在东单干面胡同新建的高级宿舍大楼，这幢大楼的住户还有钱钟书、杨季康、卞之琳、罗念生、戈宝权等。

不论是住在中关村，还是住在干面胡同，李健吾家里的陈设都非常简单朴素，客厅里没有高级的家具，书房里没有古色古香的书案与柜架，墙壁上没在任何字画条幅，虽然巴金、郑振铎、曹禺都是他多年的老友，他如果有心的话，那是不愁没有名人墨迹来装点装点的。和燕东园、燕南园好些名教授、名学者的寓所比较起来，他家毫无气派、雅致与情趣可言，陈设氛围颇像一个小康的市民之家，完完全全是一派过柴米油盐日常生活的景况，唯有宽大书架与旁边书几上堆得满满的书籍，透露出主人的学养与渊博。

李健吾的书桌与书几，是他寓所里唯一能吸引人注意、也值得赏玩的景观。在我也许不尽准确的印象中，他的书桌首先是一张"古典的书桌"，也就是说基本都是洋书，而且是古旧的洋书，一看就是多年来自己所购置的，不是从任何一个图书馆里借用的。与他家的生活陈设、生活景况充满了日常现实气息形成强烈对照，他的书桌倒是绝无"人间烟火气"，没有《人民日报》《红旗杂志》，没有文件通知，甚至也没有文艺界的权威性的、指导性刊物，我想，这种情形大概正反映了他在文学研究所期间一直在集中精力研究法国 19 世纪现实主义、研究与翻译莫里哀的业务状况……其次，他的书桌书几是拥挤不堪的，

名士风流：二十世纪中国两代西学名家群像（增订本）

堆放的书足有几十本之多，而且杂乱纷呈，零散倒置，一本本都夹着书签、夹着纸条纸片，或者临时夹了一支铅笔、一支钢笔，有的仰面摊开，有的朝桌面匍匐，一看就是主人在迅速阅读时急于留记号，做眉批，或者是在查阅出处、"引经据典"、寻章摘句时，总那么手忙脚乱，实在是顾不上桌面的整齐……也许你对李健吾关于莫里哀与19世纪现实主义的论著论文中旁征博引、注脚引文之多大有钱钟书之风记忆犹新，他那种学力学风的原始状态与奥秘就正是在他的书桌上……我曾经对李健吾学术文章中思绪的灵动、视角的多变、论点的飞跃感到惊奇，自从见了他的书桌书几之后，我便愈益明白了，其原因就在于他读得多，见得多，食粮的来源广，品种杂，他没法不兼收并蓄，没法不丰富，他的文章没法不像倒在杯子里的啤酒一样，丰饶得直冒泡……也许，正是在如此成堆的卷帙、如此纷繁的资料中他常常会应接不暇，他在思绪与思绪之间、论点与论点之间经常就跳蹦得太频繁，距离太远了一点，而且，他手写的速度肯定大大跟不上思想的灵动与飞跃，以至他的手迹往往像天书一样难以辨认，愈到他晚年，就愈是如此，叫人捧读起来实在头疼……

我初次见到李健吾时，他大概是五十多岁，就其外观而言，他可说是再普通不过了，正像他的寓所陈设无雅致与情趣可言一样，他本人也没有任何派头与风度。他长得倒仪表堂堂，大头大脸盘，看起来像是一个富态的商人，但一身穿着，从不讲究，经常是蓝布中山装，夏天倒是白色的确良的夏威夷衫，很少见他穿呢料与丝绸的衣服，穿着水平比当时文学研究所里的一些老专家、老学者似乎还要低一个档次，当然，更看不出他有作为一个西学大学者的洋派架势了。在我的记忆里，他几乎从来就没有着过西装，只有一次例外。那是一次游行，在那个年代，游行都是领导上发动组织的，不是庆祝什么事，就是拥护什么方针政策，要不然就是向"国外敌对势力"示威抗议，一般这种政治活动，研究所里有地位的老专家、老学者都是免参加的，这是青年人的"政治性的活儿"，李健吾主动参加颇说明他很有政治热情，不拿架子，与年轻人打成一片，而且那一次他穿了一套西装，正式打着领带，在他而言，显然是为了郑重其事，参加一次"盛典"。不过，那是一套老掉了牙的西装，颜色发旧，领带又过于红艳，没有穿皮鞋，而是像平时一样，踏着一双布鞋，显得有些土气，有些不伦不类……但我可以感到他是带着一份心意参加那次政治活动的。

这次着装方式值得多说几句，它在李健吾身上似乎可说是一个以小见大的"典型现象"，当时，他也许是出于这样一个心态：他在意并看重那次政治活动，他不仅要和年轻人一道来参加，而且要表示自己的郑重其事，表示自己的诚心诚意，"纷吾既有此内美兮，又重之以修能"。既有这一份心意，那就把西装穿上，把领带打上吧。至于样式、色彩与格调，外观、形象与效应，那就用不着去顾，也懒得去顾了……

这次着装方式，其实是李健吾行为方式的一次缩影，其本质、其核心、其根本的形态就从自我心意出发，从自我真情出发，径直往前，求其直畅表达，求其朗爽展示，而不顾其他……既然是一次缩影，当然就能常见于其行为方式之中，我所见到他在《古典文艺理论译丛》的工作中，就有类似的表现形态：为了推进一期刊物，为了完成一个选题的介绍，他往往挺身而出，"见义勇为"，主动担当，不辞琐细，而不顾是否耽误了自己的时间，是否给自己造成麻烦，古道热肠之情，令人可感。如果说这类学术事务在现实生活中并非常能碰见的话，那么，有一种场合是人们经常碰得到的，几乎已经成了日常的生活，不可分割的组成部分，那便是每一个基层各种各样的"会"，特别是"政治学习会""生活例会"，它们是那个历史时期人们生活中真正的"公共场合"，碰头会面、行来走往的必由之路……从 20 世纪 60 年代初我调到外国文学研究所的西方文学室之后，我与李健吾就同属于一个基层单位，经常要在上述这种"公共场合"碰头见面。

在那个历史时期，基层单位的"会"，一般都是大家重复"官话"或稍作微调而讲"套话"的场合，但这是对"大是大非"问题而言，如果不涉及"大是大非"问题，会上的"小自由"与"个人风格"还是有一点的，那时的文学研究所里，至少西方文学室就有这么一点气氛，开起会来，有点像自由主义空气弥漫的"神仙会"。请想想看，在座的潘家洵、李健吾、杨绛，哪一个不是"大仙"，主持会议的研究室头头卞之琳自己就是一"仙",此外,还有郑敏、袁可嘉等"小仙",开起会来,岂能不"生动活泼"?说实话,这些神仙的说话发言,绝对是一道道"景观",有的通篇只讲自己前一天夜里失眠之苦,如果时间允许,还要上溯到前几天夜里的失眠。有的以天真的语调细说现实生活中一些琐事,有的从来都是以冷面幽默讲一些风凉话,甚至是"怪话",有的以绍兴师爷的精明劲较真矫情……但基本上有一个共同点,那便是尽可能绕着"大是大非问题"走,毕竟他们都是功成名就的学人,都有各自的灵魂与特定的视角,还少不了几分矜持,不可能像小青年与"基本群众"那样"放声歌唱",那么,在这个日常的公共场合中,李健吾的"着装方式"如何、"行为状态"怎么样呢?

这位"大仙"多少有些不一样,首先是他喜欢讲,讲得多,这很符合"发言积极"这一个当时的政治标准,而且他讲得兴高采烈、眉飞色舞,真可谓高谈阔论,甚至是"挥斥方遒",大有当年刘西渭作书评时的才情四溢、豪情十足,虽然这是他外显型性格的自然之态,但似乎也还够得上"政治热情高"这一条,不过,在这种场合中,他总有那么一点"那个"地方,说得轻一点是"不和谐",说得重一些是"刺耳、刺眼",就像那次游行中他那个服装一样。

事情是这样的:他在"积极发言"中,不免经常直面政治与理论问题,甚至涉及马列主义基本原理,既然这是政治学习。但这哪是他的所长?何况,他偏偏又喜欢精神跑马、思绪跳跃、语言飞扬,严谨的马列主义体系、严肃的政策怎经得他这么一"折腾"?因此,听起来经常走味跑调,不伦不类。他的发言绝对是"浪漫主义式"的,经常引申蔓延,别开生面,抒发个人情怀,弹奏自己的心曲,并时有段落赞颂党中央的英明、党委的领导,但每到这种时候,几乎都蹦出一个特别刺耳的词汇:"党国""党部",这不是新中国成立前对国民党反动派的称谓吗?怎么用在我们伟大的党身上了呢?不了解李健吾的人,一定会以为他在混淆敌我,对伟大的党有所中伤,甚至是污蔑,但所幸是在本单位,在座的都是"家里人",而且,一看这老头的确是满怀热情在真诚地唱赞歌,唱颂歌,何况,众所周知,"白纸黑字"有文为证:1950年,为迎接解放他发表了一篇热情洋溢的文章《我有祖国》,高呼"我有了祖国,我爱我的祖国",接着,他又撰文歌颂志愿军,不久,他在参观游历了山东之后,竟足足写出了一本高奏"社会主义时代主旋律"的"山东好",再次激情地高呼"我爱这个时代"……

说实话,对于在"毛语"中操练得非常滚瓜烂熟的"基本群众"与"党团青年"来说,李健吾在"政治学习会"上的这种发言,的确听来有些别扭,好在"家里人"对他还是很谅解的,所以一些好心人一听他要唱颂歌了,倒往往为他捏一把汗,唯恐他蹦出一两个不成体统的词来。但他行为状态、语言状态上的粗疏与闪失,难免会以讹传讹,风风雨雨,久而久之,人们也就形成了李健吾"在政治上落后"的先入之见,在"翰林院"里,他比那些被领导上视为"努力学习马列主义"的老学者、老专家自然就低矮了一截,在1958"拔白旗"的批判运动中,他之所以先于其他"大仙"而成为首当其冲的目标,与此不无关系,而对于那种不怀善意、伺机要在学术上将李健吾置于死地的左撇子而言,这些就更成了其"革命大批判"的突破口,当时有一个借批判李健吾之举而登上了理论学术舞台的某某,在其批判檄文中就以尖酸刻薄的文词,把李健吾形容为昆明湖中的那个死气沉沉的石舫,在"祖国惊天动地的变化中"竟"依然故我,纹丝不动"!

四

投入、合拍、倾情、赞颂,这是"翰林院"里的李健吾对自己时代社会的精神状态与立场态度,而他对自己的人际领域,对周围的友人熟人,甚至是不认识的人,则是亲和、善意、贴近与热忱。

与李健吾稍有接触后,就能很容易地发现他是个重友谊、讲交情、崇义气的人,他乐于与人接近、与人亲和、与人建立和谐、愉悦、诚挚、善意的关系,即使是与跟他有年龄差距、有学养深浅不同、有地位悬殊的年轻人。在与他交往接触之中,你只会感到平易、亲切、随和、宽厚,而看不到那种名士或自视为名人的人身上常见的尊严、矜持、倨傲、冷峻、架势。他与人交谈的态度与语言风格都十分平实,甚至有点平民化、凡俗化,没有一星半点才智之士的风雅矫饰与文绉绉,但说起话来却兴高采烈、眉飞色舞,完全处于一种与对方坦诚相待的状态,一种"不设防""不保留"的状态,有时说得兴起,还高声格格地笑,不过他的嗓音实在不适于高声发笑,有些尖细,像一个女性,听起来有些夸张。难怪,他年轻时从事演艺活动时,在舞台上常常是男扮女装,演"旦角""青衣"……他与人交往时倒十分有涵养,从来不闲话家长里短,从不尖酸刻薄,从不非议影射他人,总之,是一个打起交道来只使人感到自然亲切、单纯朴实、厚道正常的人,不存在人际关系中常有的错综复杂,不存在任何可能的麻烦与后患……我想这大概是旁人乐于跟他交往的首要原因。

他在同辈名人中朋友很多,多得使人感到惊奇,这在"翰林院"里的名家学者中是不多见的:既是名家嘛,总会有几分孤傲劲,自我格式难免有几分固定封闭,与他人也就难免会有几分"落落寡合",而且,更糟糕的是,"文人相轻"既已成为世间的一条定律,身为文人,岂能不受此命定?然而,李健吾似乎有点例外,他经常提到他这些老朋友,巴金、郑振铎、傅雷、陈占元,还有本单位的何其芳与钱钟书、杨绛夫妇,就像提到自己的家人一样自然、亲切、平常,没有炫耀,没有用心,完全自然而然,完全在一种和谐愉悦的心情之中,他似乎像呼吸着空气一样呼吸着跟他们的友情,呼吸着对这友情的愉悦感……

他是怎么与这些优秀人物结成真挚持久的友谊的?似乎可以说是开始于以刘西渭的笔名写著名的《咀华集》的20世

纪30年代，首要的原因显然是世人所谓的"志同道合"，他们都是中国20世纪人文道路上的同路人，都曾深受西方人文主义文化的熏陶并得其精髓。从内心状态来说，他们都是纯粹的人文理想主义者，都对社会文化积累与人文精神宣扬充满了献身的热情，并都创建了不会速朽的业绩。如果缺乏人文主义的理想与热情，如果掺杂了功利主义的实用谋算，如果自认为有革命的资格对文化"挥斥方遒"，如果自认为有刀笔吏的功力可任意对传统文化进行分厘必究的刀割，自然就与他们格格不入，对他们侧目而视，更谈不上做到他们这样的份上。在中国20世纪下半叶的文化领域，他们实际上是一批"上帝的造民"，构成了一个不成形的精神文化流派。曾被一些现代文学史的论者视为与革命文学主流不合拍的边缘化的流派。不论对此如何评价、如何定位，李健吾与他这些"哥们"牢不可破的天然纽带，正在于共同的思想倾向、人文情怀与学养志趣。

友谊如何才能形成，才能持久？一个最为重要的条件恐怕就是互相欣赏、互相尊重了。应该承认，这种雅量，偏偏在知识文化界是难遇难求，甚为珍贵的。本来，文化学术、艺文创作是一个广阔无际，浩瀚永恒的天空，而每一项认真的创作与劳动，又都是非常独特、非常个性化的，看起来，这个领域行者不绝，来往于途，似乎是摩肩接踵、拥挤不堪的，实际上却是一个真正的"万类霜天竞自由"的无垠空间。

然而，以小眼光、小胸怀、小家子气面对这个大千世界的人却大有人在，"文人相轻"，其最终根源就在于此，其形态林林总总，各有不同，有的对自己毫无信心，唯恐他人有任何进展；有的无自知之明，总以"全能冠军"自命，不能容忍他人亦有自己的强项……在此心态下，各种手段伎俩应需而生了，或涂脂抹粉、自我标榜；或自我膨胀、大肆吹嘘；或贬低他人，抬高自己；或侧目而视，含沙射影……个性慓悍者，天性如师爷讼棍者，更将种种世故手段推演为"文攻武斗"，或佯动暗袭，如吕蒙偷取荆州；或硬行闯上学术台面，拳打脚踢，一股打擂台的架势；或乘风借势，以革命的名义、借思想批判的外衣，进行辱骂；或凭老资格、高名位、居高临下对潜在的竞者、后进的晚生施行打压，甚至人身攻击，必欲置于死地……好一个文绉绉的"翰林院"内外，不说是充满刀光剑影吧，总也不免时有狼烟……

当然，敦厚大度、高洁脱俗的学人也是有的，李健吾即为其中的显著者。他对自己的同辈、同行、同道，首先是充满了善意，他乐于承认他人，欣赏他人，赞扬他人，在整整二三十年中，我几乎从来没有从他口里听到他对同辈同行的有任何刻意的贬损，而总有一些肯定的好话。在法国文学研究与翻译界，他无疑要算是才气最高，业绩厚重的一人，无需盖棺论定、身后定评，当时他就要算是外国文学研究界的执牛耳者，而他的学术地位与政治地位却明显地被置于他人之下，对此，他似乎浑然不觉，仍心胸豁达，毫无嫉意，对人依然宽厚善良。那时，在中关村与燕园、魏公村十几平方公里之内，就集中了本学界的一批在全国皆名重一时的学者、教授多达十来位，据我所知，他至少与其中的绝大多数人都有良好和谐的关系，如吴达元、陈占元、郭麟阁、曾觉之、盛澄华、沈宝基、鲍文蔚，并时有亲切友好的往来，以至业务上的合作，至少从我与他们接触中所闻所见，他们双方的态度都是互相赏识、互相尊重、颇有君子之风的。唯一的例外，只有某公。此公与李健吾大有泾渭分明、格格不入之态，而他们两人不仅同在一个研究所，而且同在一个研究室，同一个文种学科。众所周知，这并不是李健吾造成的，他从20世纪50年代初一调到文学研究所，就主动前往此人的府第进行拜会，颇有"拜码头"的意味，可惜的是，热脸贴冷脸，他从未得到回访与其他友好回应，而是冷漠与冷峻。这也是意料之中的事，不足为怪，此公的政治地位与社会地位都比李健吾高，难免有居高临下之态，而且，他以"马列主义学习得好的老专家"的身份，不时发表革命大批判文章，风头正健，还曾在公开的文章中辱骂过傅雷的翻译有"洋场恶少"之风，他会如何藐视学界其他人就不在话下了，况且，他也很了解，傅雷与李健吾都是"海派"，想来他俩的私交定然不错……

学界一位惯于持雅士眼光论世的先生曾经这样戏评李健吾说，"他行事处事颇有走江湖的味道"（大意），此话说得不无一定原因，的确反映了某些客观情况。阿庆嫂说得好，"江湖义气第一桩",如果说李健吾有"江湖味道",倒是表明了他称得上是个"讲义气的人"。这方面,我至少知道这样两件事。其一,新中国成立前,有一个时期,卞之琳在上海无住处,便是李健吾招待卞在自己家里住下,据说,像兄长对弟弟一样,时间相当久。其二,1958年时任文化部副部长、文学研究所所长的郑振铎被康生所点起的"革命大批判"之火烧到头上,他的学术论著被公开批判,他在全国成为一面显然要被拔去的"白旗",但同年10月,他因公出差遭空难逝世,对他的批判才被迫中止。这时,李健吾以一个老朋友的身份,发表了悼念文章《忆西谛》,在文章中竟然勇敢地为郑振铎被批判鸣不平,即使是对一个"一身轻"的人来说,面对来头如此之大的批判运动,有此见义勇为、挺身而出的壮举,已大有为朋友"两肋插刀"之概,何况李健吾这时已经是"泥菩萨自身难保",他的一篇纯学术文章《科学对法兰西十九世纪现实主义小说艺术的影响》,已经在报刊上被"左派"点名批判,他自己已经成为一面待拔的"白旗"。

至于在"文化大革命"中,他先后两三次偷偷地打发自己的子女从经济上接济比他更陷入困境的巴金与汝龙,更是表现出他那种几乎是奋不顾身的义气,可称得上是高风亮节,后来因为汝龙就此写了文字,巴金也在自己的《随想录》记载了此事,故在知识文化界广为传颂。

仁者李健吾在"翰林院"

青年时期的李健吾

20世纪80年代的李健吾

李健吾赠书笔迹

五

特别使我感念难忘的,是李健吾对后学晚辈的厚道与热忱。

在"翰林院"里待了一些年头的人,不难发现有两个似乎相左的学界规律:一是长江后浪推前浪,一是人文学术领域其实是一个积累的领域,而不是取代的领域。这两条相克相成的规律,决定着学术的上下承继与不断发展。

何谓学术界里的智者、贤者?不过是看透了这两条规律,并自觉地顺应、自觉地促进、自觉地予以成全的人士,说得直白一点,即所谓"知天命,顺天意"也。在前一条上,有高智慧、有大雅量、有仁者胸怀、有爱才美德者,自然就会自觉而乐意地顺应、推进学界新陈代谢机制的进行与完成,自然就会对后进晚学以善意、宽厚与热忱待之,予以扶植、援手、提携。而对学界发展之道缺乏识大局、知大体之精神境界、任自我霸气与主观妄想扩张无度、其襟怀狭小又如鼠肚鸡肠者,那就势必处心积虑阻碍学界的发展以追求个人的王道,对学界里进来的晚生后学,往往一开始就是冷眼相加、侧目而视,绝不给好脸色看,继而就是设埋伏、置路障,唯恐后生在道上有所进展,甚至你要做一个专题研究,他也要找借口予以反对,即使你做出了成果,他也要利用审批权予以否决,最后,如果"小媳妇"熬出了头,走出了自己的路,那他更恨之入骨,变本加厉,采取极端手法,甚至是人身攻击,必欲置之死地而后快……

名士风流：二十世纪中国两代西学名家群像（增订本）

在后一条学术真理上，智者、贤者以其对文化历史的洞悉与博大的人文情怀，深信人文创造与学术文化业绩的价值是不朽的，或者至少是"非速朽的"，是人际世界中的"后浪推前浪"所取代不了的，因而专心致志，全力投身于这种创造，并对自我在这种创造中的业绩与价值充满某种程度的自信。于是，也就能够对学界中来来往往、新陈代谢的人事泰然视之、豁达面对、宽厚包容，而且，智者、贤者只顾忙于自己的创造与开拓，实在无暇也不屑于去搞那些鸡零狗碎的名堂，这就是他们宽厚有德的长者风度的根由。而学界里那种施虐者、作威作福者之不能容人，不能容物，却正暴露了自己的虚弱：不仅对人文文化历史的规律缺乏认识，而且也缺乏对自我人文创造能力的信心，唯恐失去通过世俗与人事的途径而已获得的地位与坐椅。当然，此种人也并非全无才能、修养与一技之长，但一任草木皆兵、鸡零狗碎、刀笔讼状充塞于其脑际，岂不将自己已有的人文底蕴与创造能力大大打了折扣，于是，到头来所做出的业绩，所创造的价值也就为数不多了。原来自己最大的敌人就是自己！

我在"翰林院"多年，亲身见证了、感受了两种学者不同的人品、意境与风格，一批智者、贤者不仅给了我深切的感受，而且使我深受其惠，而使我受惠更多的，则是李健吾，时至今日，仍有几个凸显的事例，使我一直感念不忘。

其一，我的第一篇翻译是健吾先生校对的，对于这件事我

仁者李健吾在"翰林院"

曾在《被逼出来的一个译本》一文中,做过如下的记载。我刚分配到《古典文艺理论译丛》编辑部做编辑、翻译工作。这个丛刊每期都有一个中心,围绕一个特定的主题翻译介绍西方诗学、西方文艺批评史上的经典理论文献,但每一期都配一两篇作家谈创作的文章,或者是作家的文学书信、文学日记。每期特定中心主题的重要篇目均由编委决定,译者也由他们提名,被提名者皆为翻译家中有理论修养的专家、教授。至于重点主题之外的配搭文章,则由编辑部里两三个年轻的编辑自行选定与组稿,当然所有的译稿都需经编委的审阅通过。记得1959年的一期中,正好缺一篇配搭文章,于是,我便将这个任务承担了下来。我选定了莫泊桑的《论小说》这一篇在世界现实主义创作论中脍炙人口的理论文字,由于当时需要赶时间发稿,来不及请著名翻译家译出,只好由我这个初出茅庐的小编辑来试试。说实话,当时《古典文艺理论译丛》这个高层次的学术庙堂,是轮不上我这么一个大学刚毕业一两年的小字辈入场的,因此,我这个选题与译文由领导交给了编委李健吾审阅批改。李先生也和钱钟书、朱光潜一样,对后学晚辈充满了爱护与提携的热情,不像我所遇到过的学界"焦仲卿之母"那样,以挫打虐待为能事、为乐事。李先生通过、赞许了我所提出的选题,在百忙中审阅了我的译文,只在莫泊桑所引证的布瓦洛的那句诗上,改动了几个字。原来,我把这一句诗译得甚为刻板,有点"硬译""死译"。而李先生则改得很活,两三个字之差,达意传神,优劣尽显,正像那首诗所言,显示了"一个字用得其所的力量"。

其二,我的第一批翻译,其选目有相当大一部分都是由健吾先生指点的、提供的。外文系出身的人,从事文化学术工作往往是从文学翻译起步,我在从事外国文学研究工作之前先做了几年的翻译编辑工作,由于岗位的性质,我早期的一批翻译成果很少是外国文学作品,而是外国文学理论批评的篇章。当然这两种翻译颇为不同,理论翻译有它特定的难度,对于年轻的译者来说,哪些理论批评的名著名篇该译、可译,首先就是一个问题,如果没有人指点,你就如同进入了一个大森林,究竟什么地方有美味的果子好采,可以采哪一种、应该采哪一种,你都会感到茫然。李健吾对我正起了这种指点者与引导者的作用,如17世纪大学者费纳龙的《致法兰西学院书》与巴尔扎克的挚友菲力克思·达文的《〈哲学研究〉导言》,以我个人当时的知识积累与学力,是怎么也不可能找到这两个宝贵的选题的。它们就像两颗宝石埋藏在地底,正是健吾先生将这两个选题指点给我,并主动将两本原书借给我用,我才得以译出的,我还记得那是两本旧得发黄的法文书,想必是他早年在法国购存的,其中一本是有关巴尔扎克的资料汇编,19世纪末出版的,一看就是"善本书",用俗话来说,是"压箱底的存货",在还没有"七星丛书"版的《巴尔扎克全集》的当时,实在是宝贵得很!

其三,我出版的第一个翻译成果《雨果文学论文选》,首先

仁者李健吾在"翰林院"

是得到了健吾先生的首肯与称赞。由于我大学的毕业论文题目是雨果,走上工作岗位,便一直保持了对雨果的兴趣,并一直没有中断对雨果文艺论著的翻译。从容译来,自得其乐,因雨果的理论篇章写得华美瑰丽,文采斐然,移译之中若遣词造句巧妙得手,那简直就是一种艺术享受。数年磨一剑,到20世纪60年代初,总算译出了一本十几万字的选集,有幸被列入"外国古典文艺理论名著译丛"的出版计划之中。这个译丛是著名的"三套丛书"中的一套,要算当时国家最高层次的译事项目,被视为巍峨的学术殿堂,朱光潜、季羡林、金克木、辛未艾等名家所译的理论著作都已收入其中。这个项目本来审稿制度就很严,对于我这样一个年轻的译者当然更要慎之又慎,全部译稿必须经过多位资深专家一致审查通过。译稿先是交李健吾与鲍文蔚两位专家审阅,鲍文蔚是法文翻译界与李健吾同辈的一位权威,以善译难度较高的作品著称。审查通过了,健吾先生还直接告诉我,他与鲍先生都认为"译稿达到了出版的水平,其中《〈克伦威尔〉序》译得特别出色",他还补充了一句:"鲍先生特别要我告诉你这一点。"《〈克伦威尔〉序》是雨果讨伐伪古典主义的檄文,洋洋洒洒五六万字,是批评史上一篇经典文献,文笔如天马行空,而且旁征博引,典故繁多,翻译难度很高,译文能得这两位师长的首肯与赞赏,说实话,我是深感荣幸的,几年的苦熬苦译,得此褒奖,岂能不有点"欣喜若狂"?多年来,这件事我一直感念难忘,因为它是我青年时期漫长行程中难得遇见的一件充满了善意、关怀与温暖的事件,特别是

名士风流：二十世纪中国两代西学名家群像（增订本）

与这部译稿后来的遭遇相比更是如此。译稿通过李、鲍二位审查后，还得通过那套丛书的一位掌实权的权威批准后才能"放行"，那位人物既然可以公开辱骂傅雷为"洋场恶少"，对我这样一个"年少"的"初生牛犊"，就更不会有什么善意。译稿在他手上居然压了将近一年，最后只审校了一千五百字，而他的审查鉴定书，既提不出任何像样的否定性的意见，但也有意不做任何肯定，他身居要职，这种不置可否的态度显然就是故意要"让这盘菜黄掉拉倒"。拖延了长达一年的时间之后，出版机遇终于因"文化大革命"的来到而彻底丧失了，这一误就是十多年！直到十年浩劫之后的1980年，这部译稿才绕过了那位先生的阻碍得以出版。

其四，我主编的《法国文学史》出版时，最先得到了——用健吾先生自己的话来说，得到了他的"雀跃欢呼"。三卷本《法国文学史》开始写作是在"文化大革命"的后期，那时我开始做这件事的动力，仅仅是对"四人帮"那一套"无产阶级政治"与"革命路线"看透了、厌透了，不想再浪费时间与生命，而想去做点值得做的事情。说实话，就是为了躲避现实，找点寄托，并无任何实在的企图，因为，那时仍旧是在"文化浩劫"期间，实在看不到将来有可发表、可出版的前景，于是，做起来也就特别潜心，但求寄托自我，忠于自我。这样，一方面就充分释放出了我们被"十年浩劫"惨重压辗与摧残的对传统文化、对人类精神遗产的感情，努力把大学毕业后十来年积累的学养与见识尽数施展出来,另一方面,则十分自觉、十分有意识地要摆脱从20世纪60年代初就已经方兴未艾的极"左"文艺思潮,甚至力图与那条"革命文艺路线"对着干。这两个方面的自我意识,成全了《法国文学史》:写于"文化浩劫"中的上册,却脱净了"文化野蛮主义"的气息,脱净了"四人帮"那种"红彤彤的革命色彩"。一般来说,在"四人帮"时写就的论著与文章,由于总有流毒的痕迹,到"四人帮"垮台后是无法出版的,梁效成为过眼烟云就是最典型的一例,而《法国文学史》上册却只字未改,于1979年得以出版。坚持了、努力了,脱颖而出了,有了多卷本的架势,有了真正的文化气息,坦率地说,我认为应该得到回报与赞扬,但我没有想到,回报与赞扬并没有来自"翰林院"里的领导与"同志们",而是来自李健吾,唯一的李健吾。他在一家大报上发表了一篇长达三四千字的文章,又是"不亦乐乎",又是"兴奋",又是"雀跃者再",真是热情之至。作为一个长辈,竟把后生的进展与成功视为自己的欢乐,其情状就像一个天真的儿童,这种忘我的人、赤诚的人,你见过吗?不仅高兴得像小孩过节一样,而且还有智者的见识与明悟,他毫无保留地这样说:"世纪变了,现实变了,旧的该让位给新的","作者为中国人在法国文学史上创出了一条路"。他还讲出长者的赤诚心地与肺腑之言:"老迈如我之流,体力已衰,自恨光阴虚度,无能为力,而他们胆大心细,把这份重担子挑起来,我又怎么能不为之雀跃者再?"试问,李健吾此种襟怀,此种意境,此种品格,学界有几人能有?而头戴冠冕、身居高位、人贵言重、炙手可热的庙堂人物却偏偏比比皆是。

在各个不同的学术领域与学科内,传道授业的方式可能都会有所不同,在人文学科里,我不大相信"手把着手教"是一种普遍适用、绝对必需的方式,因为,人文学科的研习很重要的是靠习者的个人感悟与体验,"手把着手教",对教育者而言是不堪其负,不胜其烦的,而对研习者来说,若无个人的感悟,也是收效甚微的,人们常见某些"手把手教"的培养对象、某些内定接班人之所以少有成大器、而多有无大作为的原因,也许正在于此。在人文学科里,善意的关怀,必要的指引,重要时刻的援手以及热情的鼓励,却如阳光、空气与水,就足以使树苗茁壮成长了。

我在"翰林院"里大半辈子以中等的资质,历经摔打、敲击与点批,终未趴地不起,反倒多少还长了一些个头,做出了一些事情,除了因为自己还算勤奋求活,自强不息外,就不能不说是得益于仁厚师长的如和煦阳光般的善待与鼓励了。这里,有几个名字,我是终身未忘的,首先是李健吾,还有蔡仪、钱钟书与朱光潜……及至不才侥幸"出道""掌门",之所以倘能不忘要求自己敬老尊贤、善待同门、奖掖晚进,并尽力援手、推荐、提携,实乃先贤之德润我细无声所致也。

虽然李健吾对我关怀鼓励有加,但我们之间的状态称得上是"君子之交淡若水",既无半点封建师徒关系的成分,也丝毫没有门户派系的气味，甚至没有什么私人关系色彩，在现实生活中，这是一个青年党员与一位"党外老专家"的关系，一切都是采取公事公办的形式，该怎么着就怎么着的形式，只是过了多年，在"文化大革命"之后，我从一件事、一个称呼中才发现、才体会出他那种父辈式的亲切与感情。

1982年夏，美籍华人作家木令耆到北京访问，她是朱虹在美国的老朋友，因此要我陪同她、引领她去见几位文化名人，其中就有李健吾。那是一个晚上，在李健吾的干面胡同寓所，时间虽只有两个来小时，但晤谈甚欢。李健吾像平常一样谈兴很高，热情洋溢，谈到他"文化大革命"前不久被当作"白旗"批判的经历时，他指着我对木令耆说："那些人在批斗我时，这孩子挺身而出，为我辩护，说了真话。"他这一番话后来被木令耆写进了她的散文《悼念李健吾先生》中，该文发表在香港《秋水》杂志上，后又被著名作家韩石山转记在他的《李健吾传》（北岳文艺出版社）中。在那次谈话的当时，他这句富有情感色彩的话就深深触动了我的耳根，这是我第一次听见他称我为"孩子"，而且是当着一个从未交往过的外人，虽然他年龄几乎比我大了三十多岁，完全有资格这么称呼，但我仍然觉得颇有倚老卖老的味道，而且话说得不够淡，太腻了一点，我不大习惯，不过，我倒非常明确地感到了他存放在心底里的那份感念，对他那种重仁义、重感情的脾性有了深切的体会。显然，他是把人与人之间的理解、善意、照应、情义视为最宝贵的东西，凡是他所接收到的、他所"收入"的，即使再微不足道，他也看重着、存放着、珍惜着,而他则顺应自己善良、仁义、热情的本性,在人与人的关系中自然而然地付出这些,释放这些,就像君子兰散发自己的清香……

至于他对木令耆所讲的这件事本身,我倒记得不十分清楚了,我记得很清楚的是,在当时那些对李健吾大大小小的"学术思想批判会"上,我的确是"一枪未发",我十分有意识地不参加那个"时尚大合唱",原因很简单,我同意李健吾那篇受批判的文章中的观点,认为19世纪现实主义的的确确受到了当时自然科学发展的影响,我也记得,我在会下的场合(图书馆里),曾向他明确地表示过对他的赞同,至于我在批判他的大会上,是否曾"挺身而出""力排众议",为这位老学者辩护,我的确是记不得了,我想我大概还没有那么"英勇",在当时那种"左"的炽热气温下,在会上"一言不发",对于一个青年来说,已经是很不合时宜、很不像话了,我生性胆小,不勇敢,我不至于有那份勇气敢在大会上挺身而出、见义勇为,李健吾肯定是在记忆上有出入,把我当时的状态放大了、美化了……

六

在"无产阶级文化大革命"期间,现实生活乱哄哄、一团糟,像不知用什么东西熬成的一大锅粥,混沌、浑浊……但人群却常清晰而明确地被分割成不同的板块,彼此间隔起来,不能逾越,就像禁锢在不同的笼子里,因此,在整个"十年浩劫"中,我与李健吾的接触,少得出奇。

仁者李健吾在"翰林院"

这是伟大领袖"革命路线的神奇威力",是"文化大革命政策的奇妙效应":"无产阶级司令部"一声全民性的号召"横扫一切牛鬼蛇神",最先造成了一个全国性的"牛棚",把"走资派""反动学术权威""现行反革命分子",以及各种各样的"坏分子"……统统扫了进去,而经手承办此事的,一般都是当时各地基层的革命权力机构,如"文革领导小组"之类的。剩下"牛棚"外的广阔天地,就让给广大革命群众去打派战,争"革命左派"的桂冠,争"无产阶级革命路线"的诠释权,争具体某个单位、某个部门的控制权、领导权。争得不亦乐乎,打得不可开交,从"口诛笔伐"的"文攻"到以棍棒刀枪相对的"武卫",革命群众分属于不同的"司令部""战斗队",坚守在各自的营垒之中,怒目而视,咬牙切齿,就如同关闭在一个个"间隔"里的猛兽。整个"无产阶级大革命"期间,几乎全民就是处于这样一种状态中。

李健吾当然一开始就被掌权的"文革小组"当作"反动学术权威"扫进了"牛棚"。一旦进了那个地方的人,似乎就成了全民的"公共财产",各单位的红卫兵、"革命左派"都有权动用他,勒令他作为祭品出席各种"盛典":批斗大会、誓师大会、革命联合大会,等等。我在革命风暴来临之初,虽然也被若干大字报公开点名或半公开影射为"修正主义苗子",但毕竟未成气候,尚无资格进入"牛棚",从此只能与李健吾在"牛棚"内外相望,他是如何被扫进"牛棚"的,他作为"公共财

名士风流：二十世纪中国两代西学名家群像（增订本）

产"出席过哪些"革命盛典"，他吃过什么苦，受过什么罪，所有这些，我都不清楚，只是到了"文化大革命"的中期，我才与他多少有过一点点间接的关系。

那时，"翰林院"正处于"战国时代"，各个群众组织、战斗队各自独立、各自为政。经过两三年"翰林院"里的政治风云变幻，沧海桑田，我们这个小单位里有一批二十来个基本上走"中间路线"的"革命群众"，经过政治风浪淘来淘去，总算聚集在一起，成立了一个自己的"群众组织"，我当时被大家选进这个组织的"领导班子"，在五个"领导成员"之中，算是倒数第二号人物。那时，李健吾和他那个"牛棚群体"，仍然是低于革命群众一等，将他们拉出来批斗的事倒是少了许多，但他们每天必须服一定的"劳役"，即打扫整个院子、公共场所，特别是因"革命大串联"而承载量过多的厕所，这些事都是革命群众用不着承担的。我们这个"群众组织"既然是由"中间派"组成的，对"牛棚群体"也就温和一些，我作为这个小小山头的第四号或第五号人物，也就力促并经办了这么一件事：将本单位"牛棚群体"的待遇略加改善，其实，也很简单，那就是通知他们以后每天不用去服劳役了，只需集中坐在办公室里"学习毛选"就行了。说老实话，这样做既有对冯至、卞之琳、李健吾、杨绛等这些老辈念旧情、讲人道的成分，也有派性思维在起作用："买个好"，标榜本派"政策水平高"，如果对方组织反对，那就让他们出个"不讲政策"的洋相……但对方组织也不傻，并没有出来攻我们"右倾机会主义"，于是，从"文化大革命"以来，本单位的"牛棚群体"第一次至少在形式上结束了屈辱状态。从此，他们在办公室里学毛选，"革命群众"在办公室外仍然打派战，一直到了工宣队、军宣队进驻后，才把整个"翰林院"完全管了起来，结束了两派对立的无政府状态。

"翰林院"的"文化大革命"后期，基本上就是在军宣队、工宣队的严格管理与铁的纪律下渡过的，时间长达三四年，而内容不外有三：一是清理"牛棚"里的问题，一一落实政策；二是大规模清查"反革命5·16"；三是下干校劳动。第一大内容，相当容易，也相当快就完成了，"牛鬼蛇神"中有"历史问题"的，早就在过去历次运动中就审查得透而又透，"文化大革命"不过是将他们又折腾了一次，在军宣队、工宣队领导下，又花了一次"内查外调"的功夫与经费，不难纷纷落实，维持过去历次运动所做出的结论。至于曾受冲击的"走资派"与"反动学术权威"，本来就只是"路线问题"与"思想问题"，有了工、军宣队的教育与帮助，端正了立场之后，很快就一一落实了政策，有被结合进了领导班子的，有等着官复原职的，其余都获得了解放，恢复了革命同志、革命群众的身份。李健吾就是这个时期卸下了包袱与帽子，完全松快了下来。

军宣队、工宣队进驻后的重头戏是"清查反革命5·16"，下干校之前、下干校之后，从干校回北京之后，大家全是干这个活，时间拖了好几年。试想，要把几乎整整一派群众作为"5·16"一网打尽，工程何其巨大？而且，是要从这一派人

名士风流：二十世纪中国两代西学名家群像（增订本）

几百口中破获出开国以来一个天字第一号"反革命政变"的巨案，要把这个巨案"破获得"天衣无缝，从舆论准备、组织营建、军事布置、从头到尾、从上到下，所有的步骤与细节都要"破获得详尽明白"，这个活计即使只由一个"历史小说家"统一进行编写，也难以事无巨细、丝缕显现、天衣无缝，何况被勒令交代天字第一号巨案的是好几百号"5·16"，他们被分割、被幽闭在一个个小小的"学习班"里，却要集体编纂出这样一个统一的大案的全部案情与始末。偏偏这些人从来都自以为是"毛主席革命路线"的忠实追随者，从来都是根据《人民日报》社论与"中央文革指示"来决定自己的立场与态度，突然碰到了"参加反革命政变"的"自传题"，怎么也难以达到如此高的自我想象度，要知道，熟悉小说叙事学能编点故事的人毕竟较少，他们抢天呼地的委屈感倒是令人撕心裂肺，试想这需要军宣队、工宣队做多少"艰苦耐心的思想工作"、需要他们为这样高超的政治思想工作艺术付出多少时间与精力！……大案"破获"之后，又如何给这些人定案，如何给这足以惊动世界的"大案"收场，以致最后不得不将所有"5·16成员"关于此一大案的"自述"与"交代材料"一烧了事，将大案一风吹告终，都是叫人很难转弯，也叫人殚思竭虑的事。这是一个需要层层汇报，等待上级研究、考虑、制定政策、做出决定的漫长过程，因此，"清查5·16"在"翰林院"一拖就是好几年，最后以"落实政策""一风吹"为结束。狂风过去，解放区的天仍是蓝蓝的天，只不过，不少人心里存留下了阴影，浓重的阴影。

在这次独特的运动中，领导上既然把革命斗争的方向指向一个反革命政变的集团，另一派革命群众终于发现几年以来的对立派原来是在"颠覆红色江山"，自然而然在这场"对敌斗争"中特别勇往直前。早已从"牛棚"里鱼贯而出、恢复了革命资格的人士，很多人也都在对"5·16"的斗争中焕发了革命的青春，有的施展了自己原来的领导艺术与政治思想工作经验，有的借用了自己多年的学术思维与精妙的语言艺术。在我的记忆中，李健吾则一直很沉默寡言，这与他过去爱说话、说起话来就神采飞扬，慷慨激昂的脾性很是不合。自从出了"牛棚"，恢复革命同志身份以后，他在革命群众的公共政治生活，主要是在各种会议中，就很少说话了，即使说那么一星半点，也是"言不及义"的，我再也没有见过"文化大革命"之前的那个总爱高谈阔论、挥斥方遒的李健吾了。使人更为难忘的是，在这次运动中，李健吾与被认定为"5·16"的人接触时，从来没有故意避嫌、有心保持距离、冷面相对，而是仍然随和、自然、平淡、亲切，一如过去，没有把他们当"现行反革命"对待，仅仅这一点，我就应该感谢他。

七

从"文化大革命"完全落幕到李健吾1982年逝世，为时不到十年，这是他的晚年时期，但也是他学术文化的固有积养与新进展、新成果的大展示时期，他相继问世的论著有：《福楼拜传》《李健吾散文选》《戏剧新天》《李健吾戏剧评论选》《李健吾文学评论选》等，译品则有：《包法利夫人》《意大利遗事》与《莫里哀喜剧全集》等。就其数量之多与出版率之高，在整个外国文学研究与翻译领域，要算是遥遥领先的第一人。他充分利用了20世纪70年代后改革开放时期较为宽松的文化空间，以他的劳绩，证实了他在外国文学与文化艺术领域里的大师地位，他才华横溢、深入透彻的文学传记，他文思泉涌、灵感飞动的文学评论与戏剧评论，他生动传神、独树一帜的译笔译品，都要算中国20世纪学术文化领域里的"绝品"，那是一两个世纪里也难以有人超过的。

在这一个时期，各人忙各人的，李健吾的课题全是古典文学范围的，而我的主要精力则是在当代20世纪，因此，在具体学术业务上互相没有多少接触，但我毕竟忝为他所在的研究室的"主任"，又同为硕士研究生的导师，还因为他是法国文学学会的名誉会长之一，而我则是学会的"副会长"，通气、汇报、征求意见之类的事总是少不了的，为此，他的家，我倒是常去。

20世纪70年代后期，我国开始建立起硕士研究生学制，"翰林院"里自然也成立了研究生院，当时所招的研究生均为"文化大革命"前就完成了大学学业，并经历过专业实践与政治磨炼长达十年之久的新一代精英，即所谓的"老三届"，那时，正是"翰林院"学术实力与学术影响的高峰时期，也是它的研究工作最为繁荣昌盛的"黄金时代"。到90年代以后，随着全国范围里高等学校的发展与兴起，"翰林院"的强势影响与繁荣景象就日渐式微，颇像"风力磨坊的时代已经一去不复返了"。

但毕竟还是风光过一大阵子。就法国文学这个小小的分支学科而言，第一届研究生就招收了十几个人，导师则是李健吾、罗大冈与我三人，他们是我的师辈，与他们同列，当时是我的荣幸，也正因为我比较年轻，有关研究生的工作也就主要落在我肩上，从出考题、定考卷、主持面试、判分、录取到讲授两年专业课。就学术资历与积养而言，我显然不如两个长辈，但李健吾以特别的随和与宽容，放手让我去做，从不"以高妙自居""从旁指点""提醒告诫"，他那种超然物外的态度，似乎已经完全到了"难得糊涂"的境界。不过，第三年是研究生写毕业论文的时期，哪个导师带哪个研究生写论文，对于双方都是重要的事，在导师方面，这涉及收了什么高徒、自己的学养是否后继有人，发扬光大，自己是否能得一"传人""助手"，甚至"儿辈"。对研究生而言，这涉及是否系出自"大师名门"，是否能有值得自己一辈子引以为荣的一面大旗。我在对十几位研究生进行分配时，总算做到了体察人意，知情达理，把所有心气高，表现相对出色的研究生都分配在李、罗二位的名下，达到了"皆大欢喜"的效果。时至今日，回顾起来，从李、罗二"名门"中脱颖而出的，确有才能出众的"高足"，李先生特有见解的学术研究课题，也造就了其高足的专业所长，并做出令人瞩目的业绩，特别令人欣慰的是，心气特高，大有冲云霄之势者，亦终能侍奉名师，以李健吾为其旗帜。李先生亦达到了唐三藏收服了孙悟空之妙，以八十岁的高龄而仍能如此"降龙服虎"，真令人钦佩。

1978年起，罗大冈先生就积极筹备中国法国文学研究会，在这个方面，他的确是"开国之君"，而我则是此事的一个主要的参与者与"辅佐"。虽然是一个小小的学会，并无多少实务与实权，但也免不了要面对在中国无法回避的"排名次""排座位"的问题，主要是如何将法国文学界资格与地位最为显赫的三位"元老"安排在一种比较公正、公平的合理关系中，他们就是李健吾、罗大冈与闻家驷。我当时作为一个担负着部分筹建任务的"少壮派"，对他们三位都有较深的了解，也都有长期的接触，因此，有责任促使这个难题合理地解决。我提出了三个方案：方案一，三位长老同为"会长"；方案二，三位长老同为"名誉会长"；方案三，两位对实务不感兴趣的长老任"名誉会长"，一直"掌实权"的长老任会长。三个方案何取何舍，完全由罗大冈先生决定。最后，罗先生拍板定案，选择了第三个方案。在这个过程中，我与李健吾先生有过不止一次接触，向他汇报，征求他的意见，可是李先生对此从不置一词，从不表一次态，他每次都是闭着双眼听着我陈述，脸上全然是超然事外、无动于衷的表情，像是一泓古井里的水。我不敢说，李健吾对自己在学术文化领域里的作用、地位与影响是完全不在乎的，至少在"文化大革命"前，从他的言谈之中还可以感觉得到他的"在乎"，但到了"文化大革命"后，特别是到了20世纪70年代末，在这个问题上，他是完全做到了"难得糊涂"，甚至可以说已经达到"看破红尘""超脱红尘"的境界。显然，他已经把这类名位俗务视为身外之物，完全摒弃在他的视野与意念之外。后来，他当了好几年名誉会长，但从不行使他的职权，从不过问研究会的任何事务。

晚年，他一直笔耕不辍，我每次去拜访，都见书桌上全是书与资料，他都在伏案工作，有时是忙自己的事，有时则是替素不相识的译者与青年作者"做嫁衣裳"：校稿、改稿，推荐与张罗出版人家的东西。

1981年秋，李健吾与夫人同赴上海，重游了他们过去居住的故地旧居，且又赴杭州游山玩水，然后，去长沙与贵阳看望老友。这年的冬天，他偕夫人回他的故乡山西，1982年，他与夫人又三度出游：宁夏、北戴河与西安。这两年的出游，每次除了参加文化活动或戏剧活动外，就是看望老友，与老友合影留念。这年的夏天，他有一天还兴致冲冲地带着相机来研究所与他的晚辈留影，那天我正好外出开会，错过了机会。见他兴致十足，跋涉南北，我很为他高兴，但多少也有点感觉，我想，他大概意识到自己已经老了，要趁脚力尚健的时候，多跑些地方，多见些故人，毕竟他已经快八十岁了！

1982年11月中旬，他从外地回北京后，仍在不断写作，仍像正常人一样参加研究所的活动。11月24日，他在撰写游四川观感的文章时，在书桌前离世而去。他去得太令人痛惜，还不到八十岁,而且并未"江郎才尽",但他未受病痛的折磨,又不失为不幸中之大幸。

仁者天寿,无病而终,堪称圆寂。他该是在对巴山蜀水之乐的奇妙感受中乘鹤而去的……

2005 年 1 月 16 日写完

记忆中的冯至先生

从严格意义上来说，我不能算是冯至先生的学生，我在北大学的不是他那个专业，我没有听过他一堂课，他的三大绝学——德国文学译介、杜甫研究与抒情诗创作，我都沾不上边，甚至知之颇少。

从真正的意义上来说，我又的确是冯至先生的学生，我一进北大西语系，他就是我们的系主任，我出了校门，分配到研究所工作，他不久也调离了北大，来到了中国的"翰林院"，当研究所所长，从20世纪60年代到90年代他去世，他一直担任此职，是我个人科研工作的直接领导者。何况，在"十年浩劫"中，我还亲耳听人告诉我，他曾在一个公开场合正式说过，我是他的"学生"，如果告诉我的人没有"添油加醋"、投我所好的话，还说他所器重的两个"北大学生"中，其中一个便是……还是来点"间离效果"较好。

名士风流：二十世纪中国两代西学名家群像（增订本）

一

在北大时，系主任一个学年与全系同学大概只正式见一两次，那都是在典礼上与重要活动上，不外是讲讲话。冯先生的讲话，给人的印象是极为深刻的，当年西语系的学生，恐怕今天还能记得起来。他并不善于演讲，从不长篇大论，也没有什么"起承转合""布局谋篇"，更没有抒情、煽情之类的词句与表达方式，看不出是鲁迅所赞赏的"中国最杰出的抒情诗人"。他讲的都是一般性的道理，都是常理常情，甚至是一般人的老生常谈，他绝不追求个性的表述与发挥，不过，作为一个新中国的系主任，他对学生进行训导时，能不只讲点一般性的道理吗？不过，他讲起来，却完全沉浸在这些人云亦云的道理之中，特别认真，特别真挚，似乎不是讲出来的，而是从内心流出来的，头还轻轻地晃动一下，似乎有点沉醉，加以，他声音特别柔和，带有明显的颤音与感情色彩，有时还将有的片语、有的措词重复那么一下，不是在强调，而似乎是自己在体味，咀嚼，因此给人的印象好像是一个心善祥和的老奶奶在虔诚地诵经，同学们对此还是颇有好感的，至少觉得他没有丝毫道貌岸然、板起脸来训人的样子。正是在同学们这种普遍的亲切感中，西语系发生了下面这么一件事。

一次，系里开师生联欢会，那是在一幢古色古香教学楼的小礼堂里，气氛十分轻松热烈，是20世纪50年代初到50年代中那一个特定时期宽松大环境之典型产物。节目都是师生们自己的"玩意儿",其中最使大家觉得有趣有味的,是一个相声节目,表演者是我们法文专业高年级的两个同学,其中那个主要的,是一个"猴精猴精"的青年,平时老穿一身港式服装,一说话却是一口京油子腔,而且特别能"贫"能"闹",周身充满了喜剧气味,他们表演的节目就是模仿冯系主任对学生的一大段讲话。毕竟是学法兰西文化的学生,颇沾上了法国人"自由、平等"的调皮劲,又学得了一些西方的幽默情趣,段子编得十分有趣,逗笑却又"谑而不伤",声调与动作的模仿则基于长期的观察,因此表演得惟妙惟肖,逗得大家笑声不断,多次鼓掌助兴。那个节目虽然内容与表演都不无夸张,但至今我觉得并无恶意与不敬,在我看来,就有点像丰子恺画爷爷奶奶辈人物的漫画,或者像顽皮的孙子爬上了爷爷的膝头去扯他的白胡子。冯至先生就坐在前排,看着眼前这一出喜剧,面上并无尴尬之色,倒是带着一个憨厚宽容的微笑,当然,因为不好意思而有一点面红耳赤。总之,这个场景充满了善意、平等、轻松、亲和的气氛,至今仍是我对北大西语系生活的最为美好的一次回忆。

　　学生们欣赏、系主任本人认可的事,"组织上"并不认可,要不然怎么是"组织上"呢?大概是从这件事嗅出了一些西方味,不久,"组织上"就不客气了,在一次全系大会上,正式对此事提出了严厉的批评,非常严厉,说这事不仅是蔑视师长、丑化师长的行为,而且也是无组织无纪律的行为,是接受了西方消极腐朽思想影响的结果。我记得,当时,冯至先生并未有

名士风流：二十世纪中国两代西学名家群像（增订本）

任何表态，在我的理解与猜度里，他作为系主任不见得是支持"组织上"这么做，因为，他肯定是丰子恺漫画的欣赏者，理解力与包容度绝对要比代表"组织上"的那么几个人深许多、大许多，那几个人其实并非"老延安""老八路"，而都是西语系学生干部，因为1949年前参加过什么"外围组织"，而获得了"进步早""参加革命早"的资格，因此成了"组织上"，西语系的方针大计似乎并不取决于系主任，而基本上都是由他们来拿主意的，因为他们才是"政委"。在我的记忆里，这次严厉整肃，使得西语系里自由宽松的气氛一扫而空，似乎是1957年那次大"反击"的前奏与预演，当时，在我这个不具有多少承受力的人看来，那个"猴精猴精"的同学肯定会倒上大霉，但那人却照样一身港式穿着，一身又贫又闹的喜剧劲，言行举止若无其事，只不过，后来听说他学习不努力，成绩不好，因此形象才大受贬损，逐渐淡出了大家的视线。

在北大期间，我对冯先生印象最为深刻的另一件事，则是在那著名的"1957年春夏之交"。其时也，"帮助整风"的号召，放手的大鸣大放，北大学生"民主、自由"情结忘乎所以的膨胀，未名湖畔的"忽如一夜春风来，千树万树梨花开"，"引蛇出洞"这样一个讳莫如深的棋局……大家都昏头昏脑。心里有底，本能有感者，恐怕只是少数"天才人物"或特殊钢材做成的人。那时，我们这班已经四年级，在西语系，醉醺醺得最厉害、闹腾得最欢、明堂也最多的，当数我们的老弟即三年

记忆中的冯至先生

级同学,什么"控诉会"啦,游行啦,还有把系领导请去听群众大鸣大放啦……系主任冯至被请去了。听说,在会上发生了这么一个场景:一个巧言善辩的高个子学生,在会上冲着系主任讲了一大段话,大意是,冯至先生过去一直是一个真诚的诗人,深得青年人的喜爱,是青年人的朋友,但他参加了组织之后,与青年人就疏远了,青年人再也听不到他真诚的声音,云云。这一席话,极尽煽情之能事,这是在朝你喊话呀,在向你倾诉,拿你说事,用你来论证某一个事理,而且是以全体"青年人"的名义,以真诚的名义,甚至是以诗的名义,诗人能无动于衷吗,能冷漠端坐,毫无反应吗?如果那样,那就不是冯至了。于是冯至接应了一声:"我已经变成了一个Yesman了。"Yesman这个英文单词,本意是"唯唯诺诺的人""听话的人""千依百顺的人",而在场有一个英文专业的讲师,却推波助澜、添油加醋地插上了一句:"Yesman就是应声虫。"这一大篇讲词,这一声接应,这一句插话,成为当时西语系的一个重大事件,很快就通过学生的大字报与墙报而传播到了全校,成为轰动性的新闻。

我不知道后来冯至先生在党内做检讨时,是如何就此事"交代活思想""挖思想根源"的,我后来也从未听他提起过这件事。他当时在一念之间是怎么应了那么一声而"石破天惊"?也许是因为面对那个学生抱着"帮助党整风"的"热情"侃侃而谈,不忍心见他受到冷落寂寞而接应了一句,就是说因为心软了;也许是因为要显示出自己作为"导师"与青年人的亲近以及和青年人站在一起的勇气,既然那个学生在讲话里尊称他为"青年一代的导师";也许是因为他作为系主任却事事都得听取"组织上"的意见,服从"组织上"的安排而的确积累下了一些心理上的不平衡感。总之,他蹦出了当时这么一句"名言"。一个字,一个字,就像一个石子,一个石子。

很快,风云突变。蛇既然已经出洞,接下来当然就是打蛇。上述会上的那个高个子学生与那个英文教师不久就倒了大霉。而冯至先生,则听说被组织上大大"批评教育"了一番,他被认为是"严重丧失了立场",犯了"政治错误"。同学们都为他捏了一把汗,后来,听说他做了"深刻检讨",而"组织上"考虑他是有名望的学者、有影响的诗人,最后也就"保护他过了关"。

"1957年的春夏之交"在中国大地上所留下的深深痕迹,对千万个人的命运、千万家庭的际遇所蒙上的浓重阴影,都是人神共知的,我自己就亲眼看见西语系好些有个性、有才华、有志向、有锐气的学子与教师,因为一时冲动、眩晕失衡而栽了大跟头,被打入"另册",付出了太过于沉重的代价,不少人断送了一辈子的前程,甚至是身家性命,不少人最后得以幸存也是在被整肃、被折腾了二三十年之后。但更为深刻、更为隐蔽、更为不着痕迹的,是人们内心里的变化、思维方式的变化、言行举止的变化,这种变化即使是在并未被当时的浪潮打湿脚的人身上亦在所难免,何况是差一点被卷进了浪潮的漩涡之中的人呢?我说不出冯至先生在那个"春夏之交"前后究竟有什么具体的变化，但我想，变化当是相当大的。至少我在以后三四十年的长时间里，在同一个单位日常的共事与就近观察中，没有像在短短大学几年极为有限的几次接近中那样，再见到那个师生联欢会上的冯至，大鸣大放会上的冯至。

二

大学毕业后，我很快就从一个西语系的学生成了冯至的部下，做了两年的编辑翻译工作后，我被调进了高等院校文科教材编写组，具体是参加文学理论教科书的编写。此书的主编是著名美学家蔡仪同志，整个文学教材编写组的组长是冯至，而在冯至的上面，领导整个人文社会学科教材工作的则是时任中宣部副部长的周扬。周扬对冯至是非常推崇、非常倚重的，在多次会上都尊称他为"学贯中西的学问家"，态度与语气都十分客气，完全不像上级对下级。冯至的顶头上司是周扬，他是党内文艺理论、文艺评论的权威，对文艺学有自己一整套看法，其权威的地位自然又使他要把自己的看法与意见不折不扣地贯彻下去，却又随政治风云的变化而经常有所"调整""变化"，而他下面具体负责编写工作的蔡仪，则是资深文艺理论家，其美学观严谨得没有任何周旋余地、容不下任何妥协折中的隙缝，两个人的意见容易格格不入是显而易见的，因此，一部文学理论教科书的提纲就上上下下、反反复复来回了一两年还没有定下来，冯至夹在周扬与蔡仪之间，可想而知，工作是相当难做的。他常来我们文学理论编写组开会或参加讨论，虽然全组不过十几个人，但他除了传达领导的审阅意见外，很少发表自己的意见与看法，倒是很专心地听取大家的讨论并仔细做笔记，即使要讲话，他也是内容简明、观点稳当，措辞严谨，态度谦虚，从不高谈阔论，大肆发挥，谈笑风生，甚至可以说是不苟言笑的。看来，他首先把自己定位定格为学术领域里的"好党员"，"好党员干部"。

在我看来，那两三年对冯至先生来说，是他吸取了在西语系时的经验教训而重塑形象的时期，是他从一个党龄很短的"新党员"，历练成一个高层学术官员的时期。这也很自然、很容易理解。在学术文化上，按时下的标准，他已经是"功成名就"了，即使是在新中国成立后的新时代，也充分获得了当局与社会的承认，但在另一个更为重要的方面，他却险而"摇摇欲坠"，他必须在这方面小心翼翼，必须弥补自己的"弱项"。他在文科教材工作岗位的那两三年，从发展来说，正好是他这种努力的开端，从工作性质来说，正好是他进行这种历练的"舞台"。

在文科教材编写组时，就已经有传闻说冯至将从北大调到中国社会科学院（当时名为"哲学社会科学部"）任外国文学研究所所长一职。他大概是在1964年走马上任的，我也于1965年从文学研究所的理论研究室调到外国文学研究所的西方文学研究室，从此就一直在冯至先生的领导下工作，直到他逝世的1993年，将近三十年，与他同在一个单位，印象万千，回忆纷呈，繁复不可胜数，但归结集中，概括简约，倒也焦聚明显，凸显出主要的特点与鲜明的色彩，构成他在我心目中的一个明晰的形象：他是一个不苟言笑、神态庄严的前辈；是有深厚的文化底蕴、是言行严谨又得体的传统型的知识界头面人物；是严于律己，力求与国说党论、领导与组织保持高度一致的研究所所长；是具有广博的学术见识、纯正的学术品位、真诚的学术良知的学界长老；是经常受到领导上、组织上表扬赞颂的"好党员"，总之，是在政治上、学术上都符合社会主义规范、沉稳端坐于学术宫殿之中的庙堂人物。

在这将近三十年的时间里，两次"社会主义四清"，一次"十年浩劫"，一次"清除精神污染"，都是政治高温天气，有的甚至如同炽热难耐的炼狱，在这种气候下，芸芸众生或昏头涨脑，或中暑着邪；或受命奉旨，或迫于情势，或身不由己，演出了无奇不有的、可悲可怜、可笑可憎的人世百态。赤膊上阵者有之，左右失衡者有之，蹒跚而行者有之，卑躬屈膝者有之，声嘶力竭大打出手者有之……我自己的失衡、失态与摔跤就不止一次，对于冯至先生，我也曾有过一次失手。那是"文化大革命"之初，伟大领袖号召冲击"阎王殿"之时，在一次全所群众大会上，我也跟着亢奋、喊过口号，追随革命左派之后，嚷了几句要充分发动群众、不要捂盖子之类的造反话，尽管在"革命群众"中我明显不属于响当当的"左派"，倒颇有些"人微言轻"，那几句破话也完全淹没在革命派激奋的声浪里，但毕竟是向冯至先生射了"一箭"，我生平之中对这位师辈犯下了唯一一次"欺师之罪"。至于冯至本人，他给我的整体印象可以说

名士风流：二十世纪中国两代西学名家群像（增订本）

就是一个"沉"字，作为被揪出来的"走资派"与"反动学术权威"，面对冲击而来的狂潮，他是沉默的，作为深有学养的大文化人，面对自己无能为力的这一场文化灾难，他是沉郁的，作为见过大世面，已经颇有历练的官方的高级学术代表人物，他面对着狂热躁动的"芸芸众生"与像匆匆过客一样的这种群众组织、那种"战斗队"，他又是异常沉稳的。也许，其沉稳还与他内敛持重的性格有很大的关系，甚至，他高大实沉的身躯形体与出语慎少、不苟言笑的容貌本身就足以给人沉稳的印象。总之，在我的回忆中，在那动乱、狂躁的年代中，冯至始终保持着自己的稳重与尊严，没有怒目而视，也没有声泪俱下，没

1930年冯至摄于德国海德堡

1991年冯至在北京永安里家中

有躁动失衡，也没有沉沦潦倒，在"文化大革命"的那一场"挨整命运"人人有份，今天是揪这类人、明天就清除另一类人的大恶作剧中，他不像与他同类的少数"权威"或"当权派"那样，一旦自己在某一个特定阶段获得了"解放"，而另一批人成为"革命对象"时，或秋后算账，大打出手，或刁钻刻薄，乘势施虐。他像一个静观人，而不是参与者、介入者，他沉静地观察着、感受着、承受着，不动声色，但是他的内心当是心潮起伏、憎爱分明、感情炽热的，只不过外表如一潭静水，如处于休眠期的火山。

窃以为，以社会科学、人文科学为工作内容的研究机构本来应该是进行文化积累、制造意识形态产品的"工场"，但冯至与我们所在的"翰林院"地处京畿之中心，就在"中枢"的眼皮底下，"上面"打一个喷嚏，这里就得伤风感冒，加以掌管这个机构的历届老布尔什维克革命家莫不有与"中枢"一脉相承的血肉关系，皆致力于把"翰林院"建构成为"无产阶级革命舆论的阵地"，因此，即使阵阵暴风骤雨已经过去，这里的"和平时期"也始终是绷着一根"阶级斗争的弦"。政治气温总要比其他地方高上那么几度，尤其在"无产阶级战斗先锋队"里，端正路线、思想检查、斗私批修、忏悔告解，是每一个成员经常必做的功课，而在这类功课中，由领导上、组织上提出的一个主要的中心的题目就是"究竟是先做好一个党员还是先做好一个专家"，因为，在很多人身上都存在着学者专家、文人作家与党员、干部两种身份,而这两种身份往往又不和谐、不统一,甚至相互矛盾。因此,组织上常提出这样尖锐的告诫:"是先做好一个普通党员,还是先做好一个学者专家","不要在学术上、专业上有了一些成就,就不听话了,就不好管了",等等。既有如此明确的要求,于是在两个文学研究所的历次有关路线问题的整风与学习中,像何其芳、卞之琳、蔡仪、唐弢这些主要的党员专家无一不在做好党员还是做好专家这个问题上做过检讨,不外是思想上感到政治任务、行政领导职务妨碍了自己的学术研究与写作,对政治工作、行政事务,特别是对"文山会海"之类的东西感到不耐烦,等等,何其芳多次检讨自己一直想摆脱行政工作去完成他多年的宿愿——写小说;卞之琳也始终念念不忘他已经写成初稿的一部小说。

在这些党员学者、党员作家中,冯至显然比较更符合领导上、组织上所要求的规范,他在外国文学研究所所长的职位上,尽心尽职,勤勤恳恳,谨言慎行,事无巨细,均耐心料理。他几乎不再写诗,将近三十年的时间里,只有偶尔一两次发表了两三首;他几乎完全放弃了对他素有精深学养的德国浪漫主义文学的研究,从不提及他曾在里尔克这样一个艰深的课题上获得德国大学的博士学位,似乎从来不认识这位艰涩难懂而又对欧洲现代文学有着极大影响的诗人;他取得了重大成就的歌德研究与杜甫研究,也都是他早在20世纪50年代的研究成果,后三十年中,他只是在上述研究的基础上,发表过为数甚少的几篇文章。他显然是在缩小自己身上那个诗人与学者的存在,制约他的展示与发展,而首先努力遵照领导上、组织上的要求,尽可能好地完成一个党员的职责与义务,他把自己宝贵的时间与精力的绝大部分都投入了所长繁杂的日常行政事务中,他随着行政机器的运转,参加各种各样、空洞无聊的会议,从不迟到、早退,在后辈与被领导者的面前,从不流露自己的厌烦,只是与季羡林这样的心心相照而又同病相怜的同辈老友相见时,套用李后主的词曰"春花秋月何时了,开会知多少",以解嘲、以表示无可奈何,除此之外,每逢节日庆典他还上缴巨额党费,高标准地完成他的组织义务……因此,做政治工作的领导、代表组织上的负责人,经常在会上表扬他是"好党员""党员学者的模范",在我们这些晚辈眼里,他是一个严于律己、德高望重、严肃方正的庙堂人物,只是在像我这样略有"异端思维"的不肖子弟心里,因为眼见一个诗人在泯没,一个学者被浪费,而暗暗为冯至先生感到惋惜。

三

在研究所工作的二十多年时间里,我几乎一直是在冯至先生的直接领导下工作,这是因为,我一直是所重点项目的负责人或主要承当者,这些任务都是由所长直接过问的,如1964年周扬提出外国文学研究所"生死存亡的大事是能否编写出大部头的文学史"后,我被任命为《欧洲二十世纪文学史》编写组的"学术秘书"操持日常工作安排。又如稍后不久,研究所根据上级的指示布置写关于《海瑞罢官》的"革命大批判文章",

我被指定为主要的执笔者。再如"文化大革命"基本终结，研究所正式恢复业务工作后，筹备与创办全所性的学术机关刊物《外国文学研究集刊》的任务，也是落在我的头上。后来，正式划分了研究室，由冯至所长亲自掌控的西方文学研究室中的一个，也是由我担任"头头"，所有这些都是直接由冯至先生领导。而在正式恢复业务工作之前的"文化大革命"末期，我邀约两位同道开"地下工场"写《法国文学史》，也是主动争取冯至先生的关怀与认可，实际上也就是找冯至这把"保护伞"来庇护自己的。总而言之，长期的业务工作关系，使我一直被视为冯至先生麾下一员"得力干将"。然而，由于我个人的"不肖"与"没出息"，竟公然不以庙堂为志，不以庙堂标准为一己之规范、为自我之守则，不时有点"异端的""出格的"言行，

20世纪80年代，冯至与柳鸣九、朱虹在其书房

故终未能走入冯至先生的轨道,成为他的"好学生",反倒在客观上给他添了些乱,或许还曾使他感到心烦,至少有两件事甚为突出,成为我终生难忘的记忆。

其一,"四人帮"垮台后,报纸上开始发表了一些声讨"四人帮"的文字,有的报纸杂志为了刊出较有理论性、较有深度的革命大批判文章,通过各种渠道与关系,进行组稿,冯至先生麾下的一位仁兄,在"文化大革命"前就发表过一些东西,在文化理论界小有"名气",自然就成了报刊组稿的对象,于是,此人一篇名为《四人帮的彻底批判论必须批判》的文章在一家大报上发表了。在将要发表的时候,这位仁兄为尊重研究所的领导,特将校样送交冯至所长审阅,冯先生未做任何修改,表示了认可,起了"玉成其事"的关键作用。发表之后,一时的影响还相当大,因为"四人帮"垮台后开始一阶段的声讨,一般都是批"四人帮"的"极右",而几乎没有批其"极左"的,而此文则向"四人帮"文艺思想与文化政策的"极左的实质"开火,甚是有点"个性"。更重要的是,不久之后,批"四人帮"的"极左"成为意识形态领域的政策方向与普遍基调,这篇文章超前了一点也算是"撞上了大运","得风气之先",听说外地有的文化单位甚至妄猜此文反映了"新的中央精神",而曾在内部将它作为一篇"准文件"学习。

这位仁兄整整十年没有尝到发表的乐趣,此文既出了风头,他不免踌躇满志,洋洋自得。正在这个兴头上,没想到遇到了

"当头一棒",在全所大会上,负责政治思想工作的领导却提出了严厉批评:报纸杂志来约稿,这么一件大事为什么不正式通过组织?为什么不向组织上请示汇报?为什么不将文章送审?擅自发表?完全是目无组织!目无领导!是个人主义在作祟!等等。挨批的这位仁兄,好像一块炽热的木炭,正烧得特旺,突然碰见有人射来一束冰冷的水,顷刻之间岂能不产生爆烈之声?他忘乎所以,一出会场,就在过道里针锋相对地发泄了几句,什么"不要鸡蛋里挑骨头"呀,"给所长审阅难道就不是送审,为什么偏要你审"呀,"不该你管的就不要管"呀,等等,虽然都是逞一时之勇的气头话,并无"反党反社会主义"的措辞,可是这是公开在过道里嚷出来的"公开言论"呀,而且矛头直指了实际上的"第一把手",这就未尝不可以上纲上线到那七个字上去了。总之,此事被视为一个"政治错误",必须严肃处理!幸亏第一把手领导水平高,态度虽严,处理却甚为宽大,只是开两次"一定范围的会议",对当事人进行了批判,由他承认了错误,做出了检讨,并向有关领导同志道歉。

在这个事件从始至终的整个过程中,冯至先生作为行政业务工作的领导人,没有公开表态,在大小会上,也没有对当事者进行任何批评,此后许多年,我也从没有听他对此事说过任何话,我想,这是因为那篇文章毕竟与他有关,是他放行的,而对那次"批判事件",看来,他也并非没有看法,我只是后来在一个场合听到他谈到"那位仁兄"时,讲了一句调侃而真诚的话:"只要×××一说话,我就胆战心惊,捏一把汗。"从这句话，我感到了他的关切之情与"那位仁兄"曾经对他的拖累。为此，我心底感谢他，也对他深感歉意。

其二，20世纪70年代末，随着"实践是检验真理的唯一标准"的讨论，外国文学领域里也发生了一个思想解放的过程。其标志是两件事：一是1978年在广州举行的全国外国文学工作会议，那次会议的主旨报告是一个名为《西方现当代文学评价的几个问题》的长篇发言，对主宰中国文化界数十年之久的"斯大林—日丹诺夫论断"提出了全面的批评；二是外国文学所当时的"机关刊物"《外国文学研究集刊》连续三期开辟了一个专栏《外国现当代文学评价问题的讨论》。这两件事在文化学术界都是率先之举，起了破冰通航的作用，有着广泛深远的影响。而在广州会上做主旨报告的，就是上述那位曾给冯至所长造成"拖累"的仁兄，而《集刊》上三次讨论的组织者也还是他。当然，这两件大事，都是经过了冯至所长的正式批准，并在他的关切与支持下实施的。

作为这两件事的延续与具体化，上述那位仁兄又于1981年抛出了《萨特研究》一书，在中国，这要算是第一本全面介绍萨特存在主义哲学思想与文学业绩的书，也确实是为萨特与存在主义全面翻案的第一本书。由于萨特的"自我选择"存在主义哲理与阐释了这种哲理的文学作品，投合并促进了改革开放之初中国大地上的个人主体意识的解放与发扬，因而，此书大受读者欢迎，一时很是畅销。

但是，不久，在一次相当大规模的"清除"过程中，萨特被认定为"精神污染"而首当其冲，《萨特研究》一书被点名，报纸杂志纷纷发表批判文章，出版社献出批判小册子，将上述那本书的一篇万把字编选者序，视为大敌，竟不惜用几倍、十几倍的篇幅加以批挞，语言之尖刻为"文化大革命"之后学术界、文化界所罕见。当然，炮制了这本书的那位仁兄在他工作的"翰林院"中也就受到格外的"关注"，全院大会上，院领导以崇高的名义进行呵责，不止一个层次的领导同志找他"个别谈话"，要求写出"我对萨特的再认识"的公开文章，当然，本单位还要进行若干深入的调查，了解此书的"出笼经过"，不止一个平日与肇事者毫无交往，而此时自认为负有"教化"职责的同志，或者是自认为不能坐视不管的同事，也都热情洋溢地前来进行分析辩论与思想帮助。冯至是负责业务工作的所长，萨特的评价问题以及与《萨特研究》一书问题，其实更是他管辖范围里的事，然而，在整个那一时期，据我所知，他只是在一次公开的会上，言简意赅地讲过几句稳当平和的话，大意是，对萨特这样一个内容复杂的思想家、文学家，我们了解得还不够，应该加深研究，以批判继承的态度对待他。除此之外，他既没有进行过义正词严的批判，也没有过问过《萨特研究》一书，更没有找那位仁兄个别谈话进行"思想帮助"，总之，他完全置身于那次"时尚大合唱"之外，这个时期，他书房里的某个情景，似乎颇能说明一点问题。

记忆中的冯至先生

从批判伊始一直到最后雨过天晴、风和日丽、《萨特研究》也得以重印再版的整整一个时期里，我由于业务工作到冯至所长的家里去过两三次，有幸亲眼看见了他书房里的情景。

我见过不少国内外文化名人的书房。冯至的书房是我见到的最典雅、最精致、最整洁、最质朴的一个。明窗净几，一尘不染。两大排高档的书架上整整齐齐地放着一整套一整套外文书的精装本，内容丰富，色彩缤纷。洁白的墙上挂着茅盾书写、赠送的一个条幅，除此之外，别无任何装点，窗前一张紫木的大书桌，桌面上由两个书档夹竖着为数不多的几本文化学术书籍，几乎全是外文的，随时间的不同而有所调换，一看就是他近期关注与研读的书。在"清除"高潮时期，我第一次去他家时，他书桌的桌面上一如既往，整亮清爽，没有任何文牍，书档中夹着几本精装外文书，却有一本橘红色封面的中文书赫然在目，书脊有几个清晰的字样："萨特研究"。

在后来的一段时间里，我又有一两次去他家，同样，我都发现《萨特研究》仍在他的书桌上占有一席之地。但我每一次见到此书时，都假装视而不见，并且远远避开有关《萨特研究》的一切话由，而冯至先生也从没有跟我进过一句有关萨特与《萨特研究》的话。在这个问题上，他与我之间始终都是一种不言、无言的状态，也可以说是一种最淡净的状态。

冯至担任研究所所长的二十多年期间，虽然我一直是他领导下的一个重要研究室的"头"，但每当开所务会议时，我经常是远离中心会议桌而坐在门口,我总觉得自己既无庙堂之志,就尽可能不要有"登堂入室"之态,只求实实在在做出几件事就可以了,因此,我与冯至先生具体业务关系很多,但我与他之间的关系并不近乎,而总有着相当一段距离,这可能就是庙堂内与庙堂外的距离。当庆祝冯至先生八十八寿辰与悼念他逝世时,我这个本应写文章纪念他的"老学生""老部下",却没有写出任何文字,我当时认为,这样的纪念活动与悼念活动,都是庙堂要事,我一直身处庙堂之外,唯恐自己的感受与文字不合庙堂分寸。虽然当时无所作为、无所表示,但我心里一直非常清楚,我这些年来做成的一件又一件的事情,从《法国文学史》到《萨特研究》,都是以他的存在为重要客观条件的。他的宽容与支持成全了我,我感谢他。在他逝世十一年之后的今天,而我自己也已经七十岁了,我要道出我的感念,即使是从庙堂外的远处。

2004 年 5 月 4 日

这位恩师是圣徒

写于冯至先生诞辰一百一十周年

我心目中的恩师不止一个,冯至先生是其中最重要的一人。

他是我学术生涯中几乎处处都留下了身影、起过重要作用的长辈,一个乐观我成、从旁宽许、默然相助的师长,我视他为恩师理所应当,虽然我与他不同专业,只不过,我过去经常处于逆境,唯恐自己的"不肖",有染先生的清誉而自远,今天,我称他为恩师是第一次,因为我自己已经日薄西山了。

20世纪50年代,我在北大上学时,他是我的系主任,没有少给我们做谆谆教导的讲话,他讲社会主义大道理时那种虔诚的态度,他殷切期望青年学子健康成长的那种诚恳劲,至今仍历历在目。

20世纪60年代,他是我所供职的《古典文艺理论译丛》的编委,我最初见识了他在高级学术活动中严谨的学风与十分谦虚诚恳的处事态度。稍后,我参加了高校文科教材的编写工

名士风流：二十世纪中国两代西学名家群像（增订本）

作，而他正是这一文科建设大项目的领导人，他的高端地位与甘当平凡劳动者与普通公务员的认真负责、兢兢业业、一丝不苟的工作作风，给我深深的启迪，也给我树立了日后不拒绝小事、不拒绝琐事的榜样，学术中无小事，细节往往至关重要。

20世纪60年代中，我从文学研究所调到外国文学研究所，这时他已经是该所的所长了，我成为这个文化生产工场中的一劳力，此后三十多年，一直在他的直接关怀、直接指导、直接支持下工作。

"文化大革命"后期，我邀同道开办地下工厂，编写《法国文学史》，他是知情的，他是默许的、支持的。改革开放初期，我酝酿对日丹诺夫论断的揭竿而起，他也是知情的、默许的、支持的，并且主动援手，给我提供一个再理想不过的平台，让我在1978年全国外国文学工作规划会议这个隆重的、高规格的、高层次的场合，做了一个长达五六个小时的反日丹诺夫发言，成为我揭竿而起的一发重炮。揭竿而起的另一个重要行动，是在《外国文学研究集刊》上，组织西方现当代文学重新评价的笔谈，他是当时集刊的主管，我是当时集刊的实际负责人，凡事均由我提出方案，向冯至先生汇报，由他点头后，我再去执行经办。今天，如果可以说对日丹诺夫的清算还算中国思想解放过程中的一件好事的话，那么也应该说，此事的"后台老板"就是冯至，其功当居首位。

稍后，《萨特研究》一书的经历更使我难忘，该书被作为"精神污染"受到了批判并被禁止出版，因其他工作我去他家汇

这位恩师是圣徒

报请示时,不止一次看见他的书桌上一直放着《萨特研究》这本书,而且是放在很显著的位置上。这一辈子,冯至先生从没有就《萨特研究》一书,甚至是萨特其人跟我交谈过一句话,在这个问题上,他与我一直处于无言状态,但在批判的高潮中,这本书放在他桌子上,放了一个阶段,个中的心迹、心意,我是感觉得到的,在那样一个风急浪高的时候,冯至先生把《萨特研究》放在自己的书桌上,这是《萨特研究》的荣幸,是我的荣幸!

回顾几十年的行程,我感觉到就像走在浓荫蔽日的林荫道上,走在上有遮顶的长廊上,被我北大的系主任这么罩着、这么护着。一代宗师就这么罩着一代学人,而我只是其中的一个,也许是最不肖但运气最好的一个。

1980 年冯至在成都杜甫草堂

名士风流：二十世纪中国两代西学名家群像（增订本）

1987年6月联邦德国总统魏茨泽克接见冯至

冯至先生是一位端坐在社会主义学术殿堂之上令人由衷尊敬的庙堂人物，庙堂人物不一定个个都令人衷心敬仰，但冯至先生是令人心悦诚服的一位。他是作为已有高度成就的学者被请入学术厅堂的，他早就是中国最杰出的抒情诗人，他早就是中国的德国文学翻译、德国文学史研究的开拓者和里程碑式的人物，他还是著名的杜甫研究家，而且他作为北大教授，早已桃李满天下。他已经站在人文学科的高峰，殿堂地位对他来说是可有可无的事。他之于中国社会主义的学术庙堂，与其说是他需要这个庙堂地位（具体来说，就是享有相当于院士的"学部委员"的这一称号与研究所所长的尊荣），还不如说这个庙堂需要他这样一个学贯中西、卓有成就的成员。

在这种需求关系中,他即使头戴冠冕而不务其实,也就是所谓的"只挂个名",也会被视为名士的清高潇洒,然而,意想不到的是,也非常难能可贵的是,他竟十分认真地对待这样一个学术庙堂地位,他诚诚恳恳、兢兢业业、扎扎实实地履行这个位子对他的要求与规范。在高等院校文科教材编写过程中,他实际上是地位仅次于周扬的领导人,主管好几个重要的编写组,如王朝闻的《美学概论》编写组、蔡仪的《文学概论》编写组、唐弢的《中国现当代文学史》编写组,这是一个相当辛苦的活,我参加过《文学概论》的编写工作,亲眼看见他奔波于周扬与蔡仪及编写组之间,上传下达,居中协调,其难处与尴尬,自不待言。在担任外文所所长期间,他行事端正,以身作则,事无巨细,从不留下任何瑕疵与不当。即使是缴纳党费,也是大额大额的。他兢兢业业地坐办公室,处理各种繁琐的事务,任劳任怨。一个大学者,一个人文大儒,就这样在一部庞大的行政机器中,充当一颗螺丝钉、一个小部件。从20世纪60年代一直到90年代,整整干了三十年。三十年啊,对一个学者来说,这是多么宝贵的一段黄金时期,他没有时间再写诗了,没有时间再修订《德国文学史》了,也没时间深化他的杜甫研究了,他就这样以高度的组织性、纪律性投入了他繁杂的行政事务工作,献出了他文学创作与文学研究的宝贵年华。

他为了什么?我理解就是为了他的责任感,他不能失职!这就是一个朴实的、老实的、尽职尽责的冯至,在我看来,简

名士风流：二十世纪中国两代西学名家群像（增订本）

直就是一个圣人式的人物，圣徒式的人物。

　　历史上的任何主义、教派、政党，甚至团体，都有自己的"圣人""圣徒"。何为"圣人""圣徒"？就是那些以最大程度的律己精神，以最大程度的主观真诚与热情，忠于并履行自己的主义、教规、规范、纪律的最坚忍者、最实诚者。冯至先生是中国社会主义文化领域里的圣人、圣徒，窃以为，他的后半生是他的圣人时期、圣徒时期，他的圣人情怀、圣徒情结及其时代历史根由、个人思想发展渊源，应该成为冯至研究中的一个重要课题。

2015年9月12日

蓝调卞之琳

从颇有古意的高塔的一侧顺下坡路而去,就是明媚如画的未名湖,沿着湖边平整的通道前行,经过一座古色古香的巨大体育馆,道旁又横斜出一条蜿蜒的小径,通往一大片郁郁葱葱的天地。小丘与丛林掩映,幽微灵秀,看不到尽头,那里面藏着朗润园、承泽园等好几个园林住宅区,是北大的鸿儒名家的高卧之所。就在这条小径的旁侧,有一座带围墙的幽深的院落座落在朗润园的外围边缘,仅隔百把米与未名湖相邻,院落前有一座带石栏的小桥,但桥下并没有流水。好一个富于诗意的寓所!

北大,1954年的一天下午。我们诗社的几个学生在宿舍集合后就是沿着上述路线如约来到这院落,要在这里拜会诗人卞之琳。这天下午是全校社团活动时间。

20世纪50年代,特别是在1957年以前,北大校园里形形色色的社团,真可谓繁花似锦,即使不说是北大校史上的一大胜景,至少在我心里是一段五彩缤纷的回忆,仅以人文领域而言,就有文学社、诗社、剧艺社、民乐社、唱片欣赏会、合唱团……每到每周社团活动的前一天,校园里贴满了各个社团活动的海报,琳琅满目,令人应接不暇……

参加社会活动的,低年级学生居多,因为在这些活动里,不仅可以玩玩这票那票,而且多少可以吸收点文化内涵,如碰上报告会、座谈会、采访等,那简直就是一个个"准课堂",我爱上古典音乐,并能背诵出贝多芬好几个交响乐里的某些旋律以及《天鹅湖》《圣母颂》《蓝色多瑙河》等名曲中某些段子,就是从那时参加有关的社团活动开始的。我并不是诗社的固定成员,因为自己不会写诗,不敢高攀,只是偶尔见有意思的报告会与活动,就去参加参加,如田间的报告会,如这次采访卞之琳等。

卞之琳这个名字,当时于大一学生的我,真是"如雷贯耳"。其实,我并没有读过他多少东西,但从高中时起就熟知他诗中那脍炙人口的名句:

> 你在桥上看风景,
> 看风景人在楼上看你。
> 明月装饰了你的窗子,
> 你装饰了别人的梦。

蓝调卞之琳

那是在湖南省立一中念书时，一个语文老师向我们介绍、讲解的，那位老师名叫彭靖，本人就是一位诗人，在诗歌创作与评论方面有一些成就，在新中国成立后的诗歌史上，虽排不上一二流，排到第三列、第四列也许还是可以的。他极为赞赏、极为推崇卞之琳的这一名句，使我们对它语言之妙、情境之妙、意趣之妙与哲理之妙大为叹服。说实话，卞之琳仅仅以他这一绝句就征服了我们，即使在今天看来，对于相当广泛的读者来说，恐怕也是如此，不过，一个诗人能征服读者，难道还需要更多的武器吗？不需要！陈子昂不就是以他《登幽州台歌》不朽的四句，而昂立在中国诗史上吗？仅仅是四句！

那天，似乎只是诗社的一次小组活动，一行仅七八个人，西语系的同学居多。我们进入一个幽静的院落，正面是一幢古朴而精雅的房舍，北京大学继承了原来燕京大学的校址与产业，校园里有不少这种幽静的院落与古雅的平房，房子外观古朴，而内部结构与装修却是十分现代化而讲究的。屋里寂静无声。我们这些没有见过世面的新生，就像进入了一个高雅肃静的圣殿，只不过，当时我有点纳闷，听说这所房子是西语系教授钱学熙的寓所，为什么我们到这里参拜卞之琳？一直到后来好些年以后，我才知道，卞之琳早年长期单身，自己没有置家，老在朋友家寄居，在上海时，在李健吾家，在北京时，则在钱学熙家，他倒是朋友缘特好的，看来，他是一个颇受欢迎的人。

钱学熙，我们并不陌生，他为西语系的学生开文艺理论课，

名士风流：二十世纪中国两代西学名家群像（增订本）

因为北大西语系是以培养西方语言文学的研究与教学人才为宗旨的。他脸色赤红赤红，一头浓浓的黑发披在大脑袋上，颇有雄狮之姿，他老穿一件军大衣，据说，是刚从朝鲜战场回来不久，他在那边当了一阵子英文翻译。他讲起课来，可不像雄狮，而像是一个老婆婆，常仰头，向着天花板，闭着眼，像是在喃喃自语，嘴里慢吞吞吐出一句又一句讲词，全是浙江土音，但隔那么两句，就要来一个口头禅："是不是的啦？"似乎在为他那些从"苏联老大哥"文艺理论里学来的论断——征求堂下学生的同意。

这天，钱学熙没有出现，我们在雅致的客厅里等了十来分钟，从里屋出来一个中等个子，身躯偏瘦的中年人。也许是厅里不够明亮，他又穿着一身深灰的干部服，毫不起眼，几乎是一下就融入了我们这一群学生灰蓝、灰蓝的一片晦暗色调之中，而且是没有什么声响，因为他一脸沉闷，既没有每人一个不落地握手，也没有对这个集体的欢迎词，没有采访之前为了热身而进行的寒暄……你要他怎么表示欢迎呢，这又不是他自己的家！而且他要热情洋溢、礼性周全，岂不表明他认定自己应该做礼节上的付出？而这种认定则是以自己将受到这些学生崇拜的预期为前提的，试问，一个真正的脱俗的诗人能这样吗？一群素不相识的学生来找他，和他在未名湖畔碰见的一群不相识的学生有什么两样？点点头也许就足够了，可我偏偏因为客厅里光线不足而没有见他点头……真是不同凡响的见面，至少是不落俗套的见面，低调却自然而合理。

访谈一开始就冷场，"无独有偶"，"一个巴掌拍不响"，这次不落俗套的访谈正是主客双方合作的结果。主人如上述，来客也不含糊，来访的学生，从后来的发展来看，没有一个是在诗园里有所作为的，看来，当时也没有一个人对诗歌园地的那一套活计有起码的经验与见地。本来，北大学生中，富有诗情的少年才子大有人在，可惜那天却没有一个到场，即使是后来1957年在"民主广场"敢于"大声疾呼""引吭高歌"的"闯将"也没有一个现形，来的人都像我一样，脑子里空空如也，只是前来看看这位名诗人是个什么样子而已，一上来，个个怯场，不敢提问题，于是就冷场了。

诗人更不含糊，他固守着他的沉闷。面对着冷场，他似乎乐于加以呵护，他静静地抽着烟，心安理得地一言不发，这种架势与氛围，再加上客厅里幽静与光线的暗淡，似乎更使这静场凝固化了。这倒便于这些学生去好好地观看诗人，而不是去倾听诗人，他们本来就是来这里一睹丰采、开开眼界的。

且看诗人，他面色略显黝黑，好像是晒多了一点太阳，一身布衣，很不挺整（这与他多年着衣讲究的习惯颇不相符，后来我才知道，他那时似乎参加了一段农村工作，刚从乡下回城不久）。他有一张典型的知识分子的脸孔，高阔的前额，面积恰如其分，轮廓线条近乎优雅。戴着一副眼镜，后面是一双大眼，他很少眼睛转来转去，甚至很少正眼注视别人，似乎总是陷于自己的内心状态，而不关注外界的动静。当他正眼看人时，眼

名士风流：二十世纪中国两代西学名家群像（增订本）

光是专注而冷澈的，很有洞察力，甚至颇有穿透力，只是没有什么亲和力，因为他很少笑意迎人。他嘴角微微有点歪斜，但不难看，似乎是由于在使劲思考而略有变形，就像郎朗在弹着钢琴时而嘴角有点异样……这倒是给他的面部平添了些许灵智的生气……

他在静静地吸烟，丝毫也不在意这次采访的效果，甚至也不在乎来访的学生们对他的印象，而学生也屏着气，不慌不忙，在静静地观察这个对象。着急的是采访的带队者，他急于把冷场变成圆场，这关系到他的"执政能力""政绩成果"，在这一点上，他孤立无援，于是只好亲自上阵，向诗人提出一个个问题，要引他开口，以打破冷场，从后来的

卞之琳在书房

发展来看，此君在谋取一官半职方面或其他方面，还有点本领，偏偏在诗歌一事上，似既无才能亦无见解。他黏黏糊糊提了几个问题，诗人无精打采地作答，仍然不断抽烟，一脸的沉闷，即使是谈到自己，也毫无通常人所难免的自恋与沾沾自得，他毫不掩饰自己对这次访谈没有什么兴致。和这些毛孩子谈诗有什么可谈的呢？以他的名声与地位，他有必要在这几个大一新

生面前为继续积累自己的人气与声望而克制自己的腻烦情绪？如果那样岂不太庸俗了吗？他怎么会那么做？他是卞之琳呀！

那天，他当然也讲了一些话，但他当时讲了些什么，我现在什么都不记得了，一是因为我当时的注意力一直专注于看，而不是听，二是因为他那口十足的浙江乡音，我第一次听起来实在非常费劲，绝大部分都没有听懂。

尽管听进去的东西极少，但观察的心得倒还甚多，并形成了相当一个概略的印象，在我看来，他那张聪明而富有灵气的脸，本身就显示出优雅文士的气质，而不从俗、不媚俗、固守自我心境的冷漠与倨傲，更具有一种精神贵族的风致。

这可以说是我第一次感受到的卞之琳蓝调。

二

从诗社那次采访后，我一直到毕业参加了工作之后，才见到卞之琳。先是和他在同一个单位文学研究所，从1964年后，则是在同一个研究室即外国文学所西方文学研究室。那次采访活动中他那张使我感到奇特的面孔，在以后的三四十年里就经常"低头不见，抬头见"，自然习以为常了。他的面孔，在他自己独处时或在他看书写字时，总是沉静的，而在他与人打交道的时候，则总是沉闷的、冷淡的甚至是冷漠的，我很少见它是热情的、和善的、迎合的、亲切的。当一个人出现在你面前时，你的面部表情自然而然就会"进入交往状态"，他倒是——在此种情况下——总拒绝进入"交往状态",甚至于避开这种状态。这倒不是因为他对人有任何敌意,有任何强烈的憎恶,而是因为他太喜欢陷于自己的心境中不被干扰,他太喜欢独自沉浸在细腻的自我感受之中,于是,在面对着他人之时,经常就不免表现出苦涩、不得已、不耐烦、勉强周旋之态,特别是当他感到面前的对象较为幼稚、较为低层次,他所面对的问题是他认为没有多大意义,或浅显无聊时,他那种无精打采、懒得答理之烦,就更溢于言表,大有"他人就是地狱"之态。这就是他贵族式的精神态势与"交往模式"。"贵族的血是蓝色的",我且称之为卞之琳蓝调。

卞之琳在书房写作

蓝调卞之琳

1980年卞之琳在北京沈从文寓所

1991年卞之琳在冯至家中

不过，他也因对象而异，对与他同辈的名人朋友，他当然不能那么爱理不理，态度总要亲近些、随和些。不过，说实话，我从来就很少见他与同辈的学者朋友如李健吾、钱钟书、杨季康、罗念生、罗大冈、潘家洵在一起倾心交谈，有时我甚至不相信他曾经是李健吾的老友，曾经借住在李家！只不过，在组室的会上，每当他提到这些同辈时，都经常亲近地直呼其名，如"健吾""大冈""季康"等，毕竟保持着一种君子风度，虽然"君子之交淡若水"，而且是比温水还低两三度的水。心思细腻如他，有时当然更为讲究，如他对自己的上级领导，即使是他多年的朋友，他也并不亲切地直称其名，而是称呼得较为正式一些，如"乔木同志""其芳同志""冯至同志"，等等，显得郑重其事。

在平时人们的交往接触中，倒也常能见到他和蔼可亲、平易、自然、专注、主动的一面，那肯定是他面对本单位的那部分老革命、老干部、"老延安""老根据地"人士的时候。在当时的"翰林院"文学研究所，高级研究员基本上是两部分人组成，一部分是早就已经投身革命的文艺家或从延安鲁艺来的"老资格文艺战士""文艺战线的老革命"，他们主要有何其芳、陈涌、毛星、贾芝、朱寨、井岩盾以及蔡仪、力扬。另一部分则是被客气地称为"老专家"，但一遇上运动就被视为"资产阶级学者"的人士，如潘家洵、俞平伯、钱钟书、余冠英、王伯祥、李健吾、吴晓林、杨绛、罗大冈以及袁可加、范宁，等等，虽然"泾渭分明"，但也有"边缘化""模糊化"的例子，如

"老革命"力扬,因有那么一点"自由化倾向"而常被划入后一类,而在国外留学、工作了十几二十年的罗大冈,在经历与身份上似属于后一类,但由于"马列主义学得好""革命大批判的旗帜举得高",而在政治思想上被视为又红又专的党外老专家。卞之琳的归属则更为"复杂""难划",从经历来说,他曾是"新月派"的一员,而这个文学流派在新中国成立后的现代文学史上,从来都被定性为"资产阶级文学派别",但偏偏他又曾经游学过"革命圣地"延安,还去过抗日根据地"体验生活",发表过歌颂以王震为首的抗日部队"七七二团"的报告文学作品。只不过,他在延安"游学"的时间太短,在抗日根据地待了不久后,又跑回"国统区"当文化人、教授,这就给他的"红色革命经历"打了一个很大的折扣,如果他没有那一本歌颂"王胡子"军功的"不朽之作",那返回国统区之举简直就有可能被视为"从革命队伍里开小差"的危险。当然他新中国成立初期的入党,则又承续并具化了他自己久远的革命传统,要是在别的单位,他恐怕就可以算一个"老革命权威"了,但在当时"翰林院"文学研究所,"延安老革命"成堆的环境下,他的革命资格就显得"嫩了点",他不仅不被人视为"老革命""老干部",而且总被人们有意或无意地划进"老专家""老先生"那一堆,而一到政治气温飙升的时候,很自然就转化成了"资产阶级专家"。在研究所里,虽然他身为一个"重镇"的"首脑",掌管整个"西方文学"这一大片领地,但从来就没有进入过全所的"领导核心",那才是"老延安""老干部"聚集的"司令部"。

名士风流：二十世纪中国两代西学名家群像（增订本）

他丰富敏锐的感受力使他足以有严格的自知之明，当知道自己的一套"强项""优势"，在这些"老战士"面前是不管用的，甚至会使自己适得其反，因此，必须收起自己的独特个性与本我状态，而采取群众认可的，也是一个党员应该有的为人态势，必须收起面对诗社小青年的那种无精打采、爱理不理、冷漠烦拒的贵族派头，而代之以主动积极、热情竭诚、亲切平易，甚至是套点近乎的交往方式，必须收起自己所偏爱的那细致入微、迂回绕行、"曲径通幽"的语言，而操起大家所通用所习惯的公共语言，也就是社会化、政治色彩化的"毛语"，于是，像我们这样总是在一旁观看而无权参与的小辈，特别是对细节感兴趣的观察者，就有幸常见到卞之琳身上有与其本态的蓝调而有所不同的色调。

现今回顾的时候，我感到难能可贵，甚至是"千载难逢"，有一次，我竟碰到另一种特殊色调，在他身上一闪而过，如昙花一现，那当然不是面向我这一个对象而发的，而是因为当时那种特定的境况与他自己特定的心情。事情是这样的：我刚被分配到文学研究所之后不久，一天下午，我十分意外地在中关村园区里迎面碰见了卞之琳……

那时文学研究所的归属正逐步从北京大学向外转移，即将成为中国科学院哲学社会科学部的一个单位，因此，已经在中关园里占用了科学院两幢灰色的相邻的小楼作为办公处与单身员工的宿舍，隔这两幢楼不远，是当时中关村里有名的"社会楼",那是一座公共设施的建筑物,设有小门面的邮电所、储蓄所、书刊门市部等等什么的,这些我都记不太清楚了,我记得最清楚是一个占有两层楼的"茶座",里面供应咖啡、牛奶以及一些西式点心,按今天的标准来看,实在是甚为简朴,但在当时,要算是一个比较洋派、比较高档的消费场所,是那个时代中关村里的"星巴克"。那是我毕生最难忘的一个地方,当时,我第一次在报纸上发表了一篇小文章,拿到第一笔稿费后,就到那里喝了我生平第一杯牛奶,吃了两个奶油夹心面包,花了五毛多钱,还不到那笔稿费的三十分之一。走出茶座时,我觉得自己真是潇洒而富足。此后,每当我犯馋时,就跑到"茶座"去,吃两块桃酥。那天,是个星期天,食堂只开两顿饭,到了下午,我不免又去"茶座"潇洒潇洒,从那里出来后,在社会楼后面那一条两旁有高大梧桐树的通道上信步,没想到正碰上卞之琳迎面而来。

他穿一身笔挺的毛料中山装,很精神。他不是一个人,身边有一位风姿绰约、衣着雅致的少妇。我立刻多少意识到这是卞之琳夫妇,分配到文学研究所后不久,就听说卞之琳刚结束了他长期的独身生活,与一个才貌双全的女士结了婚,据说,她也是一个作家,写过小说,在文坛有点名气。看来,这就是那位才貌双全的卞夫人了。但这时,我最想做的,就是避开他们,我觉得自己刚到这个单位没有几个月,与卞之琳从未打过交道,说过话,还不到跟他两夫妇打招呼的份上,加以过去在那次诗社活动中见识过他的做派,还是别自讨没趣、自找尴尬

名士风流：二十世纪中国两代西学名家群像（增订本）

吧！我很想转过身去，回头就走，但已经来不及了，于是，只好闷着头蹭着路边走，想装着没看见，只不过是本单位新来的一个青年大学生嘛，他很可能压根就不认识，甚至毫无印象。但是，大大出乎人的意料，那一天他的高度近视眼却好得出奇，不仅认出了我，而且他就像换了一个人似的，还没有走到跟前，就笑脸相迎，主动跟我打招呼，他的夫人也面带微笑，这么和气亲切的一个师辈！哪里有！我当时太受宠若惊了，赶紧回应，躬身地向他们致意……

卞之琳的那次笑脸，简直就是一个奇迹。它那么主动，那么热情，那么近乎，那么亲切，笑得出自真诚的发动，笑得带有轻淡的天真、明显的自得与欣喜，说实话，"此笑只能这回有，平时难得再睹"。我这一辈子的的确确只见过这一次。当然，它绝不是因为朝着我这一个无名小卒而来的，那时他很可能根本就不知道我的名字，只知道我是研究所里一个新来的年轻人。这笑是一种心情流露，是一种精神状态的展现，是一种意向的表达，应该说，简直就是"天时、地利、人和"等诸多因素汇集于同一个时空条件下的绝妙产物……休假日的一个下午，天气晴和，风清气朗，还没有从新婚蜜月状态中走出，与夫人去中关园的林荫道上散步，或者还去"茶座"休闲休闲，衣着讲究，气度不凡，即使是走在"人杰地灵"的中关园里，亦不失为一对高雅，特别是作为一个诗人、一位绅士，身旁又有如此一位健康美貌、婀娜而又高雅的美人相伴，其艳福是显而易见的，足以引起，也应该引起路人羡慕的眼光、识者赞赏的注目，接受这种眼光的投射与欣赏，本身就是一种愉快，一种享受，这是对自己美满的确认，对自己幸福的确认，与"诗迷"们对那四句的崇拜并无二致……欢迎这种目光……即使不必去招引路人的这种目光，总该为识者投射这种目光提供必不可少的氛围与条件，不至于因对方不必要的顾虑与考虑而漏失这种目光，毕竟这是对新婚夫妇幸福美满状态的一种祝贺……

于是，本单位这位无名小卒就有幸见到了卞之琳难得的满面春风。

三

不仅在"翰林院"，而且在整个学林，卞之琳都要算得上是一位真正有绅士派头的人。他的衣着从来都很讲究，就像我在中关园路上碰见的那次一样。诗社的那一次，他穿得很随便，似乎是唯一的一次。当然，"文化大革命"期间，干校劳动期间就不在话下了。我倒从没有见他穿过西服，而总是穿一身中山服，但除了衣料总比一般人的为好外，主要是裁剪缝制得特别精致贴身，颇像张明敏第一次在大陆春节晚会上登台唱《我的中国心》所穿的那套港式中山服，而与老干部、老革命那种经常宽松肥大的制服大不一样，再加上他经常披着款式同样精良的风衣或高质量的烤花呢大衣，一看就是一个洋派十足的名士。至于他的外部形貌，第一次看他时，就可以感到他智者宽阔的额头，加上浅色眼镜后一双神情深邃的大眼，构成了一张典型的知识分子的面孔。两边嘴角与下巴略有点不匀称,但又显出倔拗劲,似乎是思想者那股冥思苦想劲头的外化。后来长期相处于同一个单位看多了,发现他身姿与步伐也颇有特点,他走起来的时候,一边的肩膀略略往上抬起,脖子微斜,微微有点僵,而步伐又快,颇有直往前冲的架势,于是整个身形就显出了一种张力,给人以倔强的印象,似乎又是精神上的自得感、优越感的外化。我想,从他的整个形象与外观来看,说他内心深处具有相当强的傲气,相当明确的精英意识与"上帝的选民"的定格感,恐怕是"差不离的",而且这种意识与感觉恐怕还是从年轻时代就已经形成了,形象与外观,总是长期岁月的塑造的结果吧!

卞之琳的雅士派头、雅士意识,实来自他这个人的确不俗,的确精致。不俗与精致可说是他最显著、最概约的特点。首先,"卞之琳"这个名字便十分雅致,在他这里,倒是人如其名了。他那著名的四句诗三十四个字,便是他精致中精致的精品,是他精致得最典型、最美的一次表现。可以看得出来,他在自己全部的诗歌、散文、随笔以及学术论文

1998年的卞之琳

的写作中，都致力于构思精致与落笔不俗，这个题目足可以写一篇博士论文，我个人与"博士"这一范畴相距十万八千里，在这篇印象随笔里就此止步，不加细论了。我只想指出，即使是在现实生活中，对人对事他如果要议论作评的话，也经常是视角新颖、出语不凡的。如像讲起李健吾的待人待事的特点时，他冒出了这样一句话："他像个走江湖的。"语言奇特，不过倒是揭示了李重朋友、讲义气的精神，又如，有一次论及为文之道、文笔与内容的关系时，他以一位青年研究者为例，这样说："他善于表达，可惜没有什么可表达的。"他这类见地如果说有什么特点的话，那便是他能达到一定的超越高度，惯于从俯视的角度看人看事，加以刻意追求表述的独特，于是往往就不免带有冷峭意味，而少了点亲切与温厚。在我看来，这不能不说是他那不可更改、无可"救药"的雅士意识的本能表露。

在我们的现实生活中，最经常不过、最雷打不动、最制度化的、最日常生活化的东西，简而言之，就是一个字：会。"翰林院"研究所尽管既不是党政机关，也不是办事的单位，会不仅不少一些，反倒还要多一些，这大概是因为"翰林院"一直被领导当作"无产阶级革命思想阵地""前沿哨所"对待，要求得严格一些，抓得也紧一些。加以，本单位都是知识分子，而这批人既比较敏感些，也比较更为较真些，在这种群体的众目睽睽之下，有关政治大事、思想原则、学说主义的会议，那是非得严格按规定程序走全走完的。因此，在那个年代，人们在

名士风流：二十世纪中国两代西学名家群像（增订本）

本单位的公共生活，主要就是开会，而在会上，人们要做的事不外是谈思想认识，找思想认识上的差距，检讨思想认识上的失误……习惯于这种政治生活，热爱这种政治生活，以这种政治生活为业的，当然大有人在，但对卞之琳这样一个有个性、有雅趣的高士来说，老在大众公共生活中裸露自己的灵魂、清点自己的思想，校正自己的认识，显然不是他所喜爱干的"活计"，虽然，他是一个研究室的头头，首先就有责任带头干好这一趟趟"活计"。

在他身上，这不是一个"态度问题"，更不是一个"立场问题"，而只是一个个性问题，他只不过是不善于，当然也不大情愿将自己的个性完全融化在从俗如流的时尚中，不大情愿放弃自己特定的思维模式，而按千人一面的模子塑造自己的言论形象，不大乐于放弃自己特有的语言风格，而"众口一腔"地操官话，操套话，重复社论语式与毛选语言。说实话，一般人即使要像他这么做，也往往做不到，而他在这方面可谓是"艺高一筹"，他既能保持自己的思维模式、个性特点与语言风格，又并不与主义学说、政策精神、领导意图相悖，我当时很想也偷着学点他这种高超的技艺，但终因灵性不足而未能窥得其堂奥，即使是在今天，回顾起来，也没有看清其奥妙的门道，理解其要领，如今想来想去，他此种高超技艺中似有一法，那就是"举重若轻"，也就是说，每遇严肃、厚重、艰涩、尖锐、尴尬、难消化、费理解的问题，他都如蜻蜓点水、仙子凌波、轻忽而过；或者"明修栈道，暗度陈仓"，绕道而行，曲径通幽；要不然就是若无其事,王顾左右而言他。如此如此,多年下来,一个单位曾经有过那么多次政治学习、政治表态、业务检查、思想检讨,但卞之琳有过什么表态,有过什么宣示,有过什么倾向,至今恐怕没有人能说得明白。至少我是说不明白的。他最大的艺术就在于他讲的话可不老少,但几乎没有给人留任何能记得下来的印象,不论是"左"的还是"右"的,不论是严正古板的,还是轻松调侃的,不论是热情赞颂的还是冷眼旁观的,而在那个年代里,任何人都是难免有过这种或那种失态的,或为"保守右倾"的失态,或为"过左狂热"的失态。

不过,在本基层单位公共政治生活中,卞之琳有一种行为方式,有一种倾向态度,有一种话题言谈,那是"打死了你也不会忘记的",那就是他经常在政治学习会上,在研究室组织生活中的——我实在无以名之,且名之为——"失眠咏叹调"吧。

在"翰林院"里,按照领导统一的要求与布置,每个基层的研究组室一般每周都有一次例会,时间是两三个小时,内容主要是政治学习,有时也讨论点马列主义理论问题或组室的工作业务,这种会当然是厚重而严肃的,基层单位平日的"突出政治"的任务基本上就是靠它来完成的,人们一般都是按做功课的标准来认真对待的。我曾经在"布尔什维克"满堂红的文艺理论室工作过一个时期,那儿的政治学习开得都很肃穆。每个人都正襟危坐,坐而论道。但在卞之琳坐镇的研究室里,却有另一番气象。

名士风流：二十世纪中国两代西学名家群像（增订本）

到了九点钟开会的时间，由中青年研究人员组成的基本群众都到齐了，静候主帅升帐，然后，诸位元老——潘家洵、李健吾、杨绛、罗大冈哩哩啦啦陆续来到，这样往往就快九点半了，大家都不急，乐得轻松。最后，卞之琳匆匆来了，常显得气喘吁吁，甚至脸上有一股真诚的火急赶场的神情，于是，会议就经常以他的迟到表白为标志而揭开序幕。一般都是说自己从家门出来后，公共汽车如何如何不顺，或者途经南小街（由其住处到研究所的必经之路）时碰见了什么意外的事、意外的人，然后就接上重要的主旨发言，而其内容经常就是他那常年重弹而在这个小家庭里特别著名的失眠咏叹调：从前一天夜晚如何上闹钟，如何服安眠药开始，如何一片安眠药不奏效又如何服上第二片，甚至情况更坏，还需要第三片，然后，到了拂晓之前，总算有了一段沉沉的熟睡，再然后，如此无奈的情境就与起床之后辛苦赶会的情节衔接上了……真可谓构思严谨，结构细密。每次失眠的故事主体基本上如此如此，但也有个例的小异与不同，这次是一片，那次是两片，或者更多，有时是这种安眠药，有时则是另一种，有时闹钟没有起作用，有时干脆就忘了开闹钟……每次都有不同的枝叶延伸，关于失眠的医学议论，上医院取药的情况，自己的失眠史，等等。在他漫长的独白中，在座的同志偶尔也有关切的插话，如对他健康的担忧，关于运动与生活规律可减少失眠的提示等，这些插话必然又要引发出他新的延伸与变奏：运动与生活规律跟失眠的关系，这两种办法对他之完全不适用，不必为他的健康担忧，他的家族有长寿史，他对自己的长寿颇有信心，等等，等等。失眠独白及其延伸，最后总算完全告终，卞之琳宣布"言归正传"，正式开始讨论领导原先布置下来的题目，但会议时间至少已经过了一半，甚至一大半。会议的前一半既然开得轻松愉快，后一半也就不会肃穆古板了，因此，每次组室例会都绝无坐而论道、言必主义学说与政策法规的气氛。

尽管卞之琳每次失眠独白基本上都是老调重弹，冗长单调，他那口浙江土话一点也不娓娓动听，但这个小家庭的成员都乐于"洗耳恭听"，因为他把一堂堂沉重的功课变为了一次次轻松的聊天，又无形中免除了大家表态、论道的义务，潘家洵、李健吾闭目养神，乐得自在，罗大冈偶尔插上一两句，以显示自己的机敏与高明，杨绛则面带优雅的微笑，饶有兴趣地听着，罗念生因为耳朵背，所以总是身子前倾，用手掌张在耳根处，唯恐漏听了一个字，其他中青年学子，辈分摆在那里了，彬彬有礼地端坐，就像在听老师讲课。尽管这个组室的政治学习从来都"不大符合规范"，质量不高，但卞之琳却"无心插柳柳成荫"，使得组室的所有成员对他颇有亲和感，至少觉得他不那么大义凛然，不那么道貌岸然而令人生畏、令人肃然。青年学子在背后凡是提到所里的党政领导时，都在姓名之后加上"同志"一词，以示尊敬，如何其芳同志，毛星同志……提到老专家学者时，则都加上"先生"一词，如提到杨绛时，称"杨先生"，提到李健吾时称"李先生"，以示敬仰，唯独对卞之琳例外，虽然他既是党内领导同志,又是学术权威,大家提到他时却简称他为"老卞",似乎大家都是同一辈分的哥们兄弟。

在20世纪愈来愈沉重,愈来愈严酷,愈来愈炽热的60年代,卞之琳就这样以其独特的人情、人性与自由主义做派,带给了一个小小的基层单位些许宽松的气氛,形成一种和谐的状态,对此,老布尔什维克、研究所里的左派人士是颇不以为然的,但这种气氛与状态,事实上却能在那样一个时代氛围里,使这个小集体里的人多少得到点喘息与宁静,至少可以在神经必须绷紧的时候稍许放松一点,坦率地说,我个人是比较赞同、比较喜欢的,这也是我当时乐于从另一个单位调到卞之琳那个研究室工作的原因之一。

四

卞之琳所坐镇的西方文学研究室,一开始就是研究所的两大"藩属"之一,另一个则是余冠英的中国古代文学室。两者的基本条件都是人员编制较多,而且可称得上是"精英荟萃""名士云集"。余室之中,"第一梯队"就有俞平伯、钱钟书、王伯祥、吴晓铃、力扬、陈友琴、范宁,等等,且不说"第二梯队"的胡念贻、曹道衡、蒋荷生、陈毓罴、刘世德、邓绍基了。卞室的编制规模略小一点,但名家名士的层次似并不逊色。这里年龄最长的潘家洵,是"五四"新文化运动的宿将,是他把易卜生的戏剧译进中国之后,鲁迅才写出了影响一个时代的名文《娜拉出走后怎么办》。潘老深得毛泽东"集中兵力打歼灭战"策略之精髓，从来只把自己的才智全用在易卜生一人身上，其业绩果然在中国堪称"唯吾独尊"，看来一两个世纪内是不会有人超得过他的；李健吾、杨绛、罗念生早在新中国成立以前就已经既以文又以译蜚声文化界，特别是李健吾的《福楼拜传》与《包法利夫人》、杨绛的《吉尔·布拉斯》更是外国文学领域中难以企及的精品，罗大冈当时在翻译界也是名重一时的人物，既以其长期在国外的高学历与像《波斯人信札》这样出色的译品骄人，更以其对《约翰·克利斯朵夫》与罗曼·罗兰的"革命批判精神"著称。还有缪朗山，他以通晓七八种外语闻名，译著数量亦甚可观，而在这一批资深的老专家之下则是一批已学有所成的中年人，除了被看好的卞之琳的接班人英国文学专家杨耀民外，"九叶派"诗人中这里就有两"叶"——袁可嘉与郑敏，以及著名的女词人茅于美。此外，还有一批当时已经崭露头角、日后将发挥巨大的学术作用并拥有广泛学术文化影响的青年学子，如：朱虹、吕同六、郑克鲁、董衡巽、陈琨、张英伦、张黎，等等。这就是卞之琳当时所统帅的队伍，毫不夸张地说，这是一支兵精将广的队伍，正是这支队伍，从20世纪70年代后期一直到21世纪初，开拓并推动了外国文学研究与译介大繁荣的局面，其业绩之显著与厚重，无疑要超过新中国成立前与新中国成立初期，如果不是"十年浩劫"的大破坏，这繁荣的局面本可以在60年代就来到。

统领这么一支人数甚众、层次较高的队伍，在研究所里，

名士风流：二十世纪中国两代西学名家群像（增订本）

无异于坐镇一方的大员，是"翰林院"里一项重要的任命，统领者当然是个"官"，而且是级别相当高的"官"。对此，刚入"翰林院"时不甚了了，日子久了，就会知道那时的研究室主任必须要著名的学者才能担任，职称当然必须是研究员、教授，在行政上也有明确的"官阶"，用行话来说，就是"正局级"。不过，这是"翰林院""人口稀少"时期的情况，到了"文化大革命"后的大扩张时期，情况就有所不同了，在胡乔木、邓力群主持"翰林院"的时期，大批有革命资格、行政级别高的各级领导干部涌入"翰林院"，也许是因为"正局级"的编制不够用了，所以担任研究室领导职务的业务专家的行情就走低了，从"正局级"贬值为"副局级""正处级"了。不论后来有什么变化，卞之琳在当时的确要算是一个"官"，而且是完全享有"司局级"待遇的官。

在官本位的条件下、环境中，有官阶的人要没有官气是很难的，总得端点官架子吧，总得摆点官谱吧，总得来点"恩威并济""作威作福"吧，最最关键的恐怕就是不折不扣履行那种听取下属请示汇报的"义务"，坚守对下属的进行指点、吆喝、命令的权威，从不放弃在关键时刻、关键问题上对下属的际遇、处境，甚至前途、命运施加影响并要求下属绝对服从的"便利"。如果说，所有这些在职能部门、军事部门还有必要的话，在学术文化部门恐怕就是一种异化的追求与趣味了，可是在"翰林院"里，好此道、好"这一口"的人士偏偏不在少数，谢天谢地，卞之琳所统领的那支人马运气不错，他们的统领者没有这种习气，他是个真正的学者、真正的"雅士"。

卞之琳统领方式的最大的特点，也可以说唯一的特点，就是四个字：无为而治。

他的无为而治，首要的内容与要领就是，每个人愿意干什么就干什么。在这点上，他倒容易使人想到文艺复兴时期法国人文主义文学巨匠拉伯雷的那句格言："做你愿意做的事。"拉伯雷把这句格言写在他著名的"德廉美修道院"的门楣上，提出了个性解放的口号。卞之琳虽然不专门研究法国文学，但以他广博的文学史知识与他优良的法文水平，他肯定是知道这个著名的箴言的，他当学术统领的做派，不过就是充分尊重下属的学术个性而已，这首先是信任对方学术选择的良知、学术志趣的合理与学术能力的适应，也就是说，相信对方能选定符合正确社会文化价值取向的项目与课题，相信对方的选择又是以个人的学术兴趣、学术关注为基础，并且有能力适应与完成这一项目选择。他既然深知其部属都是具有较高水平与较高能力的"熟练工人"，他又有什么必要去规定与告诉他们该干什么，不该干什么，就像对小学生、小学徒那样？尽管研究所领导规定研究人员的基本任务是研究而不应该是翻译，但潘家洵仍长期抱着易卜生不放，李健吾要译莫里哀全集，杨绛要译法文小说《吉尔·布拉斯》、西班牙小说《堂·吉诃德》，罗念生要译希腊悲剧与喜剧……所有这些不都是很有意义的文化建设项目吗？有什么不好的？卞之琳都一一认可尊重，礼让放行。

名士风流：二十世纪中国两代西学名家群像（增订本）

从新中国成立之初的50年代一直到"文化大革命"前，意识形态领域就形成了这样一个名正言顺、堂而皇之的传统，领导上总要根据"兴无灭资"的根本任务与"革命大批判"的战斗需要，抓项目，出题目，下达任务，于是授意性的文章、指令性的批判任务以及专干此类活的写作班子等层出不穷，愈到"无产阶级'文化大革命'"愈是大行其道，而受命为文、奉命为文者，往往身价陡涨，格外得到上级领导的重视与嘉奖。卞之琳显然对这一套没有任何兴趣，我从未见过他答理上面的授意性、指派性的批判任务，也没有见过他自己下达过授意性、指派性的选题与项目，于是，在他当时领导的西方文学室，蓝色的花，白色的花，红色的花，粉红色的花都有。如果出现过什么耀眼的红彤彤的革命大文，实不该归功于他，而该归功于制作者本人的"革命自觉性"，如罗大冈一系列高举革命大批判旗帜的大文都与卞之琳无关，我在20世纪60年代初做过法国新小说派之批判的课题，也完全是受当时"革命形势"的影响而犯了"左倾幼稚病"所致，我为这种"左倾幼稚病"所害不止一次，直到亲身经历了"文化大革命"的十年浩劫之后，总算达到了彻悟，才治愈了这一种病根。

不难看出，在那个愈来愈沉重、愈来愈炽热的年代里，卞之琳以他特定的"不为"与"无为"方式，在一个小小的园地为学术生态的自由与发展，为各种优质生物的恣意生长提供了十分必要的空间与气候。他不仅是给栽培者放行、认可，而且，在整个的过程中,他绝对也没有那种兴趣要显示自己的高明、权威与水平对栽培者进行指指点点、敲敲打打,就像那个时代很多外行领导乐于做的那样,而是充分尊重每个栽培者的自行其是的自主行为。不过话又得说回来,他统领的每个文化精英都有充分的水平,又有什么需要别人来指点干预,即使是高明的指点与干预?于是,他那种似乎是冷漠的旁观,客观上也就变成了一种乐观其成的赞许。更为难能可贵的,也许是要算这一点了,那就是他绝不像那些俗人与小人的小肚鸡肠,对每个栽培者、劳作者的丰硕收获总侧目而视,红眼难容,而是具有一种见识与雅量去加以肯定与赞赏。这说来似乎是一种很低的境界,不值得一提,但以我在士林中积数十年的观察与感受,却深知这是一种并不多见的品格,一种可贵的品格。正因为有卞之琳这种无为、宽松与雅量,他守望的这一片园艺,就生产出了《莫里哀全集》《易卜生全集》《堂·吉诃德》这一大批传世的文化业绩,虽然这片园子的面积不大,园丁不多,与整个中华大地的沃土相比仅为千万分之一,但其在新中国成立后社会文化积累的总量之中,却是举足轻重的。

卞之琳作为一园之长,有无为、不为、甩手,甚至旁观的一面,也有使劲、费力、不辞的时候,当非要他不可的时候,他还是不吝自己的气力的,这表现在培养青年学子与援手同事这两个方面。

在"文化大革命"以前,虽然没有研究生培养的正式制度,

名士风流：二十世纪中国两代西学名家群像（增订本）

但对"翰林院"这样一个学院性的单位来说，实际是存在着有计划、按严格专业要求培养学术接班人的计划与安排。从文学所建立伊始，卞之琳就率先带上了两徒弟，后来到"文化大革命"前两年，又正式带了一个研究生，在研究所里数量要算是最多的，这说明他在培养青年人方面还是有使命感、有积极性的。他的前两个徒弟都在他的指导下专攻莎士比亚学，其中一个因为身体一直不好未能成器，而且壮年早逝。另一个则是埋头攻读的朱虹。至于"文化大革命"前招收的那研究生，一看便是"业务好""政治红"的人才，被看好是个正式的接班人，但后来他却慧眼看透"翰林院"已呈衰败之势，学术道路前途暗淡，毅然跳槽去了一个炙手可热的单位，走上了从政的道路，成为一位高级干部。卞之琳的三个高足之中，总算还有朱虹一人一直坚持留在学术文化界并磨炼成为一个有广泛而深远影响的重要学者，尽管朱虹在进入研究所以前，就已经是北大西语系出名的高才生、朱光潜的得意门生，早被钱钟书等学术前辈所看重、所欣赏，但卞之琳的系统培养实在功不可没，我就多次听到朱虹感念卞之琳带徒弟时的认真负责。虽然卞之琳本人在学术上不是以博览群书、旁征博引的本领著称，而是以感受丰富，善于深掘观点、生发见解的才能见长，但他培养徒弟的要求与方式却完全是严格的学院式的，要求徒弟埋头读书，多多益善，从莎士比亚全集的文本，到莎士比亚时代历史、个人身世的谜团，到艰难的莎士比亚的版本学，到历代各国的莎士比亚评论与研究……几乎要读个"完全彻底"，读个"底朝天"，而且读完之后，还必须写读书报告。他严格要求别人，无形中自然也就要严格要求自己，至少免不了要多多审阅读书报告。用如此严格的学院派的科班方式坚持十年之久，绝非一件轻松的差事，尽管在如何培养青年学者、"学术接班人"的问题上，研究所内主流派人士认定正确的道路是读书加社会实践与"参加战斗"，对卞之琳的闭门读书、"厚积薄发"的培养方式不大以为然，但这种方式给被培养者打下了坚固厚实的学术基础，却是大家广为赞赏的，卞之琳培养工作的劳绩也就的确功不可没了。不过，话又得说回来，虽然卞之琳的高足在莎士比亚学方面的确修炼得广博而精深，偏偏一辈子都未能在莎学上有任何施展，倒是在英国19世纪小说研究、美国文学研究与中译英等领域，取得骄人的业绩。

我于1964年来到卞之琳的麾下后，作为晚生后辈虽然未有幸得到他的亲自指点与教诲，但也亲眼见到了他对有的后生如何不遗余力地苦心栽培，这事似乎应该从他自己的布莱希特研究谈起。卞之琳60年代访问波兰期间，观看了布莱希特戏剧的演出，产生了强烈的兴趣，便开始了他的布莱希特研究，为时不久，他就完成了他的专题评论集《布莱希特戏剧印象记》。看来，他颇有意在中国普及、推广这位德国共产党作家的戏剧，除了发表"印象记"进行评介、提示与宣传外，还准备组织翻译中国题材的剧本《高加索灰阑记》，鉴于国内英文翻译水平相对较高，他自己又是英文翻译方面的权威，他最初的计划是选

名士风流：二十世纪中国两代西学名家群像（增订本）

一位英文水平较好的译者承担此任。但他麾下一位德国留学生闻风而动，无疑认定这是"自己园子"里的事，而他本人更有资格来完成，便径直从德文译了出来。卞之琳通情达理，善解人意，玉成其事，为了使译本达到发表出版的水平，不惜自己花费了大量的时间与精力，审阅、校对与修改其稿。这个剧本的发表，要算是中国介绍布莱希特的开始，也成为那位留德学子一生中最主要的一项业绩。说实话，卞之琳如此奉献自己，大力栽培晚辈后学的事例并不多见，在他麾下，能得此荣幸者，仅凤毛麟角而已。这一次他之所以特别出力，一方面是因为自己对布莱希特很感兴趣，有兴趣的事做起来自然特别起劲，另一方面也是因为那位留德回国的学子，符合"根红苗正""政治上强"的标准，一直被组织上、被领导当局视为重点培养对象，实际上是作为学术庙堂的接班人而一直受到精心的呵护与栽培，卞之琳在这件事上的忘我贡献，无疑显示出了他作为一个党员领导干部的觉悟与水平。不过，后来的事情是否按人的主观意志为移，是否按既定方针兑现，那可就没有准了，因为要在学术文化上有出色的作为、成大器，必须靠自己的勤奋与灵性，至于要走上领导岗位、要在庙堂中居高位，那就得精通门庭学、路线学、关系学，将庙堂的种种游戏规则玩到位、玩到家……

虽然卞之琳谈不上是个古道热肠、乐于助人的仁者，甚至经常还给人以冷漠、漠然的印象，但他也有与人为善、出力援手的难能可贵的事迹，即使是对自己的同辈同事。据我所知，当时有一位老学者正专注于翻译一种古代经典文学，由于他本来是从英文系出身的,自然就不免借助与参考英文译本,本来,他早年能写一手漂亮的散文,到了年迈失聪的高龄,文笔也就不那么润泽了,为了使他的译品无愧于原文的经典,卞之琳作为一室之长,慷慨援手,花费了大量的时间,用他那十分讲究的文字功夫,为译稿做了不少加工润色,真正做了一次无名英雄。

五

在20世纪五六十年代,"翰林院"有一个响亮的激动人心的口号"出成果,出人才",并且以此为"翰林院"的基本任务,它是制订工作计划的目标,也是检查工作、总结工作的标准,人们在大会上、小会上经常要讨论到它,时任中宣部副部长的意识形态总管周扬每一次到"翰林院"来做报告或发表讲话,都要热情洋溢地说到这个目标与任务。由这个基本任务派生开去,就有了一系列准则,在各项工作的关系方面是"一切以科研为中心","一切为科研服务";在研究所、研究室的干部的任命方面是,非本学科第一流的学者、最有声望的学者不可;在院内风气方面,专家学者凡事都受到尊重,都得到相当周到的礼遇,愈是声望高、名声大的,得到的尊重与礼遇愈是无微不至……如果把"翰林院"视为一个高级意识形态的制作工场的话,这一切准则应该说是合理而正常的,因此,这些准则在"翰林院"占相当重要地位的五六十年代,那可以说就是"翰林院"的黄金时代。卞之琳担任领导,基本上就是在那个"黄金时代"。

不过，说实话，在新中国成立后，在社会主义革命潮流不断涌动、不断汹涌澎湃的历史年代里，"翰林院"里安生日子并不太多，书生的书桌经常因大小不同的地震而不安稳，而不平静。即使是在没有地震的时候，上述那些口号与准则，在一些对发展学术文化毫无兴趣，而对"突出政治"则有特别嗜好的人看来，就有点"不是味"，"不对劲"，因此，只要一碰上政治运动、思想整风的时候，就被当作"长资产阶级知识分子的志气、灭无产阶级的威风"的"修正主义路线"而遭到冲击与批判。当然，一切与"不问政治"的"白专道路"有关的人与事一概都会被敲打、被清算，卞之琳也是在这种乍冷乍热的环境下当了十几年的学术统领。

如果完全按"出人才、出成果"的准则，那么应该说卞之琳是一个好官，至少是一个很称职的官，有业绩的官，但运动一来，他总要比他麾下的一个个小萝卜头多做一点检查，更有甚者，他竟然还在两次"整风运动"中被指点为"重点对象"。

一次是在"反官僚主义"的整风中。按说，卞之琳是最不追求官气、是最不摆官谱、最不故作官态的人。当时，至少我个人认为这事不至于会摊到他头上，可是，没有想到的是，他竟成了那次整风的重点对象，不过，环顾一个近两百人的研究所，官僚主义重点整治对象，舍他为谁？一两个民主党派的"司局级干部"总不能随便整吧，党员领导干部中，和延安老干部、20世纪30年代的老文运相比,卞之琳的革命资格最浅,党龄最小,身上红彤彤的色彩最淡,加以他统领队伍的方式与行事做派又有那么一点别致,这次"整风"的角色就非他莫属了。当然,具体的近因则是直接的"导火线",事情是这样的:此前不久,研究所里根据上级交下来的任务,对外国19世纪资产阶级文学进行批判,组成了一个跨研究室的大批判组,指派卞之琳挂帅,参加的有不止一个延安来的"老文艺战士",还有一批青年研究人员,任务是要写出无愧于"翰林院"水平的高质量革命大批判文章。既然参加者构成了一个战斗队,甚至是一个"兵团",完成任务的方式当然就是大家动手,"打一场人民战争"。我当时也是这个"兵团"里的一名小兵,用今天时髦的术语来说,是一个"边缘化"的小人物,在我看来,这个任务、这种人员构成、这种"战斗方式"都难为了卞之琳。但他自有对策与高招,对他来说是最省时、省力,最能出成效的高招:先是让群众充分释放出其积极性与创造性,放手让你们去表态、表决心,坐而论道,统一认识,制定提纲,分头执笔……他自己则什么也不说,什么也不做,他这么充分依靠群众总没有错吧……然后,他从几位高手里接过来已经完成的批判大文的初稿,就让整个"兵团"劳逸结合,好好去休整休整。这一休整就是一个月,在此期间,他从不露面,从不打扰,一个多月后,他出来了,拿出一份"修改稿",原来,他是闭门不出,在对初稿进行加工修订。可是,大家一看,原来那份初稿连同所有的提纲、材料都一字不剩,全被抛到九霄云外去了,

名士风流：二十世纪中国两代西学名家群像（增订本）

眼前这一篇大文完完全全，彻彻底底是卞之琳的"个人作品"。完成了"战斗任务"，交了差，没有太麻烦革命群众，最后大文也顺利发表了，并且不是以他个人的名义，而是以集体的名义，也许在卞之琳看来，他这是做了一件高风亮节、功德圆满的事情，但参加"兵团"的"老革命"、"老战士"以及从来都以维持"翰林院"里道统规范与"学术秩序"为己任的左派看来，他把革命群众晾在一边一个多月，最后将大家辛辛苦苦的成果甩得一字不剩，作为一个领导干部如此脱离群众，藐视群众，居高临下，像贵族老爷一样，是可忍，孰不可忍？要知道，这些另有看法的人士从来都是"翰林院"里的社会中坚，他们的观点、意见与舆论，在这里经常是举足轻重的，于是，卞之琳的这个事件就成为那次反官僚主义整风中的一个主要整治对象，他当时在听取"批评帮助"时那副神情沮丧的样子，我至今仍想得起来。说老实话，这应该说是卞之琳蓝调的一次不小的委屈的悲剧，且不论他当时没有让一大批群众拥挤在一起，白白消耗精力，免受了一次"大炼钢铁"之苦，仅以他完全包办代替的那篇文章而言，在我看来，实在要算五六十年代辨析巴尔扎克、托尔斯泰、现实主义的唯一一篇有分量、有深度、有说服力、有学术理论价值的大文，可惜卞之琳晚年未将它收入自己的文集，想必是因为与自己的辛酸记忆有关吧。

另一次是在反国际修正主义的学习中，苏联赫鲁晓夫上台后，中国的执政党就高举起反国际修正主义的红旗，大有力挽国际社会主义开始分崩离析之狂澜之态，连续发表著名的"九评"，把这一"关系世界革命前途"的斗争推向了高潮，事关无产阶级革命事业的兴衰，"翰林院"作为"无产阶级的思想阵地"当然要大加学习。学习的任务不外是提高认识，统一思想，清理与斗争形势不相称的观念、观点。说是学习，其实就是一次小小的内部思想整风，这样的学习自然又把卞之琳捎带上了，因为他在当时全国唯一一家外国杂志《世界文学》上，发表了洋洋近十万字的《布莱希特戏剧印象记》。

布莱希特是20世纪德国作家，对一个20世纪西方作家进行如此大规模的评介与研究，在当时是极为罕见的，事实上，卞之琳此作是20世纪五六十年代整个文化学术领域里"众目睽睽"之下一件大事了。应该说，卞之琳还是谨慎有度的，他并没有去碰"西方资产阶级文学"这个禁区，更没有踏进"西方现代派文学"这个雷区，他选择的对象是一个德国的马克思主义作家布莱希特。但德国马克思主义者恐怕跟斯大林式的马克思主义多少是有点不同的，而中国人在20世纪五六十年代，则是按照斯大林式的马克思主义来理解问题、对待问题的。何况，布莱希特这个人还有那么一点微妙性、暧昧性，他似乎跟现代派戏剧艺术有点关系，至少跟中国人遵循苏联老大哥的观念而特别尊崇的现实主义原则有点"出入"，加以，卞之琳又力图使他的评论有点深度、有点思辨性，带点哲理性，这与"九评"的理论观点与理论语言就有差距了。于是，他又一次成为重点对象，他的《印象记》也就成为革命群众"相与析"的"奇文",当然"学习"与"讨论"都是有领导、有组织地进行的,骨干力量与中坚分子基本上都是党组织在各种"运动""整风"与"学习"中所依靠的积极分子,有的是"德才兼备"的学术接班人,有的是领导上重点培养的优秀党员,有的是一贯高举革命批判的大旗,不遗余力维持理论界的秩序的党外布尔什维克,有的是足智多谋,善于在现实生活中起作用的人物。这次"学习"与"讨论"原则性很强,上纲上线到了"修正主义思想",不过倒是文质彬彬,"讨论"完就完了,不存在什么处理问题,似乎也没有什么"工作鉴定"与"政治结论",而只留下了记忆。"修正主义"一词,性质的确是"高"了一些,但在那个年代,这个帽子经常满天飞,人们也见多不怪了,而且,似乎只有到了一定的层次与级别,有了一定身份才佩得上这顶帽子,以我个人的经验来说,虽然在"白专道路""粉红色道路"上已经走了若干年,"过错"与"劣迹"早已被组织上与革命群众看在眼里,但在"文化大革命"之中,也只摊上了"修正主义苗子"的名号,还未能有幸进入"修正主义"的正式行列,那显然也是因为"层次"不够,"级别"不够,还没有"修成正果"。

总而言之,卞之琳在"翰林院"里的这些际遇,与他统领一个人才济济的研究室出成果、出人才的业绩,明显有点不相称,用流行的俗话来说,他是不得意的,走得不顺当。说实话,我当时就很明确地感到这一点,特别是在1963年文学研究所中几个外国文学研究室终于独立出来,另行成立了一个独立的外国文学研究所的时候。分所之事至少酝酿了好几年，在此期间关于何人出任这个新所的所长一职，一直是学界猜度与议论的热门话题。本来，按卞之琳在外国文学界的学术声望与在"翰林院"里的工作业绩，由他出任研究所的所长，是实至名归的一件事，而且，他出身于本单位，对情况与人员都比较熟悉，更可谓顺理成章，水到渠成。然而，最后出乎很多人的意料，领导上没有任命卞之琳，而是费了不少时间与气力，把冯至先生从北京大学西语系系主任的岗位上硬调过来出任外国文学研究所的第一任所长。上级领导为何如此舍近求远的原因，我一直没有听说过，长期以来，按我个人猜度，也许是因为"翰林院"里有些人反映卞之琳统领队伍的方式有点"自由化"，因为他有些名士风度、雅士风度，而这与"官位"是格格不入的，到了20世纪八九十年代，我又猜度大概与周扬不大欣赏卞之琳有关，如果那时是胡乔木掌控，也许卞之琳就是所长了，因为胡乔木是很重视与欣赏卞之琳的……

不过，这件事似乎在卞之琳身上没有起任何作用，他对此好像浑然不觉，看不出他有什么"心情"，有什么"情绪"，我想，这可能是因为他心里并无此志，并无此一预期，几乎可以肯定地说，他对官位是没有什么兴趣的，更不用说有什么追求，这是他因内而外的蓝调根由，是卞之琳的可贵与魅力。

六

20世纪60年代初，我从文学所正式调到外国文学所西方

名士风流：二十世纪中国两代西学名家群像（增订本）

文学研究室，从此才与卞之琳有了具体的接触。在分所以前，只是因为我所在的理论研究室与卞之琳的西方文学室经常合并在一起开"联组会议"，进行例行的学习讨论或开展运动，才可能经常就近观察卞之琳，两个室各有其骨干与积极分子，我正好待在两省交界的"边区"，尽可能避开发言表态的义务，而充当一个"静观者"，说实话，在那个年代，不充当静观者，有些感受与体会是出不来的。

我调到西方文学室后，就被领导任命为该室的"秘书"，那时的"翰林院"，官僚机构的气息要比后来淡许多，一个基层研究室（组），除了一个室主任或组长外，只有一个"室秘书"或"组秘书"，秘书算是"第二把手"，但在地位、作用、级别等各方面与第一把手相距很远很远，只不过一个跑跑腿、打打杂的小角色，而我之所以被任命这个差事，也仅仅是因为原来那个"根正苗红"，一贯受重视、得栽培的同志下放锻炼未归，留下一个空档。总算我有些知己知彼之明，也还算知趣识象，在填空白的时候，勤勤恳恳，兢兢业业做好本职工作，那位同志一锻炼归来，我就赶紧辞职让路。因此，我给卞之琳当"行政助手"的时间并不长。

"行政秘书"的职务是辞掉了，但另一个学术性质的秘书职务却没有辞掉，那就是卞之琳挂帅的文学史编写组的秘书一职。事情是这样的，我调到卞之琳麾下后，当时任中宣部的常务副部长的周扬，向外国文学研究所提出了编写欧洲文学史的重点任务，并且强调，能否完成此任务，是"研究所生死存亡的大事"。据后来评论家的分析,周扬此举是为了对抗愈来愈"风雨欲来风满楼"的"文化大革命"的前兆。不论周扬是怎么想的,反正研究所闻风而动,很快就成立了一个《二十世纪欧洲文学史》编写组,由卞之琳任组长,我则被任命为编写组的"秘书",给他当助手。对此泰山压顶式的重头任务,卞之琳并未敬若神明,仍然是那种"无为而治"的做派,爱理不理,参加编写的中青年研究人员,倒是都很积极,把这视为一桩"重要的活计"。为了把事情迅速向前推进,我责无旁贷要起到"承上启下"的作用,于是,就得从他一些不着边际的高论中撷取若干意思,拟定计划,请他点头认可,只要他不反对,就付诸实施,然后就像一小工头似的,协调、催促、检查、集稿、修改、审定、再进一步……就这样从分期到分章,从大纲到提纲到细纲,经过兄弟姐妹的齐心合力,众志成城,以堪称卓越的效率,短短几个月即写出了好几万字的详细提纲,交出了一份令人满意的阶段性成果答卷,在"眼毒"的人看来,这个"学术秘书"大概有点"挟天子以令诸侯"的做派,但我们大家要交差呀!不是"生死存亡的大事"吗,总不能待在那里不动吧?不论怎么样,卞之琳无为而治,乐观其成,客观上也是一个不可或缺的助力,至少不是阻力,最后他挂帅的这个项目总算有了成绩,没有"掉份",当时"翰林院"的领导对此颇为赞赏,还组织了专场报告后,要编写组去介绍情况,以推广这次"学术工作的成功经验"。

可惜,"无产阶级文化大革命"的风暴很快就降临,彻底打断了编写组的工作,结果只留下了一份六七万字的《二十世纪欧洲文学史》的详细提纲。

"文化大革命"完全结束后,胡乔木、邓力群入主"翰林院",从此有了"中国社会科学院"这个堂皇的称号,业务工作也全面恢复了。卞之琳仍是外国文学所西方文学研究室的主任,但随着整个"翰林院"的扩充提升,他的研究室也"水涨船高",多任命了三位"副主任",其中主持常务工作、主抓政治的是一位老革命、老干部,不才则忝为其列,分工"抓业务"。由此,卞之琳的行政职务开始真正"有名无实",及至20世纪80年代中期,又是按照"翰林院"领导的安排,"三家分晋",卞之琳的西方文学研究室按不同的地区与国别,一分为三,原来三个副手又进一步"扶正",卞之琳从此就完全从学术领导岗位上退了下来。据我所知,"三家"之中,其中之一是很明确、很自觉地继承了卞之琳"出人才、出成果"的传统,在一定程度上沿袭了他"无为而治"的做派,当然也添加了一些"乐观其成、大力赞助"的热诚与善意,成为外国文学所里公认的科研硕果累累、俊秀人才辈出、成绩突出的研究室,但同时也继承了经常被侧目而视、被告诫、被敲打、被否决的命运,随着"翰林院"愈来愈"思想阵地"化,愈来愈"行政管理机关"化,卞之琳的后继者的这种际遇实更有过之而无不及。

卞之琳于2000年逝世,活到九十岁,正如他生前常说的,他的家族有长寿的传统,他肯定长寿。如果他吸烟史不那么漫长,而且每天的量不那么大,他也许会活过百岁。

晚年,他带过两个硕士研究生,那是研究生制度正式建立后,"翰林院"招收的"黄埔一期"中两个:裘小龙与赵毅衡。后来,两人都出国发展,一个赴美,一个赴英,均有所成,在大学里执教。博士研究生制度一建立,卞之琳就是当然的博导,但他后来实际上并没有招收博士研究生。他晚年主要是将过去完成的《莎士比亚戏剧论痕》与《布莱希特戏剧印象记》等著作以及莎士比亚戏剧等译品整理修订出版,似乎没有写也没有译什么大部头作品,他写的外国文学评论文章也似乎只有一篇,那是20世纪70年代末我向日丹诺夫论断"揭竿而起""三箭连发"时,在《外国文学研究集刊》上组织两期重新评价西方20世纪文学的"笔谈",组稿对象基本上都是有锐气的中年学者,如朱虹、李文俊、陈琨、高慧勤等,老者我只请了他这一位,一是因为他是"老上级",有故旧感,二是因为他对西方20世纪文学的确有精深的学养,虽然我并不期望从他那里能得到有冲刺作用的文章。我请了他两三次,他都拒绝了,还冷冷加上了一句:"谢谢你的好意。"就像当年对北大诗社的小青年那样,当我不存任何希望的时候,最后,他却交来了一篇三四千字的"笔谈"文章。这是在文学史编写工作之后,他与我第二次有"合作关系"。

他晚年也免不了更有怀旧倾向,一些怀念老朋友的文章,基本上是集中写于七八十岁以后,显然是为了留下若干文字的

名士风流：二十世纪中国两代西学名家群像（增订本）

纪念，但篇幅几乎都很短小，历史内容与个性的观照并不多，以自己的感受为主，感受当然是典型卞式，细腻得很，细腻得叫人有时不易体会其意。

愈到后来，他愈是深居简出，杜门谢客，人们都见不到他。大概是他去世前的一两年，我从中央电视台录制的《东方之子》栏目看到了对他的专题报道，一个形象儒雅、身材挺拔、风度翩翩的卞之琳，完全被衰老侵蚀得不像样子了，话音也细弱不堪。简直有点"惨不忍睹"。我当时愤愤地想，有关单位早干什么去了，直到最近才给才俊雅士留下这么一副影像，继而，我又感到释然，因为我知道，虽然得以进入"东方之子"这一个"不朽行列"的已经有成百上千人，但在众多的人文名家中，卞之琳毕竟是极少数极少数得此殊荣的一个……

在卞之琳去世四年后的 2004 年，我主编"盗火者文丛"，恭请卞之琳入座上列，帮他的家属编选出他的一本散文随笔集，以他一篇著名的时文《漏室鸣》作为书名，因为在我看来，这篇不平而鸣的文字，多少反映出了老年卞之琳的际遇与心境，或许还蕴藉了他生平中若干尴尬事的积淀。在《漏室鸣》已经付印即将出版之际，又写了这篇《蓝调卞之琳》，算是我跟他最后的道别吧！

2005 年 4 月 16 日

这株大树有浓荫

回忆与思考何其芳

盛典之后回忆起何其芳

2007年6月,"翰林院"隆重庆祝建院三十周年,如此的大典,多年来似乎仅此一次。

忝为荣誉学部委员,我若干天前就收到了庆祝大会的大红大红的请柬,规定须着正装,上午九时准时出席。大会的前一天,又接有关组织机构的通知,规定与会者必提前一小时到场,以便迎候将莅会的中央负责同志。"看来会来一个常委",面对着上述规定,一位对庆典规格颇有研究的智叟这样对我猜度说。

庆祝大会当天,同住一个小区的三个"委员"十分遵守纪律,提前将近两小时就早早出发,盖因必须把路上堵车的时间充分打进去也。一路上,打车、等车、堵车,颇费周折后总算按规定时间赶到了会场。

名士风流：二十世纪中国两代西学名家群像（增订本）

　　会场内外，盛况空前，院部领导机关、职能部门的官员熙熙攘攘，各研究所的长字号人物也都隆重出席，比起"翰林院"管理阶层的精英大军，到会的学部委员、荣誉学部委员以及著名学者大有淹没消失在人群之势，幸亏大会的组织者有先见之明，特意安排了一批工作人员，将"翰林"们一一引领入座，都集中在大会主席台下前七排的座位，即使老"翰林"为表示自谦，想自由入座而婉言谢绝引领亦不可得。大会组织者以此一有力的措施，乃使"翰林"们聚集而坐，形成主席台下一片"鹤发童颜"的大板块，特别引人注意，俨然是"翰林院"庆典上的一个"学术精英橱窗"。

　　"学术精英橱窗"的两侧与后面，才是其他类别人士的坐席，两侧坐的都是本院职能部门与研究所的长字号人物，后面则是经常在职能部门行走、在本院场面上"面熟"的人士，人都也有一官半职，其实所有这些人士才是"翰林院"当今的真正的"风流人物"，在座次排列上，"翰林"、名流、专家学者、学术精英得到如此的尊崇与凸显似乎还是第一次。我的座位上正好有一股冷气从空调口自上而下，令人颇有"高处不胜寒"之感，加以左右在座的都不是熟人，见大厅旁侧的正坐有两个认识的在职所级领导干部，其旁边正好有一空位，便起身换位，以便跟熟人聊聊天，没想到遇到了十分客气的劝阻，有关人士告曰：荣誉学部委员应在尊贵席上就座，我们这一片是普通席，阁下还得坐回原位去。得此令人受宠若惊的礼遇，我当然应自觉遵守。

这株大树有浓荫

到了准时开会的时间，全场肃然坐候，主席台上一排排座位尚空无一人，约莫过了半小时，才响起了音乐声，本院的领导与中央各部委的贵宾鱼贯而入，主席台上三四十个座席一会儿就坐满了，在座者都着正式的西装礼服，一个个面带亲和的微笑环视着大礼堂的广大听众，特别是主席台下不远的那个"学术精英橱窗"。可惜贵宾中没有常委级的人物，部长级以至副委员长级的贵宾人物倒不止一两个。本院的历届领导亦悉尽在座，不论是现职的还是已退或半退的无一缺席，特别不能不使得我行"注目礼"的是在前排就座的一位，他是前些年作为要员前来"翰林院"施政的，据说曾作大左派的惊人之语："××院是个藏污纳垢的垃圾堆。"此语既出，全院哗然，动静甚大，似乎不会有人胆敢造他这么大的"谣"，何况，"翰林院"那个时期正走背运，出言加以损贬，甚符当时左派的常态。人们原以为，他绝不会屑于在"垃圾堆"上把官当下去，没有想到多年来，他这官当得美美的，当满了一届之后似乎又延长了一个时期，至今还挂有一个不小的头衔，以至在"翰林院"的大典中仍然座列前茅。我看着他原来的满头青丝中似乎也有几绺白发，不禁悲天悯人地想道：没想到他所藐视的这个"小堆"竟成为他夕阳红风光的平台。

大会上的讲话与发言安排得十分完美。开会词，本院领导讲话，中央负责同志的贺词与讲话，中央各部委的祝词，本院各类群众代表的感言与表决心的发言都应有尽有，语言都是经典性的，像《人民日报》的社论语言，内容则是我们时代社会的至理，归结起来一个意思，就是高举马列主义大旗奋勇前进。大会开得也相当紧凑，总共只两个钟头，就圆满结束了。

大会散罢，就是大家所期待的"项目"了，大会的请柬早已预告会后将有"午餐招待"，赴会报到时，每人又发给了一张就餐券。周到可靠的安排。在这些老学究的预期里，对"荣誉学部委员"即便没有康熙式千叟宴般的招待，至少有一顿常规丰盛程度的自助餐，按照惯例，其场所显然就是大家熟知的"楼上宴会厅"。但当我等持就餐券企图入内时，却被两个西装笔挺守候在门口的青年工作人员阻止了："这种就餐券不在这里就餐，而是在大食堂里。"据说能"登堂入室"的是在职的长字号人物，他们持另一种"餐券"。于是，被拒的老"翰林"们纷纷改奔他路进入了大食堂。大食堂里人头攒动，领饭的窗口前排着长龙，原来这天因为院庆，来院上班的职工特别多，而来者似乎每人都发有一张餐券，"普天同庆"也。凭此券到窗口可领取一份两荤两素的份饭，于是老"翰林"就得以与本院广大职工打成一片，又体验了一次已阔别多年的在窗口排长队打饭菜的经验。我肚子已饿，不可能有不耐其烦、"拂袖而去"的冲动，在窗口前排队等了约莫一刻钟时间，凭券从一个厨工手里领得了一盘份饭：一个中等分量的肉丸子，两块红烧鱼，一小勺芹菜，一小勺冬瓜，一勺米饭，外加一只香蕉，一罐可口可乐。这是我多年来参加各种文化学术活动所碰见的最最简朴的一顿午餐，香蕉与可口可乐于我不宜，送给了同桌的两个小保安同志，芹菜老了，牙口不行，未能尽蔬菜之兴，结果，带着七分饱的感觉出了大食堂……在大食堂里听说，楼上宴会厅给在职负责干部准备的是丰盛的自助餐，鸡鸭鱼肉，水果菜肴，应有尽有，开放自取，各取所需，有两位机灵的老"翰林"，跟随着两位在职的干部混进了那个餐厅，吃了一大顿，证实了其级别确高于大食堂，恰与庆祝大会上"学术精英橱窗"的位置显贵于"普通坐席"一事成反比……

完成了参加"翰林院"盛典的任务，自费打的回到了寒舍陋室，联想浮现，感慨良多，最使人惊叹的是"翰林院"职能部门在大会座次、进餐等级等一系列高度政策性问题上构思之精妙、调控之高效……怪不得这些年来"翰林院"里行政精英、司局级干部一茬一茬辈出不穷，如水泉喷涌，而学者"翰林"的再生则疲软乏力，似见枯萎征兆……

我不由自主地陷入了与"翰林院""辉煌三十年"有关的缅怀，我缅怀起了"翰林院"里一位令我尊敬的人物，他既是中国的学术精英，又是中国的政治精英，既是才高学富的"翰林"，又是德高望重的政治干部，他就是中国社会科学院人文学科的奠基人、原文学研究所的所长何其芳。

最初的认知

在见到何其芳之前，我对他最初的认知，是来自王瑶先生讲授的中国现代文学史。

那是在北京大学二年级的时候，我所就读的西语系以培养"西方语言文学的研究与教学的人才"为宗旨，除了规定学生主修专业外国语以及外国历史与文学等课程外，还安排了一些中国文化的课程，均由名师讲授，如田余庆教中国历史，杨伯峻教汉语知识与写作，王瑶教中国现代文学史。王瑶先生的课每周有两节，为期一学年。他讲课的语速相当快，材料内涵很丰富，每堂课的"信息量"很大，使学生对他所讲授，甚至只是提及的作家作品都有相当的了解，何况，他那厚厚两大卷《中国现代文学史稿》已经出版，资料特别丰富，论述也很充分。从讲课中也从课外的阅读中，我对何其芳起码有了两个方面的认知：一是他原来是个文词雅美、风格精致的诗人与散文作家，二是他后来成为"革命文艺家""延安文艺战士"、党的文艺领导干部。第一方面，特别容易引起我辈青年学子的赞美与崇拜，在我看来，一个二十多岁的北大哲学系在读生，竟有那么美的想象，竟能写出《预言》与《画梦录》中那么纤美的文字，不是奇才是什么？特别是，"马蹄声孤独又忧郁地自远至近，洒落在沉默的街上如白色的小花朵"，这样极有通感与韵味的文句，更格外对我等西语系学子的口味，令人赞叹不绝，因为我等受西

年轻时的何其芳

方象征主义诗歌的影响，颇好"这一口"。他作为"革命文艺家"，则使我等有仰视、敬畏之感，在实际生活中，人们最不能不重视、不能不尊崇、不能不臣服的就是体现着法理尊严、制辖效能、调控实力的现实权威，而"延安文艺老战士""党的文艺领导"正是文学领域中的这种权威，我等即使孤陋寡闻，但亦见识过新中国成立初期此类权威人物制造舆论、拍板定调、呼风唤雨的那种特殊本领，因此，对何其芳这样一位"革命文艺家"，一起初就自有肃然起敬之感。只是感到有点奇怪与好奇，何其芳是怎么把这两个不同的方面、不同的特质结合于一身的呢？在思想觉悟、革命悟性不高的学子看来，唯美主义倾向与延安老革命这两个方面即使不截然对立、水火不容，至少也是格格不入、相距十万八千里的。在心里产生这些奇怪、纳闷、猜度与分析的那个时期里，我万万没有想到两年后我走上工作岗位的那天，代表所在单位接见我并进行谈话的正是何其芳，我心目中高居于云里雾里而有点神秘性的何其芳。

1957年夏我大学毕业时，系领导宣布我被分配到北京大学文学研究所工作，那不正是何其芳所领导的单位吗？有此幸运，我颇有"金榜题名"之感，为此，得好好"衣锦回乡"一次。一放暑假，我便趁走上工作岗位之前的一段"自由时间"，回家乡探亲，这件事也是我必须要办的，是我必须尽的义务与"孝道"，因为整个大学期间好几年，我从没有回过家。将近九月，到"规定的报到时间"，我才赶回北京上工作单位去，那时的文学研究所虽然还隶属于北京大学,但已有从北大分离出来归入中国科学院里正在筹建的"哲学社会科学部"之势,而且实际上已经搬出了北大,在中科院的中关村区域里占用了一幢小办公楼,灰色的,两层,当时被称为"社会楼"。

在文学研究所人事部门接待我的,乃一位自称是"负责人"的中年女同志,人高马大的,手里夹着一支烟,我以为她是一个"老干部",后来才知道,并不是,但也沾上了边,是所里一位著名"延安老文艺战士"的夫人。她满脸严肃,一开始就表示不满说:"我们等了一个月,你才来报到,新走上工作岗位要注意组织性、纪律性。"我并没有超出规定时间呀,怎么一上来就吃了一个下马威呢?但我马上意识到我所碰到的是一位天生爱做政治思想教育的人,果然,在后来陆续的日子里,我听到其他的同事也说起过第一天来文学所报到时所遇到的同样也是那位女干部,也吃了同样的下马威,甚至连内容与说辞也几乎丝毫不差。

办了必要的手续后,那位女科长说:"我带你去见所领导。"几个领导还是某一位领导?是哪一位?我不敢多问,但她及时下了安民告示:"去见我们所的党组领导、我们所的所长其芳同志。"一个普通大学生第一天上班就能直接见到文名远扬、威望日隆的何其芳,这可能吗?我还没有缓过神来,就被领进了同楼另一头的一间办公室。

办公桌前有一个矮胖矮胖的男子,约莫四十多岁,一身蓝

这株大树有浓荫

布中山装,敞开的领口露出里面白色的衬衫。他的样子再普通再平凡不过,你如果在街上碰见他,他绝不会引起你的注意,完完全全像一个普普通通的办事员,只是他那副度数甚深的眼镜、他那广阔的前额与透露出智慧与聪敏的面孔,清楚地表示他是一个高层次的知识分子,一个专业的脑力劳动者。他大出乎我的意料,极其谦和、极其平易、极其朴实,没有文艺界高级领导人的威严,没有著名作家的架势与格调,在他身上,看不出有任何自我意识的任何表露与痕迹:炫耀、作态、修饰(他的《画梦录》中的文字修饰得多么美啊!)……他待人接物的态度自然得再自然不过,不带俗套的客气,也不带居高临下的优越感,只是亲和平易地说了一句,"欢迎你来文学研究所工

何其芳在办公室

作",并招呼我在桌前坐下,他那口浓重口音的四川话,也使我感到很亲切,因为我小时候在重庆度过了好几年,我自己就曾能讲一口很纯的四川话。

他接见的讲话很简明扼要。首先告知我,我是被分配到《古典文艺理论译丛》编辑部工作,这个刊物是由蔡仪同志领导的,"他是著名的文艺理论家,你可以在编辑工作中学习到很多东西"。说到学习,他说,对刚大学毕业的同志来说,我们研究所的工作就是上大学的继续,每个工作项目,哪怕是事务性工作,也包含有很多的专业内容,如果好高骛远,那就会妨碍自己的进步,如果善于学习,从任何一项工作中,从研究所的任何一位专家学者那里、任何一位同志那里都能学到很多东西,还说,研究所的任务就是出科研成果、出科研人才,其道路是很广阔的,途径是多种多样的,最后他祝我有一个好的开端与发展。

谈话时间相当短,但他讲得非常清楚、明白,语言也很朴素、很白话,没有什么"文气",如讲到道路时,他就没有用知识分子熟知的那句话:"条条道路通罗马。"事隔一些日子,我了解到研究所的一些情况后,才体会到,他的谈话实际上包括一定的告诫性,带有一点打预防针的性质,因为在当时的研究所里,特别是在青年中,相当普遍地存在着"重研究工作、轻编辑工作"的心理与思想倾向,觉得研究工作才是高人一等的,编辑工作则不过是一种事务性的工作而已。我是被分配到编辑工作岗位的,作为所领导的何其芳当然事先给我打一打"预防针",虽然他的讲话带有告诫性与指向性,但整个谈话中,我没有感到丝毫压力,而是感到很舒服、很认同,这不能不说与何其芳那种朴实自然、亲切平和的态度有关。

在谈话过程中,我感到他就像一个年纪比我稍长的书生在跟我聊天,不,不仅是像书生,简直就是像"书呆子",他很少专注地看你,更不像领导者常有的那样,以严肃、犀利的眼光观察你、考核你,不,他根本就没有犀利的眼光,他的眼光根本就不犀利,而是平和自然得像没有眼光一样,而且,他讲话的时候,也许是因为习惯于专注自己讲的内容,习惯于讲得头头是道,所以脑袋有点轻微的转动,眼光也就随之有所游移,从办公桌上的文具筒上到茶杯上、到书刊上……特别偶尔游移到墙上、天花板上,这时脑袋有点微抬,架在鼻梁上的眼镜,也就滑落在鼻尖上,于是,他就用胖乎乎的手上两根指头将它扶上去。看来,他的眼镜架不甚讲究,即使他的脑袋不抬起,眼镜也会往下滑落,这样,用手指把眼镜从鼻尖扶上鼻梁,就成为他习惯性的一个动作。这哪里像有威望的领导者,哪里像闻名遐迩的高级文化人,不像书呆子、学究,像什么?他与下级谈话对象之间的距离不只等于零吗?甚至有时,谈话对象自己反倒会拉开了对他加以俯视的优势距离呢。

这次谈话对我以后所走文化学术的道路自有很大的影响,这暂且不说,容后再讲。当时我被接见后的印象与观感,如果要形容的话,就可以说是"意料之外的""惊奇的",甚至有点"震撼的",我没有想到一个高高在上、距离遥不可及的文化名流、政治领导人是这个样子。一个善于艺术雕琢、文词修饰的才子，如何变成了这样一个浑然天成的常人？真值得深思。

是的，在《画梦录》与《预言》之后，他当过中学教员；于1938年投奔延安，参加了著名的"延安整风"，当场听过《在延安文艺座谈会上的讲话》；在鲁迅艺术学院担任过教学工作与教学行政；还上过抗日前线，在晋西北与冀中根据地度过一些战火纷飞的日子；还在国统区做过宣传部门的领导工作，也在革命根据地担任过中央首长朱德总司令的秘书；新中国成立之后，回到了自己熟悉的意识形态领域与文学理论研究部门，自然成了文化界瞩目的一位领导人。经历了如此严酷艰困的现实生活，火热炽烈的革命熔炼、高强度的辛劳工作，他原来身上那些纤巧、明丽、细腻、雕琢、铺陈的艺术气质又怎么能不被磨损殆尽？如果说，我从他办公室里出来的时候对于他"换了一个人"的历程与演变还不太理解，那么，随着以后自己在生活中日益受到磨炼，就愈来愈有较深的理解与感受了。

不过，还有一点需要理解的是，从革命熔炉中，从严酷考验中走出来的，大抵都有一种威严与气魄。与何其芳同为研究所领导人的"延安老战士"虽不到一连人一排人之众，但也够得上"一班人"之数了，我至今想起来他们之中有些人或犀利、或俯视、或考核的眼光，仍有不自然之感，甚至有点唯恐避之不及。可何其芳身为领导人之首，反倒一点也没有，他没有威猛之气，没有坚硬之态，没有逼视的眼光，没有居高临下的架式。从革命的熔炉里出来的,并不是一块硬邦邦、锐利异常、沉重异常的特殊钢材,而是一个浑然天成的常人,平常得像生活中的普通人、小人物。是因为他本性中就有浑厚自然之本性?还是因有马克思、恩格斯在天之灵的格外眷顾,革命熔炉对他的冶炼锻造达到了真正炉火纯青的境地?我当时走出他的办公室时,不可能深思到这一层,直到今天,我也不敢说我就很理解了。这也许是何其芳研究中一个还值得继续深思的问题。

辉煌的学术阵容与"何氏秩序"

到文学研究所上班后不久,我很快就发现这个单位真可谓人才济济、名流云集。其中颇不乏"国士""大师"级的人物,就我知闻而言,我还不知道整个20世纪中国有过任何一个单位有如此的"人才奇观",似乎历史上任何一个朝代盛世的"翰林院",亦不见得有过此者。

按照惯例,且先从"党的领导力量"说起,在这里,集中了大批党内资深人士与"老革命"。他们可不是"万金油式的干部",而都有文学或文化工作的经历与经验,在文学创作与理论批评上均有或多或少的业绩与成就,甚至不止一个、两个已经名列中国现当代的文学史之上。当然,最令人瞩目的是来自延安的"老文艺战士",除何其芳本人外,还有陈涌、毛星、朱寨、井岩盾、贾芝、王燎荧等,他们几乎或大都是出身于延安的鲁艺,是延安文艺座谈会的参与者,在新中国成立后参加工作、才走上工作岗位的年轻人眼里,他们都是"革命圣徒",因

名士风流：二十世纪中国两代西学名家群像（增订本）

为他们来自"革命圣地"，喝过延河的水，即使他们头上没有宗教色彩的光圈，至少也是参与了书写中国革命文化史这部大书的先行者，有着特殊的荣耀。其次，还有一批"党内资深人士"与"老革命"，虽然不如"延安老干部"那么荣耀，但也都有远播的文名与显著的文化业绩，他们都是过去国统区著名的左翼作家与文化人，如早就与朱光潜鼎力相抗的著名的美学理论家蔡仪、著名的诗人力扬、老资格的左翼文学理论家王淑明，著名的小说作家、曾获鲁迅佳评的《沉钟社》的创办者之一陈翔鹤等此类人士。稍后调入文学所的还有早在"左联时期"就已崭露头角并深得鲁迅赏识的杂文作家唐弢，早从20世纪30年代就活跃在中俄文学交流领域、最先在中国译介了普希金的翻译家戈宝权等。

何其芳统领下的"第二纵队"是中国近代传统文化力量的体现，阵容似乎更为强大、更为炫目、更为厚实、更有文化魅力，其代表人物都是中国文化史上、学术史上赫赫有名、业绩卓著的作家、学者、翻译家、理论批评家。

在中国文学方面有"五四"新文学的元老、著名的散文作家与红学研究权威俞平伯，已有巨著《谈艺录》《围城》问世，即将誉满海内外的"一代才子"钱钟书，学力深厚的古典文学研究家、校勘专家王伯祥，汉魏研究大家余冠英，学识渊博的中国古典小说史权威孙楷第，戏曲杂艺研究权威吴晓铃。

在外国文学方面，似乎更是集中了我国在这个学科领域里的大师名家。潘家洵是"五四"新文学运动中的著名人物，以译介了易卜生而对新文学有巨大影响，他是中国的易卜生翻译研究的绝对权威，以一人之力完成了这位作家全部文学创作的中译工作，其译文炉火纯青，迄今仍不失为译界之经典。卞之琳过去作为著名文学社团"新月派"的成员、徐志摩的同道，早已以其诗作与诗歌格律理论而名载中国现代文学史，同样彰显的是他在外国文学领域的业绩，他广闻博见，兴趣广泛，译笔的幅度很广，从英国历史到英、法、德诸国文学，从英国的莎士比亚、衣修伍德到德国的里尔克到法国的贡斯当与纪德，都留下了有影响的译本。李健吾在20世纪三四十年代即以著名文学评论《咀华集》与出色的戏剧活动而蜚声文坛，在外国文学翻译与研究方面，他更是硕果累累，《福楼拜评传》是可望传世的力作，他的莫里哀的喜剧与福楼拜小说的译本，则是译林中难以超越的典范。杨绛在何其芳时代虽然还没有达到她盛名的高峰，甚至还有点"不显山，不露水"的，但她对文学史上流浪汉体小说出色的翻译，已显出了译界大家的风范，其译术足以与傅雷比美。罗念生亦为外国文学领域中的"老将"，早有文名，又有游学希腊的经历，正在何其芳麾下从事古希腊文学的翻译研究，成为这个方面一枝独秀的学者，并大有将希腊全部的悲剧杰作与喜剧名著尽纳入囊中之势，后来的事实证明果然如此。罗大冈亦为外国文化学科中的资深人士，有三十年游学法国、瑞士的经历与娴熟如母语般的法兰西语言文学的修养，加以学习马克思主义有方，屡受党领导的表扬，学术锐气十足，正高举革命批判的大旗扑向在我国有巨大影响的罗曼·罗兰及

名士风流：二十世纪中国两代西学名家群像（增订本）

其名著《约翰·克利斯朵夫》，显示出他传统文学兴趣的倒是他的译作《波斯人信札》，这个译本无疑凝现了他中法两种语言文学的深厚功力。何其芳麾下还有一位重量级的人物曹葆华，他的分量有三：一是有老布尔什维克的身份；二是资深的翻译家；三是翻译了《马克思恩格斯论艺术》一书，此书乃文化学术界的经典读物，由此，在青年人看来，曹先生的头上也有了半经典性的光圈了……

何其芳的麾下，不仅高级研究阶层里集中了"名家大儒"，而且中初级研究人员的队伍也是一色精锐，人才济济。这里有"九叶"中的两叶：袁可嘉与郑敏，他们都是西南联大学外文出身，早有诗名，如今又在何其芳、卞之琳的手下从事英美文学的研究，颇有启上承下之势。有已经得到社会公认的"青年学术骨干力量"：胡念贻、曹道衡、刘士德、邓绍基及杨耀民。他们的特点都是扎实而充分地掌握了较丰富的学术研究史料，又比较善于运用马克思主义的观点与方法，对学术文化问题能做出较切实、合理、令人信服的分析与论说，前四人在中国古典文学界、后一人在外国文学领域均甚为活跃，很有学术影响，已经被视为实力派的学术新星。这里也有以才情文词取胜的才子型学者，蒋和森是一个代表人物，他以诗一般雅美的文字写成的《红楼梦论稿》已在社会上引起热烈反响，赢得了广大青年读者如痴如醉的喜爱。茅于美亦为一例，她获海外学历归来，堪称当时的"海归派"，她本是一女词人，在何其芳手下致力于英国浪漫派诗歌的研究，正是相得益彰。周妙中自己本身有昆

这株大树有浓荫

曲功底，正致力于研究元曲，亦为学以致用。这里还有尚未"显山露水"，但在学术界已有功底扎实、学力深沉、"厚积薄发"之美誉的青年学人如朱虹、樊骏等，他们日后在各自学术领域中所发挥的重要作用证实了人们的预期，如朱虹之于英美文学研究，樊骏之于中国现代文学史的研究。至于新分配来文学所工作的青年人，几乎无一不是国内名校中文系与外文系的优秀毕业生，当时，文学所挑选大学生是出了名的严格，甚至是苛刻，所青睐的名校基本上只有两个，一是北京大学，一是复旦大学，大部分人是选自北京大学，从复旦来的人数少一些，其他大学的文科毕业生来文学所工作的几乎就没有过……

这些人员情况与何其芳本人有关吗？讲这些情况有必要吗？有关，很必要，阵容如此赫赫，正是何其芳苦心经营，一手缔造的结果，既可以说是他的事业，也可以说是他的"作品"，正像一支雄壮的军队，一种浩大的阵势，一派精锐的军容，正是一位大将组军、治军的结果。

要知道，何其芳最初受命在北京大学的框架里组建文学研究所，完全是白手起家，从无到有，如一位能干的政治家、军事家受命去开辟出一个根据地。他首先搭建出他最初的领导班子、办事机构，看得出来，这个班底就是他在延安鲁迅文学院任系主任期间的老同事、老部下，如毛星、陈涌以及王燎荧等，然后就是物色"名士大儒"、调兵遣将了。据说，文学研究所最初的每一位高级研究人员的来所都是由何其芳在全国范围里亲

名士风流：二十世纪中国两代西学名家群像（增订本）

自物色、亲自圈定、亲自推动调遣工作的，在这个过程里，至少需要有知人之见闻、识人之眼光、容人之雅量，三者缺一不可。如果没有足够的文化博识、学术底蕴，便不会知道文学部类中每个分支学科的深浅与状况以及谁为其中的名儒、大家，就无法做出理想的组军蓝图，说得白一点，就不知要搜罗什么人才、到何处去搜罗人才。而面对着具体的对象，如果没有敏锐的观察方法，没有合理的剖析标准、评判标准，便不可准确地取人，用人。何其芳显然都具有这些素质，这些素质透露出他作为北大哲学系毕业生的知性底蕴，也透露出他作为《画梦录》作者的感性的人情、人性的底蕴，总之，不同于一般老根据地高级干部的更为宽广、更为深沉的底蕴。正因为有这种素质与底蕴，他才组建了当年文学研究所梦幻般的学术阵容，一去不复返的学术阵容，在"翰林院"里数十年历史中"昙花一现"的学术人才景观。

也许更为重要的还不是来自这些能力与水平的原因，而是来自何其芳那种组建"梦幻之队"的理想主义的热情与他对工作、对人大公无私的品格与容物容人的雅量。曾经有一位漫画家，将官场中、职场中普遍存在的一种陋习丑行、卑琐心理表现为一幅《武大郎开店》的漫画，"武大郎开店"已经成为对"一长制"下某种典型现象的绝妙概括，"比自己个头高的不用、比自己有能力的不用"，就是这种开店哲学的核心。即使用上，也是层层设防，处处戒备，不时还下点绊子，设置难题，造些舆论，缩小其影响，该表扬时不表扬，不该批评时加以贬损，

这株大树有浓荫

甚至制造障碍，以阻挡其前进，以延缓其拓展，而在特殊时刻，如运动来临之际，则乘势落井下石，甚至主动进击，将其打倒或置于"死地"……尽管寡陋愚钝，敝人在"翰林院"的一个研究所里毕竟经历过五个"朝代"，今天这个运动，明天那种"整风""斗私批修"更是亲历过无数次，官场中、职场中上述种种陋习与心术还是见识、耳闻过甚多，自己也曾经多次亲身"领教"。说实话，一旦进入官场、职场中那种主控角色，被场中的情势与"场气"所作用，似乎就很难绝缘、保持自清的状态了。但我见到的的确有一个例外，那便是何其芳。

"天无二日"，这是中国古今历朝历代绝对的至理，"一山不容二虎"，也是社会上再通俗不过的常理常情，但何其芳似乎偏偏不信从这种至理名言，在组军与领军中，全无这种心术。他作为"组阁者"，吸收了不止一个在党内的地位与工作经验都与他匹对相当的老干部，其中有的人既具有很强的政治活动能力，又具有很强的科研业务能力，其志显然不甘居于人下，故锋芒毕露，锐气逼人。对此何其芳显然是不设防的，毫不戒备对方取而代之的心计，而是尊重有加，委以大任。他作为文学研究与评论领域的首席代表，则将不止一个、两个在左翼文坛上的资格与地位比他更老更高、文名更响亮的人物调入他的权威机构，毫无怕别人抢了自己的风头的顾虑。他作为中国古典文学的研究者，则将不止一位、两位学术名声比他更大、学历学养比他更为深厚的"大儒"请入他的研究所，奉为上宾，以师礼待。所有这些处事待人的态度，丝毫看不见"一长制"下通常屡见不鲜的以我为中心、唯我独尊，一切以个人的得失、威信、颜面、架势为重的行事方式与心计，如果他有什么目的与用心的话，那就只有从工作需要出发，发展学术、发展学科的目的与用心。对于他个人来说，的确没有任何"一长制"中常见的权略招式，但他这种"无招"恰巧却"胜有招"，给他带来巨大的成就，在一个单位里建立起了很难能可贵的良好氛围与空气——尊师重道、尊重人才、尊重学术成果的氛围与空气，也带给了他本人巨大的威信。对此，我觉得可称之为"何氏秩序"，这种秩序保证了当年文学研究所人才备出、成果丰硕的学术文化繁荣的局面。只不过，那些年代里，纷至沓来的运动、"整风""路线学习"等不时打断这种秩序，有时甚至把这些良性的东西作为"右倾""白专""资产阶级路线"的玩意而加以鞭打，颇有将之扫地出门之势，但运动一过去，干扰一停止，"何氏秩序"又凭着它的惯性及其内在的深刻合理性又"卷土重来"，直到下一次运动降临时才暂停。"何氏秩序"如此潮涨潮落，随政治气候的变化而有规律地起伏，倒也十分自然有序。

　　总而言之，在组建与治理文学研究所的过程中，在何其芳身上凸显出来的是一切为了发展学术科研、一切都是为了尊重人才与成果。这样一个比较纯净的志向与意愿，杜绝了个人权位、个人利害的鼠肚鸡肠，这才造成了"翰林院"里一段"一切为了出人才出成果"的纯朴的"黄金时代"，可惜的是何氏这种纯净的志向与人格在以后的继任者身上愈来愈少见，而个人

这株大树有浓荫

私利的杂质却愈来愈浓厚,以至在有的人身上,几乎可以说是全是一片官场政客的浑浊……

至今回想起来,当年的文学研究所的确像一座巍峨的人才金字塔,层层叠叠,井然有序而又自然合理,而在这金字塔尖顶上端坐的就是何其芳,不论他是以何种理念来搭建这座人才金字塔的,也不论他个人是如何虚怀若谷,并无任何个人的杂念与心计,他在这金字塔尖端上的位置是独一无二、任何人都无法代替的。这不是他个人的设计之妙,而是因为他在当时时代历史的条件下,他是这个领域、这个机构里最具有综合优势的唯一一人,他既是早年的文坛的精英,也是出自革命熔炉中的"老战士""老党员""老干部",还是一个很有能力、认真、细致、身体力行的学术科研组织者,他既有艺术家的创作才能,又有批评家的鉴赏评判能力,还有学术文化行政官员的实践品格,即使是在人才济济、能人比肩而立的"翰林院"里,他也是绝对的"全能冠军",这也是他在文学研究所的治理稳定而有效的重要原因。当然,潜在的挑战与较劲绝非没有,每当运动一来,何氏秩序的平衡局面被打破,这种挑战与较劲便"水落石出",初现端倪。来自什么方面是不言而喻的,来自在政治上与学术文化上都颇称得上"资深"的人物,只不过,一时的情势与发展不允许这种挑战得逞而已。到了"文化大革命",情况就不同了,一些人物权势欲的潘多拉魔盒被打开之后,事情便难以收拾了,果然,在"文化大革命"的后期,一切都将"尘埃落定"的时候,甚至是"四人帮"刚倒不久,何其芳既受到了党内老战友、也受到了文坛宿将的"相煎何太急"的挤兑与对抗,以致在这种受挤压的境况下重病突发而不幸去世,时年65岁,以他这种"正部级"老革命干部的平均寿命而言,可以说,他是折于壮年。

在严酷的现实中,人性善要终于其所往往也不那么容易,人性恶总要扫除自己道路上的一切,包括人性善的一切,以求顽强地实现自己,推动事情往下变化,甚至书写新的历史一页。这是令人扼腕叹息的事,也是无可奈何的事!在这个意义上何其芳有其悲剧色彩。

好一个"意弗多国王"

19世纪法国有一位著名的民谣诗人贝朗瑞,他写过一首很有意思的长诗《意弗多国王》,以诙谐幽默的语言歌唱了民间传说中的一位另类君主,他不住宫殿住草房,他不穿绫罗绸缎穿布衣,他每天四餐饭均自理,他不讲排场、不讲威严,他从不穷兵黩武,一条狗就是他全部的禁卫军,他每年召集众将一次只是为了朝天放四响空枪……这一首歌谣写得妙趣横生、令人解颐,在贝朗瑞的诗歌创作中也占有很重要的地位,它表现了作者在君主政体之下的"反王倾向"与民主主义理想。

每当我想起何其芳的时候,就很容易联想起"意弗多国王",因为意弗多国王是最不像国王的国王,而何其芳则是一位最不像高干的高干。

这株大树有浓荫

在衣着上，我几乎没有见过何其芳穿过正式的"官服""礼服"。当今的官员在正式场合都是西装笔挺，这已经是公认的"官服"了，虽然是西式的。但那个时代的官服却完全不同，都是以高级面料制作而成的中山装。一般干部都穿不上，只有高级干部才穿，而且愈是高级干部，面料的颜色愈浅，银灰的或浅褐色的，那两种颜色往往就是"高干"身份的标志。每当文联或作协系统开大会时，主席台上的周扬、邵荃麟、林默涵等就是这样一身"官服"，特别是邵荃麟，老披着一件银灰色的夹大衣叼着烟在台上进进出出（看来，他身体不大好，需要进进出出），比周扬、林默涵更为显眼。而当哲学社会科学部召开全体大会时，出身于"一二·九"学生运动，已经在学部当权的那两三位高干，则经常是浅褐色中山装，再加一件高级夹外套，在台上宣讲布道，非常堂皇而神气，只不过其长篇报告与讲话的内容远不如身上的官服那样色调光鲜。有时，遇上特别隆重的事情，则是学部党组领导全体出场，在主席台上身着体面而讲究的料子中山装者，往往就是侯外庐、孙冶方、刘大年、翁独健这些既是学术权威又是研究所当权派的高干，如果在这一片冠冕礼服之中，偶尔有一两个人穿得不够体面，甚至有点寒碜的，蓝黑蓝黑或灰不溜秋，其中一个肯定是何其芳，另一个往往就是尹达，他也既是延安老干部又是在党内地位很高的史学权威，不过他的情况稍有不同，他身体不好，老是病恹恹的，穿什么都不精神。何其芳则老是他那身卡其布中山装，他显然对这种仪式性的大场面很不在乎，不要求自己达到程式化的体面程度，这在台下的我等青年观众看来，实为颇有个性的行为方式。个性还不止这一点点呢，当时就有传闻说，何其芳对这一类隆重的大会很是厌烦，很不愿意参加，有时还"溜会"，听说，他因此受过上级党组织的批评……

一切标志高干身份的东西，何其芳似乎都有意识地与之保持距离，不仅有官服衣着，还有"车马驾舆"。他是部长级干部，这种级别的所长，在当时的哲学社会科学部是为数不多的，根据规定，他正式配有专用的小轿车，也就是说凡是上下班或需要办什么事，都可调用专车来为他服务，但我们几乎没有见过他用车上下班。当时文学所的专职司机经常处于休闲状态，不时被调去干别的工作，不像后来的一个研究所就有好几位司机，而且经常忙得团团转，虽然后来的所长级干部皆仅为"正局级"，再没有何其芳这样的"部长级"干部了。特别传为美谈的是当时何其芳为研究所上琉璃厂"淘旧书"、交通自理的故事。

在"翰林院"，何其芳无疑要算是最最重视图书资料建设的领导人，在这点上，他的后继者无一能及，这倒不完全是因为他作为官员对学术科研工作的规律、对科学办研究所的规律深有认识了解，而且更重要的是因为，他自己就是一个学者，仍在辛勤地进行中国古典文学研究，仍在不断地在攀登科研工作的高峰，仍在努力攻克学科中的"制高点"，他深知学术资料对于学术研究至关重要。他把这种意识与关注融入了他为官的角色,花了大力气推动研究所的图书资料建设。首先,他组织任命了以钱钟书、李健吾为首的图书资料委员会,这两位大研究家都是以学识渊博、掌握了丰富的学术资料而著称,对研究所的图书资料建设工作怀有巨大的热情,他们先后担任了研究所图书资料管理委员会的主任之职,如果没有他们,文学研究所在当时闭关锁国的时代里便不可能订购了那么齐全的外文学术资料,搜罗到那么多宝贵的古籍孤本。何其芳还以不拘一格选人才的精神,物色并任命了一位并无大学文凭,但在新中国成立前自学成才、开过书店的人主持图书资料室的工作,他在搜罗旧书与孤本方面,既精明又起劲。在何其芳的这个班子的长期努力下,"翰林院"的中国文学与外国文学的图书资料书库得到了极大的充实,存书之丰厚,在国内实为名列前茅,即使与国家图书馆、历史久远的名牌大学图书馆相比,亦有过之而无不及。

还是回到何其芳经常为研究所外出淘书、购书这件事上来:这本来就是为公家办事,他完全可以使用自己的专车,但他都是交通自理,几乎从无例外。传为美谈、传为笑谈的是,他去旧书店或琉璃厂,经常带一把雨伞,淘到了什么书后,就打成一包,为了省劲,往往挂在雨伞上往肩上一扛,这样步行而归。请设想一下,他一身布衣,一双布鞋,肩上有雨伞挑着一包书,慢悠悠地步行在琉璃厂的街道上,怡然自得,自得其乐,而为了免得眼镜从鼻梁上往下滑,他的头微微往上仰起,还得不时用手去把眼镜架扶上去……这哪里像一个部长级的干部?简直就是一个再普通不过的学究、书呆子……好一个中国"翰林院"版的"意弗多国王"。

名士风流：二十世纪中国两代西学名家群像（增订本）

"有了权就有了一切"，这是社会上对官本位制下世态的一种讽喻，即使"翰林院"这个"清水衙门"，也脱不了这种不成文法则的制控。当了官，就有了普通人所没有的出访机会，以及随之而来的高额的制装费（那些领导人经常穿的"官服""礼服"，其实就是他们的出访衣装），当了官，就有专车服务，不仅上下班，而且包括自己办事、访友。这两项是明面上显而易见的。还有一项是常见而较为隐形的，那就是，当了官就能获得本来凭自己那点不怎么样的学术作为所未能获得、也不可能获得的学术地位与学术名气，至少不用在学术上再有硕果问世即可以保持住原来的学术优势。从20世纪50年代到60年代，"翰林院"里文史哲经的研究所所长，大抵都是原来已经成名的专家学者，成为领导干部一所之长后，有些人难能可贵在学术上仍有所作为，但比较多的情况则是安居于学术庙堂之上，坐享崇高的学术威望，只偶尔以应景文章、官方的学术仪式与学术应酬来维持学术体面。这也难怪他们，繁琐的行政工作与学术组织工作消耗了他们很多精力与时间，何况党组织从来都谆谆告诫领导干部的首要职责是"抓政治、掌握路线"，切忌"陷入具体业务、迷失政治方向"，务必"先当好党员，然后再做一个学者"，等等，不止一个学术上早有成就的优秀学者专家就是在这种条件下滞后了、被耽误了、被浪费了。及至70年代以后，中国社会科学院官本位制又有进一步强化，在对研究所一级领导人，也就是学科学术领头人的任命中，政治人事考量显然重于学术水平考量，于是所长级、学科领导人一级人物身上的学术含金的水平就开始明显低于五六十年代,在这个行列里,重量级的学术人物愈来愈少,而与学术文化多少沾了些边,又善于经营政治人事关系,但在学术文化上并无大作为的"政治—学术活动家"型的人士愈来愈多见。这一种结构与状态,显然大大有助于形成学术界一种常见的世态,即有了权就会有高高在上的学术地位,就会有超常的学术名声。一些精明人眼见学术阶梯不容易爬,实打实的学术成就不容易取得,便改走仕途,通过这一条捷径来取得本来在学场上未能取得的一切,于是,长字号人物要获得研究员、教授、博导等学术冠冕,即如探囊取物矣!

如果说,"翰林院"里存在这一种倾向,这一种潮流的话,那么何其芳则完全是一种"另类",一种令人敬仰、令人赞赏的"另类",他不是靠自己过去的文名、自己的政治优势、行政首长的优势来获取学术地位与学术威望,而是靠自己作为普通的"思想者""脑力劳动者"的辛勤劳动来获取,这是他作为文化学术领域里高干的独特性,也是他作为一个高干很了不起的地方。

何其芳的文化学术业绩,除了他早年的散文与诗歌外,主要就是他在中国古典文学领域中的研究业绩了。虽然,由于传统的家教与他早年的文学兴趣与完备的大学教育,何其芳于中国古典文学早有学养,但真正对中国古典文学进行学术研究并取得显著的业绩,却完全是在他担任了科研机构的"行政长官"

之后的事，具体来说，是在整个 20 世纪 50 年代期间的事，他自己就曾这样说："1953 年 2 月到文学研究所工作的时候，我打算研究中国文学史，从屈原开始，写出了我的第一篇关于我国古典文学的论文。"接着，则是吴敬梓和他的《儒林外史》、李煜词、《红楼梦》《琵琶记》……

数年之内，相继有"超级重量"的论文问世，说它们是"超级重量"的，是就其规模、篇幅与分量而言，它们是超常的，大大超过一般学术刊物上所发表的论文，如他的《论红楼梦》洋洋洒洒就有将近十万字之巨。就其论述的内容而言，它们是完整而全面的，包括了论述对象的所有的重要方面与诸多相关的学术问题。就其价值而言，其资料与引证是扎实的，其观点与立场是"马列主义的""毛泽东思想的"，但却通情达理，以理服人，表现出偏激年代里难得的平和。其论述是清晰而有创见的，绝非老话套话，其语言是亲和、自然而有渗透力的，表现出美文家固有的功力。而就其社会影响而言，不说是"振聋发聩"，至少也是令人折服、起到"一锤定音"的作用的。所有这些，奠定了何其芳 20 世纪五六十年代在中国古典文学研究中的权威地位，在当时哲学社会科学部众多的党内资深学者专家中，能做到有如此显赫的学术文化新拓展者，何其芳似可称得上"稀客"之一人也。而这样的学术文化成就，正是他辛勤耕耘的结果：用他自己的话来说，是"白天做行政工作，晚上读书或写作"，他的不止一篇论文的完成时间，往往不是"清晨"，便是"深夜"，或者是"节假日期间"。一个普通而可敬的思想者、耕耘者！一个亲自动手、

从头做起的"高干"!

什么是学术领导权？学术领导权就是发言权。什么是学术领导人真正应该起的领导作用？那便是做学术理念的创设者、实践者与完成者，何其芳致力于此，他以自己的学术行为、文化耕耘业绩证实了这一点。我入文学研究所后，在何其芳的麾下耳濡目染，接受了这一启示，后于20世纪七八十年代，曾在多次公开场合，宣扬过学术领导权就是发言权的理念，引起不少人士的侧目而视，特别是那种只以学术仪式、学术程序、学术应酬来实现学术领导权、来维持学术庙堂地位的人士对此更为愤然，以为发此论者实在咄咄逼人，颇有危及自己长字号领导地位之不轨意图。实际上说此话者只不过是心仪何其芳、尊崇何其芳的领导方式、领导风格，奉何其芳的准则为学埋而已。贝朗瑞心里、目里有一个理想的"意弗多国王"，就意味着他自己有当国王的野心吗？

也许，更能反映出何其芳作为学术、行政领导人的高洁优秀品德的是文学研究所集体编写的三卷本《中国文学史》一书。此书之前，在中国文学史研究领域里，名声最大、影响最大的学术著作是复旦大学教授刘大杰所著的《中国文学史》以及前文化部长郑振铎编著的《中国俗文学史》。相较之下，文学研究所的三卷本文学史在规模、篇幅与内容论述上，显然带有一定的超越性，可以说它是一部划时代的重要著作。此书的编写集中了当时文学研究所所有中国文学史学术研究精英，上古至隋

名士风流：二十世纪中国两代西学名家群像（增订本）

由余冠英主持，胡念贻、曹道衡等人参加；唐宋段由钱钟书主持，力扬、陈友琴、乔象钟、蒋荷生、王水照等人参加；元明清段由范宁主持，吴晓铃、陈毓罴、刘世德、邓绍基等人参加。全书并无主编署名，仅署出"文学研究所中国文学史编写组"，但据参加了编写工作全过程的刘世德先生在《怀念何其芳同志》一文中回忆说，在此书的编写中，何其芳其实是真正的主编："从订立计划、开准备会到全书定稿，他自始至终都是名副其实的领导者和参加者。尤其是全书的初稿，都经过了他的细心审阅。所有的逐章逐节的讨论，他都参加了，他提的意见又多又细，大到对某一时期文学、某一作家或作品的评价，小到某一资料或引文的核实，什么都有"，但"他不让大家选他当主编"，甚至"在编写组成员的名单中也找不到他的名字"。如此毫无保留地、无私地把自己的心血倾注在一项集体工作中，却拒绝了自己应得的名义，甘愿当无名英雄，这种精神境界、这种人品风格，你还能找到范例吗？不论是在官场还是在学场。

每当我回想起何其芳编写文学史这个范例时，总不禁有些感慨。试看何其芳之后，短短四五十年之内，在"翰林院"里，竟有大大小小、各种各样的文学史数十种之多陆续问世，有一些文学史的确是一些学者个体户凭一己之力，辛勤劳作、"十年磨一剑"的成果，但动辄五六卷、七八卷、上十卷的大型文学史，往往就是长字号人物的"形象工程"了。以我所在的学科而言，这种长字号人物，是以政治谋略、人事经营见长，学术远非其强项，更非其首爱，登上学术庙堂之长的宝座后，不能不大大补足其学术威望之一课。既然已经大权在握，当然自有捷径，灵机一动，即构思出大型文学史的形象工程，且无一不超出何其芳当年的规模。项目资金不用愁，自有国家社科基金中的巨额经费，只需亲自关注、亲自运作、走完一定的程序，即可轻易获得，如探囊取物。爬格子的人员更不用愁，有自家亲近的"兄弟姊妹"，有愿意入阁效劳的"写家"与编纂高手，还有后勤服务的学术行政班子，便不难组成一个阵势赫赫的"兵团"，转战天南海北各旅游名胜地，历时数年（时间不能太长，一所之长任期有限，必须在届满之前举行形象工程落成典礼也），最后终于完成文稿，又有关系户出版社相助，数百万字一皇皇巨著问世矣。一所之长既然是立项人，在数年之中不时"抓"了"抓"写作进度，主持过若干会议，发表过若干动员讲演，即使未执笔写出一章半节，当仁不让即为"主编"矣，何况还写出了"原则性的"序言，虽然是短短的，亦足以构成"是为序也"，或者也执笔了百分之一的篇幅，颇属象征性。坦率地说，"翰林院"里何其芳之后的不止一个长字号后继者的派头与风光都显然大大超过了他，但在精神境界、品行风格以及文学史成果的价值与质量上，却远远无法企及。我目睹了从何其芳到何其芳之后的几十年文学史编写的发展过程，深知何其芳精神与何其芳范例的高尚与可贵，我至今仍怀念他的精神范例，是因为我深知学术文化的真正发展非常需要他那种实干与耕耘，而不能靠急功近利、张罗忽悠，更忌以自我为中心，靠他人之力建树一己学术威望之虚荣,如果端坐于学术庙堂之上的人物皆以何其芳为榜样,则学术幸甚,"翰林院"幸甚矣!

难遇难求的学术领军

以何其芳当年在意识形态领域里的地位、职务与作用而言,他毫无疑问是一位"指战员""领军者",既然党从来都把思想文化工作视为"一条战线",从来都把"翰林院"这样一个意识形态的生产工场定性、定位为"一个思想阵地"。需要深思的是,何其芳是一位怎样的"指战员",怎样的"领军者"。

众所周知,在这个领域里,有两项至高无上的"硬指标",一是"忠于马列主义、毛泽东思想",二是"贯彻执行党的方针政策",尤其是对于"指战员""领军者"来说,这两项指标是不容置疑的、不能打折扣的,但实事求是地说,在那个历史时期,要完成这两项指标实为不易。在意识形态的规范上,不仅要尊崇"国说""教义",要奉马、恩、列、斯任何一条语录为金科玉律,而且还要通过苏式意识的过滤。既然一边倒、向苏联老大哥学习,对苏式意识形态的种种论断当然也应该肃然起敬。而在方针路线政策上,那是一个"向左、向左、向左"、思想政治运动频繁并日益发展到有违普通情理的程度的时代,要与此"在思想、政治上保持一致",除非窒息掉、扼杀掉自己任何的独立思考。在我自己的记忆中,即使是我等这些悟性不高、见识有限的年轻人,对当时那些种种思想钳制尚且感到强烈的抵触与反感,何其芳这样一个老北大哲学系的毕业生、《画梦录》的作者、有深厚历史文化底蕴的人，内心是何种状态，也就不难想见一二了。然而，他又身为"老党员""老干部""老战士"肩负着"兴无灭资的战斗任务"，而且还有上级组织在督战，在这种历史条件、具体情势下，他所感受到的矛盾与难处，当比"无官一身轻"的观众来得更为强烈、更为无奈。我想，只有对何其芳所处的历史时代有比较切实的了解，才能理解何其芳作为一个"指战员"、一个"领导人物"的作为与他的难能可贵。

的确，何其芳不得不完成一些硬性的"战斗任务"，甚至在执行这些"战斗任务"中不得不做出一些自我牺牲，正如他在著名文集《论〈红楼梦〉》的序言里告诉我们的那样，他到文学研究所后，原本"打算研究中国文学史"，正当他从屈原、宋玉开始，进行到《诗经》时，"《红楼梦》研究批判就开始了。紧接着是批判胡适和胡风的运动"。众所周知，这些运动无一不是"伟大领袖"亲自发动、亲自动手对运动的目标进行"口诛笔伐"的，何其芳作为一个重要方面军的指挥员，不能不紧跟其后上了前线，由此，他系统研究与论述中国文学史问题一时就被搁置了下来，以致后来事过境迁，他再也没有可能回到对中国古典文学系统研究上去。而且，他在这几次运动中，作为运动的重点单位的"第一把手"，他不仅要组织队伍"进行战斗"，而且自己不能不亲自动手写批判文章，向"资产阶级学术文化思想"与"资产阶级文化学术权威"开火，这便是收集在他的文集《没有批评就没有前进》的主要内容。这些文章虽然随着早已烟消灰灭的那些运动而成为历史陈迹，但不可否认地成为一个文化学者大家身上的不会被人无视的包袱。虽然他在这些文章里尽了自己的可能，力求平和、讲道理、切忌粗暴与狂热，但的确不仅是他时间与精力的虚掷、浪费，而且是他的疵瑕。这就是他执行"战斗任务"所付出的代价，照我看来，可以说是沉重的代价。

他在这些战斗任务中曾有过哪些犹疑、矛盾、两难，甚至痛苦？我们很难说清楚，我个人觉得，从他在反右斗争中力求保护某些人免被划为右派的事实看，他肯定是有过不少犹疑与矛盾的，但在伟大领袖发动的强势运动中，在上级的监督下，在本单位左派革命派的众目睽睽下，他个人是无能为力的。不难想象，如果他有自己的异动，他就会被立即拉下马，他既然曾经经过了长期的革命历练，面对着硬性的强势的思想政治运动，自然清楚个中利害，而会完全遵命照办。但如果是不那么硬性的、不那么强势的"战斗任务"，他应对的态度就颇为不一样了，例如，他对苏式意识形态论断的抗拒就是一例。在那个时代，特别是在斯大林仍然在世的时候，对苏联的态度往往是一种"大是大非"的事，每当苏共在意识形态方面提出了什么重要理论或重要论断，中国的理论学术界总要积极响应，报纸杂志上总要掀起一阵子学习热潮。苏共举行十九大，这在当时的国际共产主义运动与社会主义阵营内部都是件大事，在十九大上做政治报告的是斯大林所青睐的接班人马林科夫，他在报告中谈到文艺问题,其中对典型问题做了这样的论断:"典型问题经常是个政治问题。"按既定习惯,苏共的重要文件在国内历来都是政治学习的重要内容,有关意识形态问题的论述与论断从来都是国内学术理论界遵奉的"教义",这次当然不例外。马林科夫的报告发表后,理论界、文化界纷纷组织学习、热烈响应其典型问题的论断,但何其芳却对这一"极左"的论断深不以为然,不仅未著文吹捧,而且公开拒绝引用,他这样说:"这句话我不理解,我不能引用。"这种公然违抗"舆论一律"的态度,在当时实为反潮流之举,没有足够的勇气是不可能采取的。

不仅如此,而且即使是在某个硬性的战斗任务中,只要在某个环节上还略有回旋的空间,或者在遵命的程度上尚有若干余地,他也尽可能去"打点折扣"。如像在"胡风反革命案件"中,直到1955年春天,何其芳在自己的批评文章中,一直都是把胡风问题视为学术思想问题、文学理论问题,而且指导青年研究人员写文章的时候,明确指出:"胡风先生的问题只是一个学术思想问题。"要求文章"不能说过激的话,更不能语涉不敬,而要平心静气地讨论"。(见曹道衡的《坚持谦虚、刻苦、实事求是的学风》一文,载《中国社会科学院名家谈:学问人生》一书上册)这是一种真诚而自然的平和与情理,出自他的内心深处,在那个狂热的历史时代里确难能可贵。

如果说,在最高当局直接掌控与指挥的白热化战局中,何其芳尚能保持自己清醒的头脑,并力求在可能有的狭小隙缝中按自己的认知具体拿捏分寸的话，那么，在上级分派下来，但可由自己这个"军分区"掌握的"战斗任务"中，何其芳这个指战员就更能自己调度、更能加以创造性地变通，填进自己的内容，因而使本来注定走进"死胡同"的战局别开生面、"绝处逢生"，另有了一番风光。在我所可知晓的范围里，有两件事似乎可以说明这一点。

其一，1960年，中宣部统一下达批判"资产阶级人性论"的任务，著名学者、批评家钱谷融、巴人、王淑明等人都是显要目标，对此文学研究所当然责无旁贷，特别是因为批判对象王淑明就是本所的研究人员，自家门户必须自家清理。何其芳组织了理论研究室的于海洋、杨汉池等四个青年研究人员写出了一篇批王淑明的文章，在他主编的《文学评论》上发表，算是完成了上级交下来的"战斗任务"。在"阶级斗争愈来愈尖锐"的年代里，人性论从来都被视为社会主义意识形态的理论大敌，批判它已经不止一次了，这次批判虽然规模不大，只涉及文学评论的问题，无疑也是"左倾"教条主义的一次肆虐，不过因为王淑明是左联时代就开始活动的左翼理论工作者，是批判者的前辈，何况又是在一个研究所工作，所以批判文章只限于"理论批判"，而没有上纲到政治，这也正是何其芳所要求的。批判文章发表后，大家都扮演完各自的角色，也就相安无事了。但令人意想不到的是，何其芳看中了该批判文章中论述文艺阅读中共鸣现象与人性基础关系的那个部分，明确点将指派执笔写了那一节的柳某另写一篇专文对共鸣问题加以深入阐释。从后来事情的发展来看,何其芳此举可真是一步妙棋,看起来,这似乎是人性论批判的继续与深入,但此题一出,政治性的理论批判一下就变成了学术性的探讨,"人性、阶级性"这个很容易与历史唯物主义攸息相关,并很容易陷于左倾教条主义的哲理问题,一下就变成了专业技术性很强的文艺心理学问题。受命写此文的柳某当然使尽浑身解数、遍查资料、绞尽脑汁,总算制作出了一篇洋洋一两万字的文章。此文一经《文学评论》发表,立即在全国的报纸杂志上引起了热烈的讨论,《文学评论》也连续发表了探讨的文章,一时间,百家争鸣,各种意见都有,有阶级论的,也有非阶级论的,即使是有阶级论倾向的文章,也都不能不对文艺创作与文艺阅读中的一些根本的规律做出比较深入的探讨,因为这毕竟是一个文艺心理学的学术讨论,各种意见都必须在学术上站得住脚,至少能够"言之成理""自圆其说"。这便是20世纪60年代初全国有名的那次"共鸣问题"大讨论,它的学术探讨性、百家争鸣性带来了一片热闹的、繁荣的学术景象,要算是新中国成立以后最为充分、最为纯粹、最符合文学艺术常态的一次文学论争了。原本令人恐慌畏惧的政治性批判风暴,发展演化为人们乐于参加的学术探讨,否定性的事演化为建设性的事,其关键,不能不说是何其芳那奇妙的一着、那创造性的一点拨。这里有真正学术领导者的素质、品格与水平,凡学术文化领导者皆能如此,何愁社会主义文化建设不昌盛?

其二,1962年,人民文学出版社出版了罗大冈先生所译的

名士风流：二十世纪中国两代西学名家群像（增订本）

《拉法格文学论文选》，这在当时可算是一件引人注意的大事。首先因为作者拉法格特别令人尊敬，他是马克思的女婿，法国早期无产阶级政治运动中的一位著名的活动家，法国工人党的奠基人，也是一位很有才能、很有业绩的马克思主义理论批评家，从19世纪后期直到20世纪，对欧洲国际共产主义都有重要的影响。其次，此书的译者罗大冈，是文学研究所的研究员，也是国内法语翻译界的权威人物，他的译作在学术文化界特别令人瞩目。第三，这个译本实际上是"马克思主义文艺理论丛书"中的一种，而这套丛书正是根据周扬的指示，由文学研究所、人民文学出版社、上海译文出版社联合创建的，收入了《马克思、恩格斯论文艺》、《普列哈诺夫论文艺》等这一类的经典文献。由于这些原因，当时此书的出版很是引起理论界的关注，的确要算当时主流文化中的一件大事。不过，问题在于，拉法格此书的观点论述偏激得出奇，即使是在20世纪60年代初那个"左倾"的年代里，也是"左"得很到家了。他所论的为数不多的几个法国作家，雨果、左拉、都德都遭到了他彻底的否定，在他笔下，雨果是唯利是图的资产者，都德是自私卑鄙、贪图女色的小人，左拉的良知、勇气与社会主义倾向，也都被一笔抹杀，而只是一个"精明的文学商人"。在他看来，不论是自然主义文学，还是浪漫主义文学，都是资产阶级的仆役。拉法格文学批评上的偏颇，其根本的毛病就是没有把作家当作作家来要求，没有把文学艺术当作特殊的意识形态，而采取了简单粗暴的阶级分析方法，正是19世纪后期无产阶级运动中狭隘的阶级政治路线在文学批评中的反映。然而,《拉法格文学论文选》出版之时,只有一片赞赏之声,而对以上这些明显的偏颇未加必要的分析与澄清,显然给当时嗜"左"的理论批评提供了"经典的"养汁。也许正是敏感到了这一点,何其芳要求他所主编的《文学评论》组织并公开发表一篇文章,对拉法格的文学批评进行"科学的分析一分为二的评价"。"科学分析""一分为二"在我们社会从来都是很含蓄、很小心翼翼的措辞,虽然不像"批评""指正""澄清"的分量那么重,但实际上也意味着"敬而远之""持一定保留""划清某种界线",如果涉及的对象原本是人们所尊重的、认可的、习以为常的。何其芳不仅提出了作文的题目与立场,而且也指名道姓地点了承当此任的"将",仍然是那个奉命写过论述共鸣论文章的青年人柳某。该文于1963年在何其芳主编的《文学评论》上公开发表,洋洋近两万言,算是一篇重点文章,正如何其芳所要求的那样,此文做到了一分为二,既对拉法格战斗的立场态度、独特的见地与论述、犀利的眼光、讽刺的才华表示了尊崇之意,讲了不少恭维话,也有相当大的篇幅分析与论述了拉法格的偏颇、过激与思想理论上的失误及其实质。应该说,这种对"早期马克思主义"持批评态度的文章在当时那个过"左"的时候,实为罕见,如果不说是绝无仅有的话,而它的产生与发表,如果没有何其芳,根本就是不可能的。

作为学者、作为诗人、作为文化大方家,何其芳显然有志

名士风流：二十世纪中国两代西学名家群像（增订本）

要在文化上有所作为、有所建树，至少是有志作些有建设性的、有文化积累意义的事情，但在那个"向左、向左、向左"的年代，在那个政治运动、思想文化批判接连不断的时代，他要实现这一个志愿殊为不易，他只能在夹缝中进行，以上两件事，也许正是他在夹缝中求生存、求发展的两个具体例子。其实，他那些年代的整个工作何尝不是力求在夹缝中求发展，在对文化根本有摧毁性、破坏性的境况中求建设、求建树的过程？每当这种那种政治运动一来，整个研究所、当然也包括他自己的正常研究工作全部停顿了下来，按照每次运动的程序与规矩，他首先必须发动群众来对他进行揭发，而后面对革命群众的揭发、批判、组织上的监督审查，必须一次两次三次地检讨自己的思想路线问题，必须承认自己重业务、轻政治、检讨自己有资产阶级的学术思想、有资产阶级组织路线……每次运动一来临，正常学术研究工作、正常文化建设工作所需要的秩序、规范、程式以及态度与方式，在研究所都要经历一次否定、一次摧残、一次破坏。只是在政治运动的风暴刮过去之后，一切才恢复正常，才逐渐恢复研究所的常态，何其芳又"依然如故"，按照"一切为科研工作服务"的方针办事，直奔一个根本的目的："出成果、出人才"。他在被损害的基地上又惨淡经营起来，执着而辛勤地为社会主义学术研究建设、为社会主义文化积累而添砖加瓦。这真有点像西绪弗斯，推石上山，到了山上，巨石滚下，他又得重新再把巨石推上去。如此"周而复始"，从20世纪50年代到60年代，他就这样在研究所的领导岗位上度过了十多年的西绪弗斯生涯！直到"文化大革命"把他打倒，现实生活再也没有给他"复出"的机会，而他的精力与身体也都被消耗、被磨损殆尽，竟死于六十多岁的壮年。

尽管何其芳居于研究所领导岗位的时间并不长久，而且是在充满钳制、干扰、约束的逆境中度过的，但在他的领导下，文学研究所成为"翰林院"里一块名副其实的"丰产田"，从这里产生出来的科研成果结实而丰硕：

三卷本《中国文学史》在某些方面至今仍是难以超越的学术巨著；王伯祥的《史记选》、钱钟书的《宋诗选》以及余冠英的《乐府诗选》都是古典文学整理、编选、校注的典范；收入"文学研究所专刊"中的何其芳、蔡仪等人的论文集在当时都是影响广泛的具有权威性的论著，也是中国理论批评史上重要的印记；研究所的"机关刊物"《文学研究集刊》与《文学评论》是当时最有建设性、最有看头的、最有文学积累意义的理论批评刊物，绝非"过眼烟云"，其中不少文章至今仍有学术参考的价值；《古典文艺理论译丛》是一个富有远见的学术创举，它亦成为一个高品位、高水平的学术刊物，为我国的外国文学理论的译介与世界文学批评史的研究打下了广泛而坚实的基础，大大开拓了文化界、学术界一两代人的理论视野与思维广度；《外国文学名著丛书》《外国文艺理论丛书》《马克思主义文艺理论丛书》这三套丛书的创办与建设，实为大气魄的系统文化工程，为我国以上三个方面建设起了巨型的文库，其重大的社会文化积累意义自不待言；此外，潘家洵译出了《易卜生戏剧全集》、卞之琳完成了《莎士比亚悲剧四种》的翻译，罗念生基本完成了《古希腊悲剧全集》《古希腊喜剧全集》，也都提供了可以传承的翻译力作……

所有这一切，虽然并非何其芳的一人所为，但无一不与他的领导与掌控有关，是他所创建的文学研究所学术文化的繁荣局面与景观，至今看来，我们简直不敢相信这一切是在一个运动频连、"人祸"不断的时代里取得的。后来，"文化大革命"结束之后，虽然社会大环境改善了不少，但在"翰林院"里何其芳后来的继承者却无一创建出像他这样充实、繁荣的学术局面与规模，这就愈加可见何其芳的可贵，愈加可见他在那个"向左、向左、向左"的时代，是如何执着地坚守着他内心对文化的理想与学术价值观，是如何有勇气摒拒着那种嗜"左"的氛围与时尚，是如何富有智慧地在空隙中求生存、求发展。

这株大树有浓荫

2006年夏，中国社会科学院推选出47名学部委员、95名荣誉学部委员，8月3日，隆重举行了学部的成立大会。此事引起社会广泛关注，被视为中国学术界的一件大事，被通俗解读为中国社会科学院院士制的产生、院士们的选出。

正像任何一个社会事件一样，此事也引起了广泛的议论与评说，院内的、院外的、内地的、港台的、口头的、网上的、见报的、未见报的都有。我虽深居少出，落进耳根的，亦着实不少。评论不外两大类，肃然起敬的固然也有一些，但微词损语似乎不少。普遍的微词是认为官本位制的印记太明显，两份名单中的官员、学术活动家、学术行政家太多，而真正有学术业绩的、有学术名望的"纯学者"则嫌少，特别是学部委员的名单中更是如此。本应是一桌清雅品自高的纯学术素席，却被官本位制浓烈的味素搅得变了味，实在是大煞风景，大倒胃口的事，特别使得那些平生仅以书斋为安身立命之本、些许声望全靠爬格子爬出来的纯粹学人列席于这种筵席之上倒颇感不自在了。不过，话说回来，即使是最不客气的损评，也承认这两份名单中，有不少业绩显著、社会影响广泛的学者，特别是在荣誉学部委员的名单中更多。

"翰林院"毕竟还是"翰林院"。饮水不忘掘井人。而如果就文学学科而言，那么人们不难注意到，名单中之所以拥有如此多社会所公认的著名学者，实与多年前的何其芳有关，因为这一批已届古稀，大至同龄的学者，当年几乎全是何其芳所着力培养的青年"科研骨干"、所青睐选拔出来的"苗子"。

在何其芳的业绩中，大力培养科研人员、学术人才是很重要的一个部分，显然，他很清楚充实优质的人才储备，是"翰林院"存活、昌盛的首要条件。为此，他坚定不移地在研究所里执行"出成果、出人才"的方针路线，而且是出于公心，出于对学术发展的热情不辞辛劳地去做，亲历亲为地去浇灌、培育。

首先,他尽可能地为研究人员,也包括青年研究人员保证宽松的研究条件。在文学研究所,一直存在允许青年研究人员"在家上班"这样一个不成文的"习惯",这是根据人文学科学术研究工作的特点而采取的一种"通融""照顾"。当然对此不以为然的人、看不惯的人是不少的,特别是那些自己必须"在办公室待八小时"的人士,以维护社会主义劳动纪律为己任的人士,对此更是愤愤然,每当运动一来,便义正词严地斥之为"资产阶级学术路线""修正主义组织路线"而大加批判,其罪责当然要一所之长来承担,何其芳当然是要做检讨的。但运动一过,研究所的学术工作又逐渐回归常态,青年研究人员"在家上班"的惯习也悄然恢复,说实话,这种恢复没有何其芳的"睁一只眼闭一只眼"是不可能的。不过,不要以为文学研究所是一个"资产阶级自由化"的天地,何其芳有宽松的一面,更有严格监督的一面。众所周知,在20世纪五六十年代,文学研究所考核提升的标准是很严格的,对研究人员调换、淘汰的比例是相当高的。在何其芳这里,凭年头迁升是行不通的,一个大学毕业走上岗位的青年研究人员,如果在学术业务上没有出色的(非一般的)成绩,就根本不可能得到第一步提升,成绩优良的一般也需要五六年才能由实习研究员(大学中的助教级)提升为助理研究员(大学中的讲师级)。我进入文学研究所后,就眼见有不少师兄师姐已经在最低的学术等级上待了六七年还没有挪动一次,而来所已经多年,且勤奋有加、仅因业绩平平而被调离研究所者亦大有人在。在我的记忆中,远不止三五人而已，用今天的话来说，这大概就叫"竞争机制"。正是在这种宽严并济的政策下，研究所的青年研究人员之中，倒是充满了勤奋上进、刻苦治学的风气。在我的记忆中，"挑灯夜读、凌晨就寝"已成为我辈普遍的习惯，更不知节假日游山玩水为何物也，说实话，远不如当今的学子学人活得潇洒有风度，不过，从当年"何记研究所"那种苦读氛围里，日后不窜出几个"货真价实"的荣誉学部委员才怪哩。

在学术权威、资深人士高度密集的单位里，学术等级的压力不免要大一些，青年人的成长发展自有不利的一面，事实上，对青年人"乐观其败"，甚至使用关、卡、压手段的学霸式人物也不是没有。这不是一个认识看法的问题，而是一个从学术发展出发还是从一己私利出发的问题。非常幸运的是，研究所有何其芳这样的最高指挥官，他作为"指挥官"，对学界的状态与全局了如指掌，他深知该干什么事，该出什么"兵"，该怎么出"兵"，由此，他产生意图、构设方案、拟出题目，然后直接下达命令，大胆启用"小将"，最后，既完成了"攻占学术阵地"的预定计划，又使"小将"受到战斗的洗礼与锻炼，如此操作，长年累月，学术新秀、理论人才就从中脱颖而出了。这就是他的"出成果、出人才"。

就我个人而言，他就曾经三次点我为"将"，给了我命题作文。一次是正面阐述文艺阅读中的"共鸣"现象，一次是科学评价拉法格的文学批评，一次是介绍与评价非洲的诗歌创作。这三次出题,都利用了我是学外文出身的这一条件,每一次我都认认真真下了些功夫,写出了还算"言之有物"、有些分量的文章,在他所主编的高档次刊物《文学评论》上发表了,都颇有些影响。特别是在共鸣问题上,它使我不得不深入文艺心理学做了研究,又引发我在共鸣问题大争论中写出了一系列其他的文章,也算是我早年学术理论工作中的一件大事。当然何其芳在文学所对中国古典文学部门的青年研究人员更多、更经常地做具体的指引,因为古代文学研究室是他的"试验田",是他的"驻地",他本人就是该室的一个成员。文学所这一片里之所以有更多的青年学者脱颖而出、在当时国内各种学术讨论中表现出类拔萃,不能不说与何其芳的直接关怀、直接指导有关,这些青年学者日后都成为中国古典文学研究领域中的权威名家,胡念贻、曹道衡、陈毓罴、刘世德、邓绍基,这些都是学界所熟知的名字。何其芳对他们不仅是关怀、指引而已,他还经常在百忙中,支付自己宝贵的时间,审阅、修改青年人的文章,甚至进行讲解,对此,他们之中不止一人都曾有文记述怀念。

  正因为何其芳如此亲历亲为,领军进取开拓,也就能够对自己的部下的状态、素质、战绩了如指掌,因此,在文学研究所里,职务的任免、职称的审定等复杂问题变得十分简单。那时,并没有学术委员会民主评议、投票表决的制度,全靠所长点将说了算。何其芳真有点神,他提名任命与提升的名单个个都准,无一不是公认的,无一是有异议、是令人不服的,倒是

这株大树有浓荫

后来若干年,"翰林院"虽然建立了完整的民主评议制度,每年在职称评议上都花费了相当多的人力与时间,但没有一次不是争论不休,是非不断,事后余波久久不能平息的。这倒不是说后来的民主制不如何氏"开明君主"的一言堂,而是因为这位"开明君主"的确有过人之处,有值得人们深思总结的地方。

1964年,文学研究所原来几个搞外国文学的研究室分离出来,另组成了外国文学研究所,由冯至任所长。不到一年后,我也就从文学所正式调到了外国文学所,从此,就不再是何其芳的部属了。从大学毕业起到此,我在他麾下一共干了七年。

我离开他帐下的时候,行囊里背着已经发表的学术论文、文学评论、随笔短文约三十来篇,外国文艺理论与外国小说译作十来篇,还有一部已基本竣工的译稿《雨果论文选》,头上则已经戴着一顶"助理研究员"的小帽。这顶小帽标明我已经在学术阶梯上爬了一级,算是有了中级职称。这在三四十岁的教授多如牛毛、博导满街走的"而今现在眼目下",实在是不屑一顾的小帽,但在何其芳的手下,它可来之不易,我花了五年的时间才得到了它,而在我的同辈中,我还是花时间最少就得到的,也就是说,在被何其芳指名提升的那一批青年学者中,我是最年轻的一个。如果说这种情况说明何其芳对我在他麾下的工作还算满意、至少还算认可的话,那么我首先应该感谢他在我入所时对我做的那一番语重心长的谈话。我按他的要求没有浮躁,而是安于本职的编辑翻译工作,用心向打交道的每一个对象（他们都是学者专家）学习，努力把每一件事尽可能做好、做到位，这样，我倒是在短短两年后，从编辑部就正式调到了研究岗位上，后来才有根据何其芳出的题目遵命作文的事情。不言而喻，这种事就是机遇，俗话说得好，机遇是给有准备的人的，根据我的经验，我还想补充一句，机遇是给刻苦努力的人的，我之写出有影响的论文，也是自己珍惜机遇、"玩命"的结果，而这也是多次听何其芳讲说学术研究，对这种工作的艰难性有所认识所致。

其实，我接受了何其芳的影响，真正有所贯彻、有所实践，倒是在我离开了何其芳麾下，甚至是在何其芳1977年去世以后。在文学研究所时，何其芳作为党政"双肩挑的第一把手"，每当政治运动、"路线学习"来临时，他总有责任做"动员报告""运动总结"之类的讲话。说老实话，我一直觉得他身上存在着诗人、学者与"党员政治家"的矛盾，他在上述那些政治报告中总免不了要检讨自己"重业务""没有突出无产阶级政治"，等等，也总免不了要谈些科研工作、学术工作的话题。在我看来，他的"政治报告"中最动听的恰巧就是这一部分，因为，这里有他自己的经验、真知灼见与感受体验，其中，"学术研究工作就是提出问题与解决问题"，就是经常出现的一个题旨。在这个问题上，我倒的确称得上是他的弟子。我信从这一学理，当条件允许时，我也力求身体力行，予以实践，而且多少也做出了几件广为人知的"大事"：20世纪60年代提出"共鸣问题"大概可算是其一；最大的一件则要算是1978年对长期统治外国文学领域的"日丹诺夫论断"揭竿而起、进行系统的批判；此外，就是同一时期重新评价萨特及存在主义以及后来针对恩格斯有关论述对左拉与自然主义进行重新评价，等等。这些事之所以称为"大事"，是因它们都有全国性的文化学术影响，并已经被时间与历史证明了它们是有道理的，起了积极作用的。

在我的心目中，何其芳是按照学术的方式，而不是完全按照行政管理的方式来领导学术研究的典范的，我过去多次宣称的"学术领导就是发言权"一语，其实就主要是以他为"样板"总结出来的。窃以为这种方式是最能使学术文化界心悦诚服的方式。在学术文化上何以"天下归心"？此为道也。我自己虽不能与何氏同日而语，但也深知效仿的重要，在这一点上即使是"东施效颦"，也能使自己长那么几毫米，因为我自己毕竟在一个研究室里、在一个分支学科的学会里，当过十年的头头，要拥有发言权，这种境界虽然不容易达到，至少也是我应该努力去做的。

先入为主。青年时期的印象与情绪很容易深深扎根于内心之中，长久难以动摇，并由此逐渐固化为价值标准与衡量尺度，以何氏度量衡标准要求自己，多少可达到"取法乎上，则得乎中"的作用，使自己受益，但以它来面对、来要求他后来的人与事，特别是后来那些继任者，似乎不免有"以古非今"之嫌了，即使是这篇怀念何氏的拙文，是否也会给人"何朝遗老"的印象呢？

何其芳留下《何其芳文集》六卷，他的精神遗产显然不止这些，也存在于文字之外，凝现在他的存在状态、为人风格之中。所有这一切，都值得后人总结、借鉴，不仅对于治学者如此，而且对于为政者更是如此，特别是在仕途上熙熙攘攘、此类从业人员甚众、大有压过治学者的今天。因为何其芳毕竟也是一个官。

不过，最后还剩下一个问题值得深思：在内心深处，何其芳究竟是个怎样的人？毫无疑问，他是个大写的人，但他是什么基调的大写人？是什么素质、什么底色的大写人？

在他的生命中，有两件事颇引起我的注意。一是，新中国成立进城后，他作为老干部、老战士既没有选择去当意识形态领导部门的部长、副部长，也没有去监管与指导现当代文学的创作与发展，而是选择了中国古典文学这样一个领域去写文学史。二是，"文化大革命"后，到了晚年，他并没有试图回到党的文艺战线上、思想阵地上去，也不再试图去写他早就想完成的一部以土地改革为题材的长篇小说，而是潜心研习德文，翻译德国诗人海涅、维尔特的诗歌。毋庸讳言，这两件事都带有一定的转退性、归隐性，虽然不能说就是何其芳的"归去来辞"，至少透露出何其芳内心世界里的某种状态、某种倾向、某种意愿。

但在何其芳的灵魂深处，究竟什么才是他最感亲切的、他最为向往的、他最为珍视的？什么才是他灵魂深处的香格里拉、灵魂中的圣地与净土？他究竟是个什么基调、什么素质、什么底色、什么性子的大写人?

  对此,一般人恐怕都是难以洞悉的,更不是我这样一个从远处观看、思考着他的人所能说清楚的。不过,我想,他那一手非常秀美清丽的字迹,也许能给我们透露出若干讯息与启示,毕竟这是他身上一种最恒久不变的东西,与他的心灵、与他的神经息息相关的东西……

2007 年 9 月 22 日完稿

辞别伯乐而未归

纪念与思考蔡仪

负伯乐而未归

近几年，由于各种各样的缘由，我写了一些回忆与思考我的师辈的文章，这可以说形成了我文字生涯中一种怀旧的倾向，虽每篇的缘由各不相同，但都有一个自己也无法否认的自然情势：我自己老了，似乎有一种唠叨旧人旧事的需要。好在这些对象，都是文化学术界的名师大家，一直为读者所关注、所敬仰，而追忆者，也要算这个领域里"混得面熟"的一人，人们自有兴趣听听此人究竟说道些什么，因此，拙文倒还有不少人愿看，甚至有佳评，这样，我也就一篇一篇地写了下来，至今已有将近二十篇了，其中十来篇已集束为《"翰林院"内外》一书。

既然写，总得言之有物。为此，我力求在这些追述中对历史时代、氛围、境况尽可能有切实的触及，对人物对象的特点、

辞别伯乐而未归

精神、人品、性格有独特的观察与深切的感受，并尽可能捕捉一些生动具体的记忆，而就追述者本人的真实感情而言，则力求坦诚地道出自己的缅怀、感念以至谢恩之情，既然我所写的对象都是我的师长，而且无一不是"好人"，无一不曾施惠于我，无一不曾有助我在漫漫长道上的踽踽前行。如果从这个角度来讲的话，那么，我最应该缅怀的，则是蔡仪，因为他作为我的师长，的确是我的"伯乐"，虽然我还算不上是什么超凡的"千里马"。然而，直到现在下笔的这个字为止，我还没有正式追述过他、缅怀过他，其原因说也费解，恰巧是由于我对他的内疚：我有负他的栽培，我告辞了自己的"伯乐"而终究没有回归他的麾下。

这先得从我得以入文学研究所工作一事讲起。我于 1957 年从北大西方语言文学系毕业。那个时代的毕业生都由组织上统一分配工作，其运作方式大致是校方的推荐与用人单位的挑选相结合。后来听说，我的材料被送到文学研究所后，先是被所里的一位权威人士断然否定了，后来却有幸被蔡仪选中，收入了他麾下的《古典文艺理论译丛》编辑部。其原因大概是由于两者选人的角度与需要不同，而这似乎又与我大学四年的学习成绩有关。我并不属于班上几个名列前茅的"优等生"，在听与说的能力上，我的成绩只是"良好"，不够"优秀"，比起好几个耳朵灵敏、反应快捷的"尖子"来，只能说是"中等"。但在阅读理解与笔译能力上似并不低差于人，而在文史课目上，在

名士风流：二十世纪中国两代西学名家群像（增订本）

分析综合、理论概括的能力上，则要算是本年级中成绩优秀、表现突出的一人。实事求是地说，成绩单说明我不是外事交流、宣讲教学之类工作的好材料，但确实还算得上是适于科研学术工作的一粒"良种"。我想，蔡仪很可能就是根据研究所特定工种的需要而录取了我，因此，我之所以能够进入学术文化领域、得以在这个天地里还算令人信服地印证与发挥了自己的潜质，首先就应该感谢蔡仪这位"伯乐"。知马能跑者并非"伯乐"，知何种马能跑何种路者，方为"伯乐"也。

对于我来说，蔡仪不仅是一般意义上的"好领导"，简直就是个"慈祥的领导"，在他麾下工作的六七年中，我得到了他诸多的关怀、器重与栽培。我的正式工作是做《古典文艺理论译丛》的编辑与翻译，这对北大西语系的毕业生来说，是一个很理想的、"专业对口"的职位，根据蔡仪关于编辑部分工的安排，我主要负责英、德、法、意等西方诸国有关译稿的联系事务与一部分编务，基本上是独当一面，可谓担当了重任。这既是蔡仪的信任与重用，也与编辑部的境况有关。这个小单位只有三个人，其他两人都是专搞俄文的革命老大姐，一个来自延安，很有身份，另一个正准备休产假，而俄文方面的选题与联系事务相对也少一些，因此，好些工作，特别是跑腿联系的事情自然落在唯一一个学西方语言的小伙子头上。其实，这是一个很好很好的锻炼与机遇，因为这个刊物的编委与译者基本上都是集中在北大的著名的学者与专家，这小青年骑着一辆自行车，来往于未名湖畔，出入这些西学名家门下，实在是一件既得益、又得意的事情，仅从这些专家学者的接待谈话中拾些牙慧，也就够咀嚼一阵子了。

在当时的文学研究所，除了一些研究室外，还设有不止一个编辑部与资料室。青年人之中，存在着重研究工作而轻编辑工作、资料工作的倾向，似乎定编在研究级别中就要比属于其他编制高人一等，我在进文学所的第一天，何其芳在接见的谈话中，就曾告诫我不要有这种误识。不过，说实话，我当时并无这种误识，我对自己的编辑工作岗位很是满意，何况，我也根本没有必要产生这种"低人一等"的顾虑，因为我的编制一开始就被蔡仪划入了他作为领导人的文艺理论研究室，正式的职称从一开始就是研究人员而不是编辑人员，只不过我是担承着编辑工作的青年研究人员而已，而蔡仪一开始也要求我制订出自己的进修计划，并规定了我的专业方向：西方文艺批评史。事情很清楚，从最初起，这个青年人就幸运地被正式列为研究人员的编制，这正是蔡仪建设与发展他的文艺理论研究室计划的一部分，只是先把这年轻人放在编辑翻译工作中历练一番而已。要培养一个西方文艺批评史的学术人才，还有什么比《古典文艺理论译丛》更好、更有效的入口呢？事实上，我日后的工作调动与"提升"，都是在研究编制之内进行的，而没有涉及研究所内从一种工种转化为另一种工种这个老大难的困难。

对于人文学术研究工作来说，写作实践本来就是一件天经地义的事，追求发表也是人文工作者的一种自然而合理的本能，

名士风流：二十世纪中国两代西学名家群像（增订本）

但从20世纪50年代起，一直到改革开放前，写作与追求发表在知识分子成堆的地方经常被认为是资产阶级名利思想的表现。在当时的文学研究所，一批以维护道德秩序为己任的"左"派人士、革命老大姐、马列主义老太太一到运动来了，就个个生龙活虎，发挥出了特有的能量，斗争锋芒直指"资产阶级名利思想"的种种表现以及庇护这种思想的"资产阶级反动路线"。我自己从来都不"红"，至多不过有点"粉红"罢了，坦率地说，从大学时代起，我就有写作发表欲而且强烈得达到了不正常的程度，分配到文学研究所后，我当然知道兢兢业业做人做事，把尾巴藏起来的必要。即使我小心翼翼、"韬光养晦"，却被一位革命老大姐的火眼金睛看出了毛病，在我下放锻炼前必须带去的一份思想鉴定中，她给我写上了"该同志的个人主义思想严重，希望所在组织严格要求"的语句，幸亏所里负责政治工作的领导同志作风特别民主，把那份背靠背的鉴定给我过目，我才知道那位平日满脸和气的革命老大姐原来有这么一双凌厉的眼睛，竟从我的清静无为中看出了如此重大的问题。如果我头上只有这么一个革命老大姐顶头上司，以我惯于服从的性格，我作为一个青年研究人员的业务肯定会被压抑得逐渐窒息泯灭，幸运的是，在这位老大姐的头顶上，还有一位蔡仪，对青年人诸多关怀、诸多鼓励的蔡仪，通情达理而又说话有权威、能拍板定案的蔡仪，这个小青年的业务工作才真正有了一个坚实的"后台"，才有了一把真正可以遮风挡雨的"大红伞"。蔡仪不仅规定了这个小青年的专业进修方向与计划，而且鼓励

辞别伯乐而未归

他多多进行写作实践与翻译实践，正是在他的安排下，我的第一篇带点学术性的文章得以问世与发表。

那是在我走上编辑工作岗位仅半年的时候，正值《古典文艺理论译丛》1958年第二辑出版问世，这一辑集中译介了西欧18世纪的美学理论，主要有狄德罗的《美的根源及性质的研究》与《论戏剧艺术》、康德的《美的分析论》、黑格尔的《论美为理念，即理性与感性的统一》以及菲尔丁的《关于现实主义创作的理论》等在美学史、文艺批评史上赫赫有名的理论名篇。这一辑以其厚重的分量立即引起学术理论界的关注与重视，《人民日报》直接与蔡仪联系，希望他提供一篇对该辑的评介文章，容许的篇幅不少于四千字。蔡仪没有把任务交给我的两位革命老大姐，而是交给了我。这文章不好写，要把这一辑中理论名篇的价值与意义写出来、写准确，你至少得研读得比较深透。我总算交了卷，文章很快就发表在《人民日报》理论版较显著的位置上。稿费也很快就到手了，天下第一家党报毕竟气派大，付酬标准相当高，足比我两个月的工资还多。我揣着这笔丰厚的额外收入走进中关村新开的一家高级西式饮食店，在一个清雅的角落要了一杯牛奶、两块美味的点心，算是对自己的犒赏。这是我生平第一次喝到的一杯奶，点心也特别甜美，总共只花了不到一元钱，我走出这个饮食店时，心满意足，觉得自己真是"幸福的人"……对这件事，我一直保持着一份美好的记忆，要知道，一个穷小子二十四五岁上生平的第一杯牛奶绝非"小事"，其来龙去脉、与之相关的人与事，他是不会淡忘、不会"忘恩"

名士风流：二十世纪中国两代西学名家群像（增订本）

的……

至于搞翻译，文学研究所从来就有这么一条不成文的规矩，只有理论翻译方可列为正式的"科研成果"，在评职称时才能作为业务成绩计，而作品翻译均不算数，只被当作个人的"业余爱好"，这个规矩后来又被外国文学研究所沿用、尊奉。我身在《古典文艺理论译丛》的编辑岗位上，蔡仪所允许并鼓励的翻译实践当然只限于古典文艺理论的翻译，他深知此类名篇巨制的读解之难与移译之难，故要求译文必须忠实准确、精益求精。正是在他的允许与鼓励下，我翻译了不少古典文学理论名篇，如费纳龙的《致法兰西学院书》、莫泊桑的《论小说》、斯达尔夫人的《论莎士比亚悲剧》、达文的《〈人间悲剧、哲学研究〉导言》、左拉的《论小说》、雨果的《论莎士比亚的天才》等，并且都在《古典文艺理论译丛》上发表了，当然，这些译文都是按蔡仪的规定、经由该刊专家编委严格的审校后才获准发表的。不论怎样，这成为我最初的学术平台，在这里，我最初得以在理论文化界"混了个脸熟"。也正是在蔡仪麾下的几年中，我还完成了以理论名篇《〈克伦威尔〉序》为重要内容的一部译稿《雨果文学论文选》，算是我进修西方文艺批评史的答卷之一，只不过这部译稿被一位霸气十足的权威人士压了两年后又遇"十年浩劫"的阻隔，直到1980年才被列入著名的"外国文艺理论名著丛书"得以出版。

我在编辑工作岗位其实待的时间并不长，大概不到两年，

辞别伯乐而未归

就完全从编辑事务工作中解脱出来,我那一摊子事务被新调去的一位同志接手,而我则作为正式的研究人员参加了蔡仪为主任的文艺理论室的研究工作,这在人们看来,我在工种上的意义上被提升了一级,得到了蔡仪的器重。

到了1961年,高等院校文科教材编写工作,在周扬的领导下全面展开,蔡仪被任命为《文艺概论》编写组的组长,由他组建班子进行编写的这一部重点教材,其任务的重要性显然超出了文学研究所的范围。文科教材的编写工作集中在北京西郊的中央高级党校进行,蔡仪把他属下的文艺理论研究室中的"主力部队"拉了过去,再加上从几个重点院校中文系调来的一些讲授文艺学概论的资深教师,来共同完成周扬紧盯着的这个任务。我有幸被他选中,参加了这个编写组,并独力承当了一个专章的撰写任务,如果我没有理解错的话,这又是一次信任与器重的证明。

不仅如此,而且在编写组正式运作之后,蔡仪又交给了我一个额外的重要的任务,那便是每周写一份编写组的正式工作简报,向上级汇报编写工作的进展,特别是编写组对于大至每个理论问题、小至每个定义概念的讨论情况与各种意见,这实际上就是承当编写组的学术秘书工作。这一定期的汇报与其说是上报给文科教材办公室的,不如说是直接给周扬看的,要知道,蔡仪统领的文艺学编写组与王朝闻统领的美学编写组正是周扬管辖下的两大重镇,因为这两门学科与周扬本人作为文艺批评权威的身份与理论活动太休戚相关了。至于文艺学概论编

名士风流：二十世纪中国两代西学名家群像（增订本）

写中的意识形态内容与政策性干系，当然更不在话下。因此，对于被领导的编写组与领导编写组的上级来说，这份定期的简报既具有明显的重要性，也具有微妙的敏感性，至少蔡仪本人是十分重视的，我每写成一期，他都要仔细审阅、反复斟酌、精心修改。问题在于我对这份工作很不在意，掉以轻心，我只对自己那块自留地西方批评史专业与理论翻译上心，而对修炼这种秘书功夫毫无劲头，我那时对秘书这个行当在我们社会现实的重要性与前程无量的可能性虽略有所知，但实在不感兴趣，我一贯心无大志，只对自己的专业方向在意，唯恐秘书工作耽误了我自己搞翻译写文章的时间，做得也就不那么"精益求精"了，只要求自己达到"大概齐"的水平。

蔡仪对我显然感到了失望，于是，在我担任此职仅三四个星期后，就走马换将了。接替我的那位同志有志于学术界中的仕途，而且于学术政治之道的悟性与能力也堪称人才难得，他做得很获蔡仪满意，由此，他成为蔡仪在编写组的重要助手，后来又经过他多年的努力，最终果然修成"大器"，在学术文化界官至极品高位。

那次"免职"后，我不仅没有失落感，反而有点庆幸得到了解脱。"人各有志，人各得其所"，我仍沿着自己的轨道自得其乐，不过我很清楚，我的确是有负于蔡仪的信赖，使他感到了失望，而且，我心里也很清楚，他对我更大的失望也许还在后头，因为我一直是"身在曹营心在汉"，我一直存在着调离蔡仪的文艺理论研究室而他去的"小算盘"。

辞别伯乐而未归

在蔡仪的麾下，我没有任何可以抱怨不满的地方，我一直得到他的器重与栽培，不仅在学术业务上，甚至我的个人生活也曾得他的亲切关怀，连感念他的知遇之恩我还来不及呢！哪里有不满可言？我之所以一直"身在曹营心在汉"，存在着"跳槽"的"反骨"，实在是出于学理认识与专业志趣的原因。

我们生活在一个理论居于强势地位的时代，现实生活中，理论所拥有的巨大能量、尊贵地位以及某些时候玉石皆焚、寸草不生的作用，在我身上造成了复杂而矛盾的感情倾向，既尊崇向往，又疏离反感。作为文艺理论研究室的培养对象，我的事业心与虚荣心都使我向往理论家举足轻重的学术地位与挥斥方遒的风光无限，因此，我也按照那个时代"脱颖而出"的常见方式，接受上级任务或接受报刊约稿，写过两三篇批判文章，但几乎每次我都觉得自己在装腔作势，颇感不自然，甚至对批判对象有某种愧疚感，我实在不愿意长此以往，更害怕长此以往。我想，如果像我所见到的某些权威人士那样，依仗意识形态的权势，靠编列教条、堆砌概念，重复官话、套话来建立理论批评家的名声，那是经不起时间的检验的，有一天必将彻底垮台。而在我的心目中，一个正经的文艺理论批评家，就应该对文艺理论有正面的、系统的阐释，对美学哲理有成体系的建构，对此，我倒很是心仪、很是向往。我相信蔡就是按这个方向来培养我等青年学者的，我深知他的好意与苦心，为此，我一直深深地感谢他。但是，以我肤浅的理解与有限的学力而言，我又深知，要真正成为一个优秀的理论人才，一个堪称"大家"

的学者，光靠熟读了马克思主义、辩证唯物主义与历史唯物主义的经典著作是远远不行的，光凭有出色的思辨能力，有起承转合的作文本领也是不够的，必须有深厚的文史功底。

按我的想法，一个理论家至少应该对某几个作家，对某几个断代文学史有比较深的研究，对某一个国别文学称得上是真正的行家，他才不会有"空头理论家"常有的那种空论、那种缺乏史实依据、似是而非的夸夸其谈，根据这些理解，我规划出自己如此的学术道路：最好先对国别文学去潜心研究一二十年，然后再回过头去做理论的总结阐发、体系的完善构设，那样或许能成为令人信服的文艺理论大师。当然，我最理想的国别文学研究就是法国文学研究，因为这个国家几乎就是世界所有的文艺思潮、众多的文学流派的摇篮与发源地，而这正是我在大学里所学的专业。因此，在蔡仪手下几年，我一直存在着"归队""搞老本行"的意图与计划，具体来说，我一直存在着调离文艺理论研究室而转入西方文学研究室的小算盘，这便是我的"身在曹营心在汉"的真实心态。

当然，志趣与爱好是更为基本的原因，我毕竟是西语系法国语言文学专业的毕业生，读得最多、感受得最多、也最为喜爱的是法国以至欧美的经典文化，而20世纪五六十年代闭关锁国的现实条件反而更刺激了对这种文化的向往与饥渴。当时，我有一种与此有关的情态，现在说来颇为可笑，但确反映出以上这种因缺失而感到的饥渴，从而又经常拨动着我心里想要

"跳槽"的那个小算盘，从蔡仪的文艺理论研究室跳槽到卞之琳的西方文学研究室的"小算盘"。

实事求是地说，在获准接触外国文化方面，当时的文学研究所多少还是得了若干优待的，例如，每年都有相当的外汇可以订阅国外的书籍与报刊，加以有钱钟书、李健吾这两位对外国文化十分精通的大热心人主持研究所的图书资料工作，国外的报纸杂志与新问世的文学作品，我们还是可以读到不少的，这成为我们瞭望外部世界文化的一个相当大的窗口。但有一个明显的遗憾，20世纪五六十年代正是欧美影视戏剧大发展的时期，不断有名作佳制风靡一时，而我们对所有这些却只闻其名而不可能有所见识，国内公开放映的只有《列宁在十月》《保卫斯大林格勒》等这些苏式的经典。不过，中国影协有一个电影资料馆，经常在内部放映一些欧美电影名片，"供文艺界领导参考"，颇像早期的《参考消息》只有一定级别的人才能看到，每逢这种"内部观摩放映"，总会有赠票送给文学研究所的西方文学研究室的高级研究人员，后来又扩大赠票的范围，不再计对象的职称高低，但最后还有一条底线，那便只限于正式从事西方文学研究的研究人员，从事其他文学研究的人均不在赠票之列。于是，在文学研究所，就出现了一个观摩当代西方影视名片的"特权阶层"，而这个阶层只限于"西方文学研究室"这一个小单位，我身在"文艺理论研究室"当然不在此列。但恰巧那个时期我对电影艺术偏偏特感兴趣，甚至有点痴迷，自己还不时在报刊上发表对外国电影的评论文章。被拒在我所心仪的"内部观摩"场之外,其饥渴难耐,就像小时候因为没有钱进不了电影院那样痛苦,不,比这更甚,就像于哥利诺被关于饥饿之塔中眼见塔外相隔咫尺有一桌盛宴而不可得那样痛苦,于是,每当我看到公共信箱里有影协给本所观摩者寄来的赠票,就成为我备受煎熬的日子。

我经常仰望着西方文学研究室的那个"特权阶层",不胜艳羡,同时又强烈感受着"身在曹营"的强烈遗憾,这种遗憾不时拨动着心中那个"跳槽"的小算盘,愈到后来,愈发急切。事情就这么可笑,就这么有点"没有出息"……

尽管我"跳槽"心切,但我一直不敢也不好意思开口,我心里觉得,面对着栽培与器重我的"伯乐"提出这种要求,简直就是辜负与不义,好几次下定决心去开口,又临时自觉或不自觉找了个借口逃脱下来。直到1964年,外国文学研究所成立,或者说,原来属于文学所的几个外国文学研究室分离出来另组成了外国文学研究所,我才鼓勇气、硬着头皮,向蔡仪提出了调离文艺理论室的要求,因为我如果不趁这个分所的大好时机分配到"西方文学研究室"去,以后恐怕就不会有"回队""归汉"的机会了。

我虽深知蔡仪说话行事都极有涵养,但我预想我这次辞别谈话,一定会出现某种尴尬与不快,为此,我以"小人之心"做了最坏的准备,并下了据理力争的决心,事情却大出乎我的意料。首先,我一上来面对着他的和气亲切就心虚怯场,事先准备好的一套说辞,都忘得一干二净,当然,有的"小算盘"就更摆不到桌面上来了,我只是吞吞吐吐说,我想要在文艺理论方面真正有所作为之前,先集中在国别文学史上下些功夫,因此,我想在分所之际分配到西方文学研究室去。说着的时候,我小心翼翼对理论研究不要有任何不敬、任何轻忽,更不轻言自己将来要告别理论研究,倒是表示自谦说自己不是好的理论人才,需要在国别史上多做些积累,以求将来做理论概括时更扎实稳当,等等。言下之意,似乎自己不过是要暂时到外单位去进修进修国别文学史,以便将来回到蔡先生的理论阵营更好地服役……蔡仪严肃而专注地听着我这一派并非完全真诚的说辞,仅仅略为沉默了几秒钟就表态了,他短短的几句话,平和而淡然,大意是,国别文学史在哪个研究所都可以搞,既然我有去外国文学所的意愿,那就去办手续好了。我没有想到他如此简短,如此痛快,如此淡然……没有不悦,也没有挽留,我不敢说这里是否有失望与寒心,但我感觉到了一种坚硬的矜持,一种尊严的矜持。真是"天要下雨,娘要嫁人",还有什么可说的呢?说了还有什么用处呢?

也许因为蔡仪和我都是湖南人,而在文学所,湖南同乡是很少的,所以,我辞别文艺理论室后,和他仍维持着良好的关系。我感念六年来他与何其芳对我的培养,使我并非"两手空空"去到外国文学所,而一去也就得到了独当一面的重用。我至少是个有感恩情结的人,因此,每当逢年过节的时候,我尽可能去给他拜拜年,在他建国门外宿舍公寓的静雅书房里小坐片刻,我问候问候他的身体,对他的理论体系建构表示敬意,他则告诉我他工作之余在门口种了些不同季节的植物与蔬菜,当然也对我在新工作环境中的进展表示高兴,我感到了他一如既往的关怀。1979年7月的一天,他托人带口信要我去他家一趟。这是绝无仅有的一次"召见"。原来,他作为中国社会科学院学术代表团的成员,刚从法国访问回

蔡仪访法归来后赠送给作者的礼物:
《狄德罗美学论文集》

来,他跟我谈了谈访法的情况,对卢浮宫更是赞不绝口,他要我去一趟,为的是要送我一本法文书《狄德罗美学论文集》,那是著名的迦尔尼叶古典丛书版,集中了狄德罗全部关于美、关于戏剧艺术以及美术绘画的论文,并有著名学者保尔·维尔叶的长序与注释,是很有保存价值的一个版本。法国学术机构送给他,他本可以自己珍藏,却转赠给了我,他说,你是搞法国文学的,对你会更有用。

大概是从20世纪80年代初起,我就没有再去定期拜访蔡仪了。原因很简单,从1980年开始,我因为《给萨特以历史地

位》一文与《萨特研究》一书，起初被侧目而视，而后就在全国成为"清污"的对象。我深知蔡仪是一位传统性很强的马克思主义理论家，我有"公案"在身，一贯谦和平易的他，虽然不至于闭门不见或将我轰出门外，但相见尴尬，无话可说是意料之中的事，在这种情势下，我当然应该有回避的自觉。这样过了两三年，虽然雨过天晴，萨特哲理在改革开放的中国也开始大行其道，我原来的"干系"也变成了一件"可圈可点"的学术行为，我却再也没有去看望过蔡仪，一是因为我"愈走愈远"，从萨特又到重新评价意识流、现代主义、后现代主义、荒诞派以及20世纪新现实主义、为自然主义翻案正名等，我深知自己的所作所为肯定不对老派理论家的胃口，二是因为中国的80年代毕竟是一个多事之秋……我真正成为一个"过河卒子"，但往前推，再也没有回头。

离开蔡仪后，我在国别文学研究的道路上"愈陷愈深"，那是一个深不见底、浩瀚无边的大海，穷一人之力，何能游到终极的彼岸？到1998年为止，我已经出版了《法国文学史》等近二百万字的论著，独立主编了七十卷"法国二十世纪文学"丛书、十二卷的"法国现当代文学资料"丛刊、七卷的"西方文艺思潮"论丛，从我当年由理论研究转到国别文学研究时的初衷来说，我似乎已经到了可以对国别文学研究做一个小结而掉过头去做理论概括、体系建构的地步了，对于这个问题，我在那年写的《一个漫长的旅程——写在"F.20丛书"七十种全部竣工之际》一文中这样估量、这样感慨："现在，我已清醒地意识到，以我近六十五岁的年龄而言，今生我是不可能回过头去在理论体系建树上再有多少作为了：人生苦短、个人实在是太渺小啊。"

这个无边的大海要求你继续游下去，即使你不可能达到终极的尽头。

我终于没有能回得去，终于是辞别了伯乐而未归！

不要遗忘他的这项业绩

《蔡仪文集》十卷，装帧精美，1992年中国文联出版社出版，由著名油画家罗工新题写书名，前任中宣部副部长林默然作序，蔡仪的一批学术追随者与子弟集体参加编辑，当然还有他自己的亲属与后人。我于2007年冬开始回忆并思考蔡仪的时候才见到十卷文集，即使是对蔡仪的学术业绩原来一无所知的人，仅从这部文集就可以看出，这是一位享有庙堂尊荣的学者，还可以看出，他有一批忠实的学术追随者，有自己的"近卫军"，总之，是主旋律文学理论中的一巨擘。据我所知，在我国不少被称为"马克思主义理论家"的传统意义上的左派理论战士中，其论述有十卷之多、达三百多万言者，唯蔡仪一人耳。

文集的主体部分是蔡仪的几部专著，即新中国成立前出版的《新艺术论》《新美学》与新中国成立后出版的《新美学》增写本以及《新文学讲话》等，也包括由他主编主笔与其他人合作而成的《文学概论》与《美学原理提纲》，此外便是上百万字的单篇论文与序、跋、后记之类的文字以及早年所写的若干散文、诗歌与短篇小说作品了。在我看来，所有这些构成了他一生孜孜不倦、锲而不舍的学术探讨精神与勤劳不息、专心致志的笔耕生涯的缩影。

不可回避的一个问题是，对他那著名的蔡氏美学体系、新现实主义理论以及相当多数量的思想批判文章做何评价？说实话，难，很难。我想即使是蔡仪忠实的追随者与弟子，大概也不会有人敢做定论判语。众所周知，新中国成立以后，朱光潜、蔡仪、吕荧、李泽厚就各有自己的美学理论与门户，彼此对峙，各不相让，争论不休，构成了中国美学理论界的一个"战国时代"，而他对朱光潜的批判早在新中国成立前的20世纪40年代即已开始。倒是"十年浩劫"后，美学纷争却偃旗息鼓、自然平息了，当然，并没有出现、也不可能出现一个统一美学理论领域的"始皇"，而在我看来，这恰巧是最自然、最合理的状态。至于蔡仪所写的不少思想文化批判文章，如对胡适、对胡风、对人性论的批判，都与当时的政治运动有关，随着那些政治运动经受不起历史的检验，这些文章也就成了一种历史时代的故纸，无需细评。不论怎样，人们尽可以不同意蔡仪的美学体系与文艺观点，可以低估其价值与意义，但谁也否认不了它严整的逻辑性与深邃的思辨性，在这方面，他是高能力的运作者，是理论思维者中的佼佼者，正像你可以否定一种钟表有记录历史与生活的功能，却不能否认它有计时的准确性一样，此乃其一。其二，人们尽可以对蔡仪那些思想批判性的文章有这种看法、那种看法,但谁也否认不了它们都出自蔡仪的主观真诚,有什么办法呢?他是个方方正正的人,是个很实沉的人,又是个入党多年的老布尔什维克,经过了"党多年的教育",他就是这么看的,就是这么认为的,他这样做全出于他所认定的责任感、道义感,而不是受功利心所调控。要知道,世间以"左态""左秀"作敲门砖者、作云梯者大有人在,相形之下,蔡仪就显得较为难能可贵了,何况,在我们这个时代的文化思想领域,遵命与"保持一致",是谁也无法逃脱的义务,习以为常,也就成为大家约定俗成的一种惯性。

这十卷文集虽然客观地呈现了蔡仪全面的学术活动,不过,我注意到,它也有一疏漏,那便是忽略了蔡仪的一个重要的业绩:主编《古典文艺理论译丛》。在我看来,此项业绩的重要性似乎并不亚于他的一部专著,如果把它放在历史社会的背景下来考量的话。

这是新中国成立后到"文化大革命"之间这一历史时期里我国最为重要、最有贡献的一个刊物。不定期刊,创刊号出版问世于1957年夏,该年出两册。1958年出版了四册,从创刊到此时,皆名《文艺理论译丛》。1958年后,改名为《古典文艺理论译丛》,陆续出版了共十一册,最后一册子于1966年4月问世后,不久就被"十年浩劫"拦腰斩断了,因此,由蔡仪创刊并由其主持总共出版了十七册。"文化大革命"以后,此刊又在外国文学研究所复刊,由冯至、叶水夫领导,再也不和蔡仪有关，至于刊物后来的变化，那就是另外一回事了。

　　第一期出得很谨慎，连发刊词也没有，只有一篇篇幅不长的"编后记"，关于刊物的主旨，是这样说的："本刊想要有计划有重点地介绍世界各国的美学及文艺理论著作，包括各时代、各流派重要的理论批评家作家有关基本原理以及创作技巧的专著和论文。以古典论著为主，但在必要时也介绍有特殊意义的当代文章及其他资料等。"如果把"必要时介绍有特殊意义的当代文章"这种掩饰性的语句剥离的话，那就不难看出这个刊物的纲领与编辑方针最内在的实质就是"大""洋""古"三个大字。从后来总共十七册的实际内容来说，其"洋"，也并非"世界各国"，而主要是西欧诸国以及俄罗斯。有趣的是，创刊号特别发表了马克思的两篇评论与恩格斯的一篇评论，都是从他们的论著中节选出来的，这既可以说是向马克思主义经典作家致敬，也可以说是有意识地挂起几面红旗，以获得一种时代的保护色。

　　果然，从创刊号以后，庐山真面目就显现出来了。首先从巴尔扎克切入，既然马克思与恩格斯曾经盛赞这位法国作家。围绕巴尔扎克现实主义问题的经典文献几乎都译介了出来，从巴尔扎克本人著名的《人间喜剧》序言与其他阐释他创作意图的文章，到文学史上多位权威批评家、作家，如泰纳、左拉对巴尔扎克很有深度的剖析评论。如此一开始就形成了这样一个做法与风格：每期一册集中一个中心议题，把这个中心议题应该包括、应该涉及的各个方面的经典文献与重要资料完整地译介出来，总之，译介得比较全、比较透，使人得到的每一期就是一份完整的文献资料。

从巴尔扎克开始以后，接着是18世纪西欧古典美学问题，在这里，狄德罗、黑格尔几位美学巨擘的显要名篇与厚重论著的章节应有尽有。紧接着，又上溯到源头，是古希腊、罗马的文艺理论，当然，这里少不了柏拉图、亚里士多德与维吉尔，然后下来是西欧文艺复兴时期的文论，有意大利的但丁、法国的七星派与西班牙的塞万提斯的高论。接着是17、18世纪欧洲作家、批评家的文学评论，德国的莱辛，法国的费纳龙、狄德罗、莫里哀，英国的约翰逊、德莱登这些大家的文论皆都入选。对19世纪浪漫主义文学，《古典文艺理论译丛》更有较多的关注，先后几乎投入三期的篇幅。一期的中心是英国的浪漫主义诗论，在这里华兹华斯、柯勒律治、雪莱、拜伦——现身说法；一期的中心是法国浪漫派的文论，雨果、斯达尔夫人与夏多布里昂这些风云人物全都在列；再一期的中心是东欧浪漫主义诗人密茨凯维支、裴多菲等人的文论。不难看出，《古典文艺理论译丛》抱有梳理欧美文学史、批评史的愿望，虽然编辑的顺序不一定完全符合历史的顺序，但它至少呈现出了历史发展的一个大致轮廓，使中国的读者读到了批评史上那些起过重大影响的，甚至引发出文学发展倾向的大文，从亚里士多德的《诗学》、柏拉图的《对话录》、维吉尔的《诗艺》，到但丁的《论俗语》、锡德尼的《为诗一辩》，到狄德罗的《论戏剧艺术》、康德的《美的分析论》、黑格尔的《论美为理念》,到席勒的《论素朴的诗与感伤的诗》、夏多布里昂的《论神秘的性质》、雨果的《〈欧那尼〉序》、华兹华斯的《〈抒情歌谣集〉序言》、雪莱的《为诗辩护》等在文学史、批评史带里程碑性质的经典文论,过去中国的文化界、批评界只能在史书中见其名、闻其音,而今在《古典文艺理论译丛》得以见其真身了。

这是"经"式的译介,即按时序、按历史发展的译介。还有"纬"式的译介,即按问题、按题旨的译介。两种方式各占了这个刊物的一半期数,各拥有两三百万字的篇幅。

第二种纬式译介,一期是以悲剧问题为中心,集中了批评史上对这个问题发表了深刻见解的理论家、文学家的文论,从高乃依的《论悲剧》、莱辛的《关于悲剧的定义》、席勒的《论悲剧题材产生快感的原因》、黑格尔的《悲剧的原则》,到里普斯的《悲剧性》、德·昆西的《论〈麦克佩斯〉中的敲门》。另一期以喜剧为中心,所译介的古希腊时代的《喜剧论纲》、哥尔德斯密的《论感伤喜剧》、里普斯的《喜剧性与幽默》以及柏格森的《性格的滑稽》,均为富有启迪性的古典高论。此外,美学理论问题当然是蔡仪关注的重点,他用了整整两期译介了西方古典美学思想家的宏论大文,如席勒的《美学书简》、狄德罗的《理查生赞》、柏克的《对崇高与美的观念的根源的哲学探讨》、荷兹的《美的分析》、库申的《论美》、里普斯的《论移情作用》以及费歇尔的《美的主观印象》,等等。莎士比亚,说不尽的莎

名士风流：二十世纪中国两代西学名家群像（增订本）

士比亚，一直是各个时代文艺评论家议论不休的永恒话题，作为一个议论平台，它既展示出了其本身发掘不尽的多层次内涵，又反映出了各个时代理论批评独特的风貌，《古典文艺理论译丛》献出了两期的篇幅搭建了这个"平台"，歌德、雨果、司汤达、柯勒律治、海涅、斯达尔夫人、夏多布里昂这些富有才情的文学大师纷纷出场，献出了自己深邃而富有文采的篇章，构成了色彩缤纷的理论批评奇观。《古典文艺理论译丛》被"十年浩劫"腰斩之前，还有两期精彩的内容，一期是专门译介了印度的古典理论，包括文论、诗论与舞论，还有日本古代别具一格的"艺能论"。另一期则以"形象思维"问题为中心内容，选择了从亚里士多德直到高尔基等六七十位理论家、文学家对这个问题的论述与见解，提供了一份具有高度学术价值、只有深厚学力才能完成的理论资料，虽然是被"腰斩"前的最后一期，却为整个《古典文艺理论译丛》划上一个十分完美、十分精彩的句号。

《古典文艺理论译丛》，就是这样有经有纬、经纬交织，织出了世界美学思想、文艺理论批评一幅气象万千的宏大景观，它本身就构成了一个十分丰富的资料库。这资料库似乎不大，五六百万字的篇幅，绝对数字并不算太多，但也不容小视，五六百万字的篇幅，集中投进一块不大的文化学术地域，无疑是颇有分量，颇有能量，颇有震撼力的。它的分量、能量与震撼力来自它的浓纯，它是清一色的"大""洋""古"；来自它的高质，它是人类历史上美学理论的精华；来自它的完整性，它由

辞别伯乐而未归

一篇篇保持了完整性的古典文章构成,与我们那个时代盛行一时的断章取义恰成对照;来自它的准确性、可靠性,它所有的译文基本上都出自 20 世纪中国最杰出的一批人文学者、翻译家的手笔,且看这些熠熠生辉的名字:朱光潜、钱钟书、金克木、潘家洵、李健吾、宗白华、杨周翰、李赋宁、冯至、鲍文蔚、杨绛、杨业治、郭麟阁、田德望、辛未艾、盛澄华、陈占元、吴兴华、吕荧……今天我们回过头望去,那简直就是一片群星灿烂的天空。

当时,这样一个刊物的问世、出版,这样一个富有特色的文化学术现象的存在,带给了人们什么样的感受呢?对文化会有什么影响,会在中国的学术与理论发展中留下什么痕迹?当今,见惯了新奇与意外的中国人即或能理解其意义与作用(毕竟是一家介绍优秀文化遗产的刊物嘛),但如果没有经历过这个刊物出现与存活的那个时代,或者对那个时代的背景不甚了然,要不然就是有所遗忘,那就不可能理解这个刊物影响与意义的深切性。

刊物最初问世于 1957 年 7 月,最后中止于 1966 年 4 月,存活期不到九年。毋庸讳言,这是一个阶级斗争的弦愈绷愈厉害、"极左"思潮愈来愈高涨的年代,是灾难接踵而来的年代,1957 年 "反右" 后不久是 "大刮共产风",折腾之后仍是折腾,稍后中国还没有完全缓过气来,更大一次如 "浩劫" 般的折腾又逐渐来临了;这是一个狂热的 "兴无灭资" 的年代,是为了

名士风流：二十世纪中国两代西学名家群像（增订本）

"社会主义阵营"的利益而一边倒向"苏联老哥"的年代；在这个年代里，斯大林主义的理论、日丹诺夫论断大行于道；这是一个古老的义和团仇洋排外情结不断亢奋的年代，在这个年代里，各种思想文化批判接连不断：外国古典文学批判、人性论批判、"大""洋""古"、大屋顶批判……在这个年代里，到处都是强买强卖的高调、书店里充斥着苏式意识形态书籍，不止一个权威机构主办的这种"译丛"、那种"丛刊"上，充斥着清一色的苏式教条主义、洋八股的理论文章，这种书籍、这种文章禁锢着中国学术理论界的思维，其流毒至今仍隐约可见……正是在这样一个灰暗萧条的思想文学背景下，《古典文艺理论译丛》以其纯正、以其古典、以其唯真、以其生命力给中国的文化学术界带来一股清新的风，颇似12、13世纪古希腊经典的手抄本与艺术品给饱受中世纪黑暗统治的欧洲人带来了惊喜与苏醒。

至今，我仍记得我自己的一次感受与体验。那是在走上工作岗位之前，我从文学研究所的集刊上，读到了钱钟书所译的德国浪漫派诗人海涅的《〈堂·吉诃德〉序》一文，从第一行起，我就爱不释手，一口气把它读完了，那是一篇洋溢着诗人灵性与丰富人性化感受，而且又是以散文诗一般的语言写就的美文，我第一次感到惊奇并得到强有力的启迪：原来对文学名著的赏析评论，居然可以用这么一个方式来写，居然可以写到这么一种境界。说惊奇还不够，简直就是震撼，这次强烈的印象我终身都未忘记。我不仅永远记住了这篇文章，而且它成为对我自己为文作评有着潜移默化影响的范文之一。今天回想起来，一篇序言当时有这么大的震撼，除了因为海涅的文本本乃天才美文、钱氏的译文亦乃信达雅的上品外，很重要的一个原因还在于我平日看到的都是强买强卖的"左调党八股文"，而很难有新鲜健康的精神食粮。饥饿的人吃什么都格外香，何况是美食佳肴呢？《古典文艺理论译丛》之于那个时代的读者正是如此，我自己是学外文的，毕竟还有其他渠道找到"野食"吃，而一般的读者只能靠报纸杂志上那点配给食粮，其饥饿状态即可想而知了。事实上，《古典文艺理论译丛》每期出版都很受文化学术界、读书界的关注，向书店打听何时到书的读者大有人在，如果没有公众的热切关注度，天下第一家党报大概也不会舍得拨出三四千字的篇幅去评介这个刊物的某一期。

在当时的历史背景下，《古典文艺理论译丛》毫无疑义具有一种思想文化的启蒙意义，虽然不能与历史上的文艺复兴相比，但在性质上、在历史文化的格局与效应上应该说是很相似的，而如果把这个刊物放在时序的历史发展过程中，那么它的社会文化积累意义就凸显出来了。要知道一个篇幅达五六百万字的文库即使在改革开放以后、文化出版事业长足发展的条件下，亦并非微不足道的小规模积累，而达到了难能可贵的规模，特别是因为它并非一般思想材料的汇编，而是人类精华文化的汇集，是一个"高精尖文化"的文库。从其文本来说，它汇集了历史上文化的经典名篇，从其编选来说，它是建立在对文学史、

名士风流：二十世纪中国两代西学名家群像（增订本）

批评史深切的认知与研究的基础上的，是选家眼光的凝聚，从译文来说，它又是国内各主要外国语种最高翻译水平的展现，总之，是人文领域中相当一批研究家、学者、翻译家通力合作而建构起来的一个文库。这个文库的出现扩大了中国人文学界、文学史研究与批评史研究领域中广大学者的眼界，提升了他们的认知程度，从这个文库里，研究者与读者所能吸收的营养是有益而丰富的，这对中国文化发展的影响是不言而喻的。事情还不止如此，更为实在可见的是，这个文库实际上在日后还引申、充实、提高、演化为其他的文化积累性的项目与文库，或者说，它成为其他文库的基础或前期工程。据我所知，至少后来有两个成规模的文库，在一定程度上都直接继承了《古典文艺理论译丛》这个刊物的成果与遗产。

一是"外国文艺理论"丛书，它与"马克思主义文艺理论"丛书、"外国文学名著"丛书一并简称"三套丛书"，是周扬在1958年提出交给文学研究所、人民文学出版社与上海译文出版社三家合办的，在我国是规模最为巨大、也最有社会文化积累意义的经典文库，其中"外国文艺理论丛书"就沿用了《古典文艺理论译丛》不少的选题选目，并直接采纳了其译文。二是"外国作家研究资料"丛书，这是后来外国文学研究所投入大量财力与人力（仅专职编辑人员就有将近十人之多）的大型资料项目，曾在《古典文艺理论译丛》中发表过的不少作家作品论、文学回忆录及作家文学通信的选题选目以及译文，后来都得到"外国作家研究资料"丛书的收纳、选用或借鉴参考。仅从后来这两个文库的继承来看,《古典文艺理论译丛》先行开拓的功绩是不可磨灭的。

今天,当我回顾所有这一切的时候,说实话,我很为自己大学毕业后就被招入《古典文艺理论译丛》服役而感到庆幸,我为自己是从这个"进修班"里毕业出来的而感到自得与自豪,同时,我也更加深切地感到蔡仪在《古典文艺理论译丛》的工作所具有的意义与价值。

要在气候严酷的环境条件下栽种一株"碧玉妆成一树高"的乔木,要在高音喇叭震耳欲聋、人潮涌动的革命大道上开设一个古雅精致的橱窗,有此创意、有此勇气就殊为不易。这不仅要归功于蔡仪,也许更要归功于当时文学研究所的所长何其芳,毕竟他是这个研究所里拍板定案的人。而后,在炽烈狂热的氛围中,这个典雅的"异类"一出现、一存有,必然也会引起侧目而视,必然有热浪击至,有狂风吹来,特别是每当政治运动降临的时候,每当古老的义和团反洋仇外情结与"厚今薄古"偏执观念发作的时候,清算"资产阶级修正主义学术路线"的现成的官话、套话中,必然有揭批"大""洋""古"与揭批"厚古薄今"这两大条,何其芳、蔡仪为此可没有少经受压力,仅凭这一点,他们就功不可没。而要存活下来、运作下去,更多的艰苦细致工作,主要就是由蔡仪来承担了。

《古典文艺理论译丛》的创刊号十分低调,没有宏文要旨的发刊词,没有标出"挂靠单位"文学研究所,也没有署出主编

名士风流：二十世纪中国两代西学名家群像（增订本）

蔡仪，只在刊物末尾下方一个极不引人注意的地方，刊出了一个按姓氏笔画排列的十七人编委会名单，全体成员如下：水夫、田德望、朱光潜、辛未艾、金克木、陈冰夷、陈占元、曹葆华、商章荪、傅雷、杨周翰、蒋路、蔡仪、钱钟书、钱学熙、缪朗山。这一系列低调处理，无疑反映了蔡仪内敛、含蓄的行事风格与谦虚礼让的性格。但是，这个编委会名单几乎集中了当时中国从事外国文化学术研究与理论翻译的最有名望的学者、译家，阵容之强，给人印象十分深刻，他们基本上出自四个单位：文学研究所、北京大学、人民文学出版社与上海译文出版社，当然更以前两个单位为主。

虽然并未明确署出主编名，蔡仪却无可争辩地是实际的主编，从创刊到中断为止，整整十年之中，编辑部一直设在他担任主任的文艺理论室，人员编制全部由他管辖。至于编辑工作，则基本上都是在他的指导下进行。具体来说，各期的中心议题基本上由他制定，中心议题确定后，篇目与翻译人选由多位编委提出建议，然后由他拍板定案，并指派编辑人员进行组稿，译文由各个语种的编委审校通过后，统一交给蔡仪终审，蔡仪并不再根据原文进行审校，因为他只精通日文，而刊物的译稿大都是译自英、德、法、俄等欧美语言。不过，蔡仪的终审能力甚为惊人，他的思辨能力与分析能力极强，仅从译稿的费解之处与表述悖谬之处即可发现问题，请人回过头去再与原文对照，那肯定是因为译得有问题，至少是表述不够准确。最后，每一期却要求有一篇编后记，对该期的学术内容做出简介与评价，一般都由蔡仪亲自执笔。

编《古典文艺理论译丛》这样一个专业性、学术性极强的刊物，需要对世界文学史、批评史有渊博的学识与精深的研究，实事求是地说，这并不是美学理论家蔡仪的强项，特别比起编委中这方面的大学者朱光潜、钱钟书、李健吾更是如此，这几位对批评史与经典文论文库熟知的程度令人折服，真是无所不知、无所不晓，一个以译介古典文论为专业的刊物，缺了他们的支持与协助是不可能保证学术质量的，不论是在选题选目的制定上，还是在译者的确定以及译稿的审校上。蔡仪作为一位通晓美学理论发展史的行家，深知学海的深浅，而作为一位睿智的主编，则深知如何使劲以及把劲使在何处，才最能保证刊物的学术水准。他不像现实生活中常见的某些头头脑脑那样见识短浅、虚荣心强、凡事都逞能逞强，总要显示自己的无所不知、无所不能、"老子天下第一"。他自有大度与谦虚，深知必要时要尽最大可能把自己缩小才有最大可能发挥自己作用的辩证法，他不仅高度尊重编委专家，充分发挥其作用，而且还为他们提供最大的施展空间，有时在特定的情况下，甚至将自己的主编权限交给编委行使，如像以巴尔扎克现实主义为中心、以悲剧与喜剧问题为中心的几期，他实际上是交付给李健吾编委自主拟定安排的。以美学问题为中心的两期，则充分尊重了朱光潜编委的意见并发挥了其作用，而形象思维问题一期，更是请钱钟书与杨绛当了绝对的主角。而他这样做，却又并没有妨碍自己在总体上把握刊物的方针路线，从而保证了刊物高标准的学术水平。我觉得这无疑是最好的帅将之路，真正的主编之道。对此，蔡仪在他1981年5月所写的《自述》一文中，把自己对刊物的整体领导与全面劳绩，仅仅说成是"主编了《古典文艺理论译丛》若干册而已"①，大大缩小了自己的功劳，这种自谦的美德是我在学界中极少见的，比起后来某种人在"译丛""丛书"之类的大型集体项目上贪天之功以为己功，把集体业绩都挂在自己名下而获取名望与地位的行径恰成鲜明的对照。

几十年后的今天，当我回忆蔡仪的时候，我总觉得，《古典文艺理论译丛》不仅要算蔡仪学术文化业绩中很实在、很有价值的一个重要部分，而且也是蔡仪另一个方面特别值得注意的精神特征的凝现。我想这至少有两点。一点是凝现了他在学术文化、历史内容方面的兼容并蓄、博大为怀的精神世界与文化胸襟，如果单从他的美学体系与现实主义文艺思想来看，也许不少人会觉得他的文化思维与理论模式过于唯物、生硬，过于端整方正，过于严丝合缝，没有在自己的理论中给人的"心"与"意"留下应有的缝隙与空间，而按一般人理解，只要涉及人的精神现象问题，人的内心世界问题，"心"与"意"的作用与地位是不能彻底否认的。然而，他对《古典文艺理论译丛》的编辑却表现出了对世界各种意识形态与文化的广阔理解力，表现出了对不同文化中一切有价值部分的高度鉴赏力与海绵般的接纳力，总之，一个

---

① 《蔡仪文集》第10卷，北京：中国文联出版社2002年版，第6页。

僵化、褊狭、狂热的人，是不可能有效地主编这样一个刊物的。另一点则是《古典文艺理论译丛》凝现出他在学术上和平共处、求同存异、团结共事的精神与自我谦让的美德，这与他某些思想批判文章中水火不容、言辞尖锐、咄咄逼人的态势判若两人。我为什么不厌其详地述说这个刊物，正是因为从这里可以看出蔡仪另外一个方面的精神人品。

现实生活中的人都是复杂的，往往有互相矛盾的不同方面，如果这是一个在高层次舞台平面上活动的人，一个活动在种种社会政治条件制约之下的人，其矛盾的因素投射到他的学术文化活动、社会历史活动中就会形成更为复杂的现象。我们面对自己、面对所讲述的历史人物时，都不必追求单一纯朴的状态、"水至清"的状态，这样或许反倒会贴切实际些、会简单明了些。

一位实沉而坚毅的理论骑士

塞万提斯在他的著名小说中这样描写了他那个不朽的人物堂·吉诃德："他骨架结实，身材瘦削，面貌清癯。"后来不止一种作品插图与影视作品更加具化了这个文学人物，使得他瘦高的身躯更加深入全世界读者的心里。每当我回想起蔡仪的时候，总是很容易联想起塞万提斯这一段著名的描写，我觉得它对于蔡仪实在是再贴切不过了，没有一个中国人在外形上像他这样近似这位西班牙骑士，似乎塞万提斯几个世纪之前就为他做了画像。只不过，蔡仪身材更修长、更直挺，面部线条更如刀削，加上头上

名士风流：二十世纪中国两代西学名家群像（增订本）

直立的寸头发型，整个人简直就有点像黄山某一个突兀陡峭的单峰。

如果不是根据与风车作战之类的情节浅薄地、庸俗地夸大堂·吉诃德的滑稽性，而是对他行为方式与性格表征中深刻的人文内涵有起码的认识，那么把蔡仪与堂·吉诃德做若干联系、对比，并非是不当之举。事实上，蔡仪不仅外貌上像那个瘦削的骑士，而且在行为与人品上也多少有几分相似。堂·吉诃德毫无疑问是一个很有理想、很讲原则，并恪守信条、不求自我利益、不计个人安危的人，这些品格其实就是他那种特定的骑士精神、骑士游侠行为的内核，凡是有追求、有作为、有付出的正经人，谁的身上没有几分堂·吉诃德精神呢？蔡仪亦是如此。

蔡仪的人生理想与追求是什么？一个特别内敛、丝毫没有外向特征的人，是从来都不会谈他自己的抱负与愿望的，他几乎没有留下什么自述性的文字，也很少有自我表白的言谈，不像何其芳、卞之琳那样，经常谈到自己如何希望写出一部小说作品，以及自己的小说是什么题材、进行到了什么程度，等等。蔡仪平日就寡言少语，关于自己就说得更少，他只是不断地在做、不断地在写，但从他执着的"做"与"写"中，倒不难看出，他的人生理想与追求就是建立自己的唯物主义美学体系，新现实主义文艺思想体系。在他的理想中，这是一个严整的体系，一个无所不包、全面完备的体系，一个颠扑不破、令人信服的体系，一个无懈可击、如坚不可摧之堡垒的理论体系，说老实话，这种体系理想性十足之程度，不见得亚于堂·吉诃德的追求。他当然力图使自己的体系被尽可能多的人认可、信服，力图使它成为学界的主体思想或主导思想，但是要实现这样一个理想、这样一种追求，谈何容易，其难也，真是"难于上青天"。为此，他不停地在书斋里辛勤劳作，他的《新美学》早已成书，而为了补充、扩充、完善，他又花费大量的时间与巨大的精力去加以重写。除了自我构建之外，他还要不断地与论敌交手，不断地与对手较量，要与"唯心主义美学"战斗，要对反现实主义的文学潮流甚至是现实主义的孪生兄弟自然主义进行修理清算。唉！学术文化领域里唯心主义麻烦真多！正像堂·吉诃德面对的世界竟有那么多的不平与不善。在蔡仪的内心深处，他无疑自认为是任重而道远的，为此，他长期遵守严格的生活规律与十分有节制的饮食习惯，他就不像何其芳那样爱好美食、特别是大荤，更不饮酒，他几乎排除一切世俗的干扰，保持自己专注而平静的心态，以保证自己有充分的精力去坚持精神劳作，去对付"唯心主义美学思想"，去游侠美学领域，直到1989年，他还深感"近年来文艺理论与文学史也出现了不少问题"[①]，仍期望着"拨乱反正"的一天。西班牙骑士的游侠精神亦不过如此！

堂·吉诃德在江湖中行走，要摆平人间的不平不善，倚仗

---

① 《蔡仪文集》第10卷，北京：中国文联出版社2002年版，第314页。

的是自己的长矛与盾牌。其实,不论是在哪个时代,不论是追求什么理想、什么人生目标的"骑士",都持有自己的"矛"与"盾",只不过各自的"矛"与"盾"自不相同,形形色色,互有长短。没有倚仗就走不了江湖,学界亦不例外。钱钟书凭他在美国大学讲台上的广征博引、数国语言并用、妙语连珠的讲谈语惊四座,蜚声国际学术界;卞之琳凭他著名二十四字诗中意境套意境的巧妙构思与奇俏语言而不断成为博士论文的专题对象;李健吾以他灵动飞跃的文思与丰富征引的人文资料相结合的"双股剑"而魅力犹存;朱光潜以其史学的厚重、译述的扎实、见解的亲和而声名常在。那么,蔡仪倚仗什么而"行走江湖"?靠什么去清算、修理唯心主义美学的一团学术"乱麻"?使用什么利器而"逐鹿中原"?那就是他那一丝不苟、不给唯心主义留下任何空隙的彻底唯物主义,靠他那环环相扣、如浑然一体的逻辑力量与切割分明、毫无粘连的概念界说。他无疑是一位思辨大师,一旦你被带入他的逻辑运作,你就会被他完全俘获,不由自主跟随他强有力的推理而被引至他的终极结论。这就是他所显示出来的理论力量,这种力量使论敌对他无懈可击,使他的门派弟子忠实追随,使他的读者信服认从。这种理论魅力作为一种精神劳动的产物,是可以从其凝现平台即十卷文集上清晰可见的,而它是如何奇妙地产生出来的,似乎只能从他的书房书桌见其端倪了。

书房是学者的精神世界与存在状态呈现的窗口,对此,我

辞别伯乐而未归

深有所感。这一辈子,名山大川我虽游历甚少,但各种各样的书房倒是见识颇多,一些鸿儒名家的书房我都有幸去过,他们都是我的师长,如朱光潜、钱钟书、冯至、李健吾、陈占元、吴达元、郭麟阁、蔡仪、卞之琳、罗大冈,等等。这些书房有的气势轩然,有的精致高雅,有的幽静温馨,有的宽敞开阔,当然也有拥塞凌乱的……风格虽各不一样,书多却是共同的特点,几乎都是藏书丰厚、琳琅满目。但有两个书房要算例外,一是钱钟书的书房,一是蔡仪的书房,它们都以陈书甚少,给人的印象格外强烈,甚至使人颇感意外。不过,这也许正反映了这两位学者的特点,特别是他们精神劳动的特点。一个有过目不忘、博闻强识的特异禀能,既然头脑里装着那么多书,何必在书架上摆满书?何况钱钟书查证、引用必要书籍的速度与周期极快,在他书架上滞留的书也就为数极少了。另一个则是思考力极强、思辨水平特高,他最重视的是把学理讲清楚,讲得严密,讲得条理分明,讲得没有任何疏漏、无懈可击,讲得令人折服,为此,充分的逻辑力量、精致的思辨能力,在他看来就够用了,无需再枝叶繁茂、气象万千,为什么要让本本、条条来缠绕自己那强劲运转的思考呢?总之,一个有天才的记诵禀能,一个有极强的思辨能力,都导致对书本陈列需求的减少,都导致书房里的极度朴实、书架上的极度简约。"无独有偶",实乃"殊途同归"。不论怎样,这倒也构成学林中并不常见的一种景观。

如果说,蔡仪的书房是他精神劳动特点的某种反映,那么

名士风流：二十世纪中国两代西学名家群像（增订本）

他的书桌则更是特别表征性地呈现出了他那特定的精神劳动方式，我曾经不止一次见识过他写作时的书桌状况。

完全不像很多学者工作时的书桌那样：堆满书籍、报刊与资料，交错纷陈，书刊中还夹着不少做记号的纸条，有些书页还折了一角作为标记，好一副千头万绪、纷繁复杂、手忙脚乱的精神生产景观，这似乎是很多学者写作的一种常态……蔡仪工作时的书桌却另是一种状况：它平整洁净，像清了场的园子，像空旷的溜冰场。没有书籍、没有报刊、没有工具书，更没有文件资料，只有一支笔与一叠稿纸，除此之外，就只有一杯茶、一盒烟与一个烟灰缸了。他就是在这样一个清爽的园子里施展自己的思辨功夫，在这样一个空旷的溜冰场上做逻辑思维的滑行，显然，他在运作思辨的时候、在逻辑滑行的时候，不想有任何多余的负荷、异己的羁绊、身外的干扰，他自信有自我的思辨与逻辑就够了，就足以从无到有、爆发活力、孕育生命，就足以生发出见解与学理，构建出体系与学说。这便是蔡仪自己特定的精神生产方式，这便是这位理论骑士在书斋中的作为。他的力量来自他的思考力，他的基础建立在自己的思考力之上。他也有赖于这种思考力，我从来没有见他为了支持某个论点而遍查诸书、寻找资料，但却经常见他强力思索某个问题或费神遣词造句时深深吸烟的面部表情，那显然是为了增大吸入量，以更大程度激活思考的一种动作，他吸得那么使大劲，吸得那么深，以至一边的嘴角都撅了起来，与那些把吸烟当作人生最大乐趣的烟民吞云吐雾时的陶醉状、怡然自得状大不一样。

蔡仪的学说学理的特性在一定程度上决定了他与现实社会的关系、对现实社会的态度。从根本性质而言，马克思主义与唯物主义是一家，蔡仪的彻底唯物主义的美学理论，自然而然就占有了马克思主义以至社会主义的"天时、地利、人和"，由此，成为社会主义时代主旋律学术的一个组成部分。这是他的信仰，他的认定，也是他力量的所在，正如安泰斯与大地的关系。国家的主义学说、时代与社会就是他学术理论的母体大地，作为这样一种理论形态的代表人物，他自然而然与自己的母体大地和谐协调，浑然天成，即使他思想认识上有矛盾，行动上有距离，恐怕他也会有意识地要求自己克服这种矛盾、缩小这种差距，而顺从自己的母体，于是，世人从蔡仪作为一个实在的社会人身上就能看到一个明显的特点，即自觉地克己、自觉地与主旋律保持一致。

克己是中国知识分子的道德传统，在社会主义时代，由于在客观现实中起掌控作用的主导力量绝对强大，这种传统更有了极致的发展，特别在"翰林院"，其中的大儒们于"克己"一道的修炼功夫更达到了炉火纯青的程度，特别在"大是大非"的问题上从不出格。不过，也有按捺不住而有所流露的时候，如偶尔说几句自由主义的话，发些牢骚、似有所指地讲一点俏皮话、怪话，这倒构成了"兴无灭资"狂热年代里压抑灰暗人性背景上的几抹鲜活色彩。以开会、特别是政治学习会这一种我们时代最为经常、也最为经典的社会活动方式与组织形式而言，即使是从来都循规蹈矩、组织性极强的冯至也以打油诗式的话表示过无奈："春花秋月何时了，开会知多少。"而身为老革命干部的何其芳也发过这样的不满之言："以前听说打麻将可以死人，看来今天开会也可以把人开死。"至于从来都有点自由主义色彩的卞之琳，更是经常在神圣不可侵犯的政治学习会上大弹自己的"失眠咏叹调"，把严肃的政治内容冲淡得荡然无存。所有这一切，在蔡仪身上都是见不到的，他倒并不是一个开口就讲官话、套话的人，他也没有官气压人、"左"气逼人的态势，但他从不讲一句略带自由主义气味的话，从不讲稍有讽喻意味的话，当然怪话、俏皮话在他这里更是绝迹。他总是与主旋律保持一致，同声相应，这就是我在文学研究所工作期间、在蔡仪麾下所见到的"克己守礼"的蔡仪。在我的心目中，他一直是完全符合人们常听到的"与党中央保持一致"这样一个高标准要求的，因此，当我在他逝世之后十五年，从《蔡仪文集》第十卷中看到他在一封信里，对与自己相距很远的一个事情的那种充满战斗性的表态时，虽颇感意外，但又觉得完全在情理之中，之所以意外，是因为他对自己也许并不完全了然的事情如此急率定性、截然表态实非必要，之所以感到合乎情理，是因为知道这十分符合他"克己守礼"的精神逻辑。

在"大是大非问题"上如此"克己复礼"的人，一般都是有抱负于社稷大业，有志于官场仕途，或者至少是为了提升自己的社会地位、获取某种功利的。就蔡仪本人的条件而言，他似乎也很有前途无量的可能性，他本人是 20 世纪 40 年代的老党员，他的学科是"党性最强"的学科之一，而他的唯物主义

辞别伯乐而未归

美学体系又自然而然地占有马克思主义的"天时、地利、人和",在文学研究所里,他已经是领导层的核心成员之一,只要他自己上心有意,仅次于何其芳的"副帅"一职看来是唾手可得的,说不定还有更显赫的庙堂高位等着他,好些意识形态的高官,在革命资格与学术业绩上还远远不如他呢。然而,他在现实生活中却绝无这种政治功利心,正如他在给亲人的一封信中告白的那样:"我不要权,不要势,更不要官,我要的是做工作。"① 什么工作?归结起来就是:"为科学的美学的发展能尽点力量,是我最大的愿望。"② 他数十年如一日,都专心致志地倾注于这一个人生目标,都执着地、锲而不舍地做这样一件事。因此,他的全部生活、全部人生都表现出了一种朴素纯净的状况,一种纯粹的治学状况,没有既定的政治功利心,没有预设的政治秀,没有任何争权夺利、钩心斗角之举,没有官场中常见的鸡零狗碎、鼠肚鸡肠,更没有整人、压人的劣迹。他虽然身处于一个研究所的高层领导核心,但他处世为人一直低调而超脱,在权力与地位面前,也总是谦让退却,难怪我在他麾下服役期间就听说过蔡仪在官场中"过于清静无为""老实可欺、被边缘化"的议论,还听说他在领导层中颇受咄咄逼人的人物的挤压,这些议论来自对政治生活颇为知情又甚有观察的人士之口,应该说是反映出了客观的真实情况。在我看来,这正是

---

① 《蔡仪文集》第 7 卷,北京:中国文联出版社 2002 年版,第 263 页。
② 《蔡仪文集》第 10 卷,北京:中国文联出版社 2002 年版,第 7 页。

名士风流：二十世纪中国两代西学名家群像（增订本）

蔡仪作为一个政治社会人的特点，作为一个党内老干部、老学者的可贵之处，而他某种高调言论与政治表态，完全是出自他真实的信仰、由衷的认定、主观的真诚，出自他"克己守礼"的自觉性、责任感、义务感，因此，如果他的表态曾有失当之处、过头过分之处，那真可以说是带有一点悲剧性，真是令人为他惋惜。

如果"克己守礼"在一个人身上只是作为一种信仰、一种原则存在着的话，它会要求这个人有很多很多付出，甚至会成为一种沉重的负担；如果它在一个人身上是作为一种"秀"、一种"手段"的话，那就很可能带来"吃小亏占大便宜"，甚至是"一本万利"的结果。蔡仪的情况，当然是前者，而绝不是后者，我想，他主编《文学概论》的漫长过程，也许能说明这一点，至少由此可见高度自律的他做事之艰辛。

《文学概论》的编写是一项官方交办的任务，旨在为高等学校文科院系提供一本正式的文艺理论教科书，是高教部出面组织的文科教材编写工作中的一项，政治上与业务上则基本上都由中宣部领导。编写工作开始于1961年，编写组除了蔡仪原来麾下的文学所理论研究室的研究人员外，还从北京大学、北京师范大学、中山大学、武汉大学、东北师范大学等单位调来了一些教文艺理论的资深教师，组成了一个"国家队"，集中在北京西郊的中央党校一幢办公室进行封闭式的编写工作。那时蔡仪已经将近六十岁，与一批比他年轻得多的编写人员一起过集体生活，为写成这本书而辛勤工作。然而，进程中周折颇多，一言难尽。编写工作进行了两三年还没有结果，后又遇上了"无产阶级文化大革命"而被中断，"十年浩劫"之后于1978年又重新启动，直到1982年才完稿出版问世。

一本不到二十六万字的文艺学教材，参加编写的人员前后将近二十人之多，历时二十年，刨除中断的十年，实际用时亦长达十年之久。这些数字本身就很说明问题。显然，这是一个漫长的过程，是一个很耗时间、很耗精力、很令人疲惫的过程，是一个付出远远大于收获的结局，是一个得不偿失的结局。如果蔡仪用同样多的时间，他足可以写出四五本自己的专著，因此，对于他来说，窃以为似乎可以说这是一段"尴尬的经历"、一个"苦难的历程"。

"尴尬"与"苦难"来自一些"结构性的矛盾"。首先，在那样一个时代，要编写一本全国统一的定本文艺概论，本身就是一件难上加难的事。新中国成立后在文学领域里多次进行的思想批判，使得在文艺学里所能使用的科学概念与学理已经所剩不多，而进入20世纪60年代，这种向"极左"方向的滑坡更是有增无减，即使是像"中间人物论""小人物论"这类显然无伤社稷的论点也成为被追杀灭绝的对象，一直处于尊荣地位的老革命文学理论家的邵荃麟因此论也倒了大霉。要在这种历史条件下编写出起码有点科学性的教科书几乎是不可能的，难就难在明知不可能做而一定要做出来，就像在沙漠里硬要掘出

名士风流：二十世纪中国两代西学名家群像（增订本）

一口水井，此其一也。其二，《文学概论》的顶头上司乃时任中宣部常务副部长的周扬，他也是整个高等院校文科教材编写工作的总头头，作为一个老资格的文艺理论权威，他对《文学概论》的编写更是"情有独钟"，抓得最紧，监督得最力，简直就把它当作了自己的试验田。他本来在美学思想上就与蔡仪有些不对味，他任命了雕刻家出身、以写艺术评论见长的王朝闻为《美学概论》一书的主编而没有任命老牌美学家蔡仪，也许多少就反映出了这一点，他自己对文艺问题的主见多多，不可能放手让蔡仪这么一个主编想怎么说就怎么说。问题还不仅如此。要知道，20世纪60年代伊始，中国政治就有"山雨欲来风满楼"之势，随着时日的进行，周扬本人当日益有感风雨飘摇之虑，于是，随着气候的变化，他的文艺观点不免就有了微妙的调整，而《文学概论》编写组的每一次学术讨论的汇报他都是要看的，每一稿提纲与初稿，他都是审阅表态的，气候温差影响他的表态纯属自然。但这可苦了下面当差的执笔者，因此，《文学概论》的提纲与初稿就不免反反复复折腾了好几个来回，直到"文化大革命"来临前仍未定稿。还有其三，《文学概论》不仅在主编之上有周扬这一个太上主编，而且主编的近旁还有一个隐身的重要人物，其不小的作用实不亚于一个副主编，那就是"苏联老大哥"毕达可夫同志。此人在苏联学术界是个四五流的"文艺理论家"，趁着伟大领袖号召"向苏联一边倒""向苏联老大哥学习"的热潮，被自己的政府派到中国当专家，进行"马克思主义文学理论"的启蒙教育，执教于中国的最高学府北京大学，开办了一个著名的研究班，桃李满天下，中国高等学校的文学理论教师骨干、重要出版机构的资深编辑以及各地的文学理论精英，几乎无不是从这里毕业的，他的讲稿自然也就很快被翻译出版，实际上成为高教院校的文学理论教材与文化界、知识界广大读者的启蒙读物，此人也俨然成为中国文学理论的一代宗师，而且是一个天然拥有马克思主义理论优势与"老大哥"政治优势的宗师。在《文学概论》的编写中，他虽然并不在场，但其"山高水长"式的影响大有其影随形之势，于是，他那种苏式八股的论述、似是而非的教条主义条条框框以及模糊不清、令人费解的界说与概念，都成为人们不堪重负的"精神理论财富"。其四，另一个结构性问题也颇费事劳神，那就是"国家队"的组织形式。"国家队"并非都由蔡仪原来的"嫡系部队"组成，成员来自"五湖四海"，来自各个名牌大学的资深教师，他们的学术经历、教学所长、学风特点各有不同，要在同一项高度统一的工作中紧密合作，就需要一个相当长的互相熟悉、互相习惯、互相协调的磨合过程，参与人员愈多，磨合的过程愈复杂、愈费事，而且每一位资深教师，都是应该以礼相待的"统战对象"，这无疑也相当大地增加了主编的工作量。

正是在以上种种矛盾因素交织缠绕的一团乱麻中，蔡仪克己着、磨合着，好几年一下就过去了，《文学概论》的提纲与初稿仍未见分晓。直到"文化大革命"以后，总算时间抚平了不少东西，有的矛盾因素自然而然消失了，而蔡仪也下了狠心，彻底实现他的主编意志,进行砍伐删改,甚至完全改写,最后终于完成了《文学概论》这样一个老、大、难的项目。我不可能去检查、核对出版后的《文学概论》与初稿、一稿、二稿有何出入,但我相信其定稿在很大程度上是由蔡仪一人执笔而成的。善始善终,蔡仪把他"克己守礼"的功夫一直贯彻到了最后。《文学概论》出版后,蔡仪用稿费收入非常隆重地宴请了大家一次,凡是参加过编写或参加过讨论的人,均得到了邀请,而且他把所剩的稿费也都分发给了大家。

做事,如此咬紧牙关,坚持到底,即使自我得不偿失,甚至"颗粒无收"。做人,如此严于律己,宽厚待人,即使并无任何客观的压力,他本可以宽待自己。像蔡仪这么坚忍、忠厚者,在学林实不多见。

他这种坚毅精神与宽厚性格,在他的生活中表现得更为明显。众所周知,蔡仪的生活中长期存在一个伤痛,白发人送黑发人的撕心裂肺的伤痛。他原本有一个儿子蔡十月,面貌长得很像蔡仪,自幼聪慧过人,是蔡仪的钟爱与期望,不幸小时候得了小儿麻痹症而高位瘫痪,长期医治无效,逐渐机体萎缩、退化,最后去世。这个过程是缓慢而漫长的,也就是说,在长达十来年的岁月中,他是眼看着自己这唯一的儿子不断衰弱,并逐渐在眼前消亡。这有别于急骤的打击,更是一种煎熬,他内心的痛楚是可想而知的。即使是他周围的同志,眼见这个过程,也无不为蔡仪感到揪心。但蔡仪以罕见的坚毅承受着这个巨大的不幸，我们从未见他流露过任何一点悲痛、忧伤的情绪，他仍在生活中、在工作中坚挺着，其坚忍力使人感到惊奇，使人由衷尊敬。至于蔡仪在生活中待人的诚挚与宽厚，更是有口皆碑，他平日寡言少语、不苟言笑，但只要他开颜一笑，那笑绝对是纯朴的、憨厚的、天真的、诚挚的。他待人接物平和谦让，对部下的年轻人，更是通情达理、诚挚慈和，据我所知，对生活困难的年轻人，他还曾主动解囊相助。我想，在他身边之所以聚集了一批弟子与追随者，原因之一就是他待人忠厚宽和。

蔡仪已经逝世十五年，他的名字在新中国成立后的学术史上是不会磨灭的，即使你面对他的十卷文集会感到难于作评，即使你不完全同意他那彻底而绝对的美学观点、美学体系，但他作为一个思想者、一个思想理论骑士，是值得研究、值得重视的，作为一个正直挺立的人，是值得敬重的。

2007 年 12 月 28 日

君子之泽，润物无声

心目中的"钱、杨"

一

几十年来，我们这些晚一辈的人，当面都称呼他们俩："钱先生""杨先生"，而背后则简称为"钱、杨"，但不论是哪个称呼，都充满敬意。

在"翰林院"，小字辈或低层次人士彼此之间从来都是直呼姓名，毫无客气与礼仪，有时，是有革命同志不讲客套、亲切无间的意思；有时，则带点哥们义气的味道；有时，则把现实生活中的不畅、不爽、不对劲夹带了进去而有点冷冰冰、气鼓鼓，甚至恶狠狠的杂质……似乎远比美国人那种直截了当、指名道姓的习惯有更为复杂多变的内涵。但辈分不同、级别不同的人，称呼就别有讲究了，小字辈与级别低的人称老革命或级别、资格较深的对象，都在全名之后加上"同志"两字，如"何其芳同志""张白山同志"，等等，以示郑重其事，但这在日常谈话中，特别有累赘之感，绕口之感，有时，也颇想省略个把字，把姓氏去掉，如简称"其芳同志"，但在当时这么"简称"党内或行政上一位资深人士，就颇有"昵称"或套近乎的意味，还是不要造次的好，至少应该察言观色，见机行事，三思而后行为是。

"先生"在当时是一种尊称，充满了敬重与仰视，完全不像今天，"先生"一词，只意味着一种客套、礼貌或距离，有时，甚至还带点冷诮、讥讽的成分。那时在"翰林院"被称呼为"先生"者，至少应该有几个不成文的条件，一是年长，二是有学问，三是有正高职称。一个五十岁的饱学之士已经爬到了副研究员即副教授这一阶梯，并且也已名扬学林，可享受此称呼吗？不能，因为他还只是一个"副研"，而不是"正研"。不过，这个称呼似乎也有内在的"软肋"，对党内的学术权威，享有正高职称、拥有学术威望的党内老同志，特别是已入党多年的老同志，如何其芳、毛星、蔡仪等，却不宜称"先生"，而仍需称"同志"，如果称先生的话，那似乎就有明显贬称的意味，那就是似乎把对方划到了"资产阶级学术权威"的行列里，愈是郑重其事地称之为"先生"，愈是有划清界限的意思，一般都是在进行批判时才这么做的。可见，"先生"与"同志"之称，在当时的"翰林院"里，是大有精微之别，大有微妙之意的。

"钱、杨"在"翰林院"里所属归的等级与范畴一直是非常明确的，一直恒稳地被尊称为"先生"，只不过到了后来，"先

名士风流：二十世纪中国两代西学名家群像（增订本）

生"这个称呼愈来愈泛化，愈来愈贬值，像我们这些原来的"小字辈""青年人"如今也都被尊称为"先生"了，即使如此，"钱、杨"的"先生"称谓，却愈来愈有高值，愈来愈高端化，甚至带有虔诚、崇敬、赞叹，乃至顶礼膜拜的意味，其内涵远远超出了称呼一声"先生"，这一声"先生"，可不同于其他千万声"先生"啊。

数十年来，我们的尊敬恒久不变，愈久弥坚，不过在不同的时期，这尊敬又有不同的内涵与侧重，这与其说是尊敬之情的变化，不如说是我们在不同的历史阶段得见了"钱、杨"精神丰采、人生价值的渐进展现，面对他们不同时期的文化学术景观、精神境界，人们不能不叹服，不能不尊崇，不能不赞颂，虽然他们也都是人，而不是神。

二

"钱、杨"分别诞生于1910年与1911年，比我年长二十多岁，名副其实是我的长辈。

我第一次知道钱钟书其名是我20世纪50年代初在湖南省立一中念高中的时候，时年十七八岁。那时，我在学校图书馆的开架书中，不止一次看到由开明书局出版的钱钟书《谈艺录》，但当时我阅读的层次还没那么高，只觉得那书很古雅，也很深奥，因此，没有借阅它，失去了受启蒙的机会。后来上了北大，同宿舍上下铺的同班同学叫吕永祯，他上大学之前，就读过一些古书与深奥的书，自己别号"苕"，本身就古雅，我们后来一直叫他这个名字,却从来未深究其内涵。记得大学二年级时的他早已经对老子的《道德经》甚为熟悉了,经常赞不绝口。他经常称赞的,还有钱钟书的《谈艺录》。"学问大啦,学问大啦。"他总这么叹道。还特别有一叹:"旁征博引,外文材料真多。"要知道,外文系学子的崇拜往往更偏重外国文化知识的崇拜。

20 世纪 50 年代我们这些大学生在求学之中颇有些"你追我赶"的心理,你看过的书,我一定要设法弄来一读,在他的影响之下,我总算读了一读《谈艺录》。果然是学识渊博,根底深厚,议论精微,令人感叹!可惜那时我事先订了一个庞大的课外阅读的计划,要啃完鲁迅全集,并限期完成,因此,没有来得及仔细研读,而这本书是必须潜下心来细嚼慢咽

钱钟书的学术名著《谈艺录》,1984 年中华书局再版

的。即便是粗读,《谈艺录》也足以形成我最初对学术的一个理念与生平的第一道学术标准,那便是:"旁征博引。"如果再提纲挈领加以简单化、通俗化,那就成为:"愈是引证得多,愈是学问大,愈是外文引证得多,学问就更大。"在这一简单化的学

名士风流：二十世纪中国两代西学名家群像（增订本）

术标准理念上，自然很容易就建立起"钱钟书崇拜"，把钱钟书当作一个远处的目标，一个前进的方向。这种理念、这种崇拜一直贯彻在我早期的治学活动中，而不自量的"东施效颦"，则往往把自己弄得很苦。

记得我的第一次"东施效颦"是在大学高年级做论文的时候，导师是闻家驷教授，我选的题目是《论雨果的〈艾那尼〉》，说老实话，表面上指导的是闻师，暗地里起作用的是钱师。心底里既有《谈艺录》为偶像，就不自量力欲小试牛刀，很想把论文写得"有点学问"，为此，便去把雨果的若干文艺理论找来读了读，那一次尽管是甚为初级的幼稚的"引证"，但也不失为一种有益的练习，而"立竿见影"的效果就是膨胀了论文的体积，正如雨果所嘲讽的那样，像一支军队补充了粮草辎重而显得声威大增，甚至引起了同班一位优等生的关注，以至他礼贤下士地前来借阅参考。更值得我自己纪念的是，这次治学之举导致了我后来去翻译雨果的文艺理论，20世纪80年代初上海译文出版社出版的我那个译本，其最初的源头就是巍巍"钱山"麓下的一道涓涓细流。

我在北大当学生的时期，钱钟书四十多岁，已经在"翰林院"任职，但还没有出版他的皇皇巨著《管锥编》，他的著名小说《围城》也尚未再版，还不广为人知，那时他的名声远不如20世纪八九十年代响彻中外，而仅仅是以《谈艺录》深得学子景仰的。不过，仅仅这一本书，的确使得他在后生晚学心目中成为一把尺度、一个标准、一个偶像,人们不是崇拜他有体系与思辨能力,而是崇拜他掌握知识的非凡能力与他所掌握知识的巨大容量。试想,旁征博引,信手拈来,不是来自人所共知的主义国说经典读物,不是来自大路货的资料汇编,而是条条款款均来自时空远方书山文海的深处,这得找读多少书?这得有多快的读书速度?一步步走是不行的,必须是飞,但又必须是一步步走的,否则你如何能发现散落在小径边、丛數里的一颗颗"思想钻石"与一丝丝历史文化的遗迹?寻觅到少数几颗、少数几丝或许并非不可能,但要像钱钟书那样有丰盛的发现与采撷,可就"难于上青天了",这种难度只有干过这事的学子才有若干感受,行外人、业外人是很难体会到的。不言而喻,对旁征博引、对典故、对注脚的向往是学子的一种特殊的癖好,如同少女对丰胸的向往,是学子常有的学术崇拜中的一项重要的内容,即使钱钟书的《谈艺录》在旁征博引方面还没有达到后来的《管锥编》那种炫丽大展示的程度,也足以为青年学子提供了一个顶礼膜拜的偶像。

在早年的求学、治学的生活中,我内心中一直供奉着这种特殊的"拜物教",出了大学后,仍在"东施效颦"的路上走了好些时候,总要在自己的文章中力求达到多少多少引证与注脚,虽为东施小技,与祖师爷"西施"有天壤之别,但随着年龄的渐长,学力的渐增,此种"效颦"之举似稍成了一点气候。1963年我写《新小说剖析》(载《世界文学》1963年第3期)一文时,为了用"充足的粮草""完备的辎重"壮大军威,不惜

名士风流：二十世纪中国两代西学名家群像（增订本）

泡在图书馆里，把《费加罗报》《文学新闻报》《法兰西文学报》《新批评》《欧罗巴》等五六种法文报纸杂志，逐年逐月逐日地普查了一个够，结果在一篇二万五千字的文章里，做出了六十三条注脚引证，这在当时的学林，也算得上是小小一景。不过，说老实话，模仿之路，效果并不好，我只顾使劲把从外国书刊上摘出的评论、引文——设法安排在文章的各个部位，几乎就是用思路与文笔去串联这些材料，或者说是让自己的论述在一条条材料与引文之中蜿蜒伸展，这样一来，势必对论述对象新小说派没有下足功夫去做深思熟虑的公正把握、深入而有说服力的评析与科学准确的评价，而任那个时代甚为流行的"左倾幼稚病"占了上风，写成了一篇"左"倾的文章，以至后来，我多次出版论文集时，都不得不将它舍去。

  在我治学的早期阶段，这类故伎我可没有少加重演，又如，写一篇一万多字的《论拉法格的文学批评》时，塞进去五十三条注脚引文，写一篇两万多字的《论世界观与创作方法的关系》，则塞进去九十六条注脚引文。特别是有的题目本来就是一位同行前辈碗里的美餐，如果聪明一点，就该回避才是，不要去染指，虽然自己是被研究所领导指派命笔的，却忘乎所以，偏想露那么一手，以显示后生可畏、技不低人，不惜挖空心思找点偏僻材料，做点炫耀式的引证，犯下了传统的"同行大忌"，从此竟结下了"梁子"，有了"过节"，以至多年之中不断受到对方的打压，甚至"追杀"。呜呼，"旁征博引"情结，"东施效颦"之举，有意炫耀的幼稚行为，亦可导致如此奇特结果！

君子之泽，润物无声

在我见到钱钟书之前就已经形成的钱氏崇拜与"旁征博引"情结，的确使得我在早期治学中相当疲于奔命，日子一久，我就深感钱氏那种绝技是与他一目十行的阅读速度、过目不忘的天才记忆力、博闻强记的毅力分不开的，而这些天赋禀能是我自己所欠缺的。在这方面我至多只是中等偏下的资质，我要做到"旁征博引"，那么平时读书时就得一张张做卡片，把将来也许可引证的材料与见解抄下来，显然，这就不是"飞"了，而是脚步笨重地踽蹒而行了，结果弄得自己很累，于是，我逐渐悟出钱氏这门绝技我是学不到家的。而且我还深有所感：在文章制作过程中，如果一心想方设法去安排一条条材料与引文，势必妨碍思路的顺畅，文笔的流利，意旨的层层深入，把本来尚可保有的一点优势也都丧失殆尽。在认清了这种"命定性"之后，自己就从原来的情结中解脱了一大步。加以分配到"翰林院"工作后，受到的历练是多方面的，营养来源也是多渠道的，数量多多的名士大儒并肩而立，精神风采，争艳斗胜，给人以多元的启迪与熏陶。这里有何其芳明晓透彻而又富有文采的说理，有蔡仪严密得令人折服的体系建构力与思辨能力，有李健吾的才气横溢与文思灵动，有卞之琳的精巧与细腻，有唐弢的平易近人中的深邃……走在这样的山阴道上，是应接不暇的。原来那种单打一的情结，自然缓解了不少，但在我心目深处，钱氏的学贯中西与旁征博引始终代表着最高的学术境界，在自己的"作业"中，我也始终保持着对引证与材料的重视，因此，对我早期一部分理论文章，虽然有人认为其中有"左倾幼稚病"的病征，但从没有人认为是"空头理论家的玩意儿"，有钱氏这碗酒垫底，毕竟就有了若干底气，总算最后得到了一个眼界甚高的评论家这样的评语："柳某某的引证充足而适当。"

三

1957年，我从北大毕业后，分配到当时尚属于北京大学的文学研究所任《古典文艺理论译丛》的编辑，本可以很快就一睹钱钟书的风采，至少在本单位的大会议厅里以及走廊过道里。但我报到的当天，一位延安老干部的夫人，专管人事的负责干部就通知我，根据上级的统一规定，新毕业的大学生在正式参加工作之前，一律下放劳动半年至一年，要我做好准备，两三天之内就要动身。于是，我在学会做编辑工作之前，就先去了北京远郊的一个山村去学习锄地，这一去就是半年，后来因为编辑部里两位"大将"之一休产假，人手不够，我才被提前调了回来。

钱钟书是《古典文艺理论译丛》的编委，但在我参加工作之前，他已经就为最初的几期做出了贡献，从选题到提供译文，均有当时一期期"译丛"可查，待我开始在编辑部干活的时候，那几期的选题与译事业务就是靠另外两位编委了，我请教的对象也就主要是李健吾与朱光潜，仍然没有得到机会拜见钱钟书。虽然是在一个单位，虽然我心仪崇敬，但我既没有"追星族"那样的勇气，也没有青年罗新璋从北京给上海傅雷主动写信求教的那种无视间隔的大气与至诚求学的热情。钱钟书对于我来说，仍然是"神龙不见首尾"，过了好久，才偶然与他"有了一面之缘"。

那是在一次运动中，领导上要求全研究所"全面进行整改"，第一步当然是"充分发动群众大鸣大放"。做动员报告的是老干部中少有的一位女杰，她强调，大字报必须量中求质、没有量，就不可能有质，为此，要求每一个人必须完成一定数量的大字报，特别是对青年人，必须严格要求，每人至少要完成五十张。真是一次奇特有趣的动员，这不是在挤柠檬吗？不过，也不失为一种发动群众的艺术，而且还颇为通情达理：一是大字报"不拘一格"，论证路线问题的，对领导提意见的，揭发问题的，敦促进步的，将一军的，扫一笔的，建议帮助的，善意希望的，等等，无一不可；二是不限对象，既可向上级领导提，也可以向本单位的负责同志提，还可以向本单位的学者专家以及一般同志提……我刚到这个单位的时候还不长，要写出五十张大字报交差谈何容易，何况，响应领导的号召往前冲，那是会得罪人的……于是就跟在几位有经验的师兄、师哥后面，写了些对这的建议、对那的希望之类不关痛痒的大字报，当然，"大方向"是不能错的。当时，在文学研究所，主流力量是马克思主义的理论队伍，由一批老延安、老鲁艺、老白区文艺战士以及阶级觉悟高、路线旗帜鲜明的积极分子组成，可统称为"红道"。钱钟书另属于受尊重的党外老专家之列，这些人士平时是受到尊崇的高级统战对象，但一遇上运动，地位与性质就

名士风流：二十世纪中国两代西学名家群像（增订本）

有了微妙的变化，总跟"资产阶级学术思想""白专"之类的概念沾上边，在涉及路线是非时不免被扫上一笔，似可统称为"白道"。在此道上，钱钟书与俞平伯同为"一级研究员"，自然更是令人瞩目，在那一次"大字报全面开花"中，也就收到了几张"敦促""期望""寄语"之类的"礼品"，包装得温文尔雅，一看就是送礼者为了在"全面开花"中完成自己的份额，在"至少五十张"的硬性任务中达标而送出的。我也效仿师兄、师哥之举，凑上了一张，寥寥几句话，名为"希望"，大意是说"钱先生学贯中西，研究精深"，希望他"沿着毛主席所指引的工农兵方向前进"，做出更大的贡献云云。天知道写大字报的此人要钱钟书与毛主席的工农兵相结合是什么意思，要钱钟书如何去结合更不得而知，但该大字报对钱钟书的景仰之情溢于言表，却是显而易见，确凿无疑的。同一个小单位的一位曾在白区有工作经验的老同志火眼金睛，一眼便看透这张大字报的"灵魂深处"，于是，出于一种长者的责任感，为了对一个不成熟的青年同志进行思想帮助，便找了大字报的这位作者严肃地指出，对"资产阶级学术代表人物"，不能看似"敦促"，实则"宣扬"，什么"学贯中西""学识渊博"之类的，而且，他还公事公办，在一个小组会上又提到了此事，当然，是与人为善的，仅仅只是提醒提醒这个青年人而已。至于钱钟书是否看见了这张大字报，我就不得而知，但我估计，他是看到了，因为，那一期间，全所的业务工作都停顿了下来，每一个人每天的正式任务就是写大字报与看大字报，大字报都张贴在一个大会议室

君子之泽，润物无声

里，似乎是为了显示与1957年的"大鸣大放"有别，也是为了便于统一管理，全所的每一个人在上班时间都可以自由出入这间大会议室，充分浏览、观看与阅读这些大字报，这成为大家每天的必修功课，钱钟书也不例外，我就不止一次看见他在这个大厅里仔细阅读，我的那一张毫无疑问是被他注意到了，因为它的标题很醒目："寄希望于钱钟书先生。"

正是在这样的场合，我与钱钟书有了一面之缘。一天，大家看大字报的时间，我迟到了一会儿，匆匆往大厅里走去，在门口，正碰见钱钟书看完大字报出来（想必他是一目十行浏览而过的），他穿着经常穿的那种休闲式的西装，上衣像小领口、直排扣的两用装，不打领带。因为在门口劈面而遇，我赶紧恭敬让路，而钱先生也面露笑容。那是典型的钱钟书式微笑，两边嘴角向上撇，使得那笑带点幽默意味，也带点苦涩意味，既有点像是打个招呼，也有点像是表示歉意，这不是中国人的礼数，而是西方人的习惯与教养，你在路上碰见一个陌生的西方人时，如果他的眼光无意中碰上了你的眼光，那么他的脸上肯定会浮现这么一个混合着善意与歉意的微笑……当时，虽然钱钟书脸上还没有收敛起那笑容的时候，眼睛并没正视这个小青年，但这微笑已经使得这个小青年有受宠若惊之感了，他太愿意相信这表明钱钟书认出了他，认出了他就是那张大字报的作者。不过，他从来不敢这么断定，直到今天回忆这件事的时候，如果他真敢这么认定，那他简直就成为一个褚慎明了。《围城》

中这个丑陋的"哲学家",竟把世界大哲人罗素寒暄式的问话夸大为"请教了几个哲学问题"。短短几笔素描,就画出了一个自我膨胀、自我吹嘘的典型,有钱氏这警世之笔,谁还敢对自我做非分之妄想,做非分之妄谈?

不过,毕竟是一个善意、亲切的微笑,给人深刻的印象,以后数十年里"钱、杨"作为长辈对这个小青年的宽厚、慈和、关怀、理解、鼓励与帮助,等等,似乎都预展在这个微笑里,定格在这个微笑里。这是我至今仍未淡忘的原因。

四

我在《古典文艺理论译丛》工作了一个时期后,蔡仪就被调到周扬主持的高等院校文科教材编写项目中去主编《文艺学概论》,他当时在"翰林院"中既统帅文艺理论研究室,又任《古典文艺理论译丛》的主编,因此,便从这两个单位选拔了几个他也许认为"顶用的"干员跟他一起去编写教材,我有幸名列其中。文科教材的各个编写组都集中在西苑高级党校,开阔整洁的校园里,有王朝闻为首的美学组,吴于廑、周一良的世界历史组、唐弢的现代文学组,等等,大大小小共十几个之多。编写组的工作条件与生活条件都很好,每人一个单独房间,那时是三年困难时期,但编写组的大食堂有特殊的伙食补助,不仅粮食充足,而且还时常可以吃到肉(按我们的祖宗恩格斯的论断,人类进行高级脑力劳动不能不吃点肉的),于是,我便在编写组"安营扎寨",很少回城里的"翰林院"本部,当然也难

君子之泽，润物无声

以有机会得睹钱先生的丰采。然而，在心目里，那颗学术巨星仍然在地平线上发亮，而且由于他的《宋诗选注》一书的出版而更增加光华耀眼的程度。

《宋诗选注》出版于1958年，这是新中国成立后钱钟书出版的第一部书，为什么进入一个新历史时期，将近十年之久才有新作问世？这跟钱钟书雄浑的学力、渊博的学养与高效的精神生产能力似乎很不相称，要知道，抗战结束以后短短三年之中，他就有《人、鬼、兽》（1946）、《围城》（1947）与《谈艺录》（1948）三部大书问世，而相当多远不如他的学者名士却在新中国成立后"枯木逢春"，施展起身手来了。对于钱钟书这十年的沉寂，我一直就有些想法，也许是因为新中国成立初期一连串文化批判运动、思想改造运动的经历与情况使钱钟书记忆犹新，甚至心有余悸？就像杨绛在《洗澡》中所描写的那样？也许是因为他不愿在出身于旧时代的"原罪"上，再为下次运动增添新名目的"原罪"，而干脆来个"不说不动"？也许是因为他还没有熟悉新历史时期、新历史环境，还与这里的政治大气候、学术小气候格格不入，还不能熟练使用作为国说的"马列主义的立场、观点、方法"，还没有找到自己认为合适的文化学术生态以及自己能为时代社会所容的学术道路与学术表达方式？也许是因为他顽强地固守着自己精神文化学术的独立王国，压根就不屑于去理会那种以强买强卖方式逼人接受的思维模式与时尚，更不用说去遵从与使用了……他为什么躲进了"翰林

名士风流：二十世纪中国两代西学名家群像（增订本）

院"古代文学研究室的"故纸堆"中，而且一声不吭，一文不发，一书未出？当然，每当举国欢腾，社会上热热闹闹、纷纷拢拢的重要时刻，更不见他像不少文化人、学者那样，或"放声歌唱"，或"慷慨激昂"。在我的印象里，他就是一个猫在闹市里的隐士，也是不流于凡俗的雅士，在灰衣、蓝衣的洪流中，特别醒目的一个"最后的贵族"。显然，在随大流的人群中，能控制着自己的动静，能掌握着自己的方向，能自主地采取自我状态、自我方式的人，只可能是智者，钱钟书就是。他那将近十年的沉寂，似乎要比那些欢呼跳跃、振臂高呼，更有思想含量，更深沉、更有张力，显示出了一种真正的精神风度。虽然，他离我甚远，我根本就不熟悉他，我却经常这样对他进行近距离的猜度与思考，所有这些思考，都构成了我自己精神历程中、自我探索中颇具启蒙性的启示。

《宋诗选注》的出版当即就引起了我辈晚生的注意，虽然我与周围几个同辈都是外文系出身，于中国古典文学完全是门外汉，但也把此书当作自己必读的业务书，而且经常围绕着它进行议论与品味。我们当时都是凡夫俗子，自然依循时代普遍的思维惯性，首先关心钱钟书在这本书里在多大程度上运用了"马克思主义的立场、观点、方法"。说不上是审视，更多是好奇。结果我等发现钱氏对国家学说、对最高思想的尊重，主要只表现在选题上，那便是比较注意选入那些反映社会现实与人民生活疾苦的诗，我觉得特别明显的一个例子就要算对那个写尽了离别羁旅情怀的风流浪子柳永，只选了他一首描写盐民痛苦的《煮海歌》。后来，我看到胡适曾经这样指出："他是故意选些有关社会问题的诗。"至于在贯彻马克思主义、毛泽东思想上是否还有其他的上佳的表现，那似乎就很难看出了，好在对古典文学的选本来说，这种选题的倾向性就足够了，足以在政治思想上达到那个时代的及格标准。说实话，我所期待的并不是钱氏这个方面的"上佳表现"，一旦他过了"思想内容"的及格线，令人为他放了心，就等着看钱氏的强项绝活了。有的绝活我作为中国古典文学的门外汉，是看不懂，或基本上是看不懂的，如胡适所称赞的钱氏所写的注。不过，即使是门外汉，也不难看出，钱氏的注解条条写得有学问有功力，旁征博引、蕴养深厚。好家伙，原来以为他只是一个西学名家，没有想到对中国古典文学中一个专业程度很高的领域居然如此精到，令人不由得又增添一重尊敬。

钱氏这本书中，我最爱读，也最有感于心的，还是他写的诗人小传。这些传述写得文笔潇洒，用词精妙，出语老到，视点大不同于一般文学史、文学评论与文学传记通常有的那种"讲义模式"与八股调调，至少使我深切感到认知性的评述是可以写到这种境界的，日后我自己写法国文学史时，为文学名家、文学名著作评时，都颇受这种文笔境界的潜移默化，自觉或不自觉地在心目中以它为标杆、为目标。整个这本书还有一种示范作用，它对古典文学遗产认真加以精细的遴选、精辟的评注与鉴赏，本身就是一种榜样，日后，我之所以做了不少外国文学的编选工作、点评工作、鉴赏工作，实受了《宋诗选注》这个先例的启示，我在做这些工作时之所以特别要求自己要有选家的独特眼光，有识者的精当点评，有赏者的佳妙赏析，有史家的鸿篇大论，更是先生之泽滋润于我的结果。我的确这么做了，也的确扎扎实实做出了一些事情，且有不小的社会影响，但究竟水平如何，我还不敢说。

钱氏此书还显示出一种精神风采，那便是超脱的态度与距离感，他对名家佳作绝无那种傻乎乎的顶礼膜拜与幼稚的"放声歌唱"，他有一种哲学家的理性立场与科学的态度，有历史学家的境界与风度，如果把这也学到手，在看待与观察世上的人与事，包括闪闪发光的事物、神圣不可侵犯的事物的时候，那就会受用无穷。如果我早在20世纪五六十年代就学得了钱氏这一精髓，我也许就会清醒得更早，明白得更早，早一点走出蒙昧，而不用等到"无产阶级文化大革命"之后才恍然大悟。

五

在文学研究所没有分生出外国文学所以前，我与"钱、杨"都是一个所里的"同事"，只不过，钱钟书所在的中国古典文学研究室，与我所属的文艺理论研究室相隔甚远。但我们这个研究所与杨季康（杨绛）所属的西方文学研究组却经常在一起开"联组会"，进行政治学习与一些重大问题的讨论，愈是遇到"整风""路线学习"与政治运动的时候，这种"联组会"就更

君子之泽，润物无声

多一点，因此，从20世纪60年代初起，我就常在"联组会"见到"季康先生"。1964年，我被正式调到外国文学研究所中"季康先生"所属的西方文学研究室，同属于一个基层单位，碰面的机会自然较多。此外，在1962年8月"钱、杨"搬进他们著名的干面胡同宿舍大楼以前，曾在东四头条的宿舍大院住过一个时期，而那时，我与朱虹也住在那个大院，"钱、杨"住前院一幢小洋楼，我们则住后院的小木楼，在同事关系之外，又有过一段时间的邻居关系，我便多了一些熟悉与就近景仰的机会。

我初见到的杨季康正是五十出头的年龄，她精瘦娇小，举止文静轻柔，但整个人极有精神，似乎她就是精气神的高度凝聚，特别是她那两道劲逎高挑而又急骤下折的弯眉，显示出了一种坚毅刚强的性格。她的衣着从来都是整齐利索，即使是在家里不意碰见来访者敲门的时候。至于参加所里的会议与活动时，更是相当讲究，当时，在整个研究所有两位女士的衣着是很"高级"的，一是"九叶诗人"之一郑敏，她从美国回来不久，常穿款式特别、色彩艳丽的衣裙，极有浪漫风格；另一位是杨季康，她的穿着则很典雅，多少有点华贵，冬天常披一件裘皮大衣，很有高雅气派。她们两人都保持西洋妇女那种特定的"尊重自己，也尊重别人"的习惯，每次公共场合露面，都对面部做了不同程度的"上装"，这在20世纪五六十年代的国内环境中，是极罕见极罕见的，不过，郑敏的"装"较为浓，而杨季康的则几乎是不着痕迹，似有似无。

在公众场合，季康先生从来是低姿态的，她脸上总是挂着一丝谦逊的微笑，像是在每一秒钟对每一个人都表示着她尊重对方、与人无争、谦虚礼让的善意，她对人不仅是彬彬有礼，和蔼可亲，而且有时近乎谦恭。说实话，在一个高度一元化、官本位的社会里，有的时候不谦恭那就是做得不到位，不达标。政治学习会上以及其他重要的场合中，季康先生极少发言、表态，实在不得不讲几句的时候，她总是把自己的语言压缩到最少的地步，正如她在日后翻译《堂·吉诃德》中奉行"点烦"原则，即把用词精简到不可能再精简的程度。她讲起话来，不仅轻声轻语，而且从来都是操持低调，也就是说，从来都带着"原罪"自我认定，如"自己马列主义没有学好"，"资产阶级学术思想没有改造好"，"从旧时代过来，身上有旧的烙印"，等等这类的话绝不离口，每当我观察她如此如此之时，心里常这样想：杨老太，我很懂，你这是在"刘备种菜园子"!

20世纪50年代后期至60年代初，"文化大革命"以前，杨季康在卞之琳所统率的西方文学研究室任研究员，研究课题是英国小说，上至18世纪的菲尔丁，下至19世纪的狄更斯、萨克雷，基本上就是英国18、19世纪的被惯称为"现实主义"的范围。那时"翰林院"的研究工作任务就是写论文、写专著，一般都是写论文，很少有人径直去写专著，即使新中国成立前写过专著的学者（如写过《福楼拜评传》的李健吾）也不那样做，因为当时研究所的所长何其芳特别强调写高质量的学术论文，把学术论文视为学者研究心得、学力水平最凝聚的体现，认为只有内容厚实、水平高超的学术论文才有可能演绎为学术专著，他自己的专著《论〈红楼梦〉》实际上就是由一篇篇高水平的论文组成的，因为他当时在政治上与业务上都有很高的威信，他这种主张与他自己的方式也就成楷模与典范，大家都起而效尤。季康先生后来于1979年出版的《春泥集》就是她五六十年代任研究员所写的研究论文的结集。书名很谦逊，取自龚自珍的"落红不是无情物，化作春泥更护花"，意指她这些文字只不过是"零落的残瓣"，"可充繁荣百花的一点儿肥料"。虽然只是薄薄的一本，不到十万字，但每篇文章的学术内容高度凝练扎实，风格极为清爽洁净，文如其人，就是一个简洁、干净、利落！学术研究文章写成如此，何况日后的散文？这时已可预示季康先生特有的那种淡泊纯净、含蓄内敛的风格了。

以季康先生的才力，几年之内只写出为数并不多的学术文章，这在"翰林院"里应该说是个人研究成果"比较少"的。也许有人要问，她干什么去了，从后来的事情看，她的主要精力是在搞翻译，而且产品丰硕，《小癞子》《吉尔·布拉斯》以及"文化大革命"后才出版的《堂·吉诃德》基本上都是她在"翰林院"供职期间译出的，几乎囊括了西欧文学中流浪汉体小说的全部名著，成绩斐然，可谓译出了一个"系列"、一个"体系"。这是其他任何翻译家包括傅雷也没有做到的，这既需要有成熟的文学史的视野与见识，更需要有足够传达出这类小说风格的高超译技与精湛语言修养，那也是学懂了一门外语，只会注重死板的词义与文法关系的"全真派"译匠所望尘莫及的。

应该说明，翻译工作在"翰林院"的研究理念与工作体制中一直没有正式的地位，甚至不那么"合法"，制订研究工作计划时，它没有地位；统计研究工作成果时，它不算是"研究成果"；在评职称时，它不顶用，没有"硬通货"的效用。只是对极少数已修成正果，且名望特别响亮的大翻译家才有特别的"宽大政策"，那就是容许作为"研究员"的他们也可以在"研究计划"中订入翻译的项目，也可以将其译作列入"研究成果"，当然，这些人都已经"功成名就"，不存在"评职称""晋升职称"之类的问题，如潘家洵、罗念生。潘家洵早在"五四"时期就曾译出了易卜生的戏剧名著，为中国新文化运动立了一大功，他一直抱着易卜生不放，致力于译其全集，对此，"翰林院"的领导当然不能不"认账"，不能不支持，他虽身为"研究员"又供职于"研究室"，却堂而皇之地大搞翻译，当然他的译事也就堂而皇之地列入"翰林院"的"研究计划"。罗念生先生与潘老亦相仿，他号称中国学林中懂得古希腊语的唯一一人，一直在翻译古希腊的悲剧与喜剧，译出初稿后，还要通过英语译本进行校改修订，一校之后，还有二校，以至三校，精益求精，细致雕琢，因此，他的"研究计划"十来年之中却只有那恒久不变的一项：翻译古希腊戏剧名剧。

潘、罗二位资深元老都是"二级研究员"，他们这种"特权",当时的中青年研究人员是享受不到的,我所记得的唯一例外,是后来的罗新璋,他在敝人所主持工作的"南欧文学研究室"里,身为供职于研究岗位的"研究员",从来却只搞翻译,基本上不搞作为本职工作的"文学研究",因为,他是我辈之中最为出色的翻译家,他优秀的才能与单一的兴趣受到最大限度的尊重与照顾,何况,对翻译艺术进行研究何尝不是"研究"?所以,也就有一把"破伞"为他"遮风挡雨"了。不过,愈到后来,随着只学了一门外语而对文学研究既无兴趣更难以适应的"新鲜血液"涌入"翰林院",原来那个"翻译作品不算研究成果"的不成文的法,也就名存实亡,以搞翻译为安身立命之本的人愈来愈多,甚至进入庙堂而居高位者亦大有人在,可惜像罗新璋那样译技精湛,具有大家风范的译师却如凤毛麟角。

杨季康当时在研究所是三级研究员,以她的资格与地位来说,她未尝不可以享受潘家洵、罗念生的那种"特准",但她是一个很尊重"翰林院"的规则,不过分强调个人兴趣的人,因此,她在个人的研究计划里,从来都订入了文学研究的课题,她的翻译工作,虽然也得到了研究室统领卞之琳的"特准",但在名分上却始终是次要的"老二",不过,从事实结果来看,她个人的兴趣显然是倾向于搞翻译而不是写学术研究论文。也许,她早就悟出了"理论是灰色的,只有生命之树常青"的道理。巨大的兴趣当然形成了巨大的动力,并演化为巨大的创造性。她找到了适合自己的道路,发挥了自己的所长,回避了思辨力的所短，最后达到了成功的高地。她全部重要的译品基本上都是完成于20世纪五六十年代，"文化大革命"之前，今天看来，在西学领域里，她的成就比之于她的同辈，似可谓"后来居上"，在与她同一辈分、同一年龄段的学者专家中，比她的职称级别更高者不止一两个，但在同一个时期，有的正在"官场"中应付各种规矩与法则，在"庙堂"里适应种种规范，耽误了不少学术建树的大好时光，有的自持掌握了国说主义，深谙政治潮流的方向，热衷于趁风借势，今天批这，明天批那，拳打脚踢，即或进行译述，却把过去时代风潮中那类跟风趋势的作家作品，误认为永恒经典，对之忘乎所以进行了时间与学力的投资，结果虽不能说是"颗粒无收"，但的确只能说仅收获了一朵"明日黄花"而已。而在这些年里，杨季康却甘于坐冷板凳，埋头"种菜园子"，认定自己的流浪汉体小说系列，辛勤耕耘，厚积薄发，为自己日后的成功与辉煌，打下了扎实的基础，终于，在面对着中国的文化积累史的时候，难道还能说杨季康只是"三级"，而谁人谁人是一级、二级？

六

在实际生活里，"钱、杨"很低调平实，他们除了在衣着上比较讲究外，在其他方面，不论是待人接物、人情交往，还是做派作风以至生活情调都力求低态亲和、平凡普通，这种低调，实际上就是有意冲淡自己作为高级学者甚至是作为学术泰斗而与身俱有的特质与标志。他们从不摆出身份架子，更没有半点

君子之泽，润物无声

作态，给人平易近人之感，不像有些名士那样身上总发散一种威严、一股冷气，使人难以接近。在我见到的大家名流中，他们要算是最为平实，甚至最为谦逊的两个。

如果你在门口迎面碰见钱钟书，他绝不会因为你的辈分比他低、年龄比他小而气昂昂地当仁不让，倒会让在一旁让你先走，就像他与比自己年轻许多的中青年人有信札来往时，往往尊称对方为"××吾兄"，信札后尾往往署上"钱钟书上"，甚至是"敬上"的字样。即使在门口相遇他让不过你而先跨一步，脸上也会带着他那特定的、嘴角朝上、有点幽默意味的微笑，似乎在向你表示歉意。

如果你是初次认识杨季康，你也会很容易发现她待人接物的态度十分平实谦逊，她虽然有时穿得有点雍容华贵，但神情态度却平和得就像邻里的一个年长的阿姨或大嫂。她不会像某些女才人那样，一相识，一见面就言必谈学术与文化，似乎不那样就不显自己的身份与高雅，她倒是总爱聊聊家常，说说普通平凡的题目，显然，她在日常生活中，只想作为一个普普通通的人与人进行交往，进行普普通通的交往。认识久了，她对晚辈后生则愈来愈有更多的亲切关怀，的的确确像一个慈祥的"阿姨"。

如果你到"钱、杨"家去，你会发现主人显然是力戒任何排场与气派的，他们家的陈设家具可谓简单朴实之极，既无宋式或明清风格的桌椅，也没有款式新颖的西式沙发，没有古色

名士风流：二十世纪中国两代西学名家群像（增订本）

古香、洋洋大观、包括诸子百家的书柜，没有气概不凡的文案，总之，名士方家书房里常有，甚至不可或缺的陈设，在他们这里几乎一样都没有。

他们家住在东四大院的小灰楼上时，我去过多次，客厅里只有再简单不过的几把坐椅。他们从干校回来后在文学所楼的西头居住时，我也常去，房子里更挤满了应付最简单饮食起居需要的日常生活用具，连一个像样的书架也没有，那时，院子里正荒置着一些图书馆的高大铁书架，日晒夜淋，已成废品，"钱、杨"从管行政事务的头头老姜那里，借来几块铁板，用砖头叠起来支在两头，铁板往上一搁就成为书架了。直到他家搬到三里河国务院高级宿舍楼后，这种特殊的书架在他们家还继续使用了相当长一个时期，到了后来很久，才见添置了一两个简朴的书架，但却矮小不如人高，容积很有限，似乎在宣称，我们没有多大学问，用不着放置多少书籍……所有这一切，与名学者教授家书架林立、琳琅满柜的景象，恰成鲜明的对照……

但只要一进入谈话，你面前就出现了蔚为壮观、令人目不暇接的知识大炫耀，赤橙黄绿青蓝紫，谁持彩练当空舞？当然是钱钟书。只要有一个话头，有时话头是你引出的，有时干脆就是钱钟书本人提起的，只要话头一出，他就滔滔不绝了，几乎每句话都是一条知识，都包含一条典故，而且英文、法文、意大利文，以及汉语古文的语汇或语句，不时纷呈闪现……至于议论评述,则是上下古今,天马行空,文章世事,不免指点挥斥,甚至忘乎所以、口无遮拦的状态亦不时有之。于是,在你面前就出现了一个学识上的"高人",心气倨傲的智者,日常的低调平实终难压下超人的高个头,"种菜园子"的做派终难掩盖"心高气傲"的本色,真个叫"天生丽质难自弃"也……

正如我们在现实生活中所看到的,靠身外之物不论是车马房舍,还是字画、条幅、书柜之类装点自己者有之,靠头衔冠盖炫耀自己者有之,靠故作重要之态、摆出威严架势,甚至是加大嗓门音调来抬高自己者亦有之,靠意气用事、称谓用词来计较高下、争强斗胜者亦有之,这种种世态背后,无一不是发虚的内心与贫乏的精神境界。"钱、杨"作为学富五车,意境高远的智者,显然瞧不起这类作态,他们不仅恶之、远之,而且有意逆反,不时有意"矮化"自己、"平凡化"自己,形成自己一种行事的做派与风格。我不知道"钱、杨"自己是否自觉地自我欣赏这种风格,但至少我自己对此是很赞赏的,而且,我猜想,透过日常那些平凡、矮化的外表,不时凸显出自我的高大与超人,这也不失为自我的一种乐趣与享受,在反差之中,这种乐趣与享受当更为令自我愉悦。

虽然他们在与你谈话时,其学识是绝对地、显著地占有巨大优势,他们是站在明显的高处,甚至可以说有时就是站在云端,但他们特别避免有一种"居高临下"之态,避免有俯首而视之嫌,完全不像有的专家学者即使只站在比你高半寸的小小门槛上,也要摆出俯身示教的架势。"钱、杨"相反,不时总会

名士风流：二十世纪中国两代西学名家群像（增订本）

显露出一种非常明显的意识：尽可能地冲淡与弱化他们的自我，尽可能矮化自己的高度，拉近与你的距离。面对钱氏那种知识大裂变、知识大炫耀，你很可能有眩晕之感，有难以适应、难以跟得上的尴尬（至少我自己就经常如此），更不用说能够应对应和了，但你大可放心，你不会在难堪的低谷里难以脱身，"钱、杨"自会援你一手，杨季康常常会在一段段学术内容黏稠的谈话中，不时插进一两句家常内容或轻松内容的话，来有意地进行冲淡，进行稀释，使你如在学术知识洪流的冲击下，不时能碰上一片小洲、一块礁石，得以缓上一口气，小事休憩休憩。至于钱氏，他会有意识地照顾你的进度，让你跟得上他天马行空式的学术神侃，如果他引证了一句你所不懂的某种语句，他就会翻译成中文教你能懂，如果他引证了一句意大利文或德文，而你如果学过法文，他一定会用法文再表述一遍，似乎在说："老弟，咱俩有共同语言。"有时他说得兴起，便把头微微一低，眼睛微微一眯，手轻轻一摆，有时，还用手在你的肩头上轻轻拍两下，或者轻轻一推，要不然就是把手在你臂上搁一下，似乎要用手的动作来加强你对他话语的记忆。这哪里像是宗师在讲学布道，哪里有半点"师道尊严"，而完全像是跟一个哥们小兄弟在聊闲天。甚至我常觉得，他似乎对"师道尊严"是毫不珍惜、不屑一顾的，他相信以自己知识的力量，就足以使对方五体投地了，何必求助高人一头的架势、威严与颜色？更用不着靠"师道尊严"之类的强制性的法规守则了。

君子之泽，润物无声

　　我常想，"钱、杨"是生活在20世纪中国的知识分子，他们之所以采取"种菜园子"的低调低姿态，有意识地自觉地拉近自己与芸芸众生的距离，甚至有时凡俗化自己，是因为他们性格上天然就有谦恭自卑的倾向？是因为他们在精神人格上有一种对谦虚美德的向往与追求？而其向往追求的程度又是那么强烈热切得不可抑止，以至形成了作风做派上的一种惯性，固化成了一种风格？实际上，他们都是心高气傲的智者（这么说恐怕没有冤枉他们），他们上述风格风度看来并非秉性使然，至于是否与精神人格上的追求有关系以及有多少关系，我一时也说不清楚，但有一点我很清楚，那就是既然他们是20世纪中国的知识分子，以他们的高智商，当对这个时代有深刻透彻的认知与理解，杨季康甚至用了一整本书《洗澡》，描写过这个时代的尖锐时段与尖锐问题，因此他们采取何种存在姿态、存在色调，当然与时代社会有绝大的关系。

　　这个时代是"平均地权"的时代，是"打土豪、分田地"的时代，是大刮共产风的时代，是吃大锅饭的时代，在财产领域，在政治、法权领域，这一次次风潮、一股股急流又势必冲击、涌入、渗透进思想文化领域，并决定着这里的"财产再分配"。对于这一切，"钱、杨"都目睹亲闻，有切身感受，在一个"平均主义"盛行，并不断以平均主义的原则进行激烈"再分配"的社会里，什么色调、什么姿态比较安全？那便是平民色调，那便是平头百姓的低姿态，君不见在历史上，在平民主义至上的法国大革命中，贵族都力图掩盖自己身上的印记？高

名士风流：二十世纪中国两代西学名家群像（增订本）

贵者总力图沾上"泥腿汉子"的气息？"钱、杨"博古通今，具有极高的悟性，当然知道在现实生活及人与人的关系中，应该采取何种待人行事的方式，应该形成自己的何种风格。

七

这里我不禁想起我与"钱、杨"唯一一次"共事"的经历，在我心目中，这件事既充分展示了"钱、杨"行事的做派，似乎也反映出他们的某种深层意识。

大概是在1964年，中宣部因文学理论批评界长期存在着关于"形象思维"问题的争论，便交给当时的文学研究所一个任务：编选出自古以来的外国理论批评家论"形象思维"的系统资料，以正本溯源。于是，文学研究所奉命成立了两个编译资料组，一个负责编译西欧古典理论批评家和作家论形象思维的资料，另一个负责编译俄国革命民主主义批评家与苏联马克思主义批评家有关论述的资料，前一个小组以钱钟书、杨绛为主，配备了两个年轻的助手，我与刘若端。另一个小组则由几个从事俄苏文学研究的学者组成，以后来担任了外国文学所所长的叶水夫为首。

任命钱钟书为西欧这一摊子的负责人，既是对他的重视，也是给他出了一个难题。说重视，是因为西欧这一摊子要涉及古希腊文、拉丁文、英、德、法、意大利文、西班牙文等多种外语，国内恐怕只有钱氏才能担此任。说难题，是因为"形象思维"这个术语是 20 世纪二三十年代的苏联理论批评家根据俄国批评家别林斯基的"创意"而创制定型的,要到古希腊、罗马以及西欧的理论著作中找这个术语,就无异于要到海洋上去狩猎老虎,难题完全是因为中国理论界领导人主观上以为这个"苏式术语"是一个"放之四海而皆准"的概念而造成的。

难题并没有难倒钱钟书与杨季康,他们实事求是地解决了难题,最后编选翻译出了一份完整的理论资料,明确说明"形象思维"这一术语并不存在于西欧古典文艺理论之中,不过其中倒的确有一个与之相近的"同胞兄弟",那便是"想象","钱、杨"所编译的这份资料实际上便是一份系统而完整的关于"想象"的理论资料。

作为一个青年研究人员,我当时能参加"钱、杨"的这个小组,要算是一种荣幸。就我的学力来说,选题的事我是插不上手的,我只是按领导的要求,当了当助手,跑了跑腿,没有什么事可干,不外是借借书而已。刘若端的情形也是如此。"钱、杨"怕年轻人坐在冷板凳上难受,便把法国 16 世纪作家伏佛纳尔克的一则论述交给我翻译,短短的仅五六百字而已,我译好后交卷,杨绛又做了校对修改,虽没有什么理解上的出入,但她把译文改得更精练、更利索了。最后,这几份理论资料都在《古典文艺理论译丛》第十一册发表了,"钱、杨"的这一份共节选节译了三十二个理论家与作家的片断论述,篇幅不大,只有三四万字,但署上了"钱、杨、柳、刘"四个人的名字。我因为自己只是一个助手，出力很少，不止一次请求不要署我的名字，对此，"钱、杨"执意不听，一定要把四人都一一署上。为什么他们要这么做？一方面固然是因为这个小摊子是由领导上共指派了四个人，所以，"钱、杨"坚持署名"一个不能少"，似乎是在坚持一个"集体主义原则问题"，另一方面当然也有提携两个青年研究人员的好意。但对这样一个结果，我心里老感到不是滋味，就像不得已蹭吃了一次"大锅饭"，也像在一次"知识共产风"中成为一个"占了便宜"的人，那时，我虽然在学术资历上还没有修炼成什么气候，但还没有"一穷二白"到要靠蹭大锅饭为生的地步。不过，编选理论资料的其他两个摊子也存在"吃大锅饭"的问题，而且当领导的人自己就跟着蹭饭吃，社会风气如此，"钱、杨"不过是按不成文的法则办理而已，做小辈的不必太较真，恭敬不如从命就是了，随大溜就是了。

事隔多年，钱大师去世之后，一家出版社要将上述那份理论资料收入"钱、杨"的集子，问我当时的情形，我如实做了说明，强调那份"理论资料"是"钱、杨"的心血与成果，两个助手在其中的工作量微乎其微，应该把这两个名字删掉。终于这家出版社与季康先生听取了我的意见，恢复了"历史的真实"，扔掉了两个"小累赘"，不过，在删去了这两个小人物的名字的同时，伏佛纳尔克那一则译文也被删去了。其实，这倒没有必要，因为伏佛纳尔克并非文学史上一个特别显著的大家，要把他这一则论述摘选出来，只有钱钟书先生的学力才能做到，他为此肯定付出了辛劳，而且，那一则译文毕竟还是经过了杨先生的校改，应该算是他们的成果。季康先生真可以说是一位完美主义者，她力求绝对的纯净与利索，要真正做到"一尘不染"！

八

早从20世纪50年代起，"钱、杨"的生活中就出现了一个相当重要的方面，那就是钱钟书参加了《毛泽东选集》的英文翻译定稿工作，时间持续很久，直到《毛泽东选集》五卷的英译本完成出版，前后共有二三十年之久，这么长的时间，当然就会对"钱、杨"的生活有所影响与作用。因此，与其说是一个方面，不如说是一个行程，一个进程。

首先，就其性质而言，就很不一般，甚至"非同小可"，这可不是小组长、小队长一级的领导人派你去多值一个夜班、多烧一炉开水，而是与中央领导直接有关的机构调你去参加一项无疑要算全国全党最最重要的任务。这一"上调"固然是因为钱钟书精湛的外文水平令高层领导不能不格外重视与重用，但无疑也相当大地提高了钱钟书作为技术专家的业务地位，使得他在同辈人文学者中更为凸显，甚至头上有了一轮小小的业务光圈，说实话，这是他的《谈艺录》与《宋词选注》所不能做到的，至少在现实的意义上是如此，这是此事对钱钟书的第一层含义。

名士风流：二十世纪中国两代西学名家群像（增订本）

其次，也是更为重要的是，此事具有明显而荣光的政治意义，不论"钱、杨"主观上是否有不问政治，甚至有意疏远政治、清高超脱的倾向，但这件事却使得他们实际上进入了比较高层的政治领域。语言业务上对钱钟书的重用，首先就表明了政治上的信任，而他在这个工作岗位上的长期任职，而且在定稿工作中愈来愈重要的地位，也证明了他尽心尽职，为政治服务的良好的态度，以及他这种服务的优质优量，这就使得他完全成为共和国真正的一级专家，成为党与政府所重视的"国宝"，自然而然，他与意识形态领域里的领导人与高官，也就建立了共事同僚的关系。互相熟悉、互相了解的"管道"，在"文化大革命"中，所有这一些都未能使得"钱、杨"不被揪斗、不被侮损，但毕竟"情有可原"，最高司令部里正在搞"路线斗争"的大比武，斗得情急眼红，连编修"宝书"此种要事，也顾不上了，况且"革命不是请客吃饭"，当然要打破一些"瓶瓶罐罐"，甚至包括"元青花大罐"一类国宝级的"极品"，只有双方的斗争有了某种"阶段性成果"，才会有想起保护国宝的事情，如像在"四人帮"如日中天之时，其前台干将迟群也出面讲过"钱钟书是国宝"的话。当然，最后尘埃落定之日，是"大乱"之后的"大治"之时，编修"宝书"的要事重续，钱钟书又得到了重用。这样一个过程虽然起伏跌宕、颇有周折，但最后到"文化大革命"结束之后，毕竟水到渠成，导致"钱、杨"在官方体制中地位的大幅度提升与确认，其具体表现则是在生活待遇上搬进了国务院高级宿舍的小楼，在名位上出任中国社会科学院的副院长,能获此种待遇,在与他同辈的学者、专家中,特别是在人文学者之中,是绝无仅有的一例,这更确立了"钱、杨"在全国人文知识分子、学者中首屈一指的尊贵地位。

我再说一遍,这一切是一个进程,更确切地说是一个客观的过程。在这个过程中,"钱、杨"完全是被动的,是纯粹的"受格",就其客观状态来说,完全是"惰性的"而不是"活动的",除了他以自己的语言技能、语言修养,尽心尽职地将一种语言译成另一种语言外,就看不到他还做出过其他的努力,更不用说其他的经略与钻营了。他们仍然保持自己清高与超脱的姿态,不谈政治、不做政治性宣态、不做政治性的表演,作为一个与"钱、杨"还有过一些接触与来往的晚辈,我在就近观察之中发现,他们对自己所处的这样一个客观的实际过程,始终保持着低姿态、低调门,从不提及某些可以炫耀自己重要性与荣誉性的"事实""细节",某些可以抬高自己的人事与关系,甚至对参加英译《毛泽东选集》工作一事总是避而不谈。但不少学界名流以至一些德高望重的学者,一遇到某种"官方荣誉",哪怕只是受邀参加一次高级座谈会,甚至只是得到了人大会堂联欢会一张入场券,也难免喜形于色,辗转相告,津津乐道,相比之下,"钱、杨"的确要算清高了。我想,如果说"大隐隐于市"的话,那么"钱、杨"就不仅是"隐于市"了,简直就是"隐于庙堂""隐于朝",其"隐"之大,亦当首屈一指,这是精神人格上的真正的"隐",由此可见"钱、杨"作为知识分子学者的人格意境与魅力。

九

在"文化大浩劫"中,我们与"钱、杨"一别就是十年。

浩劫伊始,一纸"横扫一切牛鬼蛇神"的号令就把"走资派""资产阶级学术权威"以及一切"地富反坏右"统统扫进了"牛棚",而把"广大的革命群众"留在空旷的场地上,什么正经事也不让做,要他们专门去"捍卫毛主席的革命路线",今天以这样的"最高指示"要求你投入"革命大批判",明天以那样的"无产阶级司令部"的命令,指引你去"文攻""武卫",更绝的是,不仅有"无产阶级司令部"与"资产阶级司令部"的划分,而且还有"革命派"与"保皇派"两顶截然不同的帽子,于是,在牛棚外的"革命群众",就为了确认自己作为"无产阶级司令部"的信众的身份,为了抢夺"革命派"的帽子,而争得不可开交,大打派战,一场荒诞的全民性的战争由此打响并一发不可收拾,就像打开了潘多拉的魔盒。

在光焰万丈的红太阳足以穿透身心的射线的笼罩下,大伙却像着了魔似的忙碌,这是狂热的忙碌,荒诞的忙碌,虚掷生命的忙碌,互相敌对、互相伤害的忙碌……牛棚里的人忙于写认罪、忏悔书、交代材料、"揭发材料",忙于一次次充当祭品被押上各种各样的批斗会、誓师会、庆功会、革命大串联会、革命大联合会,牛棚外的人则忙于"革命大串联"、到处闲逛、

君子之泽，润物无声

观摩大字报、观测风向、打听动态、写大字报、贴大字报与对立派辩论、口角，甚至动手……

尽管都是在同一个红太阳的照射下，但人们都被分割在一个个互不相通的间隔里，牛棚里与牛棚外是两个"性质不同"的世界，鸡犬相闻而互不往来，牛棚外是一个个对立的兵团、战斗队，乃至一条条楚河汉界与各种名目的"革命委员会"，互相戒备、互相攻讦，互相怒目而视，互相"扔西红柿""扔臭鸡蛋"，扔石子……偌大一个"翰林院"里，充满了狂热的政治、誓不两立的立场、慷慨激昂的笔战、知识分子文化人生平第一次玩弄的政治谋略与手段以及与之相关的种种不入流、不堪入目的小动作。花拳绣腿，应有尽有，唯独斯文尽失，斯文扫地。大家都把文化与学术抛在了脑后，甚至完全清除出脑海，一个个原来有志于学问之道的学人，都彻底告别了这个行当的任何习气，都铁了心要去当"毛主席革命路线"上的职业政治家、革命家与斗士。举例来说，我们那个研究所就有一位从苏联留学归来的饱学之士，竟把自己全部的外文书、业务书共好几大车都当作"废纸"处理给了收购站，而每天全身心地写路线斗争的大字报，大有要成为职业革命家之势……

一开始的那几年，我着着实实是在浑浑噩噩地过日子，组织上多年的训导与熏陶，在我身上也形成了一定程度的"左倾幼稚病"，在一开始那种狂热的时空氛围里，也不免头脑发热、激昂慷慨了几天，但很快就有了自知之明：自己既非红五类出身,又非"革命小将",而且还在"修正主义学术路线"与"修正主义文艺路线"的大染缸里泡过几年,显然不属于"革命主力军"的行列,不时要被人侧目而视,况且还被革命左派当作"修正主义苗子"扫过几笔,因此,自认没有资格去"力争革命上游",只求自己"既跟得上革命形势",又做到"明哲保身",因此,在浑浑噩噩之中,也带几分"战战兢兢"。每天的"必修功课"是研读中央大报的社论,关注各种小报上有关"无产阶级司令部"的消息与报道,调整自己的表态与言行,以求自己不脱离"无产阶级革命路线的轨道",还有,与革命主力军、革命左派处好关系,等等。生活内容不外是在机关大院里"观摩大字报"与同派人士交头接耳、议论评析,或打听种种小道消息作为自己行为的准绳,捉摸自己该站"什么队",该参加哪一派……回到家里,则坚壁清野,根据革命形势的逐步深入,一茬茬把过去的文稿与记事烧得一干二净,谁知道自己哪天会享受被抄家的待遇?如果说,在"文化大革命"以前自己心目中还有文化目标、学术目标,还有业务上的打算与意向,那么,到了这个时期,那种狂热而劲猛的政治风暴就把所有那一些都一扫而光了。完全看不见将来还有什么学术文化道路,更无从设想自己在这条道路上会找到什么位置。生存的状态变了,存在的精神支点坍陷了,于是,原来关心的事物,感兴趣的东西,敬畏尊崇的对象,全都变了,原来闪光的东西与带光圈的人物也都在脑海中、心目中黯然消退。这个时期,我很少想起"钱、杨"以及他们同辈的学术文化精英,只觉得他们所待的"牛

君子之泽，润物无声

棚"，是一个与自己完全不同的世界，也是自己绝对不愿意靠近的世界，不愿意与之发生任何关系的世界。

在人人自危，但求自保的利己主义的麻木的自我状态中，我有两次惊异于所听到的两则关于"钱、杨"的传闻消息。消息都是从大院里、"办公室"里、三五"扎堆"的时候听说的。一次在暴风骤雨来到之初，听说"钱、杨"在自己的居住区被"革命造反派"揪了出来，至于是哪个单位的造反派干的，当时我没有搞清楚，反正那时的"翰林院"是全国著名的重点"黑线单位"，"牛鬼蛇神"多，任何单位、任何地方的造反派为了显示自己忠于毛主席的革命路线的造反精神，往往都要到院里来借用几个"祭品"，何况还有院内的各单位"革委会"的左派也十分重视这一份"祭品资源"。不管是谁的"革命行为"，反正"钱、杨"被揪了出来，被挂了牌子，被押上了批斗会，事情便发生在批斗会上，听说杨季康对造反派的推推搡搡公然进行了反抗，而且怒目而视。这还了得，敢与革命造反派对着干！那么多党内老资格的革命干部在批斗会上，哪个不是服服帖帖？你杨季康真是吃了豹子胆，竟敢老虎头上动土，于是盛怒之下的造反派对她狠加惩罚，给她剃了个阴阳头。我当时听说这件事，第一次惊奇地感到杨季康性格中的刚烈与凛然勇气，我所认识的一个娇小文弱的小老太杨季康在那种被任意宰割的情况下的刚烈与勇气，要知道，"牛棚里"有不少从火线上转业过来的老战士，没有一个有此种惊人之举。与此同时，我第一次感

名士风流：二十世纪中国两代西学名家群像（增订本）

到了这场风暴的残酷无情，对杨季康这样一个文弱的高级女学者，竟然采取如此镇压、如此凌辱的手段，在中国近代历史上倒的确可谓"史无前例"，只可惜在当时浑噩麻木的精神状态中，我没有拍案而起的义愤，至今想来甚感惭愧。

第二件事也是发生在"大革命"的初期阶段。一天，大院里传来一个消息，说有某人贴了一张大字报揭发钱钟书有"攻击伟大领袖"的言论，这个消息真如"石破天惊"，非同小可，要知道，在那个时期，任何"路线错误""封资修罪行"与"现行反革命罪行"相比，都是"微不足道"的，而在"现行反革命罪行"中，最为严重、最为"万恶不赦"者，就要算对"红太阳"不敬了。我当时既没有去观摩这张"革命大字报"，也没有找钱氏所在单位的熟人去核实消息是否属实，说实话，我很不愿"钱、杨"跟这么一桩事有牵连，为此，自己在对确认事实真相这一点上，就有意识地保持一种"距离"，以求达到"间隔"的效应，甚至干脆来一个不承认主义，认定贴大字报的人是在哗众取宠，谋取政治本钱，要不然就是落井下石，居心不良。果然一两天后，大院里又传来一个消息，说钱钟书出面写了一张小字报贴在那张制造了轰动效果的大字报的旁边，对揭发内容正式予以否认，加以澄清，还有消息说，有人亲眼看见"钱、杨"是在晚上大院里没有人的时候，出来把小字报贴上去的，杨季康打着手电筒，钱钟书往墙上贴，情景甚为动人。由于我对"钱、杨"一贯的敬仰与好感，他们挺身而出，据实力争的勇敢行为，很引起了我的钦佩，也很引起我绝大的同情甚

君子之泽，润物无声

至怜悯，在和平时代的"铁马金戈"时期，在这你撕我咬的"丛林"境地里，一对手无缚鸡之力的老年夫妇竟要亲自出来抵挡扔来的巨石、射来的暗箭，我想，怎么会有这么心狠手辣的人要将一对老年夫妇往死里整?！当时，我的不承认主义使我根本没有去打听那张"革命大字报"揭发的具体内容，因此，我一直也没有搞清钱氏对"红太阳""如何不敬"，但从"文化大革命"末期以后，我自己经历过大劫大难，总算看清了、明白了很多事理，反倒宁愿那张揭发大字报是由于"无风不起浪"，因为我开始认定，凡经历过20世纪下半个世纪中国历史的人，特别是有头脑、有良知的智者，是不可能不对个人崇拜、个人迷信、个人专权的危害有感触的、有认识的，如果钱氏果真曾经有所流露，那语句也必定是理性的，带有学术色彩的，隽永而俏皮的……

到了"文化大革命"中后期，我与"季康先生"又打了一点交道。那时，大院里的三个派别经长时期的拉锯战，总算达到了某种平衡，虽互相对峙，但派战相对平静多了。在我们研究所这个小单位里，有那么一二十个人，从运动之初以来，基本上走的是中间路线，既不过激，也不"保皇"，每做一件事、每表一次态都小心翼翼要在"最高指示""两报一刊""无产阶级司令部的号召"中找依据，到了"大革命"中期，总算混出了一点明堂，成了一个有二十多个成员的"兵团"，"兵团"选出了一个由五六个人组成的"核心领导小组"，我是其中的第五

名士风流：二十世纪中国两代西学名家群像（增订本）

把手，负责宣传与学术批判。在任期之内，我没有做过什么对不起别人、对不起自己的事，但也乏善可陈，唯有一件事倒值得一提，那就是宣布本所"牛棚"中的人一律"解放"。一个群众组织，既不掌权，又无实力，宣布这一群体"解放"，只不过是句空话，仅有的一点实际措施，便是废除了以往两届已垮台的革委会的规矩，不让"牛棚族"去打扫大院、打扫厕所，而让他们回办公室去自行学习（那个时代普天下的规矩是，学习的内容只包括《毛泽东选集》四卷与无产阶级司令部的指示与文件，以及《人民日报》社论，甚至马克思、恩格斯的选集也没有被列入的荣幸）。我们这一派当时之所以采取这个措施，一方面是为了标榜自己是讲政策、讲人道的，另一方面则是有意引对立派出来表示反对、做出失人心的事来，可是对立派也不傻，竟然不闻不问，予以默认。于是，我们这个研究所的"牛棚族"从此在事实上就免去了劳役，其中就有杨季康，当然还有冯至、卞之琳、罗大冈。这件事是由我推动的，也是我出面办的，当然，免不了要跟"季康先生"打个照面，但打了一个照面后，我就避免再打照面了，因为我很害怕别人见了我把我当作"长官"，碰到这种情况，我非常别扭，心里也很难受，特别是面对过去的师长，那时我真想大喊一声："我不是那样的人。"

在"翰林院"，"文化大革命"最后阶段的压轴大戏是军宣队进驻后发动与主持的"清查5·16"的运动，在这出大戏中，

君子之泽,润物无声

我和我那些一贯恪守折中主义立场与中间路线的同伙同伴们倒了大霉。我既然在一个二十多个人的"兵团"中排位第五,当然就成为"重点对象",我的儿子刚出生三个月,我就被圈进了"特别学习班",那是一个只有十来平方米的小房间,我不得踏出房间一步,每时每刻都有两个专人看管,即使是上厕所的时候。房间里墙上挂着伟大领袖的画像,每天在这画像前,好几个专案组小成员长时间地"革命大批判"与"苦口婆心"并用,勒令我交代一个超出了自己的理解力与想象力的"反革命政变大案",当然这几位高超的政治工作者是以墙上那个画像名义进行劝诫与施压的,我定睛看着他老人家,久而久之,发现了他脸上带着一个神秘莫测的蒙娜丽莎式的微笑……当时我最害怕的是,自己被释放出"学习班"之日,已经成了神经病患者。

我在"特别学习班"一圈就是三个多月,被释放出来后回到家里,见小小儿子已能满床爬来爬去,不禁哑声而泣,面对着他,想到这个家庭的将来,只觉得一片黑暗,不堪设想,一场"文化大革命"下来,我们这批人的"罪行"大大地、大大地后来居上了,我们身上的"政治包袱"已经远远比一切革命对象,当然也比"钱、杨"老一辈"资产阶级学术权威"要沉重了许多,我又开始羡慕起他们了,而千万没有想到,"钱、杨"的家里,也遭到了同样的伤痛与不幸。大概在我被圈在"学习班"的那个时期,他们在北师大工作的女婿王德一就是死于当时的"清查5·16"运动,好像也是在一个"学习班"里。不过,我当时没有任何察觉,季康先生在生活中是那样遇事不惊,不动声色,我是好几年后才知道他们家这一不幸事件的,那时,"翰林院"里好几百"5·16"总算被平了反,那个骇人听闻的"5·16反革命政变阴谋"实在因为太荒诞太离谱,总算被当作"事出有因,查无实据"的想象故事被一笔勾销了,我也庆幸自己活到了清白的一天,而没有像王德一那么想不开而过早离开了人世。

十

"翰林院"里的我们这个研究所,是1970年春夏之交下干校的,季康先生在干校的生活,她在《干校六记》中有生动、清淡而洒脱的记叙,一个家庭里出了人命悲剧的老太太,在接下来的日子里能那样沉郁而镇静地面对与观察干校时期那段特殊的生活,实属不易,非得有心静如水的大涵义、大造化不可。胡乔木称赞那部散文杰作"哀而不伤",也许就有这种意思,只不过,他是站在党的领导干部的立场上这么称赞的,当政者总是希望自己的臣民以超脱释然的态度去面对生活中的苦楚与伤痛。当然,这跟季康先生所描写的"菜园子"劳动也多少有关,比较起来,菜园子里的劳动,在当时的干校里要算是比较轻松、也比较干净利落的活计,我想,如果李健吾写他每天在养猪场二寸厚的烂泥堆与猪粪堆踩来踩去、艰难劳作的干校生活,那一定会有另一番笔墨,如果是一个身负"现行反革命大案",每天天不亮就出工,天黑了才收工,还要再步行十来里路才能吃上一顿晚饭,夜里则在蚊虫成堆的牲畜棚里难以入眠的"5·

君子之泽，润物无声

16"来写干校生活，必更是另一番情景。

因为"清查 5·16"这一场大戏实在是太离谱，进行不下去，"翰林院"的大批人马又于 1972 年被撤回了北京，专门等候把"清查斗争"告一段落，给这场骑虎难下的运动划一个句号。谈何容易！在中国，难中之难，莫过于纠偏、平反。其困难就来自要转弯子，要下台阶，而且是要领导上、组织上转弯子、下台阶，且不说要整个一大派清查斗争的积极分子、主力军在认识上的转弯了。事情拖了足足有两三年，总算最后归功于中央领导的决断与英明，"5·16 大案"最后以一风吹、一笔勾销有了个了结。不久后，研究所里业务工作也有所恢复。我等身上的"现行反革命"的包袱卸下来了，原来的职业行当也有了重操的希望，心境也就舒展平和多了，这才从"文化大革命"的动乱与阴影中走了出来，如像走出了炼狱。

但在我们逐渐有了走出炼狱之感时，却发现"钱、杨"似乎还没有完全摆脱炼狱的阴影，我这里指的是，时至 1974 年 5 月，"钱、杨"仍然"有家不能回"，从北师大钱瑗的宿舍，又流落到"翰林院"七号楼办公室一间小房里临时安身，而其原因，就是为"强邻"所迫，而这个被迫到处流落的故事，显然带有"十年浩劫"特定阶段的背景与色彩。

"文化大革命"初期，"钱、杨"虽然被冲击，但居住条件尚无变化，工、军宣队进驻后，有了领导与组织，革命也就深入了，触及"生活资料占有状况"，他们那套有四大居室的公寓，就分了一半面积给了一个在工、军宣队那里很吃香的革命派两夫妇，这一对"强邻"入住是在1969年5月，那时，正是"翰林院"里规模巨大的"清查5·16"运动方兴未艾之际。没有接触就不会有矛盾。入住后不久，邻居双方都相继下五七干校，钱钟书作为"先遣队"于1969年11月动身，杨季康则于1970年7月，而正在一个月前，"钱、杨"的女婿王德一因"清查5·16"而自杀。对于"钱、杨"来说，这当然是一个大事，它给这个家庭带来了浓重的阴影是不言而喻的。到了1972年夏，大队人马都从干校回了北京，于是两家邻居就挤住在同一套公寓里。一家是正当红的革命派，以军宣队为靠山，一家是尚未完全解放的"资产阶级学术权威"，还是"5·16现行反革命分子的家属"，一家是年富力强的两口子，一家是文弱体衰、手无缚鸡之力的老年夫妇，在那个年代里，谁强、谁弱、谁趾高气盛，谁抬不起头来，不是一清二楚吗？何以会发生两家的"战争"，以至大打出手？总不至于是弱者去挑衅强者，是弱者去主动侵犯并攻击强者吧，其真实动因与实际情景是很容易就能想象出来的。对这场"战争"，双方都曾有一己的说辞与申诉，要知道那家"强邻两口子"，都是能言善辩的人，在舞文弄墨的行当里还有若干名气，当然很容易就把己方说成是受害者、受气包，把对方描写成穷凶极恶。但双方的脾性与为人，本单位的同仁了若指掌，谁也不相信"钱、杨"会无缘无故地出手，如果不是被欺负、被挤兑到了要抢天呼地的境地，如果不是受伤害到了十分情急的时候，一对文弱的老者怎么抡起了木棍、动用了牙齿？那该是人类最本能，最可怜不过，最不得已的武器呀！俗话说得好，兔子被逼急了也会咬人。

战祸既起，再就无法安身了，于是"钱、杨"舍家搬到自己女儿在北师大的宿舍，时为1973年底。流落他校，毕竟非长久之计，于是，"钱、杨"又在1974年夏搬迁到"翰林院"七号楼一间小小的办公室安身。如此被迫迁涉，到处流落，我等晚辈看在眼里，心里实在是愤愤不平，至少认为年轻的人打老人怎么也说不过去，但当时自己身上尚有沉重的政治包袱，实在没有资格出来"打抱不平"，只是深深感到"钱、杨"这次"惹不起，躲得起"的弃家流落过程，确实反映了"钱、杨"当时尴尬的弱势处境，其悲怆性似不下于李耳王在荒原上，是我们时代的悲剧插曲。当然，这一个故事也充分表现出了"钱、杨"骨子里那种与凶无争，清高洒脱的特质，虽然他们情急之下也曾"该出手时就出手"。

那个时期，我们一些年轻人从干校回北京后，因为原来有的宿舍，都早已被重新分配掉了，无处安家，也只能在办公室里临时"落脚"，这一落脚就是好几年，而我和朱虹及两个孩子一家人的"落脚地"就在四号楼办公室里，与"钱、杨"临时安家的七号楼办公室相隔很近，因此，我们常去那里看望与问候。

"钱、杨"流落在七号楼时的那间房子只有十几平方米，显得特别狭窄寒碜，颇有逃难的景象，陈设简陋之至，用砖头与

名士风流：二十世纪中国两代西学名家群像（增订本）

铁板摞搭起的一个"书架"，上面主要是放了些简单的锅碗瓢盆与生活用品，一看就知道房间的主人是把物质生活压缩到最低的水平。房间里占据最佳位置的是两张临窗的桌子，显然是"钱、杨"分别伏案工作的地方，现在想来，钱钟书的学术巨著《管锥编》恐怕有一部分就是在此一时期的这种环境中完成的，而杨季康的《堂·吉诃德》译稿，很可能就是脱稿于七号楼的这间小屋。

在"钱、杨"那间绝对平民化的小房间里，我比任何时候更感到他们格外平易、亲切，特别是天热的时候，钱钟书怕热，往往就穿着一条短裤、一件汗衫，接待我辈，真使我觉得是到了一个平民区的邻居家，没有了距离。什么级别、职称的差异，什么师道尊严的规格，什么学术水平、文化层次的距离，似乎一下都消失了，眼前的景象使我似有"同是天涯沦落人"之感，至少我觉得他们与我们都是从炼狱里走过来的，我不难理解他们，他们使我有不少感慨，而这些感慨是我不惮于向他们坦诚相告的，如果我的确想那么做的话。

在20世纪70年代末期的"翰林院"，随着秩序的恢复，人与人的关系也发生了微妙的变化，在某种程度上，是向"文化大革命"前的回归：官复原职，所长们、党委书记们各就各位，"翰林"们——复坐，由此，上下级之间的规矩法度，尊卑长幼的次序规范又自然而然地形成再建。在此种变化中观察人，是一种有益的事情，可以得到不少感绪与启示。有的人又摆出了长官的威风，有的又重拾矜持之态，有的又恢复了师道尊严，

君子之泽，润物无声

有的则有意识地拉开了与一般人的距离，有的又飘飘欲神了，也不知道他凭什么可以上升而为仙，有的怀着对"文化大革命"中恩恩怨怨、磕磕碰碰的不可释解的怨结正在以自己复得的优势还以颜色或正欲还以颜色……"冠盖满京华"，比起这一番"盛况"，"钱、杨"却显得"斯人独憔悴"，他们挤在七号楼一间狭小的办公室里默默耕耘，过着低调的平民化、群众化的生活，甚至可以说是"与群众打成一片"，没有任何尊大之态，没有任何架子尊严，穿着汗衫短裤与来客说家常话……我想，这是这个时期有很多年轻人、"小人物"乐于接近他们、前往拜访的原因，他们居住在那间小房里，似乎有点像避居在菲尔奈的伏尔泰，倒具有一种强烈的亲和力与吸引力，拥有了一批尊敬他们、佩服他们、亲近他们的"信众"，据我所知，一直聚集在"钱、杨"周围的一批年轻人、"小人物"，大都是在这个时期与"钱、杨"建立"忘年交"之谊的……刻意要树立自己权威强势的、刻意要成为宗师的、刻意要建成自己学术王国的，到头来都落空而去，而"钱、杨"在自己的流落中，却成为"众望所归"的"磁场""气场"，说他们有点像"精神导师"似无不可，其中的人格品位原因是值得深思的。

使我深有感触、深有所思的是，在这个时期的"钱、杨"身上，事实上存在着一种对人的悲悯之情，特别是对在"文化大革命"中被愚弄，最后又被严重伤害的普通群众与小人物的悲悯之情。"翰林院"有不少研究所，各个研究所的情况有所不

名士风流：二十世纪中国两代西学名家群像（增订本）

同，以我所在的外国文学研究所而言，青年人员占很大的比例，基本上都是新中国成立后大学毕业的，"文化大革命"一来，很多人都天真地按《人民日报》的社论表态行事，也算戴上了"造反派"的小帽子，其中有立场较为激进的，有较为温和折中的，但还没有一个像人们在反映"文革"时期的电影中所看到的造反派那样恶狠凶残。秀才造反，不过动动嘴皮子，舞舞笔杆子而已，我想，这个研究所的"造反派"，恐怕都是王德一那种类型，实际上毫无政治头脑，全凭概念与词语来理解"文化大革命"，按着报纸上的曲调跳舞，但在"无产阶级文化大革命"的最后阶段，全都被当作"5·16"成为革命清查的对象，异常沉重的"现行反革命"政治包袱一背就是好几年。这一个过程"钱、杨"都看在眼里，而且，又有身边的王德一作为参照，因此，他们对于倒了霉的这一大派群众从未有过疏远、划清界限之态，更从没有像有些人那样"老当益壮"，在"清查5·16斗争"中"焕发革命的青春"。"钱、杨"有家回不了而到处流落的过程，正是这一大批群众苦等"落实政策"、精神备受煎熬的时期，"钱、杨"以高度涵养、含蓄内敛，而从不显于言辞的方式，对待这批人的宽厚、善意与理解的态度正是他们悲天悯人情怀的自然流露。既像基督精神，也像佛家慈悲。这就是当时一批年轻人、"小人物"真正把他们视为值得亲近的慈祥长者的原因。我虽不敢说人人都有此感受，至少我与朱虹是深有所感的，这里，还有一件事，我们永志难忘。

一天，一位经常在"钱、杨"身边行走、替他们办些琐事的青年同志，递给我一个小纸包，里面有二十元人民币，他对我说："这是钱先生、杨先生要我交给你和朱虹的，补贴你们的家用，还要你们收下就是，什么道谢的话以后都不要讲。"恭敬不如从命，我怀着深切的感激之情收下了。那个时期，我与朱虹承担着赡养两个孩子与双方父母的义务，两人的工资加起来只有一百三四十元，由于业务断了路，没有半点稿费收入，生活的确相当清苦，"钱、杨"这一接济，真是"雪中送炭"，使我们倍感温暖……没有想到，到了第二个月，那位同志又照例递给我一个小纸包……然后，第三个月、第四个月……就像例行的发工资，每月都有，一直持续了两年之久，而且我也获知，研究所里每月不落地从"钱、杨"那里得到接济的竟有十多个人，基本上都是处境倒霉、生活拮据的青年人、"小人物"。这就是说，"钱、杨"两人每月的工资，大部分都用于接济施舍了，而且至少坚持了两三年，如同一项固定的"制度"……

从"十年浩劫"的炼狱里走出来，如此悲悯，如此退让，如此宽厚慈祥，如此菩萨心肠，这是我在"翰林院"所见到的唯一一例。

十一

从1976年以后，人们看到了"钱、杨"生活中"苦尽甘来"的转机，尚在流落于七号楼的斗室之中的后期，就已经有《毛泽东选集》翻译委员会的要员不止一次来访了。事情很简单,《毛泽东选集》的英译工作又重起炉灶,缺了钱钟书这名匠师实在不行。作为国家顶级技术专家重新被启用,这才真正意味着钱钟书无论在政治上还是在业务上真正走出了"十年浩劫"的浓重阴影。领导的重视、地位的提高,必然带来生活待遇的改善。

1977年1月,"钱、杨"得到了三里河高级寓所的钥匙,从此,"钱、杨"才脱离流落生活的尴尬。范围不大的三里河高级宿舍区直属国务院,由一幢幢小洋房组成,聚居着一些高层次的特殊人士。在"翰林院"里得到此待遇的仅有二人,一是伟大领袖曾经有话在先的"大儒"俞平伯,另一个就是钱氏,他们的待遇规格显然高于"翰林院"任何研究所的学术行政首长,更不用说高于任何其他的"翰林"名士了。这件事,在当时真给人以"矮了方阵里出了一个高人"的印象,使人似乎感到有一棵参天大树拔地而起,对此,崇羡者有之,红眼者、侧目而视者自然也不会少。当时,我这样想,以后再也不会见到穿着汗衫(甚至光着赤膊)与短裤见客的钱钟书了。

1978年,中国派学术代表团出席在意大利召开的欧洲汉学家会议,代表团成员均为国内国学精英,钱钟书当然是成员之一。1979年,胡乔木入主后的中国社会科学院又组学术代表团访问美国,拿出来的阵容是当时"翰林院"的"顶尖级",钱钟书仍是成员之一。1980年,钱钟书个人又应邀对日本进行学术访问。这是钱自新中国成立后唯有的三次出行,次数虽仅为三,但非同小可，比起在国内外飞来飞去的名士学者如家常便饭般的学术访问，其质量显然有天壤之别，对于钱钟书而言，它们就像乌尔姆、奥斯特里兹与耶拿三大战役对于拿破仑一样，奠定他简直是名扬环球的赫赫名声。钱钟书这三大"战役"的战场不过是学术演讲会、学术座谈会以及接受记者采访之类的活动，而其独门的本领则是英、德、意、法几国语言并用、妙语连珠、旁征博引，信手拈来，虽然他这种功力与绝技早在《谈艺录》中已有展示，但而今却不是尚容思索与查阅的伏案功夫，而是面对济济一堂的跨国学术精英，必须即席而发，脱口而出。于是，人们就亲眼目睹了一个博闻强记、过目不忘、出口成章、妙趣横生的奇才，他是如此奇特罕见，旷世难逢，称之为天才亦不过分。关于钱氏学访的概况与花絮，那时的国内媒体尚不发达，何况，新中国成立后也没有大肆报道义人学者风采的传统，这些记述只能见于海外报纸杂志与后来出版的钱钟书传记，其中美籍华裔学者、纽约大学历史学博士汤晏的《钱钟书传》，对钱氏的出行记叙极详，钱氏的风度、才学读来使人颇有孔明出使东吴，面对一堂名士，语惊四座之感。

钱氏在国外的才学大展示、大出彩，无疑首先给"中国社会科学院"长了脸，当时，这块牌子新挂上不久，外国人谁认识你这块招牌？如果有所注意的话，那是由于院长是胡乔木，因为国外的"中国通"都知道他是中共的第一号"笔杆子"，也就是最高当权阶层的"喉舌""捉刀人"，而今又出现了一个钱钟书，他这么一个学术奇才就是属于这个单位的，岂能不令人

名士风流：二十世纪中国两代西学名家群像（增订本）

对这么一个单位格外关注？当然，不言而喻，在当局者看来，钱钟书也为国"争了光"，新中国竟有这样一个旷世难逢的饱学之士，而且是在"无产阶级文化大革命"之后，这不正说明了社会主义制度的无比优越性？而在我这么一个本"翰林院"台下的晚辈观众看来，钱氏从此成为可以对外开放的"国士""国宝"（要知道，有的"国士""国宝"是不公开的，如"两弹之父"邓稼先），成为我国的第一号大放异彩的"学术橱窗"，足以引起外界学林的惊羡。我还认为，这实际上是钱钟书于1983年被任命为"中国社会科学院副院长"一职的一个主要原因，这件事胡乔木做得很高明，有了他与钱钟书，"翰林院"的"中国社会主义的特色"与国际高标准的学术品位两者尽显无余矣！不过，这是我作为一个现已过时的人物的看法，"翰林院"与时俱进，后来，早就不像胡乔木那样讲究什么"名人效应"了，而只讲"管理者效应"了，于是，在学术领导岗位上，昂立着的早已是一些并无学术声誉，却官运亨通的施政者了。

几乎在钱钟书几次出行的同时，他的《管锥编》分卷陆续出版了，又构成中国学术界的一件大事，虽然此书并不具有严整的学术思想体系，严格说来只是一部巨型的读书笔记，但仍以其海洋般浩瀚的旁征博引与学术讯息而被公认为一部划时代的巨著，由此，钱钟书也奠定了中国的国学大师第一人、西学大师第一人的双重顶级地位。而后，他几十年前旧作《围城》搬上荧屏并大获成功，钱式的隽永与幽默进入十几亿人口大国的寻常百姓家并得到欣赏，他关于婚姻围城、城里人城外人冲

君子之泽，润物无声

进冲出的妙语，已经在中国人的现实生活中被广泛地"普及化"，其被引用概率之大，也许仅次于萨特关于"自我选择"的名言。

与钱钟书一样，在20世纪70年代后期到90年代初的十几年时间里，杨季康也有了特别令人瞩目的业绩。在搬入三里河新居前不久，她居然在七号楼那间斗室中，完成了她的巨译《堂·吉诃德》，这部作品本身的重要分量与译作精湛娴熟的"化术"，使得译者原来的流浪汉体小说的译著总体就更为锦上添花，又大大提升了一个层次，它出版后不久，即得到西班牙卡洛斯国王来华时颁发的奖章，显著地提高了杨作为翻译家的声望与地位，从中国译界为数不多的名家高手中更加脱颖而出，格外耀眼。接着，她的《干校六记》也是大获成功，甚至脍炙人口，成为中国散文中的一本堪称杰作的书。在"翰林院"待久了的人，习惯于审视、估量、评价一个个前人在文化思想史上的分量、地位与影响，面对"钱、杨"创下的这些业绩，我等亦不难预见他们肯定将进入20世纪中国学术文化不朽者的行列，而且必然定位于第一流人物之中。

"钱、杨"在学林的凸显崛起，难免不在周边地带引起种种反应，眼见"钱、杨"长足进展，大大地拉开了与同辈"翰林"在业绩上的差距，哪能叫人熟视无睹、无动于衷、乐观其成？要知道人人都关心自己现时的作为、成就与将来在文化学术史上的坐席，要知道，在一个大锅饭、平均主义的时代，红眼病与酸葡

名士风流：二十世纪中国两代西学名家群像（增订本）

萄心理是普遍存在的，并不因为层次地位较高，甚至并不因有"德高望重"之誉就自然有免疫力，即使我当时很孤陋寡闻，交往活动甚有局限，也不难感到，在"钱、杨"的同辈中，在高级"翰林"的层次里，若有若无地存在着一种针对着"钱、杨"的"冷气"，或对他们的进展有意视而不见，或刻意不置一词，或偶露讥诮，或明确贬损。特别有一件事颇为典型，值得一提。当杨季康译的《堂·吉诃德》将由人民文学出版社作为重点书出版时，研究所的学术领导却不让杨季康亲自为译本写序，而安排一个对西班牙文学并无多少研究的青年助理研究员写序。我们当时听到此事大感惊讶：是谁出了这个馊主意？这不是刻意贬损译者与译本吗？而且是对杨季康这样一个同时也是高级研究员的翻译家。当时，我私下里对此事就曾"大放厥词"：这一安排简直就带有侮辱性，一个学术领导人做出这种安排，不仅毫无乐观其成的雅量，简直就是太不容人了。

在学术界，学术业绩是"硬通货"，是"硬道理"。"钱、杨"正是以其辉煌的学术业绩，在对青年一代学人保持巨大的吸引力、感召力，甚至造成了真正的学术文化崇拜。就我在"翰林院"里的切身感受，青年一代学人都乐于聚拢在他们周围，就像铁屑铁粉被吸附在一大块磁铁上，有的为他们跑图书馆借书，有的为他们核对材料、看校样，有的为他们换煤气罐，有的为他们做通讯联络工作，有的为他们跑腿出力……不管怎么说，他们在三里河的寓所成为一个有形无形的中心，这是某些以一己之权威与地位、有志于唯我独尊的高层学术人物可望

君子之泽，润物无声

而不可企的。特别是钱钟书的论著作品被各个不同出版社争相出版后，《管锥编》更是成为不少青年学者通达学术殿堂的"必由之路"，仅在"翰林院"里，读《管锥编》已成为要显示自我属高学术层次的人士之中的一种时尚，以《管锥编》为由，前往请教、拜见、论学者比比皆是，以《管锥编》的内容为题撰文立说来获取学术名声的亦不鲜见，我亲眼所见的台上，就有两位已走上仕途的学人，在自己本专业学科中一直并无显著建树，却花了大功夫去写研读《管锥编》后的心得笔记、论析文章，以求确立自己在学术庙堂中的堂正地位……总而言之，"钱、杨"成为人们学术景仰、学术朝圣的对象，他们所享受的那种巨大的学术荣光在学术文化史上实不多见。

在这一片耀眼光圈的笼罩下，我所见到的"钱、杨"仍然在各个方面保持着低调与谦让。在钱氏三次成功出行之后，请"钱、杨"出国讲学访问的邀请信如雪片一般陆续来到，规格与待遇都很高，但"钱、杨"都婉言拒绝，一一退让，以至钱钟书上述三次出行竟成为"绝响"……他被任命为"副院长"后，从未到任，从不视事，我们从未听他打过一次官腔，从未听他讲过一句官话，他仍然保持着平头百姓的姿态，平民知识分子的本色，他不仅有"大隐隐于朝"的清高，而且有"大隐隐于荣"的平易，在整个"翰林院"里，有此种境界、此种风度的，我只见唯"钱、杨"而已……在他们三里河的高级公寓里，一切陈设仍然简单而朴素，没有大书柜，只有两个不及人高的小

名士风流：二十世纪中国两代西学名家群像（增订本）

书架，墙上没有名人字画与任何条幅，对前往拜访的晚辈他们仍平易而亲切，甚至对有的年轻人称兄道弟，礼称"××才子吾兄"；每出版一种书，他们就送给我们一本，写给我们夫妇的题签不是"鸣虹俪览"就是"鸣虹惠存"，亲切地把我们当自家的后辈晚生……

在显荣中而平易，居庙堂之上而非"庙堂"，这是"钱、杨"作为平民知识分子的精气神，而这种正气在他们为人中的一个重要的表现，就是对青年人、对小人物、对"翰林院"中低层知识分子的关注、支持与鼓励，允许我这里借用《围城》中唐晓芙的一个用词来说，那就是对"弱小民族"的"赞助"。

毋庸讳言，在"翰林院"里存在着严格的"等级制度"，它是双重的，一是政治职务上的等级，一是学术资格上的等级。由于"翰林院"一直被当作"无产阶级革命思想阵地"来建设，其政治干部级别之高，"老革命"数量之多，在中央所有的部委中也许是名列前茅的，我初入"翰林院"时，很快就发现这里有的延安老革命、三八式老战士，不说有一营人之多，至少也有一连人之众，他们是"翰林院"各研究所政治行政工作的领导者。在学术上，研究所的学术首长、各学科的带头人、掌门人与有发言权的权威，很多都是新中国成立前就已经成名的专家学者或者是混迹国外多年、有高学历的"海归派"。有这双重的等级制度，青年学子要在学术阶梯上一级一级向上爬登，的确甚为艰难，比我先入院的"师哥辈"，有不少人在阶梯最低一级上一待就是七八年，没有"动窝"。我辈即使年已半百，学有所成，名扬士林，但在双重的长辈层面之前，仍然是"小字辈""年轻人"。敝人虽然勤奋有加，在学术舞台上也算露脸较早，也算有所作为，但在古稀之年的今天回顾起来，个中当"小媳妇"、当"小字辈"的辛酸实不为少：该得到的，始终没有得到；该早得到的，迟迟才得到；该得到承认与尊重时，该得到掌声时，该得到褒奖时，往往只得到了冷风与冷遇、否定与亏待、敲打与点批，甚至卑劣的人身攻击……而且否你没商量，治你没商量，叫你无法申诉、无法反驳……说实话，几十年走过来的历史，常使人感到的是一片险恶与冰冷，使人真正感到心里暖呼呼的只有对那么几个前辈"翰林"的回忆，除了蔡仪、李健吾与朱光潜，就是"钱、杨"了。这里，我只举两个例子。

我们的《法国文学史》上册于1979年问世后，颇得外界关注与好评，在"翰林院"里，也有李健吾先生的热情赞许，但我也明确感到有阵阵冷风从背后袭来，甚至感到有人在使绊子，有人在暗中拆台，唯恐中册得以问世。因此，1981年，在中册付印的前夕，我为了作为晚辈学生向钱钟书交一份"作业"，也为了得到一种坚强有力的支持，特将中册一篇约五万字的概论与部分重要章节交给他审阅。仅三四天后，他即给我写了一封回信，使我深受鼓舞，倍感温暖。这是我所保存的唯一一份完整的钱氏手札，二十多年来，我从未公开见示于人，因为我不愿把钱氏的手札当作我个人的学术通行证，我相信"存在决定

名士风流：二十世纪中国两代西学名家群像（增订本）

本质"之说，自己的学术本质之品级只能靠自己的学术存在、自己的学术业绩来证明，而不应靠任何鉴定与评价，但到今天，钱氏去世将近十年，而我也到了写回忆录的年龄与时候，自己好歹"就这么一堆"了，不至于由于任何评价鉴定而有所增减，故将该信全文抄录如下，以见钱公当年"赞助弱小民族"的好心：

鸣九同志：

《法国文学史》尊稿，遵约于今晨起细读，《概论》各章，至晚完毕。叙述扼要，文笔清楚朴实（不弄笔头、嵌词藻）。而且以我外行看来，言之有物，语之有据，极见功力。已超越老辈"专家"所作《述要》，可佩叮喜。

我是外行，又无书籍，只好提些粗浅意见，或推敲文字。好在你是"大海不捐细流"。

兹奉还，即致　敬礼！

虹均此候。

钱钟书上
星期三晚

君子之泽，润物无声

钱钟书赠书墨迹

鸣九同志：

《法国文学史》尊稿，遵约抆尽最起细读，到晚《概论》各章，至晚完毕。叙述扼要，文笔清楚朴实（不弄笔致、散词藻），而且以我外行者看来，言之有物，语之有据，想见功力。已超越老华侨家所作《述要》，可佩之至。

我是外行，又无书籍，只好提些粗泛意见，或推敲文字。好在你是"文海不惮细读"，c'est à prendre ou à laisser.

恭奉还，印级敬悉！
匆匆此候，

钱 上
星期三晚

钱钟书信札一件

君子之泽，润物无声

杨绛赠书手迹

1981年，我赴法国做学术访问，回国后写了二十多篇文章，陆续发表于《读书》杂志与《文汇月刊》，在这个过程中，我同样感到"墙内开花墙外香"的无奈，外面读书界对这些文章的反应是称道与关注，但在"翰林院"里，我同样感到"寒气逼人"，一位前辈学术权威不做任何肯定，却单挑出《与萨特、西蒙娜·德·波伏瓦在一起》一文（此文在当时影响甚大）责备我说：在文章中为什么把同行的同志称为"君"，"对你使用'五四'时期这种旧称呼，同志们很有意见"。当时，看那严肃的架势，我本以为对方会提出什么有分量的学术意见，没想到竟这么"在鸡蛋里面挑骨头"，我既感到怜悯，又感到寒心。1983年那些文章结集为《巴黎对话录》与《巴黎散记》两书出版时，我在"前言"中写有这么一句话："既然有长期对外文化交流经验的权威、学者由于这种或那种原因还没有做这一工作，我也就不妨先抛砖引玉了。"这多少与上述情况有关，带一点针对性，同时也表白我自己不过是一个"种菜园子"的人，不值

得他人"认真对待"。两书出版后,我都敬赠给了"钱、杨",作为学生晚辈的"汇报",很快我就得他们的回信。全信如下:

鸣九同志:

承惠寄大著并附信都收到,谢谢。假如你抛出一块小砖,肯定会引来大堆的砖头瓦片,但是珠玉在前,砖就不敢出来了!一笑。

贵恙想已痊愈,尊体想已康复,天气酷热,希望你和朱虹同志都多多保重,专此复谢,即问近好,朱虹同志均此。

杨绛八月十三日　　钟书同候

"珠"颗"玉"片早在刊物上零星发出光彩,现在串珠成圈,聚玉成盘,合在一起,更可宝贵。

钱钟书

他们信中一些意见,是对我前言中的那几句话而说的,使我感到莫大的抚慰与鼓励。

我这些年来在荆棘丛生的道路上,在卑鄙、露骨的攻击与冷酷无情的打压下,之所以还有勇气继续前行,还有力量奋发抗争,实与"钱、杨"的善意、理解、支持与鼓励是分不开的。至于我前言那几句"麦芒"对"针尖"的话无意之中又得罪另一个前辈权威,致使我被否掉了"博导"资格,那又是另一个故事了。

谁说学界全都文质彬彬、温文尔雅？谁说学术界不险恶？正是在这种有时像"丛林"的环境中，我觉得公正与正义的体现者，的确宝贵如金。

十二

有志于写中国散文史的人将不难发现，杨季康的《我们仨》是一部百年难遇的绝作，特别是《我们失散在古驿道上》一章，语言纯净透明、凝练含蓄，达"点烦"术的极致，构思颖奇，意境悠深，很具表现主义的奥妙，中西绝艺合璧，表现出一家人"在古驿道上"这一人生的大悲极悲。

人生而必死，天下无不散的筵席。这本是自然的必由，人世的常情。但相依为命的一家人，最后是白发人送黑发人，这就不能不说是自然的逆反、命运的亏待了，因而倍显凄凉，格外给人以悲怆之感，而这偏偏却发生在中国20世纪知识界第一精英家庭的身上，令人扼腕叹息。

1997年，送走了独女钱瑗，1998年12月以"一切从简"方式、在寥寥极少几个友人的陪同下，又送走了钱钟书，杨季康回到自己三里河的寓所，她发出了足以令人凄然泪下的心声："我们仨失散了，家就没有了"，"三里河只是我的客栈"。

眼见一个将近九十岁高龄的老人，从此将独自承受着丧失

名士风流：二十世纪中国两代西学名家群像（增订本）

亲人的哀痛与凄清孤寂的生活，的确令人深深同情，并难免使人有几分担心、几分忧郁……但是，我们很快就看到，她生活在对"我们仨"充实而丰富的回忆中，从记忆中汲取了充沛的精神力量，以惊人的坚毅，像西绪弗斯一样推石上山而不止，用心血写出了《我们仨》与一系列散文佳作，以不断开拓的精神又译出了古希腊哲人的名著……这个瘦弱矮小的老太太真不简单，她的性格原来是这么坚韧，她的身姿原来这么高大……这是一个值得尊崇的老人，是一种值得敬仰的人生，一种世上难见，世人应该倍加珍视、倍加呵护的夕阳景观……

然而，我没有想到的是，这样一个在孤寂中挺立劳作的老人，却一而再遭到欺负与亏待……

还在钱钟书病重的后期，一位名门孝女锋芒毕露提出了个要求，要钱钟书在离世之前更正他在美国访问期间所说的关于她父亲（一位著名哲学家）的几句话。据报道，那几句话的内容不外是说，那位哲学家在"四人帮"猖獗时期，对该帮颇有迎合之举、攀附之嫌，因此，他在北京的知识界中口碑不佳，云云。

不过，这位女士就此大兴问罪之师，理由一看就不充分，要知道，"十年浩劫"中的历史，世人是有目共睹的，事实就是事实，特别是高名气者身上的历史事实，有文件、有白纸黑字可查的历史事实，更难以靠言词来抹杀、来粉饰。不论钱钟书是否讲过那几句话，但那几句本身并非捉风捕影、无稽之谈，

君子之泽，润物无声

它的确是当时知识界很普遍的共知共识，我自己早就听说过，不妨说，即使钱氏讲过那几句话，他讲的也不过是事实，既无夸大其词，更没有无中生有，亲人再孝心可嘉，也没有理由去较真追究。何况，钱钟书并未写为文字，没有留下白纸黑字，要钱钟书仅仅根据他人的报道就来进行认领，并承担责任，声明更正，这岂不是要他"低头认罪"？这即使在我这样一个局外旁观者看来，也是没有道理的。作为被质问者，"钱、杨"当然不能笼统一认了事，但那位女士尽孝的意志坚强无比，显然是要使自己父亲身后的名望洁净无瑕（窃以为，完全真正洁净无瑕的人生，在世界上是没有的），故抓住不放，一直纠缠到钱钟书逝世。"钱、杨"也许是出于息事宁人、同情恻隐的仁义心肠，被迫索性否认自己讲过那几句话，以为可以一了百了。说实话，当时直至现在，我都认为，"钱、杨"没有必要这么做，他们太老实忠厚了。果然，孝女一见打开了缺口，便毫不留情乘胜追击，在"诚实"问题上大做文章，大展攻势。随着钱钟书的去世与杨季康的弱迈，对方的攻势愈来愈凶猛，愈来愈无情，甚至出口激烈无礼的言词，一反其一贯"温文尔雅"的做派与"冰清玉洁"的名声，令人大感惊异。老实说，我当时得知此事后深不以为然，我想，出身哲学名门的大家闺秀，对一个比自己年长许多的老者，何不讲点"老吾老以及人之老"呢？

另一桩极为不平的事件则是最近两年来由少数两三个人所

名士风流：二十世纪中国两代西学名家群像（增订本）

操演的对杨绛《堂·吉诃德》译本的"批判"。这两三个"西班牙骑士"，自命为"译道"的维护者，以"译文真实性"的神圣名义，对杨译发动持续不停的攻击，使出了非常粗暴的语言，把译者抹黑成"连字典也不愿查"的不负责任者，那股狠劲一看就是要一棍子打死，要把杨译从中国文化领域里彻底灭掉才肯罢休。这种恶劣的围剿，已经引起了文化学术界的公愤，2005年8月，《文汇读书周报》对此做出了报道，称那几个"骑士"所为实乃"译坛歪风"。

在1998年中央电视台的一次大型的读书节目中，我曾回答主持人的提问说，我认为杨绛属于一个世纪只能出现一两个、两三个的那种优秀翻译家之列，在译技的水平上可与傅雷相比。至今，我仍持这一看法。因此，我痛感对这样一个大译家，这样一个深受读者欢迎的优秀译本，如此进行攻击与诋毁，实在于理难容。

但杨季康就是杨季康，她仁宅之心又一次起作用，就在《文汇读书周报》上述报道之后不久，她就在该报上发表一封公开信，竟把"西班牙骑士"对她译本进行的批判说成是"完全正确"，系出"误会"，倒把译界人士为她打抱不平之举称为"小题大做"，最后希望化"误解"为"了解"。杨如此忍让，如此低姿态，实属罕见，即使是稍有良知的对手，也会再也打不下手去了……但令人万万想不到的是，"西班牙骑士"见对方"示弱"，以为老实可欺，竟然再次出手，又进行一次攻击。如果说前一轮围剿还有主张"钉对钉，铆对铆"、硬译死译的"全真派"匠师，对出神入化高妙译家某种嫉贤妒能的酸酸心理的话，那么而今的紧追不舍则已见艾罗斯塔德欲烧雅典神庙的恶劣心肠了……

2005 年 11 月 3 日写完

当代的一座人文的青铜塑像

纪念钱钟书诞辰一百周年

随着时序的推移,钟书先生在我们这些现已年过古稀,但曾和他有过不少接触,并曾深受他君子之泽滋润的晚一辈人的心目里,愈来愈像一座经久的、高大的青铜塑像。他的身影已渐隐入历史背景的深处,他文化学术的业绩已进入历史经典的文库,他的博学、睿智与机敏已深入人心、铭刻在人群的口碑上,他在中国事实上已建立起了"一座非人工的纪念碑",对于一个人文学者来说,在一个个性几乎完全被主旋律与群体意识消融、掩盖的时代里,这简直就是一个奇迹。

这座"非人工的纪念碑",既非恩赐,也非赞助,而是建立在他丰厚的学术文化业绩上,由他卓越的精神力量浇铸而成。他在学术上的创建与他为人为学的人格精神,对于后人来说,都是极为宝贵的遗产。

在学术文化上,钟书先生是一位跨学科、超领域的巨擘,

当代的一座人文的青铜塑像

我们很难仅仅以单一的文学家、哲学家、语言学家、历史学家等名号来概括他，即使是国学大师或西学大师这样的称谓也表述不了他的全面的治学领域。他是学术文明史上罕见的全才、"通家"，这种旷世奇才在中国、在世界的历史上都寥寥无几。他在对数千年中华文化与两三千年西洋文化都有通透精深的研究的基础上，又进行了比较的、综合的、互通的研究，他的学术研究领域是特别高难度的领域，我们姑且暂称之为"通学"，不具有多语种多文化的深厚功底者，是无法靠近的，而他在此所取得的成就，可以说在文化史上少有古人，看来今后也很难有能超越他的来者。他的学理、他的学术文化成果，既在全面与整体上达到了令人称奇的广博，又在文化理论与文化史的一个个具体范畴上，达到了令人叹服的精深程度，其专业水平往往使得以毕生之力耕耘"一亩三分地"专业田的我辈也深感自愧不如。他能达到如此的高度，既得益于上天所赐给的博闻强记、过目不忘的天赋，也是他勇于攀越、勤于攀登学术高峰的结果，仅以他的外文字典而言，其中密密麻麻书写着他所做出的修正、校订、补充以及新见语例，就足见他治学之勤，一个极具语言天赋的人在语言的积累上如此下功夫，实在令人敬佩。他在学术文化上的攀越精神永远是后世学人光辉的楷模。

在文学创作上，钟书先生是写知识阶层生活状态与精神状态的大师。他的学识、睿智与幽默使他的小说作品具有一般作家所难以企及的高品位，成为"五四"以后新文学史上名副其实的经典作品。作为中国知识阶层的优秀代表，他的作品写这个阶层人物的笔触是冷峻的、讽刺是无情的，这只能用马克思所说阶级的思想家与一般成员的关系来加以解释，他是站在知识阶级意境的制高点上，以知识阶级理想化的标准，来冷峻地观察这个阶级的芸芸众生，来衡量这个阶级的人生百态，来评述他们在困境中的尴尬、无奈、状态以及选择，在小说中是方鸿渐、赵辛楣，在小说外，则是李鸿渐、张辛楣……他的述说与点评或许过于冷峻了一些，这也许会在书内书外引起不适与不快，但他这是出于更高的对人、对知识人物的理念理想，他是在完成自己作为知识阶级优秀思想家的职能，在这个意义上，他是知识阶级的反思者、把脉者、拷问者，是本阶级的"良心"，正如鲁迅作为中国人的优秀代表、作为中国人的良心，严峻地剖析中国人的国民性一样。一个阶级、一个群体有自己的良心是绝大的好事，这可以保证它有自省力与反思力，如果没有必要的自省力与反思力，一个阶级、一个群体的前景则是令人担心的。作为小说家，作为世态观察家、世态点评者的钱钟书所具有的积极意义，是很值得世人思考的。

在中国，钟书先生已经是社会主义文化殿堂上一尊受人敬重的偶像，他以自己高度的学术声望与权威的外语技能赢得了一般人文知识分子难以得到的重用与礼遇，他为翻译《毛泽东选集》做出了巨大的贡献，在知识分子中，其对社会主义国家的重要性，也许只有钱学森发展中国导弹技术可以与之同日而语，他被任命社会科学院的要职是自然而然的，这对该院也起了添光增色的作用。

在这种境遇中，一般人是很容易会有相应的变化，但众所周知，面对着境遇的惯性，钟书先生却令人印象深刻地保持了人文知识分子的真我与本色，以我等能比较就近仰视他的晚一辈的所见而言，他显然杜绝了官本位主义所派生出来的种种习性与俗气，这些习性在这个时代已蔚然成风，大有成为一种社会亚文化形态之势。与他在学术文化上要求自己尽可能地高不同，他在处世为人上却显然要求自己尽可能持低调谦退的姿态。他虽显赫于朝堂之上，似乎仍怀有"采菊东篱下，悠然见南山"的心境，这才使他在中国当代士林中具有一种少见难有的隐逸风度，他是大隐隐于市、大隐隐于朝的真正的雅士。我相信，他的高雅人格对后世将永远发散尚莲的清香。

毋庸讳言，钟书先生晚年所得到的高等礼遇与尊崇，对他来说，其实只是一种"苦尽甘来"。从 20 世纪 50 年代起，他可没有少遭遇逆境与困境，在历次"兴无灭资"的运动中，他多次被当作批判对象、冲击对象、需要拔掉的"白旗"，即使是在没有运动的"和平时期"，他超人的才力也没有得到充分的施展，而在史无前例的"无产阶级文化大革命"中，他更是受到了猛烈的冲击与批斗，承受了丧失家庭成员的痛苦、干校生活的困顿以及后来受人挤对、不得不搬出家宅的尴尬，最后还有"白发人送黑发人"的伤痛。所有这些都是生活中难以承受之重，钟书先生却都承受了下来，坚挺了过来，这不能不说表现出了一种卓绝的坚忍精神。这种坚忍精神，背负着、承受着不公正与伤害委屈而仍然工作着、创造着的坚忍精神，正是中国当代知识分子的优秀高贵的品质，社会主义中国终能安定、稳固、发展、繁荣至今，其中就有绝非愚昧与无为的中国知识阶层以其坚忍精神所做出的独特贡献。

钟书先生另一深具感召力量的人格魅力是他的仁者胸怀，这明显地表现在他与晚一辈学人的关系上。这一些学人大都是新中国成立后从大学毕业的青年人，这是"被耽误的一代人"，他们在业务进修、学术发展、职称、职务、工资待遇、学术荣誉等多方面都"时运不济""生不逢时"，身上的束缚、头上的紧箍咒实在多多，有幸得遇钟书先生之时，正艰难地在学术阶梯上攀登。钟书先生以近乎悲天悯人的胸怀，一直关怀并促进他们的发展，即使他与一些人并无直接的学术行政关系，只要你在学术文化上敬业努力，他关注的视线一定会投射在你身上，他迟早总会肯定你、嘉许你，给你精神上的鼓励，你受到压抑与敲打时，他也不忌讳为你说公道话，给予关怀的温暖，至于他在百忙中为青年学子们审阅成果、给予指导、提供建议，更是常事，如果你有幸参与他所主持的科研项目，即使你只做了微不足道的一点点事情，他也会以"礼贤下士"的态度待你，甚至在学林人士特别在意的署名问题上，也予以提携照顾，几乎达到了过于慷慨的地步，而当他发现青年学子有经济困难时，

当代的一座人文的青铜塑像

他则常常解囊相助,"雪中送炭",颇有信陵君之风。他是我所见的学术庙堂中的一位真正的仁人君子。

钟书先生已经进入了文学史、当代中国史,他的学术文化业绩与精神人格将永载史册,这就是他的非人工的纪念碑。在中华大地上,人工建造的神碑与神像,我们看到的已经够多了,我想,在以人为本的社会里,是否可再添加一尊人工建造的人之纪念碑、人之塑像呢?这个人是学术超人,是高人雅士,是仁人君子。

写于年届七十六周岁之际

辑三

悼忆叶秀山

佳节并不一定闻佳音，人间万事，变化无常，佳节也可能突闻噩耗。今年八月中秋节一清早收到一封电子信，是叶秀山先生的高足王齐发来的，告我叶秀山先生已于九月七日夜间，因心脏病突发不幸逝世，遗体告别仪式已于中秋节前两日举行。

我深居简出，孤陋寡闻，这噩耗对我来说，是一个迟到的消息，乍闻之下，不胜震惊。回想中秋节前这一个星期我正按惯性运作，忙于俗务杂务，没有想到在我浑然不觉之中，秀山先生已化为一缕青烟，升天而去……

我没有在报纸上见到讣告，听说也没有哪家大报发了讣告，可以理解，凡事都要讲究规矩，按照级别来办，而他的级别摆在那儿了，他不是官。在学术级别上，研究员、教授、博导这些高级职称，他都拥有，而且还获得了最高的学术荣誉"中国社会科学院学部委员"，也就是中国社会科学院的院士，但他毕竟不是官，按级别走，他与副部级还差一大截，能不能得到正局级的待遇，还不一定呢，但是在我的心目中，他的去世不仅是他所在的哲学界的重大损失，而且是整个精神思想界、文化学术界的重大损失，对我们国家来说，则是丧失了一个国士级的知识精英……不过，听说上海的《东方早报》载有讣告，此举是对生命的尊重，是对知识精英的礼遇，值得赞赏。

我曾看到过对他的一份简介，其中有他这样一个劳动成果的简略清单：从20世纪80年代起到逝世前两年，他出版了将近二十种专深精尖的学术专著，如：《前苏格拉底哲学研究》（1982年）、《苏格拉底及其哲学思想》（1986年）、《思·史·诗》（1988年）、《美的哲学》（1991年）、《无尽的学与思》（1995年）、《中西智慧的贯通》（2002年）、《哲学作为创造性的智慧》（2003年）、《西方哲学史》第一卷之"西方哲学观念之变迁"（2004年）、《哲学要义》（2006年）、《学与思的轮回》（2009年）、《科学·哲学·宗教——西方哲学中科学与宗教两种思维方式研究》（2009年）、《启蒙与自由》（2013年）、《知己的学问》（2014）……

在我看来，这些专业水平高，思想深邃的学术专著，都是结结实实的"硬货""干货"，都是经得起个把世纪时间磨损，有持久生命力，有悠远影响的书，用秀山先生的话来说，是"活着的书"，而不是速朽的书。在当今能出此种活计的学界人物，已寥寥无几，这是我把他视为国士级知识精英的原因，而且他年仅八十一岁。如果他像现在很多老骥伏枥的寿星，能活到九十岁甚至一百岁，那以他的学术文化潜力，他又能增添多

悼忆叶秀山

叶秀山的哲学著作书影

名士风流：二十世纪中国两代西学名家群像（增订本）

少业绩呢？答曰：未可限量！

叶秀山是我的北大校友，他年龄比我小一岁，却早一年考上北京大学，而且是北大哲学系，这就足以说明他当时是一个聪明早慧的学子。我在北大念的是西语系，与叶秀山根本没有见过面，但我知道他，在当时就听说过他：曾经在西语系同学中，有这样一则传闻，西语系英语专业的一位淑女，在哲学系有一个"对象"，是哲学系学生中间的一个拔尖的才子，是北大著名的社团北大京剧社中的一位主要成员，听说还当过一任社长，胡琴拉得非常好，好像还会上台表演，不是青衣就是小生……仅以这些，他在同学中就足以享有才子之誉了，此人便是叶秀山。

叶秀山在学术座谈会上发言

悼忆叶秀山

北大是一个才子成堆的地方，才子们的个性表现以张扬外露者为多，有狂放型的，有高傲型的，有名士派头型的，有外露炫耀型的，有绅士风度型的，有情调浪漫型的，有恃才自傲、以俯视他人为乐型的……才子们也许是太在显露上下功夫，后来成为学术文化大才者，创有巨硕业绩者，反倒不多……叶秀山这个才子多少有点不同，我在北大时也偶见过几次，是一个清秀的、文气的青年人，沉静而沉稳，显然是很胸有成竹。

大学毕业后，我先分配到中国科学院哲学社会科学部的文学所工作，后又转到外国文学所。那时中科院的哲学社会科学部就在建国门内5号大院，在这个大院子里集中了该部的几个主要研究所：哲学所、历史所、文学所以及后来的外文所，我在学部大院里也就更经常能远远见到叶秀山，显而易见，他分配到了哲学研究所。虽然同在一个学部，同在一个大院，但我一直没有机会与他结识，而且不知怎么搞的，虽然我们的专业学科都属于西学这一个大的范畴，他搞西方哲学，我先在文学所搞西方文艺批评史，后到外国文学研究所搞国别文学史，我们却没有一次机缘碰上头、见上面，但随着各自在本学科领域中的出头露面，互相有所耳闻是不在话下的。真个是但闻空谷足音，不见故人身影。就这样过了若干年，一直到了"文化大革命"。

在"文化大革命"整个过程中，哲学社会科学部建国门5号大院，是一个特别热闹、特别引人注意的地方，而哲学所又是学部政治风云变化、种种事件搬演的中心舞台。哲学所的

名士风流：二十世纪中国两代西学名家群像（增订本）

"造反派"多为思想灵敏、慷慨激昂却天真幼稚的青年研究人员，其活跃人物笔头甚健，且有辩才，其中就有搞西方哲学史的，想必都是叶秀山的同事。"造反派"在哲学社会科学部的大院，声势十分了得，但被称为"保皇派"的对立派也不含糊，其中也有后来在理论界、在哲学社会科学部甚有影响，甚有地位的著名人物。既然哲学所是当时学部两派斗争的中心舞台，这里的能人，有这种本领那种能耐、有这种性格那种特质的人，几乎没人不卷入、无人不上阵、几乎个个都登台参演了这出"群英会"，我不敢说，我讲得都非常准确，至少根据我对哲学所的观察，情况大至如此。但有两个我所注意的人物，在当时的喧嚣中、在当时的大字报海洋中、在当时的辩论台上，从来是未闻其声、未见其人的。一个是李泽厚，一个是叶秀山。

我一点也不想谈"文化大革命"，但我在这里不能不谈几句，因为它毕竟是我们这一代人整整十年存在状态的历史背景。说起它，我不能不说，那一场为期十年的"浩劫"，对整个社会来说，法规荡然无存，一切乱了套、乱哄哄；社会处于一种反常的荒诞状态，正常工作停顿，百业萧条；社会关系大撕裂，你批我，我斗你，他告密……思想狂热，生活动荡，人人自危……对于哲学社会科学部的知识分子来说，则是权威倒塌，精英倒霉，斯文扫地，精神扭曲，良心泯灭，人性狂躁，而这一切都来自工作停顿，正经事放下，与书绝缘，闹革命闹得两眼发直……这些小知识分子无所事事，整天就忙于观察政治形

悼忆叶秀山

势,打听小道消息,捉摸政治上怎么站队、怎么表态、争取什么名号,以求在狂风骤雨的环境中,维护自身的政治小安全,跟在"中央文革"屁股后面瞎追随、乱起哄。每天的生活,几乎没干什么正经事,不时来到学部大院,就在这里晃晃荡荡,在大字报的海洋中,眼观六路,耳听八方,寻找自己站什么队、表什么态的灵感与依据,或者三五成堆,或者个别交谈,不外是互通消息,了解动态,发表一点自以为是、毫无意义的议论与分析,要不然就是拉点小关系,结点小盟,自作聪明地以为在维护自己的安全,改善自己的处境。当然,还有不少时间是在两派相遇时争得面红耳赤,头上冒汗,脖子上暴青筋,声嘶力竭,以至拉拉扯扯,甚至大打出手……十年的生活,基本上就是这么在偏激的批判会上、在势不两立的辩论台上、在殚思竭虑的大字报写作中虚度的,在悠悠晃晃、无所事事、察言观色、见风使舵、浑浑噩噩的日子里度过的。

耗损了十年,浪费了十年宝贵的生命,这也不能全怪总体形势与客观原因,有一部分也得归咎于自己,至少是,谁叫你跟着起哄?谁叫你随波逐流?我不能不怪自己,虚掷了不少时光,浪费了不少生命,对此,自己也是难辞其咎的……但是,在以上这些浑浑噩噩的日子里,也有能把握自己的智者,在乱哄哄的闹剧中,从来都见不到其踪影。我上面已经说过,我当时就注意到有李泽厚与叶秀山,他们似乎从生活中消失了,他们似乎是整个离开了哲学社会科学部,他们到哪儿去了?他们在做什么？我对李泽厚的情况不了解，但叶秀山的情况我后来听说了，原来他完全当了一个逍遥派，避开了闹剧，抓紧一切可能的时间，在自修英文、德文、法文和古希腊文，并以练习书法为乐……

显然，其精神追求、思想境界、坚持定力，实高于我等眼光短浅，忙于追随站队的俗人一筹。对叶秀山这种在混乱中的定力，在蒙蔽、忽悠下的方向感，深感钦佩。我知道，仅凭这种生活态度的不同，自我选择的不同，叶秀山将来必有一番作为。果然，到了改革开放时期，他"逍遥十年"所积蓄的能量，终于大爆发了，上述他那份硬邦邦的书目名单就是明证。说实话，我多少从他的例子中，也曾得到过若干启发，当然更主要的原因是，我自己在"文化大革命"中摔了跤、倒了霉，头脑开始清醒了，于是才在"十年浩劫"的后期，告别了"无产阶级文化大革命"政治，开起了地下工厂，制作起《法国文学史》来……虽然觉醒犹未为晚，但后知后觉者毕竟落后于先知先觉者一程。

从20世纪50年代北大时期一直到"文化大革命"，这只是我与叶秀山相互耳闻的时期。到了改革开放，情况稍有变化，也许可称之为开始有了一点神交吧，这是因为我们俩人在各自的专业领域、各自的学科业务上都有所施展，都弄出来一点动静，相互耳闻的频率自然会高一些。我对他的了解虽然也不多、也不深，但比过去的确增加了一些，除了道听途说之外，偶尔

悼忆叶秀山

有这种机会、那种机会，看到有关他的学术报导以及他所发表的文章。从文章中，可以了解他不仅会拉胡琴，而且对京剧艺术很有研究；他不仅字写得好，而且对于书法艺术也很有研究。所有这些不仅停于爱好与修养的阶段，而且上升到了理论概括的高度，进入了美学研究的层次。此外，还有他与哲学大师金岳霖的关系，等等。与此同时，我也初步领略了他平实、清淡、自然、儒雅的文字风格。这些构成了后来我争取在散文随笔项目"本色文丛"中与他合作的认识基础。

在学界士林中，我过去一直不太重视直面的结识与交往，因此，我实际上认识的朋友不多，有实际交往的朋友更少，但我对引起我兴趣的人，总习惯于多加关注，凡是碰到有关他们的报道，我总要瞄一眼，在书店里见到有关他们的书我总要翻阅一下，因此，虽然我结识的人不多，深知的人甚少，但我知道的人倒还是不少，这种关系实际上谈不上是结识与交往，也谈不上是"君子之交淡若水"，但毕竟还是有点注意、有点关切，也零零星星略有所知，似乎开始有那么一点"神交"的味道，当然是低级阶段的"神交"，简单形态的"神交"，我对叶秀山基本就是如此。正是从不期而遇的机会中，如偶然翻阅到一页书，偶然见到一则消息，偶尔见到一篇文章，等等，从这些零零星星的渠道，对叶秀山作为一个学者的其他方面略有所知，如他爱读的书竟然是康德与黑格尔，这两个人是以枯燥、艰深著称的，对此，我也曾经有所领教，特别是康德，那是很难啃进去的，啃他，本身就是一件苦差事，而叶秀山居然以常读康德、黑格尔为乐，把康德

名士风流：二十世纪中国两代西学名家群像（增订本）

和黑格尔作为"枕边书"，作为"经常请教的朋友"，甚至达到了"一日不见，如隔三秋"。由此，我不能不把叶秀山视为一个特殊材料制成的奇人。

他的"雅"令人明显可感，他精通音律，深谙京剧艺术，擅长书法，这些都是雅趣，是上雅之好，他堪称真正的雅士，但我更欣赏他把雅趣雅好延伸出去、点染开来，渗透到自己的日常生活中去了，如：他把写字、练字、研究书法艺术的雅趣注入俗生活，以至上街闲逛这么一桩俗事，也变成了他观赏街上林林总总、形形色色商家匾牌风格的趣事。窃以为在凡俗中带雅，在凡俗中弄出雅来，似乎功力更不简单，可谓"无处不雅"。而从我偶见的一些照片中，也可以看出他衣装讲究，格调雅致，有内涵而不炫耀；他家的装饰风格也明丽而颇有艺术性，他似已风雅成习。

从北大时期起，一直到改革开放之后这几十年，我谈不上与叶秀山有实际的交往，谈不上有什么友情，我只是他的观赏者、赞赏者，我关注他在学术舞台上与人生舞台上的自我展现，对他的"奇"与"雅"多少有点感受，这大概就算是有点"神交"吧。以我这一点浅浅的"神交"，我是没有资格写悼忆文章的，不过，这一生我毕竟还碰上过他一次，毕竟我们还见过一次面，相互说过几句话，那是我生平唯一一次与叶秀山的见面、交谈，当时的情景至今仍历历在目。

具体的年月日我记不得了，大概是我退休之后的某一天，有一个什么手续需要我到院部去一趟。出租车在社科院大门口人行道的旁边停了下来,我一开车门,正好碰见叶秀山就在旁边人行道上,准备走进院部大门。那时是在秋季,我们都身穿一件风衣,一看就知道是出国的行头。我们第一眼就认出了对方是谁,而且条件反射式地互相"哦"了一声,既没有另打招呼,也没有握手寒暄,互致问候,就交谈了起来,似乎是两个早已相识、早已熟得不得了的老同学、老同事,甚至像两个从小在一起长大的发小,见面时无需任何礼节程序。但两人只简单地交谈了两三句话,然后走进院部,各办各的事去了。这就是我生平唯一一次与他的会见、唯一一次与他的当面交谈,总共时间恐怕还不到半分钟,这大概是算得上"君子之交淡若水"。显然,他知道自己偶遇的就是柳某,至于他是如何知道的,知道我多少,我就不甚了然了。不过,就我在人文学科中已经弄出来的动静而言,他对我恐怕是早已"了如指掌"了。

虽然我与叶秀山实际的接触与交往很少,但我与他有一次实实在在的合作,一次成功的合作,一次可获硕果的合作。对此次合作,我深感欣喜。

由于委托给我主持的文化项目,都带有文化积累性质,我组织书稿的对象,往往都是一些学术文化名家、才俊之士,在某种意义上,实际上就是向他们求稿,我总算还做成了几个这样的项目,得以与当代相当一批数量的文化学术精英有了合作的关系,这是我的荣幸,是我生平一大幸事。能与叶秀山完成一次合作,也是令我深感欣慰的一例。在做这工作的过程中,有些事情是具体而琐碎的,有的时候还要碰见尴尬、难堪的事情,甚至最后也有以遗憾告终的结局,但这些说交往也罢,说琐碎交道也罢,毕竟也算得上是学术事、文化事,多多少少也反映出人文领域这个角落的文化生态,反映出学术领域中士林若干点滴与侧影,似乎不妨略加记载。

时值 2015 年,随着我的文集十五卷出版,我原来的业务工作告一阶段。但仍背负着不止一项文化学术项目,其中有两个项目的求稿、组稿是比较费力的,一是为深圳海天出版社主编散文随笔项目"本色文丛",一是为河南文艺出版社主编"思想者自述"文丛。"本色文丛"以有作家文笔著名的学者或有学者底蕴著名的作家为组稿对象,致力于弘扬知性散文、文化散文、学识散文,亦统称为"学者散文",到 2015 年时,已出版了三辑共 24 本书,面临着第四辑的组稿,也就是说要求、组到一辑共八本书,而且是八位著名学者或八位有学者底蕴的作家。而另一个项目"思想者自述"文丛也面临着组稿工作,这套文丛的组稿工作难度更大,组稿对象至少要具备这样几个条件:一是要有厚实丰硕的学术文化劳绩;二是要有思想者的资质、成就与社会影响;三是要是一个有点故事的人,还要能成功地加以表述。说实话,这两项工作,我都很具体地想到了叶秀山,并且几乎一开始,就十分明确地把他列为组稿对象。

悼忆叶秀山

就"本色文丛"而言,叶秀山作为有作家文笔的著名学者,得到邀请是不在话下的。而对于"思想者自述"文丛而言,叶秀山作为一个有思想者资质的人文大家入选,也是理所当然的。在哲学方面,我的组稿计划中,除了他之外,还有两位,那就是李泽厚与汝信。

对叶秀山的争取工作,是在2015年7月27日发动的,我给他发了这样一封信:

秀山先生:

兹发来"本色文丛"图像、短序、约稿说明与出版合同文本,供考虑。

"本色文丛"致力于宣扬学者散文、知性散文、智慧散文,意在当前低俗文化的氛围中营造一道清新的文化景观,给物欲横流的世态人性注入若干心智灵性。先生权且当作一项"公益事业",赐一散文随笔精选集,以飨读者。

专此即祝

夏安

柳鸣九

2015年7月27日

在这封信里暗藏着我一点小心眼,在充分尊敬的态度与语调中,保持了一点距离上的分寸,在称谓上不敢显得太亲切,

名士风流：二十世纪中国两代西学名家群像（增订本）

怕有套近乎之嫌，因为，在我的心目中，秀山先生不仅是一位著名的学者，而且是已经取得殿堂地位的学者，而我则是一个殿堂外的布衣学者，一个人文小庙的"主持"，当有自知之明。

令我没想到的是，他当天就给我回了一封信，原信如下：

鸣九学兄，材料收到，谢谢相邀。我考虑后当及时禀告。

秀山

2015 年 7 月 27 日

此信，响应积极，态度亲切，使我深感苗头看好。这时，我头脑发热，贪心太重，心想何不趁热打铁，毕其功于一役，趁势把"思想者自述"文丛的约稿也一并解决？于是，我紧跟着又发给他这样一封信：

秀山先生：

电函收悉，已复，谅已收到。

"本色文丛"事可从容考虑，找一年轻助手帮助汇集编排，可省出不少时间与精力。

此次有扰吾兄既为"本色文丛"，更为另一重要项目：我正在主持"思想者自述"文丛，此项目实际上是促产一批当代精英学者的精神自传，每人一部，少则十来万字，多则二十多万字，概述个人的出身、家族、教育、生活经历、学术道路、精神历程以及文化业绩创建过程，并附生平学术活动年表以及著译作的目录，期望每一本都可以与萨特的精神自传《文字生涯》(Les mots) 比美。出版条件很可靠，出版社对每位作者的待遇尚堪称优厚。

现已参与其中的有：汤一介、刘再复、钱理群、谢冕、许渊冲、钱中文、汝信以及我自己，第一批书可望明年上半年问世。

吾兄与泽厚先生均为当然人选，与泽厚先生正在继续商谈中。现诚邀先生参加，望积极考虑。来日方长，可从容进行，只求列入计划就好，如能早日完成，那更是我所求之不得的。

祝夏安。

柳鸣九

2015年7月31日

这封信效果相当糟糕。又压一个任务给他，而且是有相当大难度的任务，我想他接读此信的时候，一定是觉得我这个人，得寸进尺，不知好歹……他学术重担在身，又压给他要写二十万字的一本书，实在是勉为其难。他"警觉了"，对不起，全面后撤，连同原来答应给"本色文丛"提供一选集的应允，也以有礼貌的、文质彬彬的，然而略带有冷气的语言，一笔勾销掉了，他的回信是这样的：

名士风流：二十世纪中国两代西学名家群像（增订本）

鸣九先生：

　　短信和电子邮件都已收到，杂事繁多，迟复为歉！先生组织两套丛书，实为当前文化发展大有贡献，理应大力支持；只是您的两项选题，都不在我的工作计划之内，所以不敢贸然承诺。我多年不再写散文随笔，对于自传总结，也从未有所考虑。近几年手边所需做的题目，已经感到负担很重，有生之年，能够完成一两项，就谢天谢地了。您选的诸位大家，已经代表一个阶段的学术趋向，我就不用忝列其中了。祝你们的丛刊圆满成功。再次感谢相邀。即问近安！

2015 年 8 月 5 日

　　接读此信，我认栽了，谁要你自己急于求成，自我膨胀，没有为对方着想，强人所难？有点活该！"本色文丛"因此而丢失了叶秀山这么一位有作家文笔的著名学者，丢失了他的一本佳作，实在是令人惋惜！为此，我痛悔莫及。我一改强人所难的态度，只表诚意，不提要求，回了这样一封信：

秀山先生：

　　惠书收悉，吾兄学务繁忙，无暇他顾，鸣九十分理解。

　　只是《本色文丛》事，仅为收汇成集，工程不大，是否尚可考虑？如无考虑余地，则不用另行作

悼忆叶秀山

答了。

祝夏安。

柳鸣九
2015 年 8 月 7 日 21：22 分

此信于 2015 年 8 月 7 日晚九点二十二分发出，两个钟头之后，也就是晚上十一点零五分，我收到了他这样一封信：

鸣九先生，接读来信，深感诚意，不胜惶恐。已请年轻人帮我搜集，我也看看还有多少旧文能够找到，望宽限时日，当集一册，奉请批评。专此即问
文安！

弟叶秀山
2015 年 8 月 7 日 23：05 分

收读此信后，我是有些感动的。不仅就合作达成了协议，而且我和他之间，也可以说建立了以诚为本，以礼相待的友好关系，虽然，我们没有达到每封信皆称兄道弟的水平。几个月后，他交稿了，他发了一封信通知我：

鸣九先生：

我的书稿已由王齐同志编选完成，书名为《哲思边缘》，她的联系方式见后。

名士风流：二十世纪中国两代西学名家群像（增订本）

她是汝信的学生，研究基尔凯郭尔，很欣赏您的《子在川上》，具体事项，您跟她联系。谢谢。

秀山

2015 年 10 月 22 日

收到他的交稿信后，我复了一封信给他：

秀山先生：

惠书收悉，谢谢！

吾兄言必信，信必果，完稿神速，令人感佩，我将尽快拜读尊稿。

以下的事就很简单了，不外是提供一则二三百字的作者简介，提供几张照片了，如吾兄愿意，最好提供一篇自序或后记，长则两千字，短则二三百字皆可。

另请近日签署出版合同，兹将合同文本发来，请签一式两份，挂号邮寄给我，其中一份由出版社盖章后寄还给作者自存。以后有关诸事，从编务、出版到赠书、寄汇稿费等，均由出版社负责直接与作者联系。

第四辑的入座高朋已定，除吾兄外，还有韩少功、钟叔河、止庵、徐坤、陈众议等，特此奉告。

专此即祝

秋安

柳鸣九

2015 年 10 月 23 日

悼忆叶秀山

这就是我跟秀山先生的一次善始善终、卓有成效的合作。

可惜的是，按出版社原定的计划，"本色文丛"第四辑要到 2016 年年底方能出版问世，秀山先生生前未能见到他的这本书。

将来书出版后，除了出版社有向他赠书与付稿费的义务外，我个人也理应寄赠一册给他，但是我往哪儿寄呢？

2016 年 9 月 27 日完稿

西出阳关一故人

记樊修章

年趋古稀,晚上再不是"开夜车"的时间了,倒是总要想法追求懒散休闲、无所用心的状态,往沙发上一坐,手执遥控器,进行电视浏览,即一法也。

虽有好几十个频道,如旋转舞台般叫人眼花缭乱,但基本元素大致就是那么一些:宏伟的会场,黑色警服与西装革履的对阵,早已"混个脸熟"的青春偶像,熟得令人不忍再睹的程式化表情,透明衣纱的轻歌曼舞,时尚展示中的半裸背带裙,赫然在目的肚脐眼,"稍后的广告同样精彩","今年还送脑白金",等等。浏览之余,如山道上令人应接不暇的图像中,真令人忘情伫立,眼睛被钉住在那里的东西似乎又并不多。

但是,有一次在换台浏览之中,我却突然被钉住了:荧屏上传来清脆的童声:"渭城朝雨浥轻尘,客舍青青柳色新。劝君更进一杯酒,西出阳关无故人。"画面是干裂的大地,古老的雄关、驼队、油灯,徐徐转动的纺车,缓缓前行的耕牛……已经到了片尾,该是没有东西可看了,但那片尾诗与片尾景,却散发出一种古朴的气息,透发出其中似颇有厚实的文化底蕴,一下就真正把我钉住了,我马上记住了这个偏远的宁夏电视台。

而后,我又接连好几次碰到了这个节目,但都只碰上半截或若干片断。不难看出,这是一个讲唐诗的系列。在电视与书刊中,此类讲文化经典的节目,可谓多如牛毛,但这一个却清新突出,颇别具一格。它不是文学史家四平八稳的"讲",不是学究琐细入微的"讲",不是电视明星式的文化名人搔首弄姿的"讲",不是社会名流附庸风雅的"讲",而是讲得有充足而不卖弄的学问,有广阔的视野、独到的视角,有深沉而又自然渗透的感情色彩,也许是跟它讲的诗内容有关,我总觉得那"讲"中隐隐若若有沧桑感、悲凉感、壮烈感。当然,唐诗中这些内容的确不少,但也得看你怎么选,怎么讲,能讲出个什么意味来。显而易见,这个节目的讲词是独特而出色的,特别是像诗的叠句一样在每一辑片尾都重复的那句"西出阳关无故人",更有一种耐人寻思的韵味。为什么要选这么一首诗作为"片尾曲"呢?似乎颇耐捉摸。

讲解者没有露面,也没有赵忠祥式的"代言人"。我很想知道这样的讲词出自什么人的手笔,关注了几次之后,总算在每一辑的片尾都看到一个"撰稿人"的名字:樊修章。

樊修章何许人也?老在脑里琢磨的那诗句"西出阳关无故

人",在无意中一闪,我突然想起了"西出阳关"的一位北大老同学,他也姓樊,也对古典诗词着迷……他出了大学后,一直在宁夏,莫非与他有关?经过向其他北大老同学打听,果然是他!

那时他不叫樊修章,而叫樊益佑。个子高高的,少白头,一头长长的近乎麻色的头发倒向左边,倒真有点像一堆乱麻。脸部轮廓棱角十分分明,整个的头像,颇有点像法国的当代作家勒·克莱齐奥,也有点像写《日瓦戈医生》的俄国作家帕斯捷尔纳克,此二人现在在中国已经很有名,他们的照片经常可见,若要知道我所讲的这位樊君的面相,读者不妨以他们作为"参照数据"。至于面相上的神情,最具特征者就是他那双眼睛,直视、凝视居多,可以说是执着有余,而灵活不足,一看就是一个既偏又犟的主儿。

樊修章在银川

我们是西语系同一年级的同学，但不同专业。那时北大西语系共有英、德、法三个专业，他学的是德国语言文学专业，这个专业直接在系主任冯至的领导之下，因此，他可以说是冯先生的嫡系弟子之一。不同专业的同学，虽然分量特重的专业课各有不同，但很多的公共课还是在一起学的，如世界历史、欧洲文学史、哲学、文艺理论、中国历史、政治经济学、中国文学史以及写作课，当然，还有至高无上的中国革命史，而且，同年级学生也都是集中住在同一宿舍的同一层，因此，我与樊君要算是真正意义上的同窗。

不仅同窗，而且同乡，如果我没有记错的话，当时的西语系里只有三个从湖南考进来的学生，樊君似乎是从湖南浏阳中学来的，我与刘君强是从湖南省立一中来的，当然，樊君从一个县立中学考进来更不容易，他一定经过了更为激烈的竞争。这三个湖南人，刘君强是中心，他从中学到大学，都是同学们公认的"雷锋式的模范人物"，品学兼优，到哪里都是"学生干部"，自然成为"政治中心"，北大毕业之后，他一直在高等学校当教学的"老黄牛"，最后累死在课堂上时，还不满六十岁。年轻时期的他不仅爱国忠党的感情强，而且乡情也很浓，谈起同乡来很是有感情，特别是在北大这么一个五湖四海而湖南人仅为其中"弱势群体"的环境中。他与樊益佑交往比我多，我对樊益佑中学情况所知，就是从刘君强那里得来的，不过，我们这点乡情实在是很简单很原始，不像有的同乡同学那样，一有什么活动就你拉我，我拉你，或者不论什么场合，彼此之间

名士风流：二十世纪中国两代西学名家群像（增订本）

非要说自己的地方方言才过瘾，或者是常搞点"聚餐"之类的"高档活动"，等等，我们的乡情流露不过是碰见时打个招呼、互相微笑较亲切一些而已。大概是因为我们来自内陆民风淳朴的省份，不大会"来事"，也比较"嘴拙"，有时见面时反而找不到多少话来说，于是把拳头往对方肩膀上一揉，笑着说声"好小子"，就算完成了一次友好的交流了。

现在回忆起来，北大西语系我们那一届同学，都是很有特点与专长的，后来不少人都在学业上很有成就，绝非偶然。在我的印象里，樊益佑那时就是一个出色的学子，他不仅专业课程成绩优良，而且特别热爱中国的古典诗词，并已有相当好的修养。看来，他的国学功底是很有基础的，常看线装书，显然大大超出了一般大学生的阅读范围与水平。他对古典诗词的爱好可以说是到了如醉如痴的程度，老见他课后业余在阅读吟哦，特别是他心醉于辛弃疾，同学们都知道他是个辛弃疾迷，我有一次还见过他在摇头晃脑地吟着呢！他讲起辛弃疾时，敬仰崇拜之情更是溢于言表。对辛弃疾我所知甚少，但当时也觉着，既然那么热烈崇拜，想必他自己也有一些慷慨情怀，不过，话说回来，青年大学生，谁又没有一点慷慨情怀，谁又没有过"心潮澎湃"的时候呢？在我印象里，樊君另一个特点是内向与寡言，他平时本来就不怎么爱讲话，讲起来似乎也有点讷于言，而一到同学们聚集在一起大聊大侃、嘻嘻哈哈之时，樊君总待在一边完全沉浸在古诗阅读里，更是听不到他的声音，偶尔，他也插进句把话,但都是硬邦邦的,往往叫人一愣,作为一个同乡,我知道这种风格在湖南人身上常可见到,似乎可说是内陆性的一种表现,它有时无助于沟通与交流,倒可能造成阻隔与误会。

大学四年下来,我与樊君交往并不多,对他了解也很浅,因为毕竟不在一个专业,而且大家都很忙,忙于"向科学进军",那就跟打仗一样紧张,除了上课、预习、复习功课、吃饭、睡觉之外,几乎就没有多少时间了。这样很快就到要毕业的前夕了。

突然,在北大校园里,"忽如一夜春风来,千树万树梨花开",大字报铺天盖地而来,还有"控诉会"、游行之类的事发生,紧接着就是高音喇叭中的"社会主义好""坚决反击右派分子的猖狂进攻"以及声讨会、批判会……也许因为我们是毕业班,此类活动并不太多,只记得开了几次全系性的大会,当然,学习、讨论、提高认识、端正立场之类的本专业小组会还是有一些的,我们这个专业甚至小组会也不多,总算在毕业前夕没有发生什么戏剧性的大事。但不久,原来一直担任党支部书记的刘君强因为"领导软弱"而被撤了职,换上去的当然是一位"原则性强""斗争性强"的同志,这位同志后来在政治上蒸蒸日上,成为我们这一届同学中唯一的高级干部。我呢,在这一场风波中,由于有刘君强这样一个同乡老同学在旁边经常打招呼、提醒,总算没有轻举妄动、"犯立场错误"。但是在一次学习讨论会上，却也不知深浅、冒失地发了一大通议论，大意是：说那些同学都是"敌人"显然不妥，"坚决反击"也太厉害太严酷，对于有不同意见的同学，应该做深入细致的思想工作才好。当时，我察觉到自己发此番议论时，有严厉审视的眼光在盯着我，大概因为我乃普通一民，无衔可撤，这次发言就马马虎虎被放过去了。

毕业分配好像并未被耽误，分配方案及时公布了，几乎所有的人都可以离校上岗了。但听说要留下少数几个人，要他们在学校里"继续进行政治学习"，"暂缓走上工作岗位"，刘君强与我的这个专业被留下的有一个，其他两个专业则各有两三人，其中就有樊益佑。乍看起来似乎并没有发生、也不会发生什么可怕的事，但那时青年的学生，谁又会知道"政治学习""学习班"之类词汇的严重含义呢？它的厉害原来是"慢慢来的"。

我走出校门上了工作岗位，刚一报到，就被告知，根据中央最近的统一规定，大学毕业生在参加工作之前，必须上山下乡进行劳动锻炼，为期不少于一年。当时，在同学们之中，我大概是最早得到这种待遇的。

我从劳动锻炼归来后，听说被留在学校进行"政治学习"的那些同学都分配到各地，其中樊益佑被分配到了宁夏，但他们都已被"戴上帽子"。说来叫人难以相信，所有这几个同学究竟做了什么、说了什么以至被"划上了"，我作为同年级的一个同学竟一无所知，我后来也从来没有听刘君强说起过，也许他也不知道，但我的确听说过当时的"划"有"完成指标"一说，北大是一个"重点单位"，显然是要按指标完成任务的……

四十多年已经过去，我与樊益佑一直未见过面，也没有任何联系，偶尔从老同学辗转相告的消息中知道这些年来他的经历与境遇特别惨，反反复复、上上下下被折腾过不知多少次，一个从北京打下来的钦犯，在那举目无亲、"西出阳关无故人"的偏远地带，正是各种"折腾"所需要的最佳对象，"最软的柿子"。长期"劳动锻炼"、打草、养猪、没有职称、没有家庭温暖……只要我一听到他的消息，他那棱角分明的脸相、直视不动的又倔又犟的眼光就浮现在眼前，我想，他一定早已是白发苍苍了……

20世纪90年代中期，我又听到一个迟到的消息：樊益佑译的《浮士德》已经出版了，据该行内的人士反映，他的译本较郭沫若的译本各有特点，似可比美。我一听此消息大为欣喜，虽然我从大学起就未能成为樊益佑的朋友，但我不禁在老同学与文化界人士中发出赞叹："益佑不虚今生此行！"后来知道，他这部《浮士德》是在连稿纸也没有的艰苦物质生活条件下完成的，修改十年，五易其稿，在出版过程中，还遭过"煮豆燃豆萁"的相煎之苦……而且，在这之后还有2000年出版的《歌德诗选》，以及今年在电视台热播、令人赞赏的大型诗话《唐之韵》……

什么叫精神、品格，这就是精神，这就是品格，中国布衣知识分子的精神，劲草在山崖上也能生根发芽的品格。

名士风流：二十世纪中国两代西学名家群像（增订本）

樊修章译《浮士德》

同窗老友罗君潇洒，讲学之余在大西北畅游了一圈，足迹遍及敦煌、宁夏等地，回京告我说，他在银川见到了樊益佑，樊现在身边没有亲人，仍在做中国古典诗词方面的工作，他们有一天晚上曾在街头长时间漫步，银川街道很宽敞，行人稀少，空气清新，散步挺舒服……

2002年8月

一位英年早逝的绅士学者

外国文学所研究员吕同六

去年的秋天,著名翻译家吕同六离世而去,时年六十六,比起好多好多八九十岁才上天去见马克思的先贤,可谓英年早逝。听说,他临终前曾有凄厉之声,这可理解为病魔长期折磨的结果。但友人告我此事时,我却受到了极大的震动。我想,吕同六是个好人,他不该去得这样苦涩。

吕同六是个值得纪念的人,不是靠头衔、级别、资格,而是靠业绩值得纪念。他官至副局级,是个"七品芝麻官司",但他的业绩却有望长存在社会的文化记忆里,即使人们想要忘却也是难以忘记的。

他的业绩,概而言之,就是他开辟了中国的意大利文学译介与研究的新时代。在他之前,中国人对意大利文学的译介,仅限于几个零星的景点,如象征派诗人王独清译出的但丁《新生》,学者王维克译出的但丁《神曲》,而且,他们都不是从意

名士风流：二十世纪中国两代西学名家群像（增订本）

大利原文译出的。因此，这个领域几乎可以说还是一片"处女地"。1962年吕同六从列宁格勒大学专攻意大利语言文学学成回国，来到中国"翰林院"的外国文学研究所一间简陋拥挤的办公室，开始了他的拓荒与种植，数十年劳作不息，收获了丰硕的成果，开辟出了一片相当繁荣的文化天地，如果不是绝症打断了他的行程，他的业绩与成就当更为耀眼。

作为翻译家，他的译笔纵横于意大利文学几乎整个的历史过程，上至中世纪的但丁，下至20世纪的皮兰德娄、莫拉维亚以及格拉齐娅·黛莱达，可谓全线开花。他的译笔流畅、利落、准确干净，在意大利语文学界令人折服，在整个外国文学领域，亦属上佳水平。他不是一支简单的"译笔"，而是一位有感受、有见地、有研究的译家，他对自己译述的作家作品的评论文字颇丰，有四五部评论文集问世，这在只重翻译不重研究评论的翻译界，就要算是难得的劳绩了。他虽然没有来得及留下文学史与学术专著，但他的评论写得明晰、精湛、有创见、有深度，我相信在我国意大利文学研究领域里是不会磨灭的。此外，他还编选、主编了一些作家选集、丛书、文丛，基本上以意大利文学为主，偶然也扩大到了西方文学的范围，约有十来套之多，其显著成绩在本学界也要算是凤毛麟角。这不是谁都能干的活，这是学者的活，因为要做这种编选工作，没有广阔的文学史视野、没有丰富的文学史知识、没有巨大的阅读量，那是不行的；没有独到的见解、没有新颖的视角，则是做不好的；而没有足够的学术声望，就不能组成有水平的团队，就没有人响应你、配合你，那也是做不成的。从这个意义上说，吕同六也要算外国文学领域里的一个领军人物，虽然他到头来并没有当上学术机构的"首脑"，没有戴上真正的完全的长字号的帽子，尺寸总是差了那么一点。

1998年7月，吕同六与意大利剧作家、导演、演员、诺贝尔文学奖获得者达里奥·福（Dario Fo）在一起

吕同六还是一个出色的学术活动家，是我在学术界所见到的为数极少的几个特别出色的学术活动家之一。他是意大利文学研究会的会长。比起英、法、俄、德、美这样的文学大国，意大利似乎只能算是二等文学强国，而从影响与成员来说，意大利文学研究会在我国群众团体的等级中，只是"乙级"组织，然而，他却把这个意大利文学研究会搞得有声有色，在他这个

名士风流：二十世纪中国两代西学名家群像（增订本）

空间并不太广阔的舞台上好戏连台，精彩纷呈。根据我筹办学术活动的经验，要办好一次学术活动，一是要有新颖的学术创意、学术主题，要有高水平、高质量的学术论文，二是要有充足的活动经费。毋庸讳言，在官本位制下的学术界，经常存在着这样的现象，有创见有创意的学者往往拿不到或很不容易拿到办学术活动的经费，而通过"皇粮"渠道从来不愁大笔大笔经费的长官又常常不免有缺创见、缺创意的尴尬。吕同六基本属于前一种类型，但他却有本领弄到经费，他凭外交才能，能争取到"外援"，得到意大利方面的"资助"。因此，他主办的学术文化活动中，有那么好几次不仅有充实精彩的学术内容，而且规格高、场面大，甚至可以说达到了豪华的水准，会议都是在五星级的饭店里举行的，在学术界形成了一道耀眼的景观，其炫目的程度是惯于大吃大喝"皇粮"的学界大爷们望尘莫及的。说实话，我正是因为被邀参加过他主办的学术文化活动、心生艳羡，才下决心也要办出一次如此这般的文化学术场面来。2005年在北京国际饭店举行的首都文化界纪念雨果诞生二百周年的大型学术活动，就是在他的启发与示范下办出来的，经费同样不是来自"皇粮"的渠道，而是来自个人化缘集资的方式。虽然靠虚名薄面、浑身解数解决了至关重要的经济问题，但我亲身尝到了这种"融资"活动对于一个学者来说的艰辛苦涩，我只做过这么一次，吕同六却做过多次，我由衷地佩服他。

作为一个能干人，吕同六对仕途不无兴趣并有所抱负是很

一位英年早逝的绅士学者

自然的,遇上一个机缘,他走上了研究所副所长的岗位。他是一个很有业务主见、学术见地的学术行政官员,而且办事干练、效率很高,更重要的是他有两个为一般为官者难得的好品质,一是事无巨细,他都身体力行,自己动手,不靠秘书与助手代劳,二是处事公正,说话在理,不感情用事,不从个人好恶出发,虽然我知道,他是很有个人好恶的,而且还相当强烈。我在院一级的职称评审委员会、学术委员会里与他共事多年,就亲眼见到他对人对事做评议时一贯的公正立场与合情合理的话语态度。他在研究所里虽为"副"手,但实际上已主持了全局的"常务工作",并显有政绩,创办并主编了《外国文学评论》就是其中一项。在中国特色的社会主义条件下,书生办刊物,殊为不易也,首先就要能够用政治眼光看学术问题。吕同六在刊物主编的岗位上学得很快,居然很快就成为一个"政治家",至少是一个有精明政治头脑的人。在他的主持下,这个刊物办得生气勃勃,活泼而又稳当,大胆而不出格。偶尔,他也下一两着"险棋",其中一着就是发表了我所写的一篇重新评价自然主义、为左拉翻案的文章,那是我在一次学术会议上的主旨报告,因为对恩格斯关于现实主义、自然主义,关于巴尔扎克与左拉的权威论断提出了不同的意见,因而颇被维护学界秩序的人士"侧目而视"。没有跟恩格斯的声音合拍同步,这可不是件小事!吕同六却力排众议,在他的刊物上全文发表了这篇长文,当然他被人写了告状信,告他"搞资产阶级自由化"。好在文学上的自然主义问题离社会主义道路、无产阶级专政还远着呢,

名士风流：二十世纪中国两代西学名家群像（增订本）

起不到危害作用，跟"自由化"实在不搭界，此事总算"有惊无险"，吕同六并没有被告倒。虽然如此，我却一直因为给他惹了麻烦而深感歉意，当然也对他的支持心存感谢！

以他的素质、能力、见识与水平，他本可以在仕途上成功地走下去，有望成为整个"翰林院"中人文学科少见的一位出色的领导者，然而，他却中途落马，无果而终。原因不外是，仕途既然是国内最吸引人的一条金光大道，想要在这道上行走的人士当然不在少数，即使在清水衙门里亦不例外。吕同六的悲剧在于，他只知道钻研学术与事业，只知道干事，把事干好、干漂亮，而不去钻研门庭学、路线学、关系学，如果他遇上的对手并不专务于学术文化，倒是大务特务这几门官场学，把官途上种种游戏规则玩到位、玩到家，他自然就不是对手了。在我看来，他的中途落马，未尝不是好事，虽然"翰林院"少了一个好官，但多了一个出色的学者，得以更多地发挥出他的学术能量。这样不见得就不能起到他在学界的领军作用，何谓学术领导？窃以为就是发言权，就是学术实力与学术影响力也，从这个意义来说，吕同六并没有落马。事实上，他此后创建了"民间学术组织"国际文化书院，并把它办得很出色，就是明证。他因此不止一次获得了意大利政府颁发的奖章，甚至被授勋。

我与吕同六在同一个研究所相处了足有四十年之久，从20世纪60年代初直到他去年逝世，而且几乎是在同一个研究室。因为意大利与法国接壤,在研究所的文学版图上就被划为一大区域,同归于一个研究室,我任这个研究室的头目达十年之久,吕同六则长期是我的副手,实际上,我只管"法国事务",他则分管"意大利事务",像两股道上的车,各干各的,有点"联邦制"的味道,我与他的关系,其实就是"好邻居"的关系。这是"文化大革命"后的情况。到了90年代,他登上了研究所的副座,我与他各有其志,仍然是各忙各的,仍然是互相支持,可说是"相得益彰"。今天想来,我与他数十年来一直关系良好,就是因为有一个天然的牢不可破的基础,那便是"各忙各的",这大大有别于他与仕途上其他同行者的关系,在那条道上,好几个人都忙在同一件事上,忙于同一个目标,必然就会磕磕碰碰,就会有矛盾、有麻烦、有竞争、有较量……除此之外,我与他之所以能够长期像朋友一样相处,更重要的原因,还在于互相尊重、互相乐观其成。我比他长几岁,在研究工作上比他早起步几年,他对我至少是有如实的认知,有赞赏与支持,这对我来说就足够了。我对他,说老实话,则是赞赏有加,这倒不是因为我胸怀特别高尚,有伯乐之美德,更多的是出于一种平凡的常情:既然一个人希望周围的人对自己的所作所为持承认、肯定、赞赏的态度,自然就要把对他人的善意、认可、乐观其成,甚至玉成其事作为自己的一种原则而恪守、而奉行。当然,这样做也会有期待落空、有"出"无"入"的"亏本"时候,但吕同六至少是一个讲究"对等原则"的忠厚人,是

名士风流：二十世纪中国两代西学名家群像（增订本）

个有见识、通情达理的识者、智者。我这样的比喻虽然不雅，但在现实生活中，能做到这个份上的人并不特多，而做到了这一点，也就不失为一个可爱的人、可取的人了。

至于对他赞赏什么……除了他的才能外，我特别赞赏的是他内在的定力与外在的绅士风度。

我从初见他的时候起，就惊奇于他那种精神定力。那是在20世纪60年代初，我刚从蔡仪主管的文艺理论研究室调到卞之琳主管的西方文学研究室，我报到上岗时，吕同六也刚留学归来分配到西方文学研究室，我们就成了同一个办公室里的同事。在"翰林院"，中高级研究人员都是在自己家里工作，青年研究人员则集中在办公室上班，西方室的青年研究员共有十多个，办公室只有三小间，每一间都要挤四五张办公桌。吕同六的那一张，位置最不好，面对玻璃窗，窗外就是人来人往的走廊，谁路过都要往他的桌子"参观一眼"；又紧靠在门口，办公室里的人进进出出都要掠过他的身边。研究所不是政权机关，"翰林院"只问终极的研究成果，不大在乎研究过程与研究方式，办公室里闲聊说话自是不少，同事中还有两三个棋艺高手不时引来邻近几个办公室的爱好者前来对弈，有时甚是热闹。吕同六的研究工作都放在上班的八小时之内，下班后他经常有约会，因为那个阶段他正在"谈朋友"，而他在办公室上班的工作环境如此不好，换了别人，恐怕是一页书也看不下，一行字也写不出来。其他办公桌占地理位置较好者，往往就利用书架

一位英年早逝的绅士学者

一档形成一个小间隔,躲在那里面爬格子,但吕同六却无处可躲,他只能硬挺在"过道"上、嘈杂里。他这种罕见的定力与毅力,当时就使人深感惊奇,使我想起了关于毛泽东青年时期的一则传说:他为了锻炼自己的意志力,有时拿一本书故意跑到长沙南门口喧嚣的闹市中去读。还使我惊奇的是,吕同六在这种杂乱环境中的工作效率。我当时给室主任卞之琳当助手,担任室秘书的工作,从吕同六每个月的科研月报中,得知他很是"出活",其工作进度要算是室内的一个佼佼者。后来时任中宣部常务副部长的周扬,向研究所提出了一个"事关生死存亡"的重点任务——编写《二十世纪欧洲文学史》,整个西方文学室的全部中青年研究人员都投入了编写工作。任务重,时间紧,采取的是"大兵团"分工合作的办法,从编写资料、搭建框架,直到拟出详细提纲,吕同六独立承担了整个意大利部分,给他交代任务的时候,他无须你多讲什么,但他交活却最为准时,从不延误,交出来的活也很清爽、利索,完全符合要求。所有这些工作,他都是在嘈杂的环境里,在"过道"上的一张书桌前、靠他超常的定力高效地完成的。

这张书桌前的定力似乎可以说就是一个缩影,体现出了他一生的——不说他整个一生,至少是他大部分或重要时刻的——内在精神状态与基本的心理素质。他总是胸有成竹,自有一定之规,不论客观条件如何,不论现实环境怎样,他总是按自己的"成竹"与"定规"行事,而且能坚持到实现自我。"文化大革命"对全社会、对任何一个人的正常进程的干扰与破

名士风流：二十世纪中国两代西学名家群像（增订本）

坏，可谓绝大矣，在"翰林院"里，青年才俊何其多也，有些人忘乎所以掉进了政治的泥塘，再也站不起来了，有些人在打倒一切传统文化的狂风中彻底断了对文化的任何念想与兴趣，心灰意懒，甚至把自己的珍贵藏书当作废纸给收破烂的，以至狂风过去，再要缓慢恢复自己的文化兴趣与学术能力往往需要好几年的时间……吕同六在那场"浩劫"中，虽然也曾狂热过、随波逐流过一阵，但看来，他仍在一定程度上保持了心智的定力，守护了自己的文化理想与学术向往，因此，"文化大革命"后，他迅速就恢复了业务工作与学术活力，复苏之快令人惊奇。同样，他从政后，也没有陷入追名逐利、鸡零狗碎的漩涡，他仍然以自己的定力将才智献给学术，以致他"落马"后仍然持有充沛的学术活力。他始终是个学术实干家。他的实干出了实绩。这使他超越了空头学术活动家而且有持久的学术生命，虽然他英年早逝。

吕同六是个绅士，即使在"翰林院"，也是不多见的绅士，他是我所见过的最追求绅士风度、的确也最富有绅士派头的一人。由外及里，首先就表现在他的衣着上。他是外国文学界少有的经常西装革履的人士之一。这个学界很多人都喜欢穿休闲装，即使是在比较重要的学术活动中，正式穿西装的也不多，吕同六则不同，只要是在稍为正式一点的场合，他总是西装笔挺，上装、马甲、领带、风衣一样也不少，即使是平时上班，往往也打了领带，绝对可以说他总是衣冠楚楚的。他还很讲究衣装的质地与品位,他不像"翰林院"里好些公派出国归来的人士那样,仍然常把留学时公家统一发给的蓝色西装制服拿出来派比较重要的用场,我几乎从来没有见他穿过那种宽宽大大的"官服"。他的衣装如果不是自己定做的,也至少是有心配置添购的,其品位甚高:衣料质地好,剪裁缝制得贴身,板架格式精俏,色调优雅……显然,他是在奉行"纷吾既有此内美兮,又重之以修能"的生活美学,是在把生活的每一个场合都当作自我展示、自我享有、自我愉悦的时刻,显示出他是兴趣盎然地在生活着,存在着。这里面有生活的情趣,有对现实生活的在意,对现实生活的执着与珍视,难怪他身边的一个好友在谈到他的去世时这样说:"他去得很不情愿,很有痛苦,因为他热爱生活,很想继续活下去……"

吕同六的绅士风度当然更主要是表现在他一贯的行为举止、作风做派上。他举止得体,文质彬彬,从不失态;待人接物,态度温良有礼;说起话来,娓娓道来,言之有理,言必有据,措辞严谨缜密,简直就是滴水不漏;从不口出狂言恶语,也从不使用粗话,即使是在与青年人、老朋友聚集时一片哄闹谐笑之中,他说话也得体含蓄,总以微妙的幽默代替粗俗的话语;虽然他有很强烈的"个人主体意识",有很坚硬的个人主见,但他并不偏激张狂、咄咄逼人;他当然经常有与人意见相左,甚至看法对立的时候,但他总避免红脸动气,不撕破脸皮、大打出手;他当然也有个人的欲念、个人的谋求,但他从来都注意取之有道;他在人际关系中当然也有不少摩擦、矛盾与抗争,

名士风流：二十世纪中国两代西学名家群像（增订本）

他要采取否定摈斥态度时，总能做到拒之有理。在我们这个社会里，他能做到这个份上，应该就要算一个相当完整的绅士了。

据我所知，吕同六并非出身于古老的书香门第，他身上并没有很深厚的中国传统文化的积淀，他立世行事的方式与理念，具有更多的现代文明的色彩。他的绅士风度看来不是来自中国固有的正人君子的这种价值取向，而是来自于洋派的教养，直接与他在国外留学五年深受洋派文化熏陶有关，当然，从国外留学四五年后回到国内仍像乡下农民那样蹲在椅子上吃饭的人，在"翰林院"也是有的。如果说，他的绅士风度中也难免有缺项的话，那便是和蔼可亲，应该说，他待人处事中，冷静有余，而热诚、热情不足，规则、距离有余，而亲切、亲和不足。这显然与西欧文学中强烈、热情、感情零距离、不计后果的"意大利性格"格格不入，跟他作为意大利文学的专家学者似不甚合拍，倒是与矜持严谨的英国绅士的派头有点靠谱。

正像历史上的骑士风度一样，绅士风度也是一种费劲的行为方式，它至少要求操演者支付相当大的自我控制力，说得简单点，它的内核就是克己、律己二词，这就是它费劲的所在。吕同六显然要在克己律己上下不少功夫、费不少毅力，克己律己，我觉得这是他作为一个人的不平凡之处，这既是他的操守，也是他的价值。

中国是一个人口多的国家，在这里，到处都很拥挤。对于吕同六的"落马"，我与一些有识之士都持有一个简明而粗浅的看法：他是被挤下去的。然而，使我不无惊奇，甚至有点纳闷的是，对此，吕同六却毫无微词，且不说"不平则鸣"了，他像绅士一样"沉默是金"，矜持而若无其事。但据我对他的了解与推析，他内心里的不平与委屈，也许也有几分像屈原的《离骚》。

把火窝在心里，这是很需要克制力的，特别是要长年累月地这样做，单凭这一点，我就佩服他，也很同情他，更伤悼他的英年早逝。

2006年11月30日完稿

关中汉子何西来

何西来走了，中国少了一个学养厚实、见识卓越、影响深远广泛的批评家，在国内各种文学座谈会上、各种学术文化活动中，再也见不到他那高大雄健的身影，再也听不见他那声如洪钟的声音，在社科院宿舍区的庭院中，再也不能与他迎面相逢，总要停步下来，有短暂、非寒暄式的交谈……所有这些，朋友们的若有所失感将是锐锐的、沉沉的。

他走得这样早，没有想到。他，一典型的关中壮汉，人高马大，虎背熊腰，走起路来，虎虎生威，讲起话来，嗓音洪亮，其形貌、其精气神，活像一具威武雄壮的秦兵马俑复活。他一直给人这样一个印象：似乎他与死亡无缘，至少是与老迈无缘。偏偏是他，不到一年前，就隐约传出身患癌症的消息，但每次遇见他时，并不见他有丝毫病态，更没有听见他谈及过自己的病，至少语气中未有所透露，但见他，若无其事，满不在乎，仍骑着自行车在社科院的宿舍区驰骋出入,使人觉得病魔肯定是奈何不了他,最后的大限离他还远着呢,甚至遥遥无期……不久前偶遇时,听他说仍坚持每天步行一两公里,他正准备写一组素描当前名家名士的文章,因为正好与一家大报有稿约作为开头,柳某竟荣幸地被他列为首选对象之一,而后,他还有一项大计划,要写一部《杜甫传》……直到他去世前的一两个星期,我仍在宿舍区大门口见他骑着自行车,采购蔬菜食物回来,只是脸色似乎有点发黑,怎么也没有想到十来天后,他竟离开了这个世界。

何西来最后的时日,既是病魔快速毁人的悲剧,更是人淡定自若、顽强抗争的高歌,在这里,人的精神超越于死亡之上,人的精神力量是傲然的强者。

我与何西来基本上是同一辈人,我只长他四岁,我们算不上是很熟的朋友,与他不同校,不同学科专业,不同供职单位,但很早就互相认知,用西来的话说,"已有半个世纪之久的渊源"。这其实是一种美意的夸张之词,实际情况是,他于20世纪60年代初,就读于中国人民大学文艺理论研究班,这个曾以"马文兵"的笔名叱咤文坛、赫赫有名的科班,名义上是由中国人民大学与当时的文学研究所合办,文学所派了著名美学家蔡仪坐镇。我当时在文学所,是蔡仪领导下文学理论研究室的一名年轻研究人员,室主任蔡仪移师进驻有名的北京铁狮子胡同一号文研班的所在地,室内好几个青年研究人员,如于海洋、

名士风流：二十世纪中国两代西学名家群像（增订本）

李传龙、杨汉池与我也簇拥而至"铁一号"，担任文研班的助教职务。其实，我们这几个"助教"只是象征性的摆设，并未起什么作用，也没有跟文研班打成一片、融为一体，倒是由此对文研班的人员情况多有了一些了解。年轻的助教们私下对年轻的学生评头论足，掂斤掂两是常事，也是乐事，我们之中，于海洋年龄较长，阅人较多，并卓有见识，与文研班的接触也较多较早，数他最有发言权，我就听他说过，文研班的才俊中，"要数小何潜力最大"，具体来说：他博闻强记，中外兼收并蓄，对经典名著名篇背诵如流，而且文思敏捷，将来必成大器，云云。于海洋已英年早逝多年，但他对"小何"的评价果然被何西来以后自己的作为所证实。

在文研班，充当了好一阵子"摆设"之后，我们几个青年"助教"就搬出了"铁狮子胡同一号"，虽然在"任期"中与文研班的学员并无多少业务关系，但我却有一个意外的收获，那就是一别多年之后与何西来碰面时，他就称呼我为"柳教授"，既是明显的尊称，但称呼起来又带有一种善意调侃的语调，我很欣赏他在人际交往中这种教养与谐趣的结合，更欣赏他一经出口、多年不改的大度与雅量，不像有的人那样，即使他曾因有求于人、受惠于人而对对方有应该的尊重，但一旦自己稍有得意，羽翼稍丰，便赶紧调低尊重度，迅速改变称呼，"阿三阿四"地呼了起来……既缺少教养也颇为势利。

是的，一别多年，在文研班结业后，我就再没碰见过他，他在文学所发展，我在外文所供职，像两股道上的车，"文化大革命"中更没有"串联"到一派。直到1986年我搬到劲松区的社科院宿舍，才与他邻楼而居，成为"街坊"。两幢宿舍楼之间，有一个近两百米的庭院，种了不少树木，郁郁葱葱，那是我每天绕圈慢跑与做操的场所，风雨无阻，而那个庭院，也是出入宿舍楼必经之地，所以，我经常会在这里不期而遇何西来，"低头不见，抬头见"。

多年来，我与何西来一直就保持着偶遇时停步下来就聊上几句的习惯，除了非常时期的慷慨激昂，我们的谈话既是"非寒暄式"的，但也是纯清谈性的，对世事均作壁上观，即使涉及时局社稷，只流于一般感慨，如感慨人文精神滑落、人文学者已落为弱势人群、人微言轻，如果有什么共同的愿景的话，不外是时局稳定、社会和谐、政风清明、官场廉洁，如果说有什么担心害怕的话，那就是内耗恶斗、自己折腾、社会动乱，特别是怕社会动乱，我不止一次听他说过，"但愿社会稳定，如果发生动乱，最倒霉的就是我们弱势人群"，由此，社会和谐、国家安定、世事公平就成为我们愿景中的愿景。看得出来，从慷慨激昂到但求安定和谐，到知晓有的事不可行、行不通而断了念想，到淡泊超然，专心回归于自己一亩三分的桑麻小园地，这就是我自认为感觉到了的何西来这些年来的心路历程，回顾我自己，又何尝不是如此？与我们同此心路历程者，已为数不少，这使我不由自主想起了前几年李泽厚与刘再复对谈过的"告别"这个话题，如果我没有理解错的话，慷慨激昂的淡化与

名士风流：二十世纪中国两代西学名家群像（增订本）

搁置，跟"告别"说是同趋温性平和的，两者的不约而同、殊途同归，正是中国人文知识阶层对当代中国前行的一种不显的默然奉献。

我与何西来的庭院交往，并未因为慷慨激昂的淡化而告终，因为，毕竟同在人文领域、互相不无关系，何况，我曾经也弄过一阵子理论批评，于这方面的人与事多少有点关注。对从事这个行当的人，我个人特别敬重、特别赞赏的是两种品格：一是在理论上有识有胆，敢于发表自己不流凡俗的独特创见，更敢于坚持自己被人侧目而视，甚至被人敲打的学术观点；二是在学养上有所持与有所长，而不齿在学养上无所持、无所长、两手空空。在我看来，何西来正兼有这两方面难能可贵的特质。他不同于我们见得很多的那种只唱"向左向左"高调的理论家与只凭教条与棍棒压人的批评家，他既恪守马克思主义基本理论，又实事求是、通情达理、尊重文艺本身的规律，致力于科学评价，既尊奉意识形态的规范与原则，也赏识创作个性的千姿百态。他也不同于那种出口不凡、论事不着边际、表述云山雾罩、满篇都是十分费解的现代主义或后现代主义术语的新潮批评家，他的文风明晓，史实清晰，事理辟透。我以为，他身上的这些长处正是优秀理论批评家所应具备的条件与特质。至于他在学养方面的所持与所长，也很值得赞赏，我不敢说他学富五车，贯通中西，但他在中国历史典籍与中国古典文学方面的学养是富足的、深厚的，当他要阐明证说一则道理时，随口就可以引述经典名著与古典诗词为例。我认为一个理论批评家如果没有某一专业学识为自己的立足点,他的高谈阔论是令人不放心的,难免流于一种空论,最多只是一种概念或一种教条的阐释,这种理论批评家说到底,最多就是一个"空头理论家",何西来专务中国现当代文学的理论批评,他这个行当里,"空头理论家"不乏其人,但他脚踏专业学识的坚实之地,树立了自己与"空头理论家"完全不同的真正有学养的批评家的形象。

何西来不仅是著名理论批评家,也是写散文的高手,他的散文作品是比较典型的学者散文。所谓学者散文,简而言之,即为学者笔下的散文,或至少是有学者底蕴者笔下的散文。于散文的本性而言,于学者固有的条件与素质而言,学者散文必成为文学创作领域中一种自然生态,一道蔚然成大观的风景,一种藏量丰厚的库存。学者有自己的本业,写出来的东西自然有明显的学业内涵,有比较充沛的知性,以实事实感为归依,言之有物;亦可有充沛的智性,以思想闪光为照明,对人有启迪灵智之效,总而言之,实不同于那种纯粹舞文弄墨,俗套应景之作,何西来的散文就有学者散文的优质。我有幸读过他若干散文代表作,开卷有益,启迪良多。他谈人格的文章,敢于讲人文智者的真话,言之有"勇气"。他的《秦皇陵漫兴》《居庸关漫兴》《小亭沧桑》是现代人情怀、历史风物、风土人文与旅游雅兴的完美组合,没有丰厚的学养与精辟的实感是写不出

名士风流：二十世纪中国两代西学名家群像（增订本）

来的。他还有一篇名为《愚人节的感伤》的散文，更是特别值得赞赏的妙作，写的是何西来所亲历的何其芳一件往事，一则值得流传后世的"诗话"。20世纪70年代，何其芳历经"十年浩劫"之后，身衰体弱，老态龙钟，但精神复苏，心情见好，一天向何西来等青年朋友出示了一首元人戏效玉溪生体诗《锦瑟》二首，使他们忙乎了一大阵子，遍查现存全部元人集子终未找到此诗的出处与踪迹，细加玩味，仿效李商隐的此二首诗，用典较多，含义朦胧，功力非凡，无人不叹为上乘之作，但乃悼亡诗抑或为自伤诗则因诗意隐晦，难以疏解论定，唯有其中不堪回首的凄清感伤思绪令人深有所感。究竟出自何人手笔？终于由何其芳本人揭晓，原来此诗是他的戏作，而出示此诗的日期则是4月1日愚人节，他跟青年朋友开了一个玩笑。结合到何其芳本人大半生难展诗才的遗憾与"文革"中的苦难，此诗倒的确是一首自伤诗。在这篇散文里，何其芳晚年令人叹息的境况、感人的悲剧色彩、老顽童的乐天性格、卓越的诗人才华均跃然纸上，不失为现当代文学中何其芳学中有价值的第一手材料。整篇散文写得层次井然、峰回路转，颇有故事情节，且文笔灵动活泼，情趣盎然，其中还不乏对李商隐《锦瑟》诗渊源等问题的精要见解，呈现出学识学养的光泽，而对恩师的深沉感情与对"愚人"自我的调侃，又增加了感人的力量。这样一篇文章，在我看来，实应为当代学者散文中的一个极品。

多年来，在与何西来这样一个老熟人的庭院偶遇、驻步浅谈的友谊中，我是主要的受益者，这是因为我一直主动带有获益求知的意图与他交往，这与我自身的局限性有关。虽然我要算作协的"资深会员"，早在20世纪70年代就正式入会，而且是第一次"作代会"的代表，但我与文学界的关系一直相当疏远，而我的职业行当又要求我不能完全闭塞无知，正好何西来是文学界的达人、消息灵通人士，识途老马，是我最理想的咨询师与指点者，我从他那里采的风、拾的"牙慧"着实不少，而且不仅仅是听一听乐一乐而已，有的还给我的工作带来了明显的效益，如"本色文丛"第二辑的组稿约稿工作就是一例。我之主编"本色文丛"，完全是意外落到头上的一块"馅饼"，仅仅因为自己也写过一些散文随笔，为出版社主编过一套《世界散文八大家》，因而被出版社诚邀力约，委以"本色文丛"的重托。如果说第一辑以我自己这个学界的名士为组稿对象，我还能应付如裕的话，到了第二辑扩大到文学创作界，我就有些捉襟见肘了。在骑虎难下之际，幸得何西来的慨然相助，除了他自己提供一本自选集外，还介绍了文学界的两位名家邵燕祥、李国文加盟，此外还引荐了著名的明史专家同时也是散文高手王春瑜，大大给"本色文丛"第二辑的阵容增色添光。

作为老邻居，我与何西来的来往甚少，近乎"君子之交淡若水"，即使在有限的来往中，我也是受惠者，如他得知我被帕金森氏收归门下后，不止一次向我介绍过药方。另有一事，因为我与他都曾受聘为王蒙领导的中国海洋大学文学院的教授，每年春节校方与王院长都要在北京举行一次规模精致的雅聚，

名士风流：二十世纪中国两代西学名家群像（增订本）

常客均为在海洋大学文学院讲过课的教授，有袁行霈、严家炎、谢冕、童庆炳、朱虹、舒乙、铁凝、张抗抗、毕淑敏，等等。雅聚地点多在西郊一饭店，在北京出行无车是不可想象的，何西来自己可以驾车，于是，我每次也就成为搭他便车的蹭车客。叨扰受惠了多次，聊作回报，自己只有请他到附近一家陕西馆子吃过两次饭。这家馆子也是关中人士何西来介绍我去的，以招牌菜葫芦鸡与各种面食闻名，味道鲜美浓重，但不油腻，甚合我的胃口，而且，饭店主人颇有文人雅趣，店里挂有著名陕西人贾平凹、陈忠实的亲墨多幅，此后多年，我凡请客吃饭多选在此处，店门口有两座大型秦兵马俑塑像，人高马大的，如今每次来此就餐，都叫人很容易想起何西来。

2015 年 1 月

书生五十年祭

五十年前的金秋时节,北京大学西语系 1957 届英、德、法三个专业的毕业生共四十多名,走出了校门,像蒲公英一样飘落在天南地北。

"走出校门"说得稍嫌笼统,事实上,当时没有"走出校门"的有近十人之多,仅仅因为他们在"大鸣大放"中讲过那么几句有点个性的话,甚至只流露过若干有点个性的情绪,就被组织上留在校内多待了一段时候,出来时一个个都戴上了一顶另类的小帽,一戴就是十年,以至十几年,其重负、其苦楚只有他们自己深有所感,旁人仅看见他们在艰苦地区一"劳动锻炼"就是好些年,甚至十来年,延误了施展才华、延误了恋爱结婚……

蒲公英飘落在天南地北,际遇、道路各不相同,甚至有天壤之别。有的很快就杳无音讯,不知被淹没在哪股尘沙之中,

名士风流：二十世纪中国两代西学名家群像（增订本）

有的专业不对口，用非所学，久而久之便不知所终，有的大概是生命力过剩，而未加制约，免不了就折腾一下，但这哪里是个允许你随便折腾的时代？于是自食其果……当然命运显赫荣耀者亦有人在，虽为数不多。有的用特殊材料做成的进入了军界，出了不止一个将军，有的进入了外交界，在联合国内风光了多年，只因宦海无常，难免有点沉浮了……

北大西语系以培养西方语言文学教学与研究人才为宗旨，投入这个门下的学子原本都是些有"莎士比亚崇拜""歌德情结""巴尔扎克仰慕"的青年，一心想通过西语系这个管道，成为学者、教授、翻译家，个个书生气十足。所幸计划经济时代的教育分配制度还有那么一些优越性，1957届毕业生中竟有相当数量一批人走上了文化学术工作岗位，而且比较集中于北京地区。半个世纪过去了，虽经人事沧桑变化，现仍在北大当教授的就有六七位，在中国社会科学院当研究员的则有七八位，在其他高等院校当教授的也有两三位。"隔单位如隔山"，其他单位的同学在学术文化上的作为，实不敢随便评述，仅就在中国社会科学院外国文学所工作的六位1957届同学的业绩而言，我倒是就近看得一清二楚，敢略述一二，兹以姓氏笔画为序。

金志平长期供职于《世界文学》杂志，当过第×任主编若干年，续了鲁迅、茅盾当年所创建的《译文》的香火，兢兢业业，尽心尽力，一年六大卷，均有他的劳绩。他还是一个早慧的译者，大学还没有毕业，即已有译作问世，颇像后来的徐静蕾大三时即已上了荧屏。此后数十年仍笔耕不辍，幅员甚广，乔治·桑鸿篇巨制的小说《康絮爱萝》即为其中的硕果之一也。他对法国19世纪下半期的戏剧亦颇有研究，涉猎甚广，留下了可贵的论述。

罗新璋当年即堪称"少年才俊"，早慧得更是惊人，大学期间已与傅雷有书信来往问道译术。后来，他长期与"洋教席"共事，练就了一身中译法的过硬本领，在《中国文学》上大显身手，向国外译介上至《诗经》《离骚》，下至鲁迅的中国文学精华，对传播华夏文化立的功劳大矣哉。他另一大业绩是继承了傅雷的译道传统并发扬光大，更做出了新的典范。具体来说，《傅雷全集》20卷的校订工作全部由他完成；他所译出的《特蕾斯丹与伊瑟》、特别是《红与黑》，其译艺水平较傅雷有过之

罗新璋部分翻译作品

德国文学专家高中甫

而无不及，其译笔之雅，实为当今的第一人，早已享誉海峡两岸；他对古今翻译理论的研究与整理要算是译界最有成就者，此外，他对莫洛亚、龚古尔兄弟的研究，也结出了硕果……

高中甫，他是德语文化领域里一位最具学术活力的学者，这位山东汉子，精力沛沛，兴趣广泛，其硕果也是多方面的。他是一位对德语电影艺术有精深研究的专家，他又是好几部重要交响乐家传记的译者，他的主业是德语文学的翻译与研究，所译作家甚众，所译作品甚多，从歌德、莱辛直到勃兰兑斯、施尼茨勒、茨威格……是一位名副其实的多产译家，在译林很有声望，他所撰写的《歌德评传》与《歌德接受史》是两部力作，无疑奠定了他在我国歌德研究领域里的首席权威的地位。

高慧勤，她是一位出色的东方文学专家，她主持编写的《东方文学史》，是该学科中最有分量的一部论著，填补了我国外国文学研究领域中一大块空白，是一项开拓性的文化工程。她是日本文学中川端康成、芥川龙之介等作家最出色的译者与研究者，她以娴雅的文笔，最好地再现了这些作家的文学风格，又以深邃老道的论说剖析了他们内在的精神，她的译作与研究论述都是学界中不多见的精品。她治学严谨，为人宽厚，不论是学力与人品，使她无可争辩地成为我国日本文学翻译研究界的领军者，作为日本文学研究会的掌门人，她以自己的学力与亲和力，使得这个学界欣欣向荣，充满活力。

韩耀成，早在北大时，他就是聪敏而内敛的一江浙少年，后来从事对外文化宣传工作，又历练出锐敏的政策感、分寸感与过硬的中译德的技艺,为国出力,颇多贡献。到社科院后,他多年担任外国文学所机关刊物《外国文学评论》的常务副主编一职,是名副其实的实际掌门人,充分发挥出在政治与学术之间觅求精妙平衡点的才干。他还作为本研究所领导的一位重要而得力的"辅臣",参与了本单位好些重要的学术活动与学术项目,勤勤恳恳,尽心尽力,诸多付出,为维持一个学术单位的学术体面立了汗马功劳,而从不计回报。如果他用这些时间来从事自己的学术文化开拓,他本可以有更多的业绩,即使如此,他也为读书界献出了《少年维特的烦恼》《城堡》《一个陌生女人的来信》等上佳译品与其他若干重要的德国文学选本以及《德国文学史》中的独立一卷。

以上五个老同学加上我一共是六人,在一个不到二百人的学术单位里,倒也构成了有内在联系的"一拨人"。虽然如此,我们各得其所,各行其道,除了罗新璋、高慧勤伉俪外,其他人的相互关系并不密切,不过,每当我想起这一拨特定的"北大人"时,我对他们的学术作为至少还是有一种欣赏之情、乐观其成之情,即使不敢说是集体荣誉感、自豪感的话,因为六个人的作为在这个学术单位中实占有相当大的份额。

将近十年前,法国文学研究会在中国社会科学院外国文学所的大会议室,举行了一次名为"译界六长老半世纪译著业绩回顾座谈会"的学术活动,策划与主持这次活动的,是当时的法国文学研究会仍在任的会长柳某,此人在任期内还算有"敬

名士风流：二十世纪中国两代西学名家群像（增订本）

老尊贤"的追求，眼见其他政、军、演艺影视、新闻出版各个领域、各种层次、各种范围的这种那种"周年纪念"活动（大至几十周年，小至一两周年的纪念活动）层出不穷，把各界人士的功勋业绩表彰宣扬得家喻户晓，深感本学科领域虽小，亦不乏卓有劳绩的耕耘者，不说有功于社稷，至少有益于文化积累，"同在一个屋檐下"的人对此不能熟视无睹，无动于衷，于是就把情况各不相同的陈占元、许渊冲、郑永慧、管震湖、齐香、桂裕芳这六位前辈硬捏在一起，对他们进行缅怀，这便是那次学术活动的初衷。其实，他们年龄相距甚大，只有一个共同点，那就是从事文化译述工作均已超过五十年，因为都年长于活动策划者、主持者，故被称"长老"。这种活动只备一杯清茶，既不存在官方的"嘉奖"，也不存在媒体的颂扬，只不过是后来者基于对人文领域乃一个积累的领域、而非是取代的领域这样一个学理的理解，对先行者的一声致意的问候。倒是颇为有趣的是，一位参加座谈会的中年人对此一活动大生感慨，颇有点感伤，说什么等将来自己到了治学五十周年的时候，恐怕就不会有后来者举行"回顾缅怀"的活动了。其实，发此感言的此君是学界一著名的少壮派，一直锐气十足地在学术道路上披荆斩棘，在当时我这样已被组织上非常及时编入退休人员队伍的六十多岁的老朽听来，觉得他发此感慨显然早了一些，如果将来会有此种失落感降临的话，那么应该说是先轮上正在向古稀之年挺进的我辈，而还轮不上他们那一辈。不论如何，那次学术活动的效果还不错，至少在同行同道之间，留下了一点藉慰与温馨，会后，多年没有联系的一位前辈还特别托人来表示了感谢。

时光荏苒，从那之后，我辈快速向治学达半个世纪这个年头迈进，但我对此几乎浑然不觉，更没有对上述那种"回顾"存分毫期望，原因很简单，人总得有点眼力架，总得识时务吧：从大环境来说，人文精神滑落，人文学科萎缩，人文学者急速边缘化、弱势群体化；从小环境而言，"长江后浪推前浪"，风急浪高，急功近利，新陈代谢功能亢进，连赶紧遗忘、抹去记忆都来不及呢，要"回顾"有何用？有了这些"彻悟"，自然就随遇而安，顺其自然了，于是，不知不觉到了1957年五十年后的这个金秋时节。

正在这一时节，北大1957届老同学罗新璋载誉从海峡对岸归来。他原本就是载誉而去的。三年前，他作为大陆著名的法语翻译家、翻译史家得对岸著名高等学府台湾师范大学的盛情聘请前往担任翻译讲座的教授，三年来，他备受校方的最高礼遇。薪水是待遇的标杆，每月11万台币，折合人民币约2.7万；舒适宽大的住宅单元，周到的生活服务与教学服务不在话下；他七十岁生日时，译研所为他举行隆重的纪念活动，他在香港荣获翻译奖时，译研所又视为本校的荣誉，为他摆了庆功宴……他回到北京后，大概是由于游学在外三年，积攒了一些故土之恋与怀旧之情，建议六位在中国社会科学院任职工作了五十年的北大1957届老同学聚一聚，吃一顿便饭，算是我们自

名士风流：二十世纪中国两代西学名家群像（增订本）

己的纪念。我是第一个附议者，于是，我们俩人分头邀约，大家纷纷热情响应，欣然愿意参加的还有院外的两位老同学赵桂藩与王晓峰夫妇，他们在北京一所大学当教授已有多年，除了辛勤育人外，笔耕不辍，早有多部译著与论述问世。大家之所以如此一拍即合，我想，大概是因为，大家都没有忘记五十年啊半个世纪这个整数，而且是一拨人的五十年，说回顾也好，说纪念也好，说庆祝也好，反正用这么一个简朴的形式，算是对我们自己、对这五十年、对五十年来的日日夜夜、书斋劳动、爬格子生涯表示一点念想，做一点祭奠，有一个自我交代，有一点自我犒赏……

2007年10月14日中午12时，我们八个人相聚在中国社会科学院后面一条街上的美林阁餐厅。一切都再简朴不过：大家坐地铁或步行而至，因为没有一个人是家里有车的；大家点的菜基本上都是清淡的、低价位的，没有鲍鱼、甲鱼之类的东西，最为高级的两道菜是清炒虾仁与清蒸鳜鱼，因为身为每月工资仅3400元上下的社会科学院退休研究员，一直习惯于低消费，何况，高胆固醇过多于七十老人不宜；饮料只有一壶菊花茶，外加一瓶北京啤酒，一瓶张裕葡萄酒，因为我等并无畅饮欢庆的冲动与需要；席间没有慷慨的言谈与高调，虽然我等上大学第一年国庆游行天安门前时，都曾精神高亢、热泪盈眶；交谈中亦无业务合作的意愿与计划，因为外国文学书籍的出版日益萎缩，我等已感到难以有所作为，何况，稿费标准低，且难以兑现，还不如炒股或研究基金投资；席上亦无骚怨之语，只是自我调侃称，如像在新中国成立初期以一部译稿的收入即可购买一幢四合院那样，我等早已拥有十几处房产矣；席间亦无浓烈辛辣的话题，唯一尖锐的就是骂陈水扁很狡猾，鬼点子多，会玩花活……当然，最简单不过的是，"开宴"没有任何仪式，也没有"致词"与"祝酒"，只是大家站起来，碰了碰杯，不约而同地说了一声，五十年，不容易，然后又参差不齐地重复了两三次；"不容易，不容易"，仅此而已，没有多一句话，没有多一个字。

"不容易"这简简单单的三个字，在我听来，真是五味杂陈、不胜言表：眼看本届同窗一个个受"生存荒诞性"的律定而离去，我等毕竟活到了古稀之年不容易；大半辈子不断思想改造、斗私批修，在运动中捶打，作为"公家人"不容易；而对过障碍、阻力、打压、拖拽，在漫长的学术道路上走过来不容易；在长期营养不良、身心透支的状态下绞脑汁，熬过一个个不眠之夜，爬出了几百上千万的格子，终于在公共图书架上占有了一定空间，作为"精神苦力"不容易；在功利主义、商品经济大潮中，眼见善炒者、善玩者、善窃者一个个暴富，如雨后春笋，仍安贫守素、坚持清苦的精神追求、作为纯粹的人文知识分子不容易；总而言之，我等以现在的境况状态、所获所缺而存有于现实之中不容易……

《新京报》发表本文时所配的漫画

这一天天气晴和，秋高气爽，恰逢星期天，美林阁外环境清雅幽静，车嚣甚少。聚餐结束，我们在马路上轻松步行了一小段路，在靠近地铁的地方分手道别，又不约而同表示，希望六十周年时再聚一次，不过不知那时能否凑齐今天的规模……说时，调侃地笑笑，并无半点伤感……

我坐在回家的车上，也许是因为近期刚经受了白发人的哀痛，心情不朗，我忽然想起了老舍《茶馆》的最后一幕……

2007 年 10 月 24 日

在一次涮羊肉聚会上想说的话

向两个八十岁老同学致贺

每当年已七老八十的朋友相聚时,我几乎都联想起老舍名剧《茶馆》中的最后一幕。

在那一幕里,几个历经时代沧桑的北京老人,偶然在茶馆里碰上了,于是就出现了一场充满悲凉意味的戏剧场面。于是之、蓝天野、郑榕几位,在人艺舞台上转着圈、吆喝着,自得其乐,然而五味杂陈。虽然,我们相聚的时代社会氛围已经完全不同,我们的经历、我们的存在状况、我们的精神世界和茶馆里那几个人物已经大不一样,但我们的年龄都摆在这儿了,我们所面临的自然规律,谁也不能免外。

今天,我们同行同道的几个老朋友又一次相聚,按北京的习俗,涮一次牛羊肉。如牛群一个有名的相声中所说的,撮一顿总得有个名义吧,今天,我们相聚的主要名义是,恰逢罗新璋、金志平二位的八十岁华诞,小聚小聚,意思意思,顺便也是为了答谢本学界朋友对我那十五卷速朽文字的宽容与善待、

名士风流：二十世纪中国两代西学名家群像（增订本）

支持与抬举。

两位寿星可不像八十岁的老头哟，请看，二位满头青丝、容光焕发、颜面光洁、举步轻捷，哪儿像八十岁的人？这样的八十华诞，更应该贺，值得贺。

一次涮羊肉的聚会
从右至左，前排：罗新璋、柳鸣九、金志平；
后排：朱穆、王文融、谭立德、史忠义、余中先、张晓强

今天相聚，一贺他们这些年来活得很充实、活得很有劳绩、活得很有风度。

早在北大学生时代，他们二位就是班上专业课出色的优等生，一入学就深得吴达元、齐香两教授的喜爱。吴达元是法语语法的权威，每次上讲台都是西装笔挺、头发锃亮。他的文法

在一次涮羊肉聚会上想说的话

课本身就是教学"精品",解说明晓,条理清晰,指导同学操练十分得法,对同学们既严格又严厉,学生应答正确,他就笑逐颜开,如果回答的不正确或者不完全正确,他难免就要摆点脸色,我记得吴达元对他们两位总是笑逐颜开的。齐香是那位在梅兰芳生活中扮演过重要角色的著名文化人齐如山之后,她既有大家闺秀之质,又有雍容华贵之度。她是法语语音学的权威,法兰西谈吐艺术的大师,其语音之准确,字正腔圆,音色音调之悦耳,近似乐曲,令法国人也自叹不如。她特别喜欢耳朵灵敏、嘴皮利落、伶牙俐齿的同学。罗新璋与金志平皆为齐香教授的得意门生。

他们两位年龄虽比我等小一两岁,但天资早慧,业务志向成熟得比我们都早,对业务发展道路比我们更早地胸有成竹,采取的行动也更为超前。金志平大概早在二年级就翻译了一本关于莫里哀的书,并且得到了出版,是班上出现的第一个翻译家。西语系二年级学生就出版了译作,这绝对是不同凡响的事,当时,我对他就很钦佩很羡慕,受他的启发,也开始弄点翻译。

罗新璋业务头脑与事业规划似乎比一般同学要高一个档次,颇有点深谋远虑,出手也更为不凡。他早就研习文学翻译之道,真正下了一番苦功夫,确有感悟,颇有见解之后,采取了一个大学二、三年级学生一般难以想象的行动,致信翻译大师傅雷,切磋译道。敢于这样做的,皆为有大志向者,诸如罗曼·罗兰致信托尔斯泰、梁宗岱致信瓦莱里。毛头小子致信大师者,肯定大有人在,但能得到大师回复者,必然是"有一两把刷子的"

名士风流：二十世纪中国两代西学名家群像（增订本）

青年才俊。罗新璋此举传为译林美谈，这是他翻译事业积累的"第一桶金"，日后，他沿着傅大师的道路，艰苦前行，刻苦努力，劳绩厚实，包括不止一次全面校订《傅雷译文集》（15卷），终于赢得了"傅雷传人"的雅号。

大学毕业，青年学子，像蒲公英一样，飞落在不同的地段、不同的土壤。金兄进入了历史悠久、鼎鼎有名的《世界文学》编辑部，从此，就没有动窝，从小编辑干起，一直干到了主编，将近半个世纪的勤奋与辛劳凝聚成了一本本内容充实丰富、新颖、有吸引力的刊物。《世界文学》始终是我国文化领域中一道优美的风景线，对文化繁荣局面的维持和发展，金兄功不可没，尚且不说他还不断有自己的译著成果问世。我还要特别强调一点，这个刊物的特色与魅力就在于它选题的原创性，我对编辑工作选题原创性的重要与求之不易有所认知，所谓选题的原创性，就是要从广大无垠的文化海洋中，最早、最先地发现、看准、选择、捞取适合于社会主义中国读者的东西，加以翻译介绍，也许只是一个贝壳，也许是一片海藻。没有原创性、先创性的选题，就谈不上开拓，更谈不上发展。我从自己主编"法国现当代文学资料"丛刊与"法国二十世纪文学"丛书的工作中，对原创性选题工作的艰难性，对编选者耗费劳力与时间之巨是有体会的，而且深知这种原创性的选题工作完全是无名英雄的工作。金志平在职几十年就是从事这样的工作，仅以上而言，他的业绩也是可佩可敬的。

罗新璋这颗蒲公英种子，当时由于阴差阳错的原因，错落在本不该落的地方,在一家书店当办事员。专业不对口,有才不能施展,但他精研译道之志不移,在简陋的集体宿舍中,在每天几乎都需要加夜班、业余时间少得可怜的条件下,以坚忍不拔的精神,从细读、研读与抄录傅雷的译文做起,在短短三两年内竟抄写了二百五十五万字,占全部傅译的百分之九十三,其辛勤几乎"废寝忘食",每天只睡五个小时。正是通过这种苦功夫,积累了丰厚的译术经验,并开始形成他的译道思想体系。他这五年多的经历,与沈从文被打发到地下室故纸堆里,却奉献出了巨著《中国服饰史》的感人故事有些相似。我曾把沈从文先生这种在艰苦条件下却有大作为的精神称之为"石头缝里的精神",视为中国20世纪人文知识分子不同程度所具有的可贵品格,罗新璋显然属于这一个行列,对此,我是很钦佩的。

后来,他的工作环境总算有了转换,被调到了对外宣传的文学刊物《中国文学》法文版,从事中译法的文学翻译,在这里又工作了十七年,长期与外国专家朝夕共处,把中国文学的经典,从《诗经》《离骚》一直到《水浒》《红楼梦》以至当代作品译成法文向外介绍,为中国优秀文学作品走出国门立下了汗马功劳。同时,他自己还练就了一手中译法的硬功夫。然而,他仍割舍不了自己的宿愿,其志仍在法译中的文学翻译,以继承傅雷的事业与传统,为此,他以一己之力校订了十五卷之巨的《傅雷译文集》。

直到1981年,他总算调进了中国社会科学院外国文学研究所。当时,作为他的老同学,我很高兴,也很荣幸曾为此事起了一点鸣锣开道、吆喝推进的作用。外文所有一条规矩，只承认有研究成果者为研究员，而有翻译成果者则为译审。但也曾有一个例外，卞之琳任西方文学研究室的主任时，让"五四"新文学运动的宿老潘家洵拥有研究员之名，而只务翻译之实，我作为当时法国文学研究室主任，效卞之琳之举，让罗新璋以研究员之名而行翻译之道，我的理由也颇振振有词：研究译道、译术，难道不是正正经经的文学研究工作吗？到了社科院外文所以后，罗新璋进一步大展他法文翻中文的抱负，不断有翻译精品问世，但他的选题在我看来有点特别，他译了法国中世纪的两部作品：《列那狐的故事》《特里斯当与伊瑟》。后来，才慢腾腾地译起了《红与黑》。我生平有一志，只想译出《红与黑》来，但得知他在翻译《红与黑》后，我心服口服，从此断了这个念想。他译的《红与黑》堪称译界经典，此译作五易其稿，通读三十五遍，精雕细琢，精益求精。窃以为以其译术之讲究、译笔之完美，与傅雷先生相比，已有过之而无不及。至于他的翻译理念与翻译理论体系，也许不一定为译林各门派所共识，但我是很欣赏的，我对翻译的理解很粗浅，不外是这样一句话："文学翻译就是透辟理解基础上语言修辞的再创作，译品本身应该是文学作品。"而罗新璋在对傅译做出了系统深入的研究后，则总结出了这样一句精彩的警句："文学翻译就是七分译三分作。"特别是三七开，为什么不是二八开，也不是四六开，其中自有他本人的讲究，当为对翻译理论的一大贡献。

今天我们相聚，二贺金、罗二位一生都不失为真正的好人，

在一次涮羊肉聚会上想说的话

真正的君子。真好人真君子，特别值得一贺。

他们二位为人善良，老实敦厚，心气平和，与人无争，谦逊礼让。志平淡泊名位，从不在乎主次，他乐于助人，很好相处合作，善于默契配合，在任何时候都是一个好伙伴。我从他那里得益甚多，我第一次访问巴黎，有幸与他结伴同行，我很多珍贵的照片都是他替我拍摄的。我任法国文学研究会会长的十年期间，他任研究会的秘书长，是我绝好的一个合作搭档，他不仅识大局识大体，而且不拒绝任何琐细事务。如果说，法国文学研究会在当时确曾推动了本学科的发展，在敬老尊贤方面确有所作为，对"迎来送往"的礼仪还算是做得周到，也确为本学科才俊多少搭建了几个展示的平台，如果确有这些作为的话，其中都有他的一份贡献！

罗新璋绝非没有自己的眼力与心智，但在人际关系中，他谦虚有礼，善于结交朋友，与各方人士均有友好交往，他与世不争，在群雄并立、有如春秋战国一般的译界，在争强好胜、ＰＫ成习的局面中，他竟能超然物外，与各方人士彬彬有礼，友好相处。他也不时被矛头所指，锋芒所向，但他仍善于与各路英雄友好相处，甚至小棍子已敲打到他的头上，他似乎仍能浑然不觉，毫不在意，达到了大智若愚，难得糊涂的高境界。

我跟他在一个研究室共事数十年，他专务翻译，对文学评论研究没有兴趣，我则职责所系，必须经常拿出所谓的文学研究成果交差，而于翻译，则往往是由于不得已的原因偶尔为之，我和他就像平行道上的两辆车，各走各的路。但我从他那里也

名士风流：二十世纪中国两代西学名家群像（增订本）

得益颇多，其中主要的一项就是，我经常借用他的大名，来壮我自己某些项目的声势，如为了夯实对日丹诺夫论断的揭竿而起，我创建了三个工程，其中有两个我就拽了他"入盟"，一是"法国现当代文学研究资料"丛刊，一是"法国二十世纪文学"丛书。由于当时我有孤掌难鸣之感，便从《萨特研究》起，硬拽了他作为"法国现当代文学研究资料"丛刊的主编之一，和我并排站在"风口浪尖"上；而后创建"法国二十世纪文学"丛书时，我又把罗新璋与金志平二位列为副主编，当时自己的小算盘就是拉上两个老同学，以壮大声势，显示我并不势单力薄。在实际工作中，我倒是做到了绝不以实务琐事相烦，但我始终奉行着"一人专制"的既定政策，跟他们"不讲民主"，这就有点对不起、有点不地道了。这两个项目，在当时显然是前途未卜，说不定还有一定的风险，他们两位，金志平以好好先生的宽宏大量，给了我面子，罗新璋则以他一贯的慷慨大方，潇洒成性，把他的大名借给我随意使用，实际上对我都是莫大的支持。

仁者寿。且看这两位八十老人，生命状态如此之好，而且，他们都有独方秘诀，罗新璋经常照吃巧克力不误，金志平一反"生命在于运动"的常理，以静居为上，绝不轻易出户。看来，他们活满一百岁是没有问题的。这就算是我们今天的"火锅祝愿"吧。

2016 年 1 月 11 日

杨武能的道路与贡献

五短身材,衣着讲究,多为西式休闲装,一看便是位西学人士,至少是位有西方文化情趣的人,讷于言,或者更准确说是相当寡言少语,出语谨慎,待人接物,态度谦和,老成持重,办起事来,内敛低调,不动声色,但从他面部微细的表情与颇有内涵的眼光来看,这绝对是个很有主见的人、想法颇多的人……

杨武能,从1978年他当研究生时我认识他开始到现今,他在我心目中的形貌一直便是这个样子,只不过,在这形貌外表之下,实在内涵却有了绝大的变化、有了巨大的发展。

"十年浩劫"之后,中国社会科学院在胡乔木、邓力群的主持之下,创办了研究生院,并率先于1978年招收了第一批研究生,因系国内首创之举,又以"天字第一号"意识形态机构的名声与优势地位,此次招生吸引了国内大批社会科学与人文科

名士风流：二十世纪中国两代西学名家群像（增订本）

学中的青年才俊。他们都在"文化大革命"前就完成了大学学业，并在文教领域里已经有了好几年工作的经验，但一直怀有继续深造、欲在学术文化上更有一番大作为的志向，社科院就像磁石一样把他们吸引了过来，他们之中的精英与尖子几被一网打尽，由于其"老大学毕业生"的资格，更由于其资质与成色确实较高，在社科院被统称为"黄埔一期"，事实上，日后从他们之中确也涌现出不少学界的名家名士，武能即是其中的一位佼佼者。

那时，武能所在的研究生院外国文学系，其实就是社会科学院的外国文学研究所，不论是研究所还是外国文学系，其学术首脑都是冯至先生，研究所少数几个已做了多年研究工作的中年业务骨干，也荣幸地兼任"硕士导师"，本人亦为其中之一。既然同在一个研究生工作系统之内，我与武能也就多多少少有了"数面之缘"，不过，他与我不是一个专业，实际上并没有什么联系，只是在1978年秋，我受所长冯至之命，要到即将召开的全国外国文学工作会议上就20世纪西方现当代文学做一重点发言，我决定在这个发言中对统治了我国外国文学工作已有数十年之久的苏式意识形态日丹诺夫论断"揭竿而起"，发起一次大规模批驳，为慎重起见，我在赴会宣讲之前，先做了一次"实战演习"，对外国文学系英、德、法三个专业数十名研究生做了一个题为"20世纪西方现当代文学重新评价问题"的学术报告，当时我想，如果在眼前这批研究生中引不起共鸣，那么到大会上去宣讲，其结果肯定不妙。幸好，如我所估计的那样,研究生们给了我首肯的反应,报告后,他们至少有几位上前表示赞赏与认同,如果我没有记错的话,其中就有武能,仅就这一点,就足以构成我们之间友谊的基础,虽然从他当研究生的时代起一直到他成为一个大译家,我跟他的交往实在甚少,但我很早就认定我与他可算是一个同声相应的"同路人"。特别是在后来,我因为《萨特研究》一书挨批,遇见了若干世态,有的遇我绕道而行,有的抓紧时机写文章表示革命的批判立场,有的以公允与中庸之术装点其左态,但当我与武能偶尔相遇时,至少从他面部读到的是理解与同情。

在进社科院当研究生以前,武能最主要的经历是从南京大学外语系德文专业毕业,而后在高校当助教。南京大学的德文专业也是国内德语文学教育的重镇,集中了这个学科中的元老教授如张威廉等,其水平与声誉几乎可以与名望正隆、拥有大名家冯至与田德望的北大德语系不相上下,而毕业后分配到高校当助教,一般也是高才生才能得到的待遇。他来到社科院当研究生,无疑是进行第二次"锻造",同时也面临着自己业务道路、文化形态、学术特色、精神人格的选择、形成、确立与定型,说得简单一点,就是面临着"自我选择"。那时,正是中国改革开放的初期,改革开放,对于个体的人来说,其实就是有了自我选择的空间与余地,几乎每个人都可以进行不同程度的自我选择,只不过,领域不同、层次不同而已。我个人仅仅是在 20 世纪 70 年代末、80 年代初,就萨特的评价问题大声疾呼

名士风流：二十世纪中国两代西学名家群像（增订本）

过他的"自我选择"哲理而荣幸地被人们记得，并得以与一代知识精英息息相通。其时也，刚进入研究生院的"黄埔一期"，当然也在忙于发现自我、选择自我、积攒自我，有的在开始向钱钟书式的"通才""通学"方向努力，有的志不仅在学者文凭，而且更在于文学创作实绩，以徐志摩、卞之琳、冯至为追随对象，有的崇尚社会理论的抽象思维，很可能是在以成为未来的启蒙思想家自勉，有的热爱文采飞扬的艺文评论，希望成为挥斥方遒的大批评家，有的则以文学翻译为其基石，心目里肯定有傅雷的影子，他们之中日后确涌现出不少卓著的人文才俊，如黄梅、钱满素、赵一凡、裘小龙、赵毅衡、郭宏安、罗芃、吴岳添、章国锋，等等，在中国 20 世纪末以后的文化学术舞台上均有可圈可点的出色表现。当然，也有人忙于夸夸其谈、卖弄炫耀、跳来蹦去，似乎准备当下就成为令人倾倒的名士，终于碰得头破血流，落得潦倒异域了事……总之，在那个自我选择的新时期里，"黄埔一期"的每一个人皆尽显各自的禀能与勃勃生机，而杨武能的基调与特色，便是开始以文学翻译为根本，以谋发展，求成大器……

看来，文学翻译是杨武能由来已早的志趣。一般说来，外语系的高才生往往都很早就开始走上这条道路，这是自然而然的共律，当年北大西语系三年级的少年才俊罗新璋与傅雷通讯论译道，便是一著名佳话。同样，杨武能早在大学期间，就已经是发表有译作的青年译家了，进了研究生院当然更步入新阶段,毕业后又继续留在北京工作,并多次出国进修,这一切既增加了学养,打开了文化视野,又有冯至、卞之琳等译界大家就在面前可以直接就教受益,还靠近《世界文学》与《译林》这样的楼台,而拓宽了发表译作的渠道,从此,他充分利用了这些条件,埋头苦干,执着努力,日积月累,翻译劳绩益增,到他结束"北京时期"被调回母校四川外国语学院任副院长时,他已经成为国内著名的德语文学翻译家了。特别不容易的是,在他仕途顺畅、已获高位之后,一旦感到因此倒影响了他的翻译宏图时,便毅然辞去了副院长职务而到四川大学去当一名教授,又专务起他的文学翻译来。时至年届七十,他已出版了多达十四卷的《杨武能译文集》,其中包括《浮士德》《少年维特的烦恼》《歌德谈话录》《格林童话全集》《海涅诗选》《茵梦湖》《魔山》等数十部经典文学名著,成为我国一位高产优质的翻译家。2000年,他荣获联邦德国总统颁发的"国家功勋奖章",2001年又获联邦德国的终身学术成就奖洪堡奖金。

　　武能出身于研究生院,也做过不少理论研究与评论工作,并有好几部论著公行于世,如《歌德与中国》《走近歌德》《三叶集》与《德语文学大花园》等,有此一番劳绩,在中国学术文化界也并不多见,试看不少端坐在学术庙堂之上、行走于学术屏幕之前的仕途化的学者,有几个人有几部像样的论著?虽然他的理论研究成绩亦颇有可观,但比之于他的文学翻译,则是小巫见大巫,他的专长显然是翻译工作,他的劳绩主要是翻译作品,今天,如何衡量他的文学翻译成就呢?十四卷译文集,

名士风流：二十世纪中国两代西学名家群像（增订本）

在现今译界、在中国翻译史上"是个什么概念呢"？在译界尚健在的翻译家中，有十几卷译文问世者，目前他是第一人，而在翻译史上，据我所知，似乎只有规模更为宏大的十五卷本《傅雷译文集》可居于其右。

杨武能在典礼上

如果武能的学术文化生涯从大学毕业的 1962 年算起，至今正好五十年，五十年创造出了这样厚重的业绩，实在是令人感佩。这样一份业绩当然是靠长期不懈的艰苦劳动才能创造出来的，是靠日积月累的"爬格子"爬出来的，他自己不止一次提到他的"苦译"，是的，精神劳动者的"活"的确苦，君不见巴尔扎克常自称为"精神劳役"，罗丹的思想者苦思冥想时全身肌肉是那么紧绷？要长期不懈坚持这种很艰辛的劳动，没有强大的精神力量的支撑是难以想象的。特别是遇见困境时，更是如此。如每遇思想政治气候变化时,他只能把已成的译品压在抽屉里,毫无出路,如在研究单位里遇上了"翻译作品不算科研成果"的清规戒律时,面临不同的规范要求,他不能不费神费力去进行选择调配。也许是歌德的名言"理论是灰色的,生命之树常青"影响了他的倾向与方向,而在数十年漫长的"苦译"岁月里,指引着他前行、激励着他奋进的,则肯定是自我文化大作为的志向、对人生高价值的自觉追求、对民族的社会文化积累的献身热情。他有自己的理念,有自己的抱负,有坚韧的毅力,于是,被视为"阳光大道"的仕途上少了一个五六品文化官员,而中国的文学翻译领域里有了一个劳绩厚重的巨匠。

在武能学术教育工作五十周年的时候,他的弟子们准备为他组织出版一个纪念文集,收入他师友同事的一些评说与回忆的文章,以及他的学生们的文章和他自己的自述,这无疑是一件很有意义的工作。展示了劳绩与成就,总结了道路,彰显出精神,的确是一种高雅的纪念方式、珍贵的纪念方式。

这种方式必须具备两个前提条件,一是被纪念者应该是真正劳绩卓著、价值非凡的人士,二是举办纪念活动的"东家"真正具有尊重人才、珍爱人才的伯乐精神。这两个前提缺一不可,方能成事。不具备前者,必然成为虚张声势、乱吹乱捧、劳民伤财的闹剧;缺了后者,则是千里马的寂寞与被冷落。非常难得是,这本纪念集在这两个方面都到位达标,两者相得益彰,完美结合,堪称样版。

名士风流：二十世纪中国两代西学名家群像（增订本）

　　我与武能其实是同一辈人，我只痴长他四岁，仅仅因为他在研究生院时与我有数面之缘，后来我主编大型书系与作家专集时，曾和他有过几次愉快的合作，他一直谦虚称我为"老师"或"柳公"，而且并不随着他自己地位的提高与业绩的增长而改口。说实话，我一直受之有愧。我知道，他谦谦君子的风度，正是他虚怀若谷品德的外现，就像钱钟书在给青年学子的信札中经常称兄道弟一样。不久前，他来信希望我为这个文集写一篇序。为这样一本文集写序？我实在不敢当，不过，在他学术活动五十周年之际，表示我的感佩与祝贺倒是我自己的心愿与责任。

辑四

围绕"博士"的若干回忆

闻成为博士论文专题对象后有感

"丑小鸭"成了"白天鹅"

  两三年前,在一次闲谈中,听一位消息灵通的法国朋友告诉我说,巴黎大学一攻读文学博士学位的青年学者(是位副教授)选定我作为他博士论文的专题对象,并已得到法国校方与导师的同意。

  来自巴黎的这则消息当时几乎没有引起我什么注意,因为我并不太相信此消息的真实性,"很可能只是传闻"。

  不久后,在一次正式的学术会议上,我又听到一个学界朋友说,巴黎大学的一中国学者正在以我为专题对象写他的博士论文。这位朋友一贯以学风严谨、言行有据而著称,看来,此言并非捉风捕影。"两点成一线",事情的眉目已经相当清晰,敝人果真成了巴黎大学博士论文的专题对象,这岂不是"丑小鸭"变成了"白天鹅"?不过,这还不值得认真看待,即使有哪位博士在写这样一个题目，也不过是"八字少一撇的事"，谁都知道，国外的博士论文一写就是好几年，甚至好些年，有的还不了了之，最后倒化为"子虚乌有"。

又隔了一些时候，来自巴黎的朋友又带来了确确实实的消息：那位中国学者以柳某为专题对象的博士论文已经完成，名为：《法国文学在中国：一位中国当代批评家的漫长旅程》，并且已经通过了答辩，以此，他获得了巴黎大学的文学博士学位。为了证明事实的确凿性，这位朋友还给我带来一份"物证"。果然不假。这样，在我面前就不再是捉摸不定的传闻，而是一桩确切无疑的实事了。

有了清晰的事实，就会有清晰的感想；感想一清晰，就会有层次，有派生；如果触动了往事，触动了伤痛，感想就会如洪水决堤，难免就会有一连串的记忆，就会有一番宣泄，一番泛滥了……"博士"这个词与围绕它的一切，对我们这一代人，对我个人实在是太敏感了，它很容易就会触动一些往事，引起好些回忆……

被耽误的一代

我们这一代人，20世纪五六十年代从大学毕业的一代人，可以说是中国的博士断层代。前面是树木参天的高原，后面是芳草萋萋的佳境，我们这一块却只是一片贫瘠不毛的赤地，没有养汁丰润的博士这个品种。

且先说我们前面。那是新中国成立初期被称为老知识分子

围绕"博士"的若干回忆

的一辈人,他们以前都有过国外的学历,在当时的政治高温中,在不断的脱胎换骨的折腾运动中,他们像刘备种菜园子那样,常自卑地说,他们是"从旧社会过来的","有沉重的包袱",不像我们这批"在红旗下长大的小青年这么幸福"。其实,真正在心理上处于心仪羡慕状态的却是我们,我们仰视他们的学识、才华、成就以及与此有关的学术职称、社会地位,当然免不了还有工资级别,等等,说实话,那时并没有看重,甚至没有注意他们是否有国外的博士学位头衔,而只看重他们的精神劳动业绩、才能灵智与学术声望。后来才知道,我辈特别尊崇、敬重的钱钟书、李健吾、卞之琳、杨绛没有一个是拥有博士头衔的,当然,在人文学界,拥有博士头衔的确有德高望重的大家,如朱光潜、冯至。但也不乏业绩平平,并不令人折服的人物,不过这种人物往往格外具有学术威严与学术架势,令人见而生畏,而这种居高气势,当然与其头上的博士光环有关,那是我辈永远可望而不可即的。

后来若干年,又不断在老一辈中发现了好些博士,当然都是洋博士,其中有些人,我辈原先只知道他们是著名的社会活动家,是知识分子中享有很高官方荣誉与政治地位的人物,而不知道他们曾经也获得过某个学科的博士学位,更没有听说过他们在原本那个学科里有何建树,有何论著立说。这也是可以理解的,既然投笔从戎、鲁迅从学医到学文之类的改行可传为美谈,将攻读博士学位的那种钻研劲转用在入世之道,将精妙的博士思维转化为政治社会智慧,岂不也是大大的佳话?博士

名士风流：二十世纪中国两代西学名家群像（增订本）

终归是博士，挥戈他向，哪怕是进入陌生的领域，也必定会先声夺人，显赫大贵。不论怎么样，反正博士头衔自新中国成立后一直是金贵得很，它可以叫人享受一辈子，就像一个拥有将军头衔的军人，转业到任何地区、任何领域，都非得是省部级高干，或者像在银行里有一笔巨额存款的经营者，不用动一个手指头，每年就会有源源不断的利息收入。怪不得我辈年轻的时候，就眼见过老一代中学术业绩平平的博士如何以盛气凌人、居高临下的态度，对待其同辈中学术业绩卓越昭彰的非博士，当然那时光靠博士头衔，欺人之威还不太够，还必须加上"革命的立场、观点、方法"之能，借左风、运动风之势，方能更为奏效。

这种现实不能不给我辈带来一两丝心理阴翳：国内没有建立博士生培养制，赴国外攻读则无门无望，大家被关在国门之内达三十年之久，苦读学位的年华早已过去了，如此没有"高学历"，何日能熬出个名堂？现在回想起来，直到我辈五十过头，仍相当正式地被称为"年轻人"以与那些享有至尊地位的"老专家"相区别，其中就带有认定此一辈人"不成熟"或"难以成熟"的涵义，原因之一，恐怕就是着眼于两者学历有无国外镀金之别。因此，我辈人面对着老一辈学人，始终都有一种学历上的卑微心理，就像我们面对着从根据地来的老革命始终都有一种政治上的卑微心理一样。这两个方面的自卑构成了我们这一代人几乎整个一辈子为人做事的谦恭态势，即使自己的个头不断在长，达到了可观的高度时，也总觉得低人一头，偶

围绕"博士"的若干回忆

尔也曾有莫扎特写《安魂曲》时那种反抗"父性统治"的冲动,但也很快泄气而沦为自省,与后来年轻一代精英对我们这一代的那种"后浪推前浪"的冲刺劲,特别是少数"天才青年"拿我辈开刀以祭自己大旗的英雄气概是远远不能相比的。

至于在我们之后的一代人,应该说是幸运的一代,正逢改革开放的大好时期。他们大学期间没有碰见过政治运动与上山下乡之类的事,得以专心致志地完成了学业,而后又遇上研究生学制建立,当研究生成为时尚,与各种对外文化学术交流机制运作相对应,和出国留学成为这潮流中的两大机遇,于是,没有几年,在这一代人中就大批大批涌现出各个学科、各个专业的洋博士,其势其量如喷涌的泉水,在中国历史上是从未有过的。我所在的这个学科,从事者都是学外文出身的,通过各种渠道出国,更具有其优势,因而涌现出的洋博士数量更多。即便有些青年学子,未能出国摘取博士桂冠,也都要在国内戴上博士帽才肯罢休,这样,在本学科之中很快就形成了"冠盖满京华"的盛况。不久,又喜逢"培养跨世纪学科带头人"这一巨大内需的大力拉动,高级学术职称、高级学术职务无不虚席以待,学科中博士当家的新世纪也就降临了。当然,这一盛世虽然开元有年,但要创建出相称的业绩,却还须拭目以待,因为人文建设毕竟是人文建设,不比造钢筋水泥的楼房,只要有人在施工就层层见长。

这就是我们这一代人所面临的前后两大板块，前与后两个方面的茂密繁盛鲜明地对照出中间我们这一片的荒芜不毛。处于这样两大板块的间隙，有效的生命期不可避免会短得可怜，实际上，这一代人刚脱掉"年轻人"的帽子，当上"成年人"没有几年，就发觉已经直面退休这个社会人生的最后一站了，还没有完全到站，有关职能部门就赶紧给你办退休手续了，而一旦到站，从事社会活动与学术活动的空间与条件，就制度化地被大大削减，甚至被完全取消。于是，这批"老兵"只能凭借过去积蓄下来的自我学术存活力、社会活动力与声望影响力而尚未被遗忘，但这种自我能量与自我魅力并不是人人都拥有或都有积蓄的。不难理解，处于这种境况的我们这一辈人，就难免会心理不平衡，难免感慨万千了，而所有这一切都集中在这样一句常听到的话里，"我们是被耽误的一代，被牺牲的一代。"

其实，这是内秀、不乏天赋而又勤奋、有理想的一代，只不过生不逢时而其作为被大打了折扣，即使已被烈火烧焦得不像个样子，但春风一刮，就又生气勃勃。"苍天不负有心人"，"十年浩劫"之后总算还给了他们为期十年的舞台空间，容许他们展示与创建，十年而已，再多也多不了两三年，但对于有心者、有专业潜能与文化见识、有学识活力的人，十年也足以制作出力作妙文，创建出显著业绩，造就出一定的文化景观。综观这一代人在改革开放后获得了精神解放最初十多年的作为来看，他们的确非常有效地利用了时代发展的机遇，大大推进了学术文化的发展，因此，不妨说这一代人的业绩与成就，总体上比起其前面的老一代似无不及，至于其后的新一代，他们要创建出如此规模、如此分量的劳绩，恐怕还需要有待于来日。这个估计虽然不一定适合整个社会人文科学范畴，但对我所在的这个不大的学科，大抵如此。

廖化充先锋

在学科有长足发展的这个时期里，令人意想不到的是这一代人在原本欠缺的学位头衔方面，却得到另一种形式的"补偿"，这种"补偿"是从20世纪70年代末硕士生学制与80年代中博士生学制的建立而来的。由于在中国是第一次开始培养本土的硕士生、博士生，于是从70年代末起开始在本学科中"挑大梁"的我们这一代"科研骨干"，就陆续取得了硕士生导师与博士生导师的资格，没有读过硕士学位与博士学位的人成了"硕导""博导"，在老科班出身的人看来，这似乎有点"廖化充先锋"的味道，的确可谓对这一代人意想不到的补偿。

由于中国社会科学院在社会科学、人文科学各个学科中都拥有众多享有高声誉的著名学者，因而早在20世纪70年代后期就成立了研究生院，各个研究所则担负了它各学科各个系的功能。其硕士研究生的培养工作在当时全国范围里是遥遥领先的，它所招收的研究生均为"文化大革命"前就完成了大学学业，并经历过专业工作实践与政治磨炼长达十年之久的新一代精英，且人数之众颇成阵势，仅我所在的法国文学专业于1978

名士风流：二十世纪中国两代西学名家群像（增订本）

年就招收了将近二十人，如施康强、郭宏安、金德全、罗芃、吴岳添、李清安、朱延生，等等。正式任命的导师有三人，李健吾、罗大冈与我，他们二位是我的师辈，与他们同为"导师"，当时实为我的荣幸。因为我在他们面前是"年轻人"，所以责无旁贷地把几乎全部具体的工作都承担了起来，从出考题、定考卷、主持面试、判分、录取到讲授两年专业课，直到最后指导硕士论文的写作。十几个硕士研究生毕业论文的指导工作由三个导师平均分担，为了使研究生在本学科的舞台上早一点出道，我又另行要求自己为他们每一个人做一件事（从拟定写作题目或翻译项目、做若干引导工作到向报纸杂志推荐），我虽未能做得尽善尽美，但实际上的工作量也就多了好些，而我之所以这样做，仅仅因为我自己尝过长期当小字辈的味道，不愿意后来者因碰上了我也有感同样的苦涩，就像电影《良家妇女》中那个婆婆因为自己经历过辛酸而尽量要使自己的媳妇少感受些辛酸一样。三年后，中国社会科学院这一届硕士研究生毕业了，他们被称为"黄埔一期"，如今已经几乎全都是研究员、教授、博士生导师了。

第一届毕业后两年，社科院又招收了第二届硕士研究生，外国文学系中我们这个专业又招收了六名，导师仍是三位，李、罗二位长者因年高退休，另补充了罗新璋与张英伦二位研究员。我除了在第一、第二年讲讲课外，第三年与罗、张二位分别辅导研究生写毕业论文，每人负责两个。这一届研究生中亦不乏才俊之士，可惜他们毕业后因预见人文学科清寒失落已在所难免，纷纷出国改行另行高就，如今也都是经理、董事长、地区执行官之类的人物了。从这一届之后，我们这个专业再没有招收过硕士研究生，在全国范围里，社科院在这个学科上曾大大领先的研究生培养工作从此就一去不复返了，而我的"教书生涯"也就到此告终。

记得好像是1984年，国内开始建立了博士生学制。我们这一代人的师长辈最早成为博士生导师。我们这一代"小字辈"，年长的已有六十多岁，我还算年轻，也到了五十，都已经在副研究员的职位上熬了五六年，上级一直未给提升名额，即使给了一个，但好几位副研都是吃大锅饭同上同下的"批发货"，提谁也会引起矛盾，研究所单位的领导那时可没有"让有的人先上去"的见识与胆量，而根据规定，只有"研究员"才能当"博导"，因此，这一批"小字辈"起初就被拒在"博导"队伍之外。

但长老们都早已谢绝身外杂务，而培养博士的事业总得要人去做吧，于是在1985年左右，"博导"的尺度放宽了，原来业绩比较突出的老副研，只要提出申请，通过高教系统一个最高的资格审议委员会的批准，即可成为"博导"。在我们外国文学研究所这个单位里，"小字辈"的副研究员"批发货"共有五人，都是新中国成立后本学科中最先崭露头角的青年人，是"文化大革命"后最先被提升上来的，其中包括研究所的副所长（后来当然还要变成所长），因此在所长的推动与带领下，"批发货"副研都提出了申请,唯独有一人自以为有几本论著垫底,可以来一点"矜持思维":眼看提升研究员一事不出一年即定可解决,到时自然成为"博导",何必提前一年半载劳神费力去申请?当"硕导"的滋味也尝过,不过是尽义务而已,何必急于去求请"博导"一衔?因此,自作聪明、按兵不动,满以为不久后即可稳坐钓鱼台。

"批发货"的问题自有它好解决之处,任何挑剔的委员会恐怕都不便于拒绝一锅大锅饭,因此,除了那个自作聪明、故作矜持、没有提出申请的傻瓜外,上述提出申请的四位都非常顺利地被通过为博导。在我国外国文学学科里,出现了新中国成立后培养出来的一批"小字辈"博导,而我呢,由于聪明误而掉了队。

第二年,在意料之中的是,我们这一批副研的提升问题顺利解决了,意料之外的却是:根据高教部门的新规定,凡研究员、教授要当"博导",也必须经过申请、审批。如果我没有理解错,这意味着研究员、教授的高级职称一旦向"新中国成立后培养出来的一代人"正式开放,这一高级职称也就马上贬值了,现在,在学术的"流通领域"里又出现了一种面值更高的"硬币":博导。事实上,曾经没有太起眼、教迟钝如我者掉以轻心的"博导"这一头衔,其"含金量"眼见着在上涨,因为与此相关的待遇、法权、地位、身份很快就配套跟上去了,如到外地开学术会议,在旅差标准与住宿标准上,博导就要高于一般教授、研究员。

在这种现实面前,你不可能不感受到失误的经验教训:在中国,随大溜、不独行总是安全保险的;赶班车,务必见车就上,迟一班不如早一班。而对于自己的处境,我本来以为大学毕业后,除了那场浩劫白白浪费了十年光阴之外,一直艰辛地爬了二十年学术楼梯,总算在学科里做了几件有声有响的事,书也出版了那么几本,自认一旦解决了提升研究员问题,就可算爬到了这个楼梯的最高一级了,没有想到,学术楼梯长高了,又多出了一级,"革命尚未成功,同志仍须努力",你还得爬。

第一匙闭门羹

大概过了不到两年,根据任何人都必须申请的新办法,高教系统的最高委员第一次审批"博导"了。研究所的头头动员我申请,因为本学科已经有了李健吾、罗大冈两位"博导",再添一个就可以成立一个分支学科的博士点了,而一个单位有了博士点,身价当然就大不相同。至于我本人,既然对博导的价值已刮目相看,当然就不会再愚蠢到故作矜持,何况,应该得到的东西、早就应该得到的东西,取之有理……取之有道……此道并不难,举步之劳、一登而就而已。以这种狂傲的心态,怀着绝对的自信与自得,我静待佳音的来到。

但是,"亲爱的霍拉旭,很多事情都是在你的哲学之外"!

评议审批的结果令人们大感意外:所有的申报者都被批准为"博导",唯独被学界公认为"著述成果最多最硬"、应予批准的那位先生却被否决了。

这未免太过分了吧？这岂不是有点荒诞？简直叫人不相信自己的耳朵，不相信如此的学术处决竟然也会发生。我周围的人，有些前来表示同情，甚至表示愤愤不平，有的表示此事"难以理解"，有的人故意来到你面前，却又故意假装一无所知，还有的人见你就绕道而行，就像你在因萨特评价问题上被点名批判时碰到的一样……种种世态不一，都从不同的方面证明了这次处决确实发生了。

总不能像阿Q那样被处决得不明不白吧？但要搞清被处决的原因与理由谈何容易，"侯门深似海"，掌生杀大权的一个评审委员会，高在云端，烟雾缭绕，如庐山面目不清，何况我对这种委员会、那种委员会的构成从来都不太在意。但既然已成为一件人们议论纷纷的事件，也就不可能有不透风的墙，这一类委员会的纪律总不会比党的铁的纪律更严吧。不久总算搞清楚了处决我的委员会是由哪些人士组成的，其中有一半人都并非外国文学界的学者、专家，而属于另一个学界的，他们对我所知恐怕很少，我对他们倒略有印象。其一，基本上都是高等学校中居高位的人物；其二，从未见过他们有何学术论著问世，至少在改革开放以来近十年的这个时期里是如此。另外倒有两三个是本学界的专家、学者，但一听名字就足以教人"冷了半截"，一个是我在某个委员会里与他共事期间争论问题时在语言上曾对他有所顶撞的权威人士；一个是以唯我独尊的高傲而闻名、惯于行使否决权与告状手段的"教授杀手"，而在他身后还

围绕"博士"的若干回忆

有一位以学术界的生杀为己任、奉行"顺我者昌,逆我者亡"准则的人物;再一个是我一直未能"搞好关系"的老领导。对我所属的这个学界的人选评审,这三位显然都有"一言九鼎"的作用,何况有的还直接掌握了该委员会的大权,在此格局下,倒霉蛋的命运就不言而喻了。毫无疑问,此人死于我们社会中至关重要的人事关系。当然,与他在"清污"中曾被列为重点恐怕也甚有关系。

学术资格评审是社会现实的一部分,绝不会因为与文化学术有关,就特别纯净,特别温文尔雅,其中也少不了险恶、灰黑、阴暗、卑劣、污浊、刻损,以及苦涩、辛酸,但其表现形式倒可能是文质彬彬的。我不知道自己被处决时碰见了些什么,没有碰见些什么,我没有听说评议会上出现过恶言损语,但听说会下确实不止一人在"上串下联",进行"立场协调",似是一次颇有默契的无声无息的处决。我自己也曾在这种委员会、那种委员会待过,有经验,也有所见所闻,在讨论时,你可以对被评审对象不置一词,甚至还可以不轻不重讲一两句肯定的话,但在投票时,你不在他的名上划圈,他就等于吃了你致命的一掌,如有那么几个委员已经协调了立场,达成了默契,并照此办理,那人就死定了,毫无伤痕地死定了……

事实上,还有比这更为高明的。就在我被委员会内部处决但尚未公布的时候,我去另一个委员会里开会,会见了同在该委员会中任职的那位"权威人士",他异乎常态地对我特别亲切，似乎超出了辈分的界限，大有称兄道弟之势，我当时颇感讶异，后来才悟出他是在处决我之后，进行某种"补偿"。另一位处决主将则在更后一些日子的某次庆典会上若无其事，主动、热情地前来招呼握手，与往常的唯我独尊架势相比，判若两人。

差劲的反倒是我，从我得知处决结果后，对那位权威人士，我再也不顾及辈分礼貌，在学术场合见面时干脆冷脸相对，视若陌路，而对另外那位主将，则悍然不予理睬。这是我一生中最小气的两件事，也是有些愚蠢的两件事，因为我不仅白白地丢弃了他们因处决了我而也许可能对我有的一点点怜悯之情，反而会更增添他们的恶感。他们仍居那个委员会的高位，我的博导命运还要由他们决定。

第二匙与第三匙

在风风雨雨中忙忙碌碌又过了两年，时至1990年，又第二次审批博导了，我又第二次申请。对于本单位的领导来说，是受"博士点"的情结驱使，故大力动员我再次申请；对我自己来说，"革命尚未成功，同志仍须努力"，"博导"毕竟是一顶有含金量的帽子。至于命运问题，自认为专业劳绩堪称"显著""突出"，我是信心十足，在人事关系方面，我深知还会碰上暗礁，但天真地以为，某些评审委员总得顾忌一点自己是否公正的名声吧，将人家处决了一次，总不能肆无忌惮地再任意处决一次吧。

"亲爱的霍拉旭，世上有很多事是在你的哲学之外。"

第二次评审结果出来了，又使人大感意外，此人又一次被"否"了，而那些资格、劳绩、成果被认为明显"稍逊一筹"者都均获批准。有消息说，这次评审博导很强调政治标准，有的事"属于一般问题"，可以"既往不咎，不算数"，但有的事"还是要算的"。风浪过处，记忆犹新，有此讲究势在必然。看来的确如此，因为，听说同时未获批准的另一位教授，其资格、劳绩、名声的"过硬程度"也是得到公认的，但谁都知道他也曾有过"要算数的事"。我宁愿相信这就是自己被否决的真正的原由，而不归咎于某些委员的"不公正"，谁叫你在风波中不甘寂寞动弹了几下子，竟然有了"达标"的事儿？由你去导"博"，导错了方向怎么办？我欣然接受了这次处决，毫无异议，就像阿Q那样划了个圆圈。为自己的行为承担了责任，付出了代价，我无怨无悔，敢作敢当，我觉得值！

又过了几年，到了1994年，博导资格的评议审批制度有了很大的改变：不再由那个至高无上的评审委员会批准把关，而是由全国少数几个重点高校与重点科研机构自行评议审批，中国社会科学院作为公认的"翰林院"，当然获得了这种评议审批权。白发苍苍的"老婆婆"撒手了，"小媳妇"看来有了出头之日，我自以为漫长的"求索"历程总该结束了，我又第三次递上了申请。高枕无忧。

"亲爱的霍拉旭，在你哲学之外的事还多着哩。"

这时，社科院负责科研组织的领导机构却推出了一个"创

名士风流：二十世纪中国两代西学名家群像（增订本）

举"：颁发一道院级的"红头文件"，规定申报参加"博导"评选的研究员，一律不得超过六十岁，也就是说，超过六十岁的研究员连申请的权利也没有了。此项规定的理由当然是正当而又充足的：为了社会科学的长足发展，为了培养跨世纪的人才，等等，等等。推出这项规定的领导机构的长官是本院"黄埔一期"的研究生，毕业后没有在学途上走下去，而是在仕途上一帆风顺，扶摇直上，毕竟年轻有为，大刀一挥，如斩乱麻，英气十足！

　　社科院的这项规定，显然很有"开创性"，带来了一系列非比寻常的效应：首先是一大批"黄埔一期"的硕士研究生纷纷提升为"博导"，这一辈人从20世纪80年代初完成硕士生学业，仅花了十年就到达了学术阶梯的至极，确实可谓"生逢其时"，而上述那位年轻人长官，日后听说他在官阶上又更上了层楼，而且看来前途未可限量。当然，此项措施，一刀切的壮举，也有那么一点副作用：正当社科院在博导的年龄上做出严格限制时，不止一个重点高等院校却充分利用了自主审批权，不规定年龄限制而提升了相当一批六十多岁甚至六十五岁上下的"博导"，博导一成军，博士生培养点就一个个随之而生了，倒是原来在研究生培养上居领先地位的社科院，很快就因博导数量不够，而不得不被迫砍去了好几个博士点，我所在的学科就是如此，其因果结局似乎可谓"自断其臂"。从此，社科院的研究生培养事业由盛而中落，远远落在了高等院校的后面。

这项规定对我的意味是显而易见：规定颁布之日，我已经六十岁零三个月了，没有资格再申请当"博导"了，它彻底杜绝了我的"博导前程"，给我的漫长的"求博"之路画上了一个终结的句号。被一刀切下来，一了百了。

经三次应试而不第，要说自己对此全不在乎，只一笑置之，那是假话。事情的谬悖是显而易见的，作为当事者实在无法释然。博导的首要条件本应是学科业绩与成果，是学术影响与文化声望，如果自己只是一无所成的不入流者，那倒容易心服口服，知趣了事，但在这方面倒恰巧被公认为是"名列前茅"的，到头来，客观实际的首要条件一而再、再而三不起作用，而主观恣意、人为标准却一而再、再而三成为拍板定案、任意处决的理由。眼见业绩不如者、资格不如者，甚至自己带出来的后一辈人纷纷进入博导行列，心理自然难以平衡。疙瘩无法解开，也不想去解开它，更无意去标榜大度与清高，那是高位者的奢侈品，一个普通的爬格子的布衣没有义务去承担。于是，不平则鸣，难免就要讲些酸葡萄式的话，如"博导这顶小帽对我来说，有它不多，无它不少"，甚至也有抗议性的话，"三次被处决，可谓一桩博导冤案"，等等，好在当局与某些人士已视我为倒霉的失意者，不与我计较，没有因我出言不逊而进行第二轮算账，就像未庄人听着阿Q的不逊之言，哄然一笑而散。

时间最能磨平一切，特别是具有充实生活内容的时间。愈远离那三次处决，愈觉得它像鸡零狗碎一样卑琐，愈觉得围绕它的沮丧与愤然之不值得,说到底,学术文化过程中的纠葛与争斗实在是渺小得很,因为双方争夺的筹码往往所值甚少。在这个领域里,重要的是创造与建树,这是最根本的规律,中国文人屡试不第,但借文才而不朽者大有人在,雨果也曾多次吃过法兰西学院的闭门羹,但他到头来不知超过那些操否决权的人多少万里。我虽愚钝渺小,不能与巨匠先贤相比,但仰望他们的身影,在远处学步前行还是可以的吧。因此,如果要说这三次处决到头来对我有什么影响的话,那就是激励我不断地爬格子、做事……因此,我多少赢得了"勤奋"(此语与"笨鸟先飞"之意相近,乃设有前提的褒词也)的名声。另外,既然我不被认为是"合格的导师",我也就不用刻意去"为人师表",这多少使得我在为文做事中较多地跟着自我的真实思维与自然性情走,造成了我身上某种程度的"擦边性"或者说"亚出格性"。有时我想,如果我的"学途"当时更顺利一些,我或许也会像有些人那样戴着桂冠,坐在高位上,悠然自得地享受庙堂荣誉的日子,那我至少不会像现在这样竭自己贫弱智力库之水源,去如此努力浇灌"自己的园地"……伏尔泰说得好:"我们该耕种自己的园地。"祸兮,福所倚!

这种"耕作业"最需要的是社会文化事业客观需求的拉动与读者厚爱的支持,至少在改革开放后的年代里,这两个方面的条件实际上愈来愈比官方批件、当局鉴定、庙堂标准以及具体单位的人事支持率,对社会人文领域中的精神生产更起作用,甚至后来居上。之所以如此,就在于这种全社会性的关爱与支持比当局的、庙堂的立场态度更少一些褊狭性，多一些广容性；少一些权势性，多一些人文性；少一些利害性，多一些公正性。因此，也更适合精神生产的本性与规律。也正因为存在这种抗衡，往往也就更引起庙堂、当局、官方委员会的逆反情绪与恶感，只要有可能，后者总要在自己的权力范围与影响所及的领域里，采取居高临下、不屑一顾的姿势，故意不予承认，甚至干脆来个下马威。

社会人文的需要与读者的关爱，是我的双重上帝。如果说，我这些年的耕作业一直得到了读者的支持、社会的承认，甚至还不止一次得到了社会的正式褒奖，原因就在于我心中供奉着这两尊神，仅有的两尊神。我一直受到这两尊神的保护，如：就在第一匙闭门羹那个时期，曾被"清污"旋风猛刮了一阵的《萨特研究》却得以再版，我知道这完全是社会需要与读者支持这双重上帝推动的结果。又如：我三次落第以至完全退休之后，学术文化出版界却不断约请我主持一些重大的文化积累性的项目，即使我经常害怕对方走错了"药店"，买错了"品牌"，而主动宣称我"并非博导"，但其势亦不有减，我知道这也是双重上帝的安排。当然，此种"门庭若市"不免又引起戴桂冠、居高位、享受庙堂荣华的人物"侧目而视"，甚至明枪与暗箭，左右开弓，此事有物为证，我是不敢妄言的。再如，不止一个学界精英告诉我，有好几位有志于法国文学研究的青年，一直在等我招收博士生，他们都想报考……谢谢他们的好意，从他们的话里我听到的同样是两重上帝的福音。奈何当局不发给博导

"营养执照",何能开张营业?好在现在的年轻人头脑灵活,绝不至于眼见大势已去,还在傻等,我很放心,但对我来说,有他们这两句话就够了,足以慰藉余生。

受之有愧的"抬举"

每个人都有自己敏感忌讳的事物或词汇,这事物或词汇有时甚至延伸到很远很广的范围,就像阿Q由讳头上的"疤"而讳"光",再就连"光""亮""灯"也都讳了。我承认,由于以上所述的经历,"博士"一词很容易引起我若干敏感的思绪,特别是证实了自己成为巴黎大学博士论文专题对象时,就不免感慨系之了。

显而易见,这对我来说,可算是一件很有肯定意义的事。这样的事绝不会发生在国内,我不敢说这又印证了人所共知的一种常情:"墙里开花墙外香。"但我要说,国外大学的博士论文以我为论题,客观上是抬举了我,大大地抬举了我。因为,博士论文毕竟是博士论文,不是判决公告或大批判檄文,总要以正面积极的对象为论述内容,而这对象本身还得具有较为重要的意义,道理很明显:最高学位的学术论文,岂能在无聊琐事与平庸对象上下功夫?那岂不使做题者、批准者、审阅者的学术尊严、学术资格、学术颜面尽都荡然无存?而据我所知,在文学专业中,博士论文都是以重要的文学现象与理论问题或重要的作家、作品为题的。

按理说,到国外深造做博士论文,最好是以外国重要的文学现象为题，这样就可以在课题的学术内容与研究方法两个方面最大限度地利用国外高等教育的优势与条件，更多地吸收异域的文化学术营养，如像朱光潜先生在爱丁堡大学以西方美学理论为其博士论文题，冯至先生在海德堡大学以德国浪漫主义诗人诺瓦里斯为其博士论文专题对象。在我看来，这是一种过硬的选题方式，是要在外国人自己的领域与传统的地盘上来展示中国学人的才华与水平以及处理吸收外国文化的能力。没有金刚钻，就不敢揽瓷器活。当然，中国学人在外国以中国对象作为博士论文题目去攻取洋博士的头衔的，也大有人在，但也总是以中国文化中的经典内容为论题对象的，如我们这个学科的前辈罗大冈在巴黎大学获博士学位是以白居易为题，后来还有一些中国学人则是以鲁迅、郭沫若为博士论文专题对象的。

因此，很坦率地说，我对把我选作博士论文题一事并不以为然，我至少还有起码的自知之明：自己绝非博士论文经常面对的那种具有经典性的人物。不论从哪方面说都是如此：作为一个1979届的中国作家协会会员，我所属的学者、翻译工作者这一支队伍，从来都不是中国作家协会中的主流，只是一个旁支，我个人尽管也有过两三个散文集，但内容褊狭，风格滞重，与国内那些有丰富现实生活内涵与精彩艺术才情的作家实不能相比；作为学者，我缺少钱钟书式的博大精深；作为批评家，我关注的范围很有限，而且缺乏严密的理论体系与构成思潮流派意义的批评方法……即使对我各方面的作为都全面加以关注，我也不足以成为博士论文的专题对象，把我安置在这样一个高度，我实受之有愧。我对自己的定位定格从来都很明确，而且从不讳言：在智力水平上，我只不过是个"矮个子"，在业绩上，我只不过还算是尚有建树的文化工作者，但在历史的长河上渺小得很，微不足道，在庙堂标准看来，只是个"小文人"。

恕我直言，那位把我当作"博论"专题对象的青年学者，实在是在用放大镜看我，而巴黎大学的学者教授以及学校当局认可与批准这样一个论题，恐怕也是由于对中国文化学术界情况不大了然所致。有此估计，我对"博论"专题对象一事从来就没有特别欢欣鼓舞，沾沾自喜。它带给我的愉快甚至还不如出版了一本书，得了一些稿费，带小孙女到饭店里去"撮一顿"……

当然，话说回来，我也并没有那般清高，这样一桩抬举了我的事，毕竟还使我有了一些慰藉感：为什么没有选那些庙宇荣誉与官方地位皆比我高的戴桂冠者而选中了我？这至少还表明我的成果与劳绩达到相当的规模，拥有一定的优势，而自己那十几本论著与若干个大型学术项目多少也给做论文的人提供了为文作评的场所与空间，自己那些尚属"言之有物""言之有骨"的言论多少也给博士提供了加以评析议论的"说头"与"谈资"。如果你只是一个空洞无物或寥寥少物的大圆圈，博士怎能围绕着你去高谈阔论，铺陈点染出一大篇博士高文？……总而言之，这件事不失为一面镜子，照出了在一定学术文化背景上、社会关系网络中，我作为一个"精神文化存在"的客观状态，反映出自己在国内精神领域尚不失为一个颇有内容，广受关注的对象。

为政者可悲的是没有政绩，精神劳动者可悲的是没有成果或成果寥寥，出了成果者可悲的是无人喝彩，甚至无人关注，无人理睬，而只有一片空白的鸦雀无声……产生于巴黎大学的这个博论专题，使我得悉了外部世界对我的认知与关注。正因为我这一辈子被否决甚多，受辱于庙堂实在不少，所以我不能无视这一分认知与关注，来自巴黎大学的认知与关注。

人生的投入，哪怕只有一声特殊的回响，这就构成了存在的意义！

该得到的没有得到，不该得到的偏又得到了，这似乎又构成了存在的荒诞！

这两者，轮到我都碰上了，难得！

2001 年 10 月

我劳作故我在

自我存在生态评估

如果要说我自己，还是得从我的屋子说起，因为它几乎可以说就是我这个人的"物化"。

"屋不在大，有书则灵。"我自己居住使用的那一套单元何止是"不大"而已，简直就称得上"简陋""寒碜"：没有装修，还是二十年前入住时的老样子，水泥地，墙壁已经旧得呈灰色了……所幸还有几个琳琅满目的书柜，给居所带来了一些颜色与活跃，特别是长条沙发对面的两大书柜，更是我的所爱，玻璃柜里共有约三百册书，厚薄不一，但装帧相当漂亮，色彩缤纷，颇令人有"谁持彩练当空舞"的感受……

我倒挺喜爱此屋的简陋与寒碜，不愿花时间、花功夫用充满甲醛的涂料与地板去美化它（而真正的绿色装修材料在市面上也难觅得，何况我没有时间去觅）。因为，我总觉得它显现出了我的存在状态，甚至在某种意义上，就是我作为一个人的缩影，姑且说"人如其屋"吧："身材"离伟岸很远，头上没有

"光环",胸前没有奖章、"勋章",在"博导满街走"的当今,我却因为非学术的原因曾经三次被拒之于博导行列之外……所幸,我有两个书柜,长条沙发对面的那两个书柜,里面的约两三百册书,除了我自己的论著与翻译约三四十种外,就是我所编选的、所主编的书籍了,这些书构成了我生命的内涵,也显现出我生命的色彩。

面对着这一大堆书籍,有人曾善意地说过:"这么多纸张,即使只是誊写一遍,也是一大工程,何况是写出来的、译出来的、编选出来的。"

这些产品出自何种行为方式、何种精神状态、何种主观追求?对此,在这些书陆续问世的过程中,的确有过不少评语,如:"有人文热情""有文化积累使命感""有学术胆识""有学术创见""才情并茂""立论清新""文采斐然,自然成章""笔耕不辍""硕果累累",等等。说实话,当自己听到或看到这些评语的时候,的确很感飘飘然,而在被敲打、被绊倒、被不公正对待的日子里,它们则确实起了支撑自己、勉励自己的作用,但是,到了要对自己所走过的道路、自己的治学经历做出比较科学的、准确的回顾与总结时,却难免有"不敢当"之感,觉得还是有一位前辈的概括与评语,来得最实在不过,那便是我在二十多年前听说的这样一句话:"柳××这个人还是很勤奋的。"

如果向我转述的人引证无误的话,据我所知,此话系出自

名士风流：二十世纪中国两代西学名家群像（增订本）

1981年，作者与法国著名作家西蒙娜·德·波伏瓦在她的寓所

作者在1982年炎夏《萨特研究》一书挨批之时

胡乔木之口。那是在1982年夏炽热的日子里，我的一篇文章《给萨特以历史地位》与一本书《萨特研究》引起了轩然大波，成为全国性大批判的"众矢之的"，自己则成为多方面人士政治思想工作的教育对象，甚至是"挽救对象"，我被要求就萨特问题写出"再认识"的文章，实际上也就是要做自我检讨。正是在这个时期，我听到了上述这句话，语气似乎是这样的："我知道，柳××这个人还是很勤奋的嘛。"对此，我当时理解为这是领导上为了教育挽救"失足者"而在其身上发掘"积极因素"，当然是高屋建瓴，居高临下而又仁至义尽的，我再迟钝，也不至于感受不到其中的好意。但我当时并无感激之情，我从一个不懂无产阶级政治的书生的虚荣心理、浅薄情绪出发，觉得此语对我评价并不高，至少远不如文化界、读书界对我的赞语，对此，我甚至还调侃地说过：领导同志对我并没有什么肯定，不过是说我"笨鸟先飞"而已。我当时之所以没有奉命去写"再认识"的文章，主要原因固然是要坚持自己的学术观点、不做违心的"改口"，另外似乎还有一个小小的潜意识的原因，那就是没有得到足够的"礼贤下士"之"礼遇"，没有"知遇之恩"来加以推动。

但时至今日，到了古稀之年，我倒觉得"勤奋"二字恰巧是对自己治学经历的最基本、最具体、最确切的概括与总结，即使是在社科领域"仁者见仁，智者见智"，大有争议的现实环境里，也是坚硬得颠扑不破，谁都认可的，就像算术中的最大公约数。

名士风流：二十世纪中国两代西学名家群像（增订本）

其实，勤奋是中国学子、中国学人的普遍共性，并不是一个什么了不起的特点，因为，说到底，中国人是勤劳的，我只不过是一个一般的、正常的中国学子而已。勤奋早从学生时代开始，直到如今仍然保持了这个本色。从初中到高中，我上的都是当地的"名校"：南京的前中大附中，重庆的求精中学，长沙的广益中学与省立一中，如何从一起步就勤奋起来的，不能不说与学校上好的教育质量、良好的学习风气有关。上了北大，有了明确的专业方向，更是勤奋得十分自觉，不仅要求自己把课内的专业学好，而且还在课外给自己加码，重重地加码，如像学了外文，早早地就在课外找了一本文学名作来进行翻译；老师只要求交写一般的读书报告，自己偏偏提升为一篇"准论文"；修了王瑶先生的中国现代文学史的课程，就要求自己在一个学年之内把《鲁迅全集》当作课外读物全部读完，而且还逐篇做了主题摘要；闻家驷教授指导写学年论文，论的是雨果的一部浪漫剧，却又把浪漫派的文艺理论建树也扩充了进来，洋洋洒洒一写就近三万言……那时在北大，向科学进军的号角吹得很响，课程既多又重，自己又在课外如此重重加码，除了在自己平平资质所允许的范围里提高效率外，主要就是靠挤时间、拼时间、开夜车去完成了。如此下来，到了三年级，就爆发了严重的神经衰弱，每天晚上只能入睡一两个小时，而且还老做噩梦，种种噩梦中总有那么一个经常上演的"保留节目"，那便是梦见一个炸弹从天而降，掉进自己的脑壳，在那里面开花爆裂。噩梦机制是那么缺德，它让你不能动弹地躺在那里，慢慢

我劳作故我在

地细腻地体验炸弹在脑壳里爆炸的过程、巨响与能量……神经衰弱如此凶猛袭来,眼见就有辍学病休的危险,于是,自己就赶忙又"勤奋"地跑医院,扎针灸,煎中药……总算勤奋劲又不负我,我较快地摆脱了神经衰弱的阴影,胜利地完成了我的学业。

一种行为方式成为一种惯性后,持续下去也就是自然而然的事了。我在社科院之所以获得"勤奋"的这个"最大公约数"式的评价,不过是多年来凭惯性这样做下来了而已。概说起来,也很简单:几十年来,我基本上过的是没有星期天、没有节假日的书斋生活,从没有享受过一次公家所提供的到胜地去"休假""疗养"的待遇,也很少到国内好地方去"半开会半旅游",当然每天夜里十二点钟以前就寝也是极少的。所谓"勤奋",说到底,基本上就是一个"挤时间"的问题,尽可能地在学业上多投入一些时间。如果没有挤的自觉性,一个人每天的时间不过就是那么一些,特别是从20世纪50年代一直到80年代改革开放前的那一个时期里,每个人所能有的时间总量还大大打了折扣:几乎连续不断的政治运动、路线斗争、斗私批修、政治学习……把业务工作时间分割成了零星碎片,且不说"文化大革命"一场浩劫就误了大家整整十年……如果再不"只争朝夕",自己所剩下的时间就很有限了。我远没有先贤"头悬梁、锥刺股"那种苦读精神,只不过是不放松、不怠惰,按平常的"勤奋"程度往前走而已,当然,为了多挤出一些时间,免不了

名士风流：二十世纪中国两代西学名家群像（增订本）

就怠慢某些自己认为无意义的集体活动，如像游行集会、义务劳动、联欢郊游之类的，甚至溜会、称病不出这种不入流的事也干过不止一次两次。群众的眼睛是雪亮的，久而久之，自然也就引起了诸如"脱离群众""重业务轻政治"之类的非议与侧目而视，当暴风骤雨的政治运动来临时，还领受过一些大字报、大批判，诸如："修正主义苗子""走粉红色道路"（身上涂那么一点红色，骨子里实为白色，岂不就成了"粉红色"？）、"严重个人主义""名利思想"，等等。

如果说，我的确将"勤"视为治学之本，那并不是因为我对"学而时习之，不亦乐乎""诗书勤乃有，不勤腹空虚""学问勤中得"以及"业精于勤"之类的古训格言自幼就诵读牢记而后身体力行。我的文化底蕴没有这么厚。我不是出身于书香门第，这些格言我是很迟才读到的，以勤奋为治学之本，完全是由我自己的存在状态决定的。这一种主观精神与原则只不过是从主体存在中生发出来的结果。事情很简单，我出身于劳动者的家庭，父母费了很大的劲才使我获得了良好的教育条件，我不能不以"勤"来善待这些条件，而要争取将来得到比我父母优越一点的生存条件，我也必须努力、勤勉。这便是最初的原动力。及至进入专业领域，起作用的便是专业技能的压力与周围环境的压力了。

学海无涯，任何一门学问都是如此。我所从事的学科是法国思想文化，在整个西学中它占有非常重要的比重与地位，在这里，有人类最为美好的社会理想——自由、平等、博爱，有深沉的人道主义思想体系，有充满独特个性的艺术创造，对我来说，这种文化其高度真如喜马拉雅山，其浩瀚真如大洋大海，而且充满了无穷的魅力与奇妙的引力，足以把一个人的全部生命与精力都吸收进去，就像宇宙中的黑洞；足以使人在其中忘乎所以、流连忘返，就像童话中的幻境。这既是专业魅力所具有的吸引力，也是对投入者贡献自我的要求与压力，因此，面对着这样一个如高山、如大海的学科专业，我以自己的中等资质实不敢稍有懈怠，实不能不献出自己全部的精力与时间，不过，我同时也是很怀着热情与愉悦去献出自己的精力与时间的，在这过程中，如果有所收获、有所拓展进而得到了社会承认与公众赞赏的话，那其乐就更大矣！简直就构成了人生的绝大乐趣。

另一个推动力则是鞭策性的，那便是客观现实环境的压力。我大学一毕业，就分配到"翰林院"这样一个最高的学术机构。在这里，比肩而立的"翰林"学士令我辈只有抬头仰望的分，本学术专业领域，早有钱钟书、朱光潜、李健吾、卞之琳等学术标杆高悬头上。要攀登的学术阶梯更是使人见而发怵，我一进文学研究所，就眼见不止一个不无才能的青年研究人员已经在最低一级的学术阶梯（实习研究员、助教）待了七八年未动窝，面对这种形势，自己不加倍努力，就意味着放弃，就意味着出局。说实话，那个时期，"翰林院"的业务压力似乎比现在要大一些，当年，不无成绩、不无学养的中级研究人员因无代表性的著作而被炒出"翰林院"的屡见不鲜,而研究员没有出版过几本书的人几乎就没有。这种压力当年鞭策着我辈青年埋头往前赶,这未免不是一件大好事,也可以说是一种"必先苦其心志"的磨炼吧。

陋室中的劳作者

从事精神生产的人,都乐于把自己视为体力劳动者,与工人、工匠无异,并无意于强调自己高人一等,巴尔扎克就曾把自己称为"苦役",罗丹的《思想者》也不是一个衣冠楚楚、道貌岸然、文质彬彬的上等人,而是一个全身赤裸裸的"苦力",他全身肌肉紧绷,拳头紧攥,显然在支付巨大的体能,如果说他与一般的体力劳动者有什么天然区别的话,那便是他从事的不是简单、重复、机械的劳动，而是要达到较大创造性的劳动，他必须关注自己产品的创造性、独特性、突破性。我很高兴自己的一生是不断劳作的一生，而不是"四体不勤""不劳而食"的一生。作为一个劳作者，我自然也有所有"劳动者"的习性，除了要求自己有不断操作的勤劳外，也很要求自己的"所出"尽可能带有创造含量、独特含量、知性含量，因为我知道，我们从事精神生产的人，是面对着有头脑、有理性的人群，如果你对他们有起码的尊重，而不把他们视为任你哄骗、任你忽悠的小孩或白痴的话，你就必须殚思竭虑，绞尽脑汁，拿出来真货色，我不敢说，我这么做做好了，但我的确是要求自己这么做的。

如，我努力追求学术研究就是提出问题与解决问题这样的境界。我对自己有此要求，并非我有慧根悟出的结果，只不过是听从何其芳的指导而已。其芳同志——他生前我们都这么称呼他，充满了爱戴与敬意——他是诗人，是文学批评家、文学史家，也是从延安鲁艺来的老资格"文艺战士"，因此，成为文学研究的创建者与第一任所长、"党组书记"，作为党政"双肩挑的第一把手"，每当政治运动、"路线学习"来临时，他总有责任做"动员报告""运动总结"之类的讲话。说老实话，我一直觉得他身上存在着诗人、学者与"党员政治家"的矛盾，他在上述那些政治报告中总免不了要检讨自己的"重业务""没有突出无产阶级政治"，等等，也总免不了要谈些科研工作、学术工作的话题。在我看来，他的"政治报告"中最动听的恰巧就是这一部分，因为，这里有他自己的经验、真知灼见与自我体验，其中，"学术研究工作就是提出问题与解决问题"，就是经常出现的一个题旨。在这个问题上，我倒的确称得上是他的弟子。我信从这一学理，当条件允许时，我也力求身体力行，予以实践，而且多少也做出了几件广为人知的"大事"：20世纪60年代提"共鸣问题"大概可算是其一；最大的一件则要算是1978年对长期统治外国文学领域的"日丹诺夫论断"揭竿而起、进行系统的批判；此外，就是同一时期重新评价萨特及存在主义以及后来针对恩格斯的有关论述对左拉与自然主义进行重新评价，等等。这些事之所尚可称为"大事"，是因为它们都有全国性的文化学术影响，并已经被时间与历史证明了它们是有道理的、起了积极作用的。

再如，在劳作中尽可能从难从重以求产品有扎实的劳动含量，切忌避重就轻，虚而不实。在学术文学界，一旦拥有一定名望后，就会有一些诸如搭顺风车署个名、借已有名位不劳而获、分一杯羹的"美事"，窃以为此类行径实非诚实劳动者之所应为也，宜慎戒之，还是应要求自己保持劳动者本色为是。我自己主持多卷本的书系的编译工作时总要亲自动手，编选一卷或翻译出一卷作为"标本"，至少要提供有新颖的编选视角，有思想闪光点、分量扎实的序言，作为其劳动品牌标志，至于具体的编辑工作，更是要亲历亲为，有时丛书达数十卷之多，其每一卷的序言皆出自我手。

对于为文作评，则力求有一点新意，有一点创意，尽可能去陈言避套话,虽然我们这一代人为时代社会条件所辖,几乎逃脱不了讲套话、重复官话的命运。在知性上则以自己有限的才力,尽可能师法钱钟书、朱光潜、李健吾等先贤典范,纵不能做到引经据典,穷历万卷书,妙语连珠,华章熠熠生辉,总也要达到"及格"水平:言之有理,言之有据,议论行文时而也得有一两个亮点,一两处深度。我智力水平,天生无"才思敏捷"助我,这样做虽不说有"苦吟"之窘迫,劳作的艰辛还是很有一些的,但每得一篇还看得过去的文章,劳动之后的酣畅与愉悦就构成了一种乐趣,这是我生活中最珍视的一种乐趣。而面对着那些署有自己名字的产品问世时,则因为其中无一不存有自己或多或少的思想观点、感受体验、思绪情愫、文笔文风,凝现着自己的心血而感到欣慰与满足。

古稀之年在陋室中的书柜前

名士风流：二十世纪中国两代西学名家群像（增订本）

"陋室中的书柜"一格：
作者主编的 20 卷本《雨果文集》与 10 卷本"盗火者文丛"

"我思故我在"，"我劳作故我在"，这种存在方式、存在状态，带给了我两书柜的劳绩，也带给我简朴的生活习性、朴素的人生，甚至我的"生活享乐"与生活情趣也是再简单不过的。这么些年以来，我从来就没有过任何一次高消费与高享受，日常生活的主要内容不过是劳作（包括阅读与爬格子）、散步、听音乐、看电视、体育活动而已，虽然生活如此平淡，甚至在旁观者看来甚为清贫、寒碜、索然寡味，但我还能从其中体验出不少乐趣：为文作书，从无到有，言之有物，亦有亮点，首先就有劳作的乐趣、创造的乐趣。文章发了，书出了，拿了稿费，虽然为数不多，但其乐多矣，带小孙女去餐馆用稿费"搓一顿"，此一乐也；带着稿费去逛书店，随意购些喜欢的书，此二乐也；收到扣税单，再次确认自己作为纳税人对社会又做了一次"奉献"，此三乐也；如果文与书在社会上得到佳评，有好反应，则又是一乐也……乐趣之所以多多，根本原因就在于这一切都是劳作的结果，这种劳作者的自豪与乐趣，这种简朴的平民乐趣，这种心安理得、毫无愧疚的乐趣，恐怕是躺在安乐椅上一杯茶在手之际，就有种种"入账""奉送""名利""回报""献礼"纷至沓来的高层人士所不会体验到的。

　　这种存在方式、存在状态同时也必然在我对人对事的价值取向与态度倾向上打上深深的烙印，这里既有合情合理，也有不全面与偏颇；既有真知灼见，也有浅显局限；既有社会公理，也有个人不平。加以我脾性直坦，又自信"靠劳动吃饭"，有恃无恐，忘乎所以之时，论人议事就不免口无遮拦，直言不讳，如此只求自己痛快，棱角分明，必然引起矛盾与争议，给自己平添不少阻力与困顿，我的学术生涯并不顺利，与此不无关系。成也萧何，败也萧何。自己既是自我的打造者，也是自我的敌人……这正是我作为一个劳作者自我存在生态的两个方面。

2006 年 12 月 29 日

送 行

这一天是晶晶动身去美国上大学的一天,对于她与她的民工父母,对于作为她的养育者、监护人的朱虹与我,都是一个值得纪念的喜庆日子。

对于她与她的父母来说,这好像有点像一个"灰姑娘"的故事。她的北上打工的父母在北京有了她,正遇见了自己的儿孙都不在身边的老知识分子夫妇,于是,她自然就成为这个"书香门第"的小孙女,"养育"的对象、"监护"的对象,成为老夫妇的专项"希望工程"。她在北京先后在两个重点中学念完了初中与高中,成绩优良,特别是英文,得朱虹之真传,听、说、读、写四种能力均甚为出色。但她无法改变外地民工孩子的身份,在北京没有资格参加高考,回原籍去考又另有一些困难,眼见前途艰难,只好另谋出路,于是,在老奶奶朱虹的指点与辅导之下,向一连串美国大学递交了入学申请。她既要完成重点高中沉重的学习任务,又要应付美国大学安排的种种考察与面试,在两条战线上进行艰苦的拼搏,往往一天只睡四五个小时。经过将近一年的奋斗,她总算拿出了相当漂亮的中学成绩单,又以出色的英语能力在各种应试(托福、SAT、面试等)中表现得可圈可点,终于她得到了四所美国大学的录取,其中有两所向她承诺提供了奖学金。她选择了奖学金较多的一所,因为爷爷奶奶是在以待遇清寒著称的"翰林院"任职,退休金非常有限……不论怎样,她毕竟得到了一条出路:到美国东部一个风景优美的城市上一所条件优越的大学。

对于这对老夫妇而言,这一天则包含着五味杂陈的人生体验。

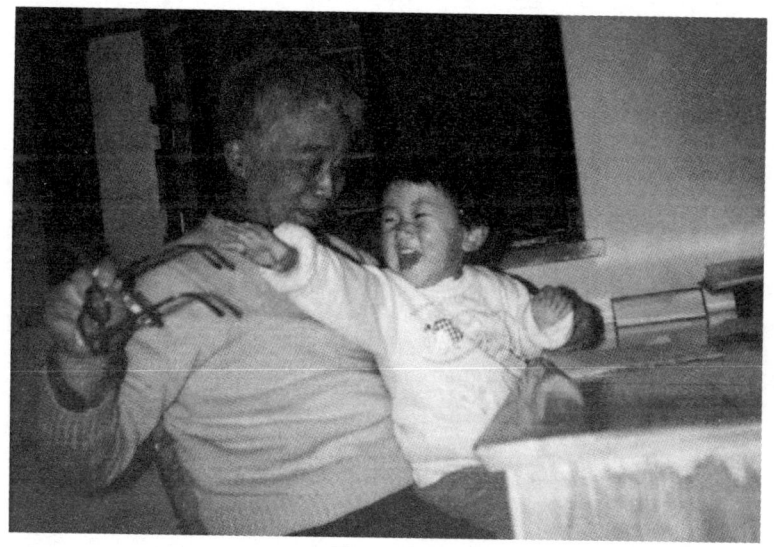

作者与小孙女晶晶

名士风流：二十世纪中国两代西学名家群像（增订本）

朱虹与小孙女晶晶

首先，这一天是他们作为普通人"幼吾幼以及人之幼"之情十七年以来日积月累的结果。从这个女婴诞生在他们家的第一天起，她不哭不闹、文文静静的性情，不流口水、不流鼻涕、干干净净、清清爽爽的小模样就深得老夫妇的怜爱，他们从内心里把她当作了自己的小孙女。童年时代，她围着奶奶的坐椅转来转去，嬉戏撒娇，听奶奶讲故事，跟奶奶学讲英文。跟爷爷则学背诵唐诗，她常爬上爷爷的书桌，顽皮地抢走他的钢笔，或者爬上他的膝盖，抓走他的眼镜，还老跟爷爷玩一种填字应答游戏，爷爷讲一句疼爱的话，最后一个字由她来应答补全，如：晶晶是爷爷家的小孙（女）、晶晶是爷爷家的小山（羊）、

送 行

晶晶是爷爷家的小宝（贝）、晶晶是爷爷家的小皮（猴）、晶晶是爷爷家的小馋（猫）、晶晶是爷爷家的小娇（包）、晶晶是爷爷家的小粘（陀）……她的童年的每一天都是在爷爷奶奶亲近的关爱中度过的，自己的儿孙都不在身边的"空巢"老人，则是在这个毫无血缘关系的异性孙女所构成的"准天伦之乐"中度过了一些温馨的时光……

这一天对于老知识分子夫妇也是多年的心愿初步有了实现的一天，这个心愿说来简单，那就是要使得这个"民工子女"能受到良好的教育，有个好于自己父母的人生出路。老爷子记得早在她童年时代，携着她的小手在人行道上散步时，就经常憧憬着在自己有生之年里能出现这样一个愿景画面：亲自带着行李送这个小孙女走进北京一所高等院校的大门，行李中还有一个用网袋装着的洗脸盆与漱口杯以及牙膏，那完全是按他自己上北大时的行李模式想象出来的……老两口深知他们这个心愿虽然很朴素，但要实现起来却"难如上青天"，关键就在于她这个民工之女没有"北京身份"。老太太情急生智、挖空心思，想出了一个正式收养她为小孙女的"捷径"。两个于政法无门的书呆子，自以为是人文关怀的善举，居然以傻乎乎的执着劲投入了运作程序：打报告、写申请、开证明、托人情、找法律界人士、向民政部门求情。真是做到了"求爷爷告奶奶"！全情投入、忙乎了大半年，最后却无果而终、碰壁而归……剩下来的，老两口只有努力尽其所能在小孙女的优质教育上下功夫了，先后设法让她进入两所重点中学，这谈何容易！要把一个没有京

名士风流：二十世纪中国两代西学名家群像（增订本）

城户口的民工子女送入北京本地孩子趋之若鹜的名校，除了她本人的成绩过硬外，更需要老两口跑腿、找门路以及干各种费神费劲费口舌的活，当然，还绕不开众所周知、约定俗成的赞助费……老两口固执地下定决心要跟小孙女的"民工子弟"命运较劲，接下来，又开始了小孙女的英语培训工程，奶奶给她买了大量的英文光盘，让她十次百次地反复看与听，并且祖孙二人之间一直坚持以英文交谈对话，不论是在商店还是在公共汽车上，因此，她的英文成绩一直名列前茅……也许，早在这个过程启动之初，老太太就有把小孙女送出国的心愿，因为她毕竟曾经成功地把自己的一个女儿与一个儿子送进了美国的名校……

就这样，老两口从将近古稀之年的时候起，就开始了跟小孙女民工子弟命运较劲的马拉松长跑，老太太更是辛苦，她为此跑跑颠颠得更多，为了规划小孙女的出国道路，为了给她的英语开小灶，为了指导她的出国申请以及应试，而往往带着小丫头一道工作到深夜或凌晨……

这是一家人十几年努力的结果，是"这个专项希望工程的一个阶段性成果"，是每个相关者在生活中所得到的回报，虽然，前方的路还很长，还需要做出很大的努力，也许还要做更多一些的付出……因为孩子毕竟是去异国他乡上学，而支持者毕竟是一个清寒的人文知识分子家庭……不论怎样，小丫头动身出国的日子，仍然是这个非血缘亲属关系的一家人的欢乐节日，大家都期盼着这一天的来到，都为迎接这一天提前做出各种准备，就像小孩子准备着过新年那样郑重其事，面面俱到，高高兴兴，欢欢喜喜，满怀喜悦兴奋之情……

其一，老知识分子夫妇多年没有机会合影，为了这一天的来到，他们与小孙女郑重其事地在家里合了一张影，小孙女胸前挂着爷爷奶奶送给她的翡翠平安扣，坐在沙发上，老夫妇则换上了"出客"的"盛装"分别坐在她的两旁，如像烘托着一个小月亮。对于这张合影，柳老头做出这样的评语："这对我们祖孙仨人都是人生的一个标志！"

其二，晶晶的民工父母，多年来难得照一次相，这次也换上了他们的"礼服"与晶晶合影了好几张，作为他们一生中难得的纪念。

其三，为了"不忘本"，晶晶一个人专程回了一趟她自己的安徽老家，去向乡下的姥姥、大姨以及一些亲戚长辈拜别辞行，并在那里深入地生活劳动了几天，亲身体验一下自己家乡农村的生活。

其四，爷爷奶奶为了答谢曾经关怀过他们这一"希望工程"的在京亲友，也为了给小孙女饯行，先后在全聚德与食唐餐馆设了两次"家宴"，这是他们生平唯一一次"大宴"亲朋好友，赏光出席的有爷爷奶奶的至亲邓若曾、蔡希秦一家，蔡希亮一家，以及多年的老同事如罗新璋、叶廷芳、谭立德、郑恩波、郑土生、张晓强等。

其五，临行前几天，晶晶在父母的带领下，又去向在京的

名士风流：二十世纪中国两代西学名家群像（增订本）

民工亲戚（舅舅、姑父以及一些叔伯兄弟姐妹）一一辞行，他们在京多年，总算靠勤劳的劳动与顽强的奋斗精神在京城获得了自己的温饱，但他们的子女由于没有条件获得教育，也都像自己打工的父母一样走上卖力气的艰途，他们听说晶晶考取了美国大学，很是欢欣，说："咱们家出了一只凤凰。"早就送上了红包表示祝贺，对于他们每个月微薄的工钱而言，这些红包是相当厚重的……

到了动身出发的那天，爷爷早就租定了一辆往返机场的专车。小凤凰要飞了，不满十八岁的她穿一件玫瑰红的Snoopy T恤，一条牛仔裤，更显身材高俊。长发垂肩，清秀的脸上架着一副精巧的淡蓝色眼镜，阳光而帅气。不在话下，全家出动，遗憾的只缺了美国求学之路的总导演老奶奶，她解决了这个小孙女上学与出国的各种手续后，又风尘仆仆赶到自己的女儿家去为三个混血儿外孙女补习与督学，她们正处于中小学教育的重要时刻，她们的母亲又因为工作而长期出差在外，好在她老人家把晶晶动身的大大小小的事务都事先安排好了，包括着装配备与路费花销……何况，翅膀已经初长硬的小凤凰并不特别看重全家到机场送行这个场面，她说："你们用不着送我去机场，我一个人在路上可以思考问题！"口气不小！小丫头已经人模人样、特立独行了！但对于老爷爷来说，送行一举是多年来所期盼的，实带有某种仪式的意义，即便身体不好，也是绝不能免掉的。

送 行

在去机场的路上，大家的话语不多，小凤凰不是要自己静一静、思考思考吗？长辈惜别的话、叮嘱的话早已说过多少次了，再说，岂不啰嗦？

首都机场的新航站楼，气魄可称"宏伟"二字。其大厅阔大无边，人流熙攘，老先生近年深居简出，很少乘机出行，这是第一次来到新航站楼，颇为其气势所震撼，他觉得这里有点像个巨大的迷宫，颇有不知何去何从之感。晶晶的民工父母更没有坐飞机的经验。幸亏晶晶乃"识途老马"，她参加 SAT 考试、办签证已在北京与香港、上海之间飞了好几个来回，早已是轻车熟路了，她很快就找到了美国联合航空公司的办理处，很快就把登机手续办完了！

爷爷与父母都以为在长达一两个小时的候机时间里，可以再和小丫头在一起待上若干温馨的时刻，可是，小丫头却催促他们打道回府了，理由是"我想一个人在机场里转一转"。显然，长辈们想尽可能延长与小丫头待在一起的时刻，而小丫头却急于品尝自己一个人潇洒上路的乐趣，就像羽翼已丰的小鸟急不可待地要展翅单飞。两方面的愿望都很强烈，都很执着。结果，小丫头总算尊重长辈的愿望，通情达理又多待了一会，但结果仍是按不下急性子，决定提前入关。

入关口的那头，是一条阔大漫长的通道，起先逐渐隆起，在远处则缓缓下倾，缓缓下倾，以至消失在视线之外，从入关口看去，远远就像一条地平线。但见小丫头俊秀的身姿，背着行囊，飘着长发，直奔前方，没有回头，没有挥手，更没有喊话，逐渐消失在那地平线之下，那里肯定是一个电动转梯把入关者输送到下方的候机室里去了……

在回家的路上，晶晶的民工父亲说了一句："小丫头连头都没有回。"似乎不无感慨。老爷子当然早就注意到了小丫头的这个细节，他心里却有自己的解释：她肯定是专注于自己脚下的路面，专注于眼前那个倾斜的地平线，开始沉醉于自己单飞独行的最初感觉里，她是在开步走自己的路，一开始就把前方每一步路视为新鲜而非畏途，只顾得上往前走、往前走，不流连于告别的感伤，这对于她作为90后的一个小奋斗者、一个小行者来说是有益的……

出租车把老头子送回了家，他塞给司机朋友一个整数，说："请你千万不要跟我客气，因为今天是我们全家大喜的日子！"

2009 年 9 月

《送行》的附记

未实现的第二次送行

近期以来,我一直有一个念头,要为《送行》这篇文章写一个"续篇",即使是写得很短。把一个尚未完全成年的农民工之女送到美国去念大学,总该有点"后话",总该有所交代,毕竟在我的生活中,这并不是一件微不足道的小事,毕竟我认认真真地花了十几年的功夫来做这件事情,其认真性、严肃性、执着性比我写一部大部头书似有过之而无不及,当然,在这件事上,我有一个志同道合的合作者,那就是朱虹,在玉成此事上,她功不可没。此外,还因为我曾用文字记述了这件事情。面对着读者,我有一个"且听下回分解"的义务。

今年,我似乎是可以实现这个愿望了:2009年我送出国的那位小女孩回到了北京,她已经在美国念完了四年大学,不仅圆满地完成了大学学业,而且在大学里还另有一番经历:当过小记者,出任过学校亚洲学生会主席,做过学校宿舍舍监,负责管理部分学生事务,并排解他们的纠纷……大学毕业后,工作了两年半，在一个诊所里当医生的助手……再后又进了波士顿大学研究院……今年利用寒假回来探亲，探望她农民工父母与她的两个培养者，非血缘爷爷、奶奶。

寒假时间不长，只能在京待两个多星期，就得赶回美国，这次她既不是去念大学，也不是回波士顿大学研究院继续学业，而是回到哥伦比亚大学研究院去拿下研究生文凭，硕士生文凭一拿到手，以下的博士学位就有期可待了。

事隔我那次"送行"已经七年，她此次回京，我总以为她经过这一番历练，一定长成一个成熟的大姑娘了，没有想到我所见到的她仍然是一脸的稚气，神情简直和十六七岁的小姑娘差不多。真不能想象，这么一个小丫头居然在舍监的岗位上兼职了两年半，她居然"镇住了"那帮个性张扬的美国大学生……

唉，不管她怎么样吧，反正她已经成长起来了，有望得到哥伦比亚大学的学位，从日程的安排来计算，她必须1月15日返美，而我已经做好了第二次送行的准备，并且也颇想就第二次送行写一篇小文。

但万万没想到的是，12月27日我一个人待在自己独居的那套单元中，时至深夜十一点半，突然觉得天旋地转，我当即感觉到灾难来临，第一个清醒的意识，也是当时唯一的一个意识是："我要成为叶秀山第二了。"因为著名学者叶秀山前不久就是在深夜一个人晕倒在他的空巢之家，未能得到及时的抢救而于次晨去世。中国失去了一个学养深厚的西方哲学家，他是

《送行》的附记

我在北大的同辈同学，因此，我写了一篇悼念文章，该文就在我发病前不久，在上海发表了。这最后的一个清醒意识一闪而过后，我便摔倒在地，人事不醒，究竟过了多少时间，不得而知，只是醒来时，发现自己躺在冰冷的水泥地上，全身像一堆棉花。出于本能，我用了残存的一点生命力进行自救，在地上蹭了好半天，总算蹭到桌子跟前，用手指头把电话线拉钩过来，打出了求救电话，这才来了救助的家人、朋友和急救车，总算死里逃生。

进了医院，渡过了难关。但到小丫头动身返美的那一天我还在医院卧床静养。我终于未能实现我第二次送行的愿望。但小丫头临行的前一天，她又第 N 次特别到医院病房来向我辞行，于是第二次送行，就简化成为几张合影。

柳鸣九

附记于 2017 年 1 月 22 出院之日

在《柳鸣九文集》(十五卷)北京首发式及座谈会上的答辞

我知道感恩,因为"恩"在我的生涯中很宝贵,之所以很宝贵,是因为它来之不易,它主要来自我的两个上帝:一是器重我的出版社,一是厚爱我的读者。出版社使我的陋室个体劳作得以转化为一种社会现实,读者则是我即使在倒霉的时候,也可以指望的精神支撑点。在《且说这根芦苇》中,我讲过这样两句话:"我这个人最经受不住的就是别人对我好,凡遇此情形,我就有向对方'掏心窝'的冲动。"今天,大家对我这样好,我想讲几句掏心窝的话。

我感恩,我感谢海天出版社的知遇之恩,他们的尹总尹昌龙先生早就因萨特与我神交已久,几年前,是他们的老总与责编敲开了我那寒碜不堪的陋室的门,门口一直挂着"年老有病,谢绝来访"的纸牌,他们以诚相见,委以重托——"世界散文八大家"丛书与"本色文丛"的主编工作,而后,又主动提出了出版《柳鸣九文集》的建议与要求。感于他们的诚意与他们

在《柳鸣九文集》(十五卷)北京首发式及座谈会上的答辞

的效率,我把《文集》交给了他们,在这个问题上,我对不起另一家对我也有知遇之恩的河南文艺出版社,实际上,是河南社早于海天向我提出了出版十五卷《文集》的要求。在这里,请允许我向河南文艺出版社表示我衷心的歉意,并向你们保证,一定尽我的努力帮你们把"当代思想者自述"文丛办起来,以作为弥补。当然,我还要对海天出版拙《文集》所付出的辛劳表示感恩,他们对《文集》的重视大大出乎我意料,仅首发式与座谈会就开了三次,一次在北京,一次在香港,一次在深圳。

我感恩,我感谢今天来参加首发式与座谈会的朋友们对我的包涵之恩(我有不少毛病与缺点);对我的关注之恩(我本是不起眼的矮个子);对我的抬举之恩(面对如此多的溢美之词,我受之有愧);对我的捧场之恩、合作之恩(在场的有很多都曾是我的一些项目合作者)。能与诸位同道、同行,与诸位合作结缘是我生平的幸事。

在座不止一位朋友都言及我为本学界做过的善事,甚至用了"有知遇之恩""提携支持"等溢美之词,其实,要答谢知遇之恩的,应该是我。我还要请在座的诸君,向由于各种原因而未出席的朋友,转达我的问候与祝愿!

按照致词的一般惯例,我应该感恩、感谢的,不言而喻,还有祖国、人民、父母、师长、母校、组织、领导、亲人亲友……对我而言,特别还有并非亲人却情同亲人的一个农民工三口之家,他们使我长期在空巢老人的生活中,也得以享受了准天伦之乐、亚天伦之乐,并且四体不勤而衣食无忧。

名士风流：二十世纪中国两代西学名家群像（增订本）

  我身高一米六差一公分，智商水平为中等偏下，既无书香门第的家底，又无海外深造的资历，不论从哪个方面来说，在人才济济的中华学林，都是一个矮个子，幸好有北大燕园给我的学养为本，凭着笨鸟先飞、笨鸟多飞的劲头，总算做出了一点事情，含金量不高，且不免有历史时代烙印。归根结底说来，我只是浅水滩上一根很普通的芦苇，一根还算是帕斯卡所说的那种"会思想的芦苇"。

  我知道，个体人是脆弱的，个体人是速朽的，个体人的很多努力往往都是徒劳的，如西绪弗斯推石上山。但愿我所推动的石块，若干年过去，经过时光无情的磨损，最后还能留下一颗小石粒，甚至只留下一颗小沙粒，若果能如此，也是最大的幸事。历史文化发展的无情规律便是如此，我们面临的必然天命便是如此。

  谢谢！谢谢！

2015 年 9 月 5 日
于北京飞天大厦

一次不平常的合作

小淑女作画记

这是一次特殊的合作。

这本书的两个合作者,一个是八十多岁的老头,一个是十二岁的小女孩,本书就是深圳海天出版社新近推出的译本《小王子》,译者是一位八十多岁的祖父,全书插图的作者,则是十二岁的小孙女。

原著是举世闻名的儿童读物,是内涵深刻、意味隽永的文学名著,插图则实际上是一个华人小女孩心目中的那个主人公小王子,是华人小女孩对《小王子》一书的形象呈现、形象诠释,也未尝不可以说是一个华人小女孩对于《小王子》一书的读书心得。这么一个文化接受、文化融汇的现象,倒是有点意思。

对编辑出版工作而言,这也不失为一颇有独创性的构思,居然把两个年龄差距这么大的合作者组合在一起,老祖父做翻

名士风流：二十世纪中国两代西学名家群像（增订本）

译，小孙女进行想象作画配图，此举可谓"艺高人胆大"，有点妙。这一编辑出版工作的妙笔，出自海天出版社的胡小跃出版工作室，这个室的室主最初是以青年译者学者的身份出现在文坛的，他全面手的、特别是才华初露的诗歌翻译家的身姿，很快就给中国文化界留下深刻的印象，逐渐，他又作为一个视野广阔、眼光精明、才能卓越的编辑出版者，越来越令人瞩目，他双管齐下，交错发力，同时在法语文学译介专业中、在法语文学的编辑出版事业中，都做出了可圈可点的实绩，开辟出当今中国文化中一道郁郁葱葱的风景线，使得地处南国一隅的海天出版社，成为我国外国文学出版的一重镇。

众所周知，《小王子》原版书约有五十张插图，都是出自作者自己的才笔。在法国作家中，不止一位喜欢为自己的作品画点什么，扩充扩充自己的形象构思与艺术想象，或游戏式地加那么一点情趣，要不然就是在自己的稿本上画着好玩好玩，雨果、斯丹达尔、缪塞、梅里美等都这么做过。不过，成功者甚少，我个人觉得其中还算比较出色、令人瞩目者，似乎只有雨果一人，雨果一些烘托他作品中浪漫主义氛围与奇特景象的黑白画作，真还给人蛮深刻的印象。《小王子》的作者圣埃克苏佩里，也为自己的这部名著作了插图、配了画，而且还被人视为原著的一个组成部分而流传了下来，这就不简单了。他的画完全是白描式的，不讲究细节，相对来说，只是一种简单的形象示意。不过应该看到，寓言与童话这种文学样式，本身就是最

一次不平常的合作

为简约、最有包容性、最有伸缩性的框架与形象载体，它容纳得下人们尽可能广泛的思考与诠释、容纳得下尽可能丰富的想象与补充，而且，愈是意味隽永的经典童话与寓言，愈是力求引起人们尽可能广泛的思考与丰富的想象，愈是赋予了读者自由理解、自由诠释、自由想象的权力。提供理解、诠释、想象与补充的人愈多，寓言童话的内涵、内容与意义愈能得到扩充、延伸与丰富。另行配图插画，本身就是增添一种理解、诠释、扩充与延伸，本身就有人文意义。基于以上理解，他人插图配画似乎称得上是一件"天经地义"的事情，恐怕也是作者本人所乐见的事。

在中国已经出版的《小王子》译本，据著名翻译家与翻译理论家许钧先生的统计，已达数十种之多。事实上，各出版社在自己的《小王子》的插图上，已经悄悄地、不动声色地做了一点自己的"个性化动作"，有的在数量上有所增减，有的加上了色彩，有的修改了形象，等等，但绝大多数都是以圣埃克絮佩里的原作为基础为蓝本，略微做了自己的若干调整与修改。但是，据确切的消息，有一家出版社，已经花重金从国外购进了其他的配画作为《小王子》译本的插图。对于以其他画家的配画作为该书的插图，需要审视的不外是两点，一是具有什么人文意义以及具有多少人文意义，二是配画所显示出的情趣、意味、想象力以及艺术水平如何。

海天出版社胡小跃出版工作室，推出这样一个《小王子》

名士风流：二十世纪中国两代西学名家群像（增订本）

插图本，在这两方面，我不敢说大有讲究，我至少敢说是颇有些讲究的。首先两个合作者都是华人，华人在世界上已经很引人瞩目，这个译本不仅是数十种中译本中的一种，而且，据说也是广行于世，尚受欢迎的一个译本。而配图插画也是出自华人之手，这大概在世界上是从来没有过的，而且这个配图插画的作者，竟是一个华人小女孩！她还没完全脱离童年时代！她一直生活在美国，在美国上学！她身上流淌着两种文化的血液！她是如何想象《小王子》的？她是如何诠释《小王子》的？这就很值得一看了。更不容易凑巧的是，这本书正好是她的老祖父专门为她而译的，老祖父还曾正式撰文说明了这个译本是他送给他心目中的"小天使"的一个礼物，并希望小王子成为小淑女的朋友，现在，小王子与小淑女的的确确互相成了朋友。这样一个双组合译本包涵了以上几个因素，也许算得上是《小王子》比较文学研究学中的一个难得的创例。正因为如此，这么一个小女子，如何想象这位小王子，对《小王子》这本书如何诠释，她的想象与诠释中凝聚了什么样的心情感受与读书心得，也就很值得一看了。胡小跃出版工作室此一组合之举，妙意就在于此。

当然，画得怎么样，至关重要，读者对形象构思、线条勾画、颜色配搭、情调意味，都会有严格的审视，市场毫不含糊，要以乱七八糟的涂鸦闯天下，没门！还是再多历练几年吧！"我是个小孩，这是一件大人做的事，我做不了。"据说，小女孩自己在美国的家里画得不顺利时,发过这样的牢骚,表示了气馁。一个宽厚的长者,这样鼓励她说:"大家都知道你是十二岁小女孩,不会用达·芬奇的水平来要求你,正因为你还是个小孩,你能画成这个样子,已经可以得高分了。"鼓励归鼓励,一个十二岁的小女孩究竟画得怎么样,她的画是否靠谱?她的画是否还有若干可看性?有自己独特的想象?有自己的理解?是否多少画出了自己的一点意思?表现出了自己的童趣?……所有这一切,只能以画为证,读者打开这本书,一看便知了。用不着旁人啰嗦说道。

必须说道说道的话题倒是有,那就是关于这个"小画家"的"资历",她是如何成长起来的。

此小女子,好些人都知道她,十多年前,可能有不少读者在《文汇报》潘向黎所编辑的一期"笔会"上见过她,当时她只有一岁左右,被她祖父称为"小蛮女"。那时的她,身体健壮,原始生命力强旺,除了善于爬来爬去外,似乎就没有什么长处可称道,她仅有的爱好,一是敲打各种各样能发声的东西,制造噪音,二是喜欢拽家里那条大狼狗的尾巴,叫那老实的大伙计烦她、怕她、敬而远之。那时,当祖父的有两个担心:一则担心她健壮的身体再横向发展,成为一个粗壮不雅的胖墩;二则担心,她如此喜欢摆弄"打击乐器",怕她长大了也许只能成为一个敲打乐器的三流小乐手……

名士风流：二十世纪中国两代西学名家群像（增订本）

"女大十八变"，现年方十二，原来的"小蛮女"，如今竟成为一个亭亭玉立的小淑女了，当初小蛮女的粗壮、精力充沛与好动，如今已转化为小淑女在足球场上两腿修长、奔跑飞快、身姿苗条、动作矫健的身影，她早从小学起就参加本校区的足球队，不同的角色，后卫、前锋、守门员她都充当过。当初，她以敲打器物为乐的"粗俗趣味"不见了，取而代之的是令人意想不到的一系列雅趣：书、画、琴、诗无一不有那么两手，不止一项堪称优秀。事关她为《小王子》作画的资质，似乎还有必要对她的雅趣与能耐稍作补充。

她上学比同龄人早一年，虽为班上年龄最小者，但成绩还算中上，她最突出的一个特点就是喜欢阅读书籍，当然是课外书籍。在家常"手不释卷"，到了超市就直奔书摊，阅读能力强，比同年级的学生超前，二、三年级时，老师就特批她可以借阅四、五年级的书，到四、五年级时，她就获准阅读六、七年级的书了。她是那个宁静小城市立图书馆的常客，不仅喜欢读，而且善于找她喜欢读、适合她读的书，似乎对书有一种敏锐的嗅觉，就像小狗对美食有天生的敏感一样。美国的儿童读物多得不得了，而且都是图文并茂，她早已在这类书的海洋中畅游，自然《小王子》的英译本，她早就看过，也算她的一个朋友。她对书的热爱与善于读书的特点，早已被市图书馆注意到了，因此，曾把她读书的大头像印在该馆的宣传画上。在美国，很多城市的图书馆都有流动送书车，经常在城里转悠，她作为宣传大使的图像，就固定地印制在宣传车的车身上，圆圆的脸，衣着朴素，笑嘻嘻地双手捧着一本打开了的书，耳边竖着两个小短辫，一看就是个华人小女孩……

读书多，随之而来的必然是能文，她不仅作文成绩好，偶尔还能写点诗，可惜只能用英文写。至于提琴与钢琴，这是美国中产阶级家庭小孩的"必修课"，她也不例外，在这方面，她的自觉性与积极性显然不及对读书那么高，但其技艺还错不算，从教会、社区组织的演奏活动中，不止一次见她谢幕时稚拙的姿态。

特别需要讲讲的是画。小淑女自幼喜欢画画，最早她开始涂鸦，说得严谨一点，就算是三岁吧，此后，就成为一种习惯，不仅是经常画，而且几乎是每天画。很小的时候，除了玩耍、游戏、看图画书、上教堂做礼拜、练琴、外出、旅游之外，她一闲下来，就喜欢拿一张纸在上面乱画一气，且不说是她生活的一部分，至少成了她特别爱玩的一种"游戏"。

上学之后，她就更忙了，除了原来那些固定的生活程序外，还得做作业，参加校内外的各种社会活动以及各种体育项目，足球啦、网球啦、舞蹈啦，等等，她忙得找不到完整的时间来画画，就见缝插针找时间画，用开小差的办法画，如：有时，参加宗教活动时，她画，有时，在课堂上也偷偷地画。这种经常画、天天画的习惯，从一开始到现在一直没有改变，因此，可以说，她的画龄至今足足已有十多年了，说她画画成了一个习惯，似乎还不够，可以说画画已成为她生活中的一种需要了。

名士风流：二十世纪中国两代西学名家群像（增订本）

她画画的历程，当然是从乱画一通开始，逐渐到能画出个名堂来：线条从凌乱到规整，再到曲折有致，所画的对象从不成形不成样，到成形成样，到有表情有喜怒哀乐。家长见她有画画的爱好与习惯，先是给她充分地提供纸张、画笔、颜料以及有关的工具，甚至给她做了专门的画服，以免颜料弄脏了衣服，到了一定的时候，又专门给她请了绘画教师，从最初到现在先后已有五位，其中有一个华人教师，她正是从这位华人老师那里学了中国水墨画，她所画的竹林中熊猫图、葡萄前小猴图，很有那么一点齐白石的风格，老祖父眼里出画家，头脑容易发热，曾这样赞曰："这不跟齐白石的墨宝有点相似吗！"这两幅画现正挂在她北京的祖屋里，她祖父因香港有一个与他有关的学术活动，需要录制一段视频，拿到香港去放的那段视频就是以她这两幅画为背景录制的……

关于她的绘画有一个特点不能不说，因为这多多少少与她为《小王子》配图作画有关，那就是她的画几乎从来都不是素描性的、临摹性的、写实性的，老祖父几乎就没有见过她一张素描画、写生画、临摹画。她的画都是想象性的，她所画的几乎全都是她想象中的人物与形象，穿着与装饰也往往出自她的想象，她一有空坐下来，随笔作画时似乎只是为了释放她的想象，宣泄她的想象，似乎她只有释放了出现于、存积于她脑海中的形象，她才感到身心舒畅。难怪不得，画画成了她的一个日常的习惯，成了她日常的一种需要，原来就是为了释放、宣泄、抒发。而这，按老祖父的理解，正是原创性艺术创作最自然、最有效的推力。她绘画的想象性，无疑构成了她的特点与强项。她的想象力丰富，令人意想不到，颇有意味、颇有情趣，当然是一个儿童的情趣，且称之为童趣吧。她的这个长处与特点，不是说说而已，是有社会检验、社会认可为证的，她想象的成果，可以说是进入了公共生活的领域。

事情是这样的：学校里创设了一间机器人教室，作为机器人课程的正式场所，校领导要在机器人教室的门上，绘制一个标志性的图像，美术老师结合这个需要，要求全班学生临场每人画这么一张，这本来只是美术课中的一个实践性的课题，并未准备派什么用场，出人意料，这个华人小淑女所画出的图像，却引起了美术老师与整个校方的注意与赞赏，一致决定把她这张图像绘制在机器人教室的门上，作为一个教学场地的标志。更出人意料的是，校方还选用了这图像，经由厂家把它正式大面积地印制在T恤衫的前胸部位，这种图像的T恤衫成了一个特定品种，校方则把这种T恤衫当作正式的礼品，用来在重要活动中赠送来宾。小淑女这张图像画的是一个机器人的头部，既有正常人的头型，又有机器人的机械部件，既有真人的血肉之躯的形象，又有金属与机械所组成的机器人结构。这个头像除了正面外，居然还呈现出两个侧面，颇有立体主义绘画之趣，构思之独特与复杂，局部与整体之统一都相当有讲究，线条也清晰合理而不凌乱。完整而有艺术性，别致而新颖，它之所以被看中，显然不是偶然的。而且，这么一张图像，是在美术课堂上临场构思绘制出来的,"这不有点像曹植的七步诗一样吗",老祖父收到印制了这个图像的蓝色 T 恤衫的时候,不禁又头脑发热,笑眯眯地说了这么一句。任何比喻都是蹩脚的,老祖父的这个比喻恐怕会令人嗤之以鼻……

不管怎么样,小淑女这个富于想象、善于想象的特点,倒是适合于为童话和寓言画点什么。经过她提供了若干为《小王子》插图配画的样品后,她有幸得到了胡小跃出版工作室室主的首肯,成为《小王子》中译本的插图作者,而采用的译本,则是她的祖父柳鸣九所译。

2006 年,中国少年儿童出版社最早推出了柳鸣九译的《小王子》,扉页上就正式有译者的这样一句题词:"为小孙女艾玛而译。"艾玛即当时的"小蛮女"、现今的小淑女柳一村,艾玛是她的英文名。

译本问世约一年后的一个晚上,急救车来到她家,把她不到四十岁的父亲接到医院去,临行,她父亲对急救车的驾驶员说:"请你不要鸣笛,我的小女儿睡着了。"救护车开走了,他再也没有回到这个家里,这是他在这个世界上所说的最后一句话……

2016 年 3 月 30 日
2016 年 4 月 15 日修改

图书在版编目（CIP）数据

名士风流：二十世纪中国两代西学名家群像 / 柳鸣九著．—增订本．—北京：中央编译出版社，2017.4
ISBN 978-7-5117-3202-6

Ⅰ．①名⋯
Ⅱ．①柳⋯
Ⅲ．①散文集-中国-当代
Ⅳ．①I267

中国版本图书馆 CIP 数据核字（2016）第 290682 号

名士风流：二十世纪中国两代西学名家群像

出 版 人	葛海彦
出版统筹	贾宇琰
责任编辑	程　彤　曲建文
责任印制	尹　珺
出版发行	中央编译出版社
地　　址	北京西城区车公庄大街乙5号鸿儒大厦B座（100044）
电　　话	（010）52612345（总编室）　（010）52612363（编辑室） （010）52612316（发行部）　（010）52612317（网络销售） （010）52612346（馆配部）　（010）55626985（读者服务部）
传　　真	（010）66515838
经　　销	全国新华书店
印　　刷	北京文昌阁彩色印刷有限责任公司
开　　本	880毫米×1230毫米　1/32
字　　数	350千字
印　　张	17.75
版　　次	2017年4月第1版第1次印刷
定　　价	68.00元

网　　址	www.cctphome.com　邮　箱：cctp@cctphome.com
新浪微博	@中央编译出版社　微　信：中央编译出版社（ID: cctphome）
淘宝店铺	中央编译出版社直销店（http://shop108367160.taobao.com） （010）55626985

凡有印装质量问题，本社负责调换，电话：（010）55626985